HARALD SCHNEIDER

Räuberbier

BRAUEREISTERBEN Hauptkommissar Reiner Palzki aus Schifferstadt wird von seinem Freund Ferdinand Jäger, der für die Eichbaum-Brauerei tätig ist, um Hilfe gebeten. Er benötigt den privaten Rat in einer Sache, die seinen Arbeitgeber betrifft: Mehrfach mussten in den letzten Wochen große Mengen Bier wegen unerklärlicher Geschmacksveränderungen vernichtet werden. Der Braumeister und das Labor verneinen dies jedoch energisch.

Kurz darauf kommt es zu einem Todesfall in der Brauerei: Ein Mitarbeiter des Braumeisters stürzt aus 34 Metern Höhe vom Gärtank. Nachdem Palzki feststellt, dass es sich weder um einen Unfall noch um Suizid handelt, wird die Mannheimer Kripo informiert. Als auch noch im Ludwigshafener Ebertpark ein Arzt ermordet wird, in dessen Wohnung mehrere Dosen Hopfenextrakt gefunden werden, schwant Palzki langsam, dass die Mannheimer Traditionsbrauerei in ernsthaften Schwierigkeiten steckt …

Harald Schneider, Jahrgang 1962, lebt in der Metropolregion Rhein-Neckar, in Schifferstadt bei Ludwigshafen. Der Betriebswirt arbeitet in einem Medienkonzern im Bereich Strategieplanung. Bekannt geworden ist er als Autor von Rätselkrimis und Detektivgeschichten für Kinder und Jugendliche. 2008 startete er seine beliebte Romanreihe um den Schifferstadter Kommissar Reiner Palzki. Lesern der regionalen Tageszeitungen ist Palzki bereits seit 2003 aus zahlreichen Kurzgeschichten gut bekannt.

Bisherige Veröffentlichungen im Gmeiner-Verlag:
Wassergeld (2010)
Erfindergeist (2009)
Schwarzkittel (2009)
Ernteopfer (2008)

HARALD SCHNEIDER

Räuberbier

Kriminalroman

GMEINER *Original*

Besuchen Sie uns im Internet:
www.gmeiner-verlag.de

Im Ehnried 5, 88605 Meßkirch
Telefon 07575/2095-0
info@gmeiner-verlag.de

1. Auflage 2011

Lektorat: Claudia Senghaas, Kirchardt
Herstellung / Korrekturen: Julia Franze / Doreen Fröhlich
Umschlaggestaltung: U.O.R.G. Lutz Eberle, Stuttgart
unter Verwendung eines Fotos von: © jagarts / sxc.hu
Druck: Fuldaer Verlagsanstalt, Fulda
Printed in Germany
ISBN 978-3-8392-1129-8

Für die Mitarbeiterinnen und Mitarbeiter
der Eichbaum-Brauerei

*Ohne Frage ist Bier die größte Erfindung der Menschheit.
Gut, ich gebe zu, das Rad war auch keine schlechte Idee,
aber zu einer Pizza passt es nicht halb so gut wie ein Bier.*
(Dave Barry)

Anhang

1 JÄGERLATEIN

Es hätte so ein schöner Tag werden können.

Gleich habe ich's geschafft. Ich trete das Pedal bis zum Anschlag und beschleunige meinen Wagen auf 210, die Kolben dröhnen an ihren Schmerzgrenzen, doch es muss sein. Ein Blick in den Rückspiegel verrät mir, dass der Verfolger an meiner Stoßstange klebt und zum Überholen ansetzt. Wenn ich das zulasse, bin ich verloren. In James-Bond-Manier ziehe ich auf der zweispurigen Schnellstraße nach links und wische mir den Schweiß von der Stirn. Puh, das ist noch einmal gut gegangen, aber der Porschefahrer gibt nicht auf. Ich kann nur hoffen, dass um diese Zeit kein langsamer Lkw unterwegs ist. Noch ein paar Kilometer und ich habe es geschafft. Die Anspannung wächst, werde ich überleben oder mit der Leitplanke verschmelzen? Ein neuer Angriff lässt meinen Blutdruck weiter steigen. Der Porschefahrer passt die einzige Millisekunde ab, in der ich unkonzentriert bin, und überholt auf dem Standstreifen. Er lenkt zurück auf die Fahrbahn und bremst mich aus. Ich verliere die Kontrolle über meinen Wagen und sehe den Brückenpfeiler auf mich zukommen. In der Panik der letzten Sekunden stoße ich trotz meiner normalerweise gewählten Ausdrucksweise Wörter wie ›Scheiße‹ und ›verdammter Mist‹ aus.

*

»Geil!«, rief mein Sohn Paul, als ich am Pfeiler zerschellte.

»Reiner! Was soll das?«, rief meine Frau Stefanie, die soeben im Wohnzimmer auftauchte. »Kann man euch nicht einmal für fünf Minuten alleine lassen?«

Sie wandte sich an unseren Sohn. »Paul, ich möchte nicht, dass du solche Wörter benutzt. Mit deinem Vater werde ich diesbezüglich nachher ebenfalls ein Hühnchen rupfen.«

»Aber Mama«, wehrte sich Paul. »Papa ist mit seinem Wagen an die Brücke geknallt. Du sagst doch immer, dass er so schlecht Auto fährt.«

Stefanie schüttelte den Kopf, trotzdem bemerkte ich ein flüchtiges und heimliches Lächeln. »Ich denke, ihr habt heute genug mit der Spielekonsole gespielt. Ihr nehmt das alles immer viel zu ernst.«

Der achtjährige Paul stand vom Boden auf, zeigte mir stumm und beidhändig das Victoryzeichen und verließ den Raum. Warte nur, Sohnemann, dachte ich, das nächste Mal werde ich dich gnadenlos von der Straße rammen.

Beim Spielen verlieren, das konnte ich noch nie. Als Kind hatte ich in ähnlichen Situationen bei angehenden Niederlagen wie beim Mensch-ärgere-dich-nicht mit einem hasserfüllten Blick die Spielfiguren vom Feld gefegt.

»Komm und trink eine Tasse Kaffee«, rief Stefanie aus der Küche.

Das war ein guter Vorschlag. Ich erhob mich ebenfalls vom Boden, im Vergleich zu Paul allerdings wesentlich schwerfälliger und mit ächzenden Begleitgeräuschen untermalt. Mir ging es gut. Die Weihnachtstage hatten wir gerade überstanden und das Verhältnis zwischen meiner Frau, mir und unseren Kindern Paul und Melanie konnte man als sehr entspannt bezeichnen. Die Weihnachtsferien waren eine Art Generalprobe: Anfang des kommenden Jahres würden die drei zwar zurück nach Ludwigshafen in Stefanies Wohnung gehen. Doch wir hatten fest vereinbart, dass sie Ende Januar, unmittelbar nach der Ausgabe der Halbjahreszeugnisse, zu mir nach Schifferstadt ziehen würden. Der Umzug war längst geplant, schließlich gab es ein weiteres erfreuliches Ereignis: Stefanie war schwanger. Anfang Mai würde unsere Familie Zuwachs bekommen. Das Kinderzimmer stand frisch tapeziert bereit, auch wenn meine Frau mir bisher hartnäckig verschwieg, welchem Geschlecht unser Neuankömmling angehören wird. Ich war mir zu ungefähr 50 Prozent sicher, dass es ein Junge werden würde. Für Paul gab es zu einem Bruder überhaupt keine Alternative. »Sonst hätte ich ja zwei Zicken im Haus«, meinte er einmal, als wir über dieses Thema sprachen.

Melanie, die das erste Jahr in der Realschule war, saß mit ihrer Mutter in der Küche und aß Weihnachtsgebäck. Ich mochte Weihnachtsgebäck fast so gerne wie Marzipan oder Dominosteine. Besonders das sogenannte Spritzgebackene hatte es mir angetan.

Nur aus Vollkornmehl durfte es nicht sein. Und wenn es dann, wie im vorliegenden Fall, auch noch glutenfrei und was-weiß-ich-noch-frei war, hörte für mich der Spaß auf.

»Iss doch«, forderte mich Stefanie auf und schob mir die Schale hin. »Dieses Weihnachtsgebäck ist sehr gesund und bekömmlich, damit wirst du 100 Jahre alt. Das Rezept ist von Hildegard von Bingen.«

»Ich will aber nicht alt werden«, entgegnete ich zweideutig und schob die Schale zurück. »Wie alt ist eigentlich diese Hildegard geworden? Die ist bestimmt an Glutenmangel gestorben, oder?«

Immerhin wusste ich, dass bei dem Wort Gluten das ›e‹ betont wurde. Hier half mir dieses Wissen aber nicht weiter.

»Du immer mit deinem Fast Food. Was findest du daran eigentlich so gut?«

»Es schmeckt halt«, war meine alles erklärende Antwort. Zwecks Alternativlosigkeit schob ich mir nach einer Weile ein kleines Stück des gesundheitsfördernden Selbstgebackenen in den Mund. Die Schokoladenglasur fand meine Zustimmung, den Rest weichte ich mit einem Schluck Kaffee ein.

»Wann bist du mit deinem Freund Herrn Jäger verabredet, Reiner?«

»So genau haben wir uns nicht festgelegt. Ab 14 Uhr kann ich kommen, bis dahin hat er die letzte Besuchergruppe verabschiedet.«

»Willst du wirklich mit dem Auto nach Mannheim fahren?«

»Das kannst du mir locker zutrauen, Stefanie. Ich habe zwar kein Navi, aber über den Rhein finde ich auch so. Im Notfall halte ich an und frage jemand. Auch drüben in Baden-Württemberg sollen viele Menschen deutsch sprechen. – Hab ich mal irgendwo gelesen«, ergänzte ich noch.

»Das mein ich nicht«, konterte die Allerbeste aller Ehefrauen. »Du wirst bestimmt Alkohol trinken, so wie ich dich kenne.«

»So schlimm wird's nicht werden. Mehr als ein Bier werde ich wahrscheinlich nicht trinken. Außerdem hat Ferdinand auch Alkoholfreies.«

Eine knappe Stunde später machte ich mich auf den Weg. Ich freute mich darauf, Ferdinand Jäger zu treffen. Etwa einmal im Jahr besuchte ich meinen ehemaligen Schulkameraden und das bereits seit Jahren. Er hatte es geschafft. Ferdi hatte einen Beruf gefunden, der ihm Berufung war. Von daher war es selbstverständlich, dass wir uns an seinem Arbeitsplatz trafen. Wie so oft nutzte ich die Fahrzeit, um sein Leben mit dem meinigen zu vergleichen. Was war aus mir geworden? Ein Kriminalhauptkommissar, der ständig die skurrilsten Verbrecher suchen und fangen musste. Dabei dachte ich damals, als ich in der Vorderpfalz meinen Dienst antrat, eher an ein geruhsames Beamtenleben. Dass es in der Metropolregion Rhein-Neckar so viele ausgekochte Schlitzohren gab, war mir bis dahin unbekannt. Inzwischen hatte ich mich mit meinem Job arrangiert. Wenn nur diese verflixten und nicht vorhersehbaren Arbeitszeiten nicht wären! Irgendwie müsste es verboten werden, außerhalb der Kernarbeitszeit der Kriminalinspektion Schifferstadt zu morden. Diese unsteten Arbeitszeiten waren unter anderem der Auslöser der Trennung zwischen meiner Frau und mir vor zwei Jahren gewesen. Wenigstens diese Weihnachten war alles glattgegangen. Eine terroristisch anmutende Gruppe, die kurz vor Weihnachten bei Altrip den Rheindeich gesprengt hatte, konnten wir rechtzeitig zum Fest dingfest machen. Zurzeit hatte ich Urlaub, und meine Kollegen Gerhard Steinbeißer und Jutta Wagner hielten die Stellung in der Dienststelle im Waldspitzweg.

Ich befuhr die B 38 und erreichte so den Mannheimer Stadtteil Wohlgelegen. Glück oder Zufall, ich fand etwa 50 Meter von der großen Lkw-Zufahrt entfernt direkt an der Käfertaler Straße einen geeigneten Parkplatz. Das Schiebetor stand offen und ich ging zum kleinen einstöckigen Gebäude, an dem sich die Fahrer anmelden mussten.

»Guten Tag, mein Name ist Reiner Palzki«, begrüßte ich die Dame, die wegen mir aus dem Häuschen herausgekommen war. »Ich habe einen Termin bei Herrn Jäger.«

Sie nickte. »Ich weiß, Sie werden im Bräukeller erwartet. Kennen Sie den Weg?«

»In- und auswendig.«

Samstags ging es auf dem Betriebsgelände meist etwas geruhsamer zu, jedenfalls außerhalb der Hauptsaison. Es standen nur wenige Lkws, teils beladen, teils unbeladen herum. Das romantische Bild vom Bierkutscher, der seine Pferde einspannt, um die Produkte auszuliefern, war seit den 50er-Jahren des letzten Jahrhunderts aus dem Straßenbild verschwunden.

Der leichte Nieselregen und die knapp über dem Gefrierpunkt liegende Temperatur ließen mich schnellen Schrittes zu dem 200 Meter entfernten Bräukeller gehen. Die unscheinbare Glastür und der Eingang in den Keller ließen bei einem Erstbesucher keine besonderen Erwartungen aufkommen. Umso höher war dann die Überraschung für die vielen Besuchergruppen, die kurz darauf unverhofft in dem rustikal und gemütlich eingerichteten Bräukeller standen. Die Wände des 150 Sitzplätze fassenden Saals waren mit zahlreichen Fotos, Gemälden und Zeichnungen geschmückt, die einen interessanten Überblick über die historische Entwicklung des Unternehmens gaben.

Hinter dem Ausschank, wo auch sonst, stand Ferdinand. Die Begrüßung war herzlich, und wie immer frotzelten wir zunächst ein paar dumme Sprüche.

»Frohe Weihnachten, ich komme immer wieder gerne zu dir, Ferdi. Nur die Produkte der Brauerei Globa mag ich lieber als deine.«

Mein Freund schaute mich überrascht an. »Brauerei Globa? Wo soll die denn sein? Eigentlich bin ich mir sicher, einen umfassenden Marktüberblick zu haben.«

Ich lächelte süffisant. »Die Produkte der Brauerei Globa kennst du bestimmt. Schon mal etwas von Globa-Bier gehört?«

Ferdinand benötigte zwei oder drei Sekunden, bis er das Wortspiel durchschaute. »Das Klopapier schmeckt aber nicht so gut. Kennst du eigentlich schon unsere neue Kreation? Wir haben jetzt ein Schüttelbier.«

Dieses Jahr ging ich ihm nicht auf den Leim. Der Gag mit dem Schüttelbier war nämlich ziemlich alt. »Oh, lass doch den ollen Shakespeare aus dem Spiel.«

Wir setzten uns an den ovalen Haupttisch vor der Theke. Ferdinand stellte mir ein Glas und eine Bügelverschlussflasche hin. »Probier mal. Ich weiß, du stehst mehr auf Pils, aber dieses Rote Räuberbier ist nicht zu verachten.«

»Ist das eine Anspielung auf meinen Beruf? Ich hätte lieber ein Dein-Freund-und-Helfer-Bier.«

»Mal schauen, was ich machen kann«, antwortete er. »Aus Marketinggesichtspunkten wird das aber schwierig. Die Zielgruppe ist da zu gering.«

»Und beim Räuberbier sieht es besser aus?«, fragte ich verblüfft. »Soll ich alle eure Kunden prophylaktisch festnehmen? Du weißt ja, fast jeder hat eine Leiche im Keller, man muss nur lange genug suchen.«

»Ne, lass mal«, winkte er ab. »Wir brauchen die Kunden. Solange sie unser Bier trinken, kommen sie auf keine dummen Gedanken.«

»Das klingt ja fast, als könnte man euer Bier in der Verbrechensbekämpfung präventiv einsetzen. Trinkt Rotes Räuberbier, dann gibt's keinen Kummer hier.«

Ferdinand lachte und stellte mir eine Schüssel Weihnachtsgebäck hin. »Probier mal, Reiner. Das habe ich auf dem Weihnachtsmarkt gekauft. Die Verpackung weist mehr als zehn verschiedene Bio- und Ökozertifikate auf. Damit wird man unsterblich.«

»Gelten diese Zertifikate nur für die Verpackung oder auch für den Inhalt?« Ich probierte eines der dunklen und nicht sehr dekorativ aussehenden Stücke. Es sah aus und schmeckte wie alter Pressspan. »Pfui Teufel«, rief ich im Affekt. »Lieber sterblich bleiben, als das Zeug essen müssen.«

Ferdinand zuckte mit den Schultern. »Alles im Leben ist ein Kompromiss.«

»Beim Essen und Trinken gibt's bei mir keine Kompromisse. Wo ist die nächste Imbissbude? Currywurst und Pommes, da kann man nicht viel falsch machen.«

Ferdinand hatte selbstverständlich vorgesorgt und einen kleinen Imbiss zubereitet. Zusammen mit dem Ambiente des Bräukellers mundeten der Snack und das Räuberbier, ich fühlte mich rundum wohl.

»Du, Reiner«, begann mein Freund nach einer Weile. »Gut, dass du da bist. Ich würde dich gerne um deinen Rat bitten.«

»Gerne. Bleib deinem Beruf treu und ich komme weiterhin jedes Jahr, um dich zu besuchen. Ist das Rat genug?«

Ferdinand Jäger, der in der Eichbaum-Brauerei als Leiter der Abteilung Betriebsbesichtigung angestellt war, winkte ab. »Bleib doch mal ernst, Junge. Ich habe da ein kleines Problem.«

Ich schaute meinen Freund an. Ferdi sollte ein Problem haben? Damit würde mein Weltbild zerstört werden. Beim besten Willen konnte ich mir nicht vorstellen, dass ein Mann wie Ferdi ein Problem haben sollte. Vor wenigen Monaten war mein Freund zwar in einer betriebsinternen Sache verwickelt, die alles andere als harmlos und gesetzestreu war. Im Gegensatz zu dem Braumeister mit dem seltsamen Namen Glaubier, der fristlos entlassen und wegen einer Drogengeschichte festgenommen wurde, kam Ferdi mit einer Abmahnung davon. Doch das war alles Schnee von gestern.

»Schieß los, ich bin ganz Ohr.«

Ferdinand trank einen großen Schluck, bevor er zu reden begann. »Es betrifft mich nicht im eigentlichen Sinne.«

Ich atmete auf.

»Irgendetwas ist in der Brauerei faul.« Er ließ ein paar Sekunden verstreichen, bevor er weitersprach. »Ich vermute, dass irgendjemand innerhalb des Unternehmens eine

Riesensauerei am Laufen hat. Allerdings sind meine Vermutungen mehr als vage.«

Ich unterbrach ihn. »Wenn du den Verdacht hast, dass es Unregelmäßigkeiten gibt, solltest du dich mit der Kriminalpolizei in Mannheim in Verbindung setzen. Du weißt ja, ich arbeite in Rheinland-Pfalz. Das ist rechtlich so weit entfernt, als würde ich in Japan meine Brötchen verdienen.«

»Ich weiß doch«, antwortete Ferdi. »Der Föderalismus ist in vielen Dingen alles andere als förderlich. Du sollst auch keine offiziellen Ermittlungen aufnehmen. Ich möchte erstmal deinen Rat. Wenn ich zur Kripo renne und die Sache stellt sich als harmlos raus, bin ich meinen Job los. Und was soll dann aus mir werden? Mit meinem Lebenslauf kann ich nicht mal auf Lehrer umschulen.«

»Heutzutage wird als Lehrer jeder genommen, in ein paar Jahren gibt's wahrscheinlich mehr Quereinsteiger als pädagogisch geschultes Personal.«

»Ich will aber kein Lehrer werden.«

»Sollst du auch nicht, sonst würde ich nächstes Jahr im Lehrerzimmer sitzen, wenn ich dich besuchen komme. Und dort wird es bestimmt kein Räuberbier geben.«

»Auf jeden Fall wird es in den Pausen nicht offen herumstehen«, meinte Ferdi. »Aber wir schweifen ab. Soll ich dir von meinem Verdacht erzählen?«

Ich fläzte mich gemütlich in den Stuhl und nickte.

»Du weißt, aus welchen Rohstoffen Bier hergestellt wird?«

Das war eindeutig eine rhetorische Frage. Als Biertrinker waren mir die grundlegenden Dinge des Bierbrauens vertraut. Das war nicht immer so. Als junger Erwachsener brütete ich eine Zeit lang über den Inhaltsstoff Malz. Dass für das Brauen Getreide wie Gerste oder Weizen benötigt wurde, war mir damals zwar klar, doch mit Malz konnte ich nicht wirklich etwas anfangen. Erst später erfuhr ich, dass mit Malz gekeimtes und getrocknetes Getreide bezeichnet wurde. In diesem Zusammenhang musste ich immer dran denken, wie ich als Kindergartenkind eines Tages todernst zu der gerade im Garten beschäftigten Nachbarin meinte: ›Pflanzt du mir auch einen Puddingbaum? Aber einen braunen, den esse ich lieber.‹

Mein Freund berichtete weiter. »Irgendetwas läuft in der letzten Zeit schief. Mehrmals mussten ganze Bierchargen kurz vor der Auslieferung gestoppt werden, weil sie angeblich nicht verkehrsfähig waren.«

»Wer hat den Auslieferungsstopp veranlasst? Hast du denjenigen schon gefragt?«

Ferdinand nahm einen weiteren Schluck Bier. »Das ist ja der Wahnsinn, niemand will für dieses Desaster verantwortlich sein. Das Labor spielt alles runter und meint, es könnte durch verunreinigte Leitungen passiert sein. Der Braumeister dagegen schiebt es auf das Labor. Alles in seinem Einflussgebiet wäre tipptopp in Ordnung. Er sagte, dass die im Labor genauer arbeiten sollen.«

»Um welche Größenordnungen geht es überhaupt? Werden da ganze Tagesproduktionen weggeschüttet?«

»Jedes Mal einige Dutzend Hektoliter. Was mich stutzig macht, ist, dass von allen Seiten versucht wird, die Geschichte zu vertuschen. Selbst die Entsorgung des Bieres geschieht heimlich, das kannst du ja nicht einfach ins Abwasser kippen. Ich habe mir unbemerkt eine bereits abgefüllte Flasche besorgen können und probiert. Das Gesöff schmeckte minderwertig, überhaupt nicht nach einem Produkt aus unserem Haus.« Er schüttelte sich angewidert.

Ich überlegte. In der Tat schien da eine mächtige Schweinerei im Gange zu sein. Da mehrere Abteilungen versuchten, Stillschweigen zu bewahren, war ein Einzeltäter auszuschließen.

»Hast du das in der Firmenzentrale durchblicken lassen?«

»Wie denn, ohne Beweismittel. Ich habe bisher zweimal bemerkt, dass Chargen entsorgt wurden. Es kann aber durchaus sein, dass das schon öfters gemacht wurde. Niemand regt sich darüber auf, niemand will dafür verantwortlich sein. Wenn aber mal eine Putzhilfe eine angefangene Rolle Klopapier klaut, wird sie sofort entlassen.«

Ich hob nachdenklich die halb leere Flasche Räuberbier gegen das Licht und betrachtete die rötliche Lichtbrechung des Inhalts. »Und wie soll ich dir dabei helfen? Im Labor einbrechen und nach Unterlagen suchen? Oder den Braumeister beschatten und schauen, ob er seine Leitungen richtig durchspült?«

»Nein, das natürlich nicht«, wiegelte Ferdi ab und ich war mir nicht sicher, ob ich vielleicht doch den Nagel auf den Kopf getroffen hatte.

»Ich habe einen anderen Verdacht, Reiner. Vielleicht sind die Rohstoffe verunreinigt oder minderwertig.«

»Du meinst, die Gerste ist dran schuld?«

»Es könnte auch am Hopfen oder an der Hefe liegen.«

Mir kam ein Gedanke. »Vielleicht am Wasser? Wird das geprüft?«

»Ich bitte dich, Wasser ist das am besten überwachte Lebensmittel. Bei uns wird es aus Tiefbrunnen in 150 Metern Tiefe gefördert. Die Qualität ist besser als das Trinkwasser in dieser Region.«

»Wer liefert euch die Gerste, den Hopfen und die Hefe?«

Ferdinand brachte es tatsächlich fertig, eines der unessbaren Weihnachtsgebäcksteine in den Mund zu nehmen und genüsslich zu zerkauen. Er schien Zähne aus Kruppstahl zu haben.

»Schmeckt doch«, meinte er todernst, bevor er wieder zum Thema wechselte. »Die Gerste liefern uns hauptsächlich regional ansässige landwirtschaftliche Betriebe. Die Hefe ist ein Selbstläufer. Während des Gärens vermehrt sie sich, und der Überschuss kann für den nächsten Brauvorgang wiederverwendet werden. Der Hopfen kommt aus Hallertau in Bayern, das ist das größte Hopfenanbaugebiet der Welt. Die Wareneingangskontrolle hat allerdings bisher nie Beanstandungen ergeben. Das könnte sich auch kein Zulieferer erlauben, er wäre sofort raus aus dem Geschäft.«

Wir schwiegen uns eine Weile an, doch mir kam keine Idee, wie man dieses Problem lösen konnte.

»Ist Lehrer werden vielleicht doch eine Alternative?«, fragte ich halbherzig mit dem Hintergedanken, ihn etwas aufzumuntern.

»Bleib bitte ernst, Reiner«, forderte mich Ferdi auf.

»Verzeih bitte, aber wir stochern nur im Heuhaufen herum, ohne detaillierte Anhaltspunkte werden wir nicht weiterkommen. Spontan würde ich sagen, dass es die Leitungen sind. Es muss ja keine Absicht des Braumeisters sein.«

Ferdinand Jäger nickte nachdenklich. »Kann sein, dass du nahe an der Wahrheit bist. Komm, ich zeige dir ein paar Geheimnisse unserer Brauerei.« Er stand auf.

»Geheimnisse?« Ich schaute ihn ungläubig an. »Sind wir aus dem Alter nicht heraus?«

»Wart's nur ab. Andere fliegen nach Ägypten, um das zu sehen, was wir hier haben. Nur viel größer.«

»Jetzt komm mir bitte nicht mit Pyramiden. Oder haben die Pharaonen auch Bier gebraut?«

Ferdinand lachte. »Das haben sie in der Tat und nicht so wenig. Mit vergorenem Brotteig hat es wahrscheinlich vor Tausenden Jahren angefangen. Aber keine Angst, wir haben auf dem Betriebsgelände weder eine Pyramide noch einen Pharao. Das, was ich dir zeigen will, ist viel spektakulärer.«

Er hielt kurz inne, bevor er lächelnd ergänzte: »Übrigens, was fast unbekannt ist: Das Wort Pyramiden ist durch einen Übertragungsfehler entstanden. Ursprünglich hieß es nämlich Bieramiden.«

Meinem Freund war es gelungen, mich neugierig zu machen. Ich trank mein Glas leer und folgte ihm die Treppe hinauf ins Freie. Der Nieselregen hatte keinen Deut nachgelassen. Ferdinand ging ein Stück entlang des lang gezogenen Gebäudes, um es durch ein großes, offen stehendes Tor zu betreten. Wir kamen in einen recht üppigen Raum, auf dessen gegenüberliegender Seite sich ebenfalls ein offenes Tor befand. Direkt hinter dem Gebäude fuhren auf einer großen Freifläche mehrere Gabelstapler umher. Ferdinand zeigte in der Ecke des Raums auf mehrere Dutzend Packkartons, die auf drei oder vier Paletten lagerten.

»In allen Kartons befinden sich Dosen mit Hopfenextrakt. Das Extrakt bekommen wir fix und fertig zugeliefert. Es ist der teuerste Rohstoff. Die Verwendung wird stets genau protokolliert. Fehlmengen würden sofort auffallen.«

»Ist das so tragisch, wenn da mal ein paar Kilogramm fehlen? So teuer wird's ja nicht sein, sonst könnte niemand das Bier bezahlen.«

»Im Prinzip hast du recht, Reiner. Hier handelt es sich aber um Extrakt. Kleinste Mengen reichen für den Brauvorgang aus und sind dementsprechend teuer. Jede Dose ist einzeln nummeriert und wird vom Braumeister in der

Verbrauchsliste eingetragen. Das ist auch für das Finanzamt wichtig. Die Höhe der Biersteuer richtet sich nach dem Stammwürzegehalt. Unter anderem wird anhand des Hopfenverbrauchs und der Ausstoßmenge der verschiedenen Biersorten die Steuerabgabe berechnet.«

Er ging weiter zum Freigelände hinter dem Gebäude. Rechterhand standen eine ganze Reihe Gärtanks in Reih und Glied. Diese kannte ich bereits von früheren Besuchen. Unmittelbar hinter den Tanks gingen wir nach rechts ins Sudhaus. Das Sudhaus, in dem das Bier gebraut wurde, war hell und freundlich eingerichtet. Dieses Herz einer jeden Brauerei war der Mittelpunkt für Brauereiführungen. Mehrere riesige Kessel, die mal Pfanne und mal Bottich hießen, mussten die Zutaten durchlaufen, bis sie schließlich gekühlt und in den Gärtanks mit Hefe versetzt wurden.

Ferdinand ging an Maischpfanne, Läuterbottich und Würzepfanne vorbei zu einem Raum, der vom Sudhaus mit einer Panoramaglasscheibe abgetrennt war. Wenn das Sudhaus das Herz war, so musste es sich hier um das Gehirn handeln. Auf einem langgezogenen Tisch reihte sich Bildschirm an Bildschirm. Dazwischen gab es Instrumententafeln mit irrsinnig vielen Schaltern, Lampen und Drehknöpfen. So ähnlich musste es in einem Flughafentower aussehen. Die Anlage war so gewaltig, dass ohne Probleme fünf oder mehr Menschen dahinter Platz nehmen konnten.

Verblüffend war, dass nur ein einziger Mann hinter den vielen Instrumenten saß. Durch das Panoramafenster hatte er uns bereits im Blick, als wir das Sudhaus betraten.

»Servus, Michael«, begrüßte ihn Ferdinand. »Ich zeige meinem Freund die Anlage, lass dich durch uns nicht stören.«

Der Angesprochene nickte und blickte wieder auf seine Monitore.

»Das ist Michael Panscher«, erklärte mir mein Freund. »Er ist der zuständige Braumeister.«

Als Braumeister hätte ich mir eher einen Pater vorgestellt, der mit Halbglatze und einem bierseligen Lächeln seinen Bauch streichelte. Panscher war das krasse Gegenteil davon: Seine langen Haare hatte er zu einem Pferdezopf zusammengebunden, die kreisrunden Brillengläser verliehen ihm einen intellektuellen Touch, wobei der Dreitagebart wie ein Stilbruch wirkte. Doch das Auffälligste war, dass er nicht den Hauch eines Bauchansatzes hatte.

»Du sollst doch nicht immer meinen richtigen Namen sagen«, beschwerte sich der Braumeister. »Ich kann die dummen Kommentare nicht mehr hören.«

Ferdinand lachte.

»Keine Angst«, sagte ich zum Braumeister. »Ich werde Ihr Geheimnis für mich behalten. Warum sind Sie alleine hier? Sind Ihre Kollegen alle krank?«

Überrascht schaute mich Panscher an. »Welche Kollegen? Ach, Sie meinen wegen der vielen Instrumente. Die ganze Anlage ist so eingestellt, dass sie von einer einzigen Person bedient werden kann. Nur ein Gehilfe ist außer mir heute da. Der macht gerade Pause.«

»Sie sind also der Nachfolger von Fürchtegott Glaubier?«, fragte ich ihn, um zu demonstrieren, dass mir dieses dunkle Kapitel der Brauerei durchaus bekannt war.

Panscher nickte sichtlich getroffen, ihm war das Thema äußerst unangenehm.

Ferdi nutzte die Gelegenheit zur Verabschiedung. »Komm, Reiner, gehen wir weiter. Bis dann, Michael.«

Der Braumeister winkte uns kurz nach, während wir sein Reich verließen. Ferdinand nahm eine schmale Metalltreppe nach unten. Kurz darauf standen wir am Fußpunkt der Gärtanks. Ich schaute nach oben, mir wurde fast schwindlig.

»Ganz schön hoch, gell? Wenn du willst, können wir später hochfahren. Bis zur Hälfte gibt es einen Lift.«

»Muss nicht sein«, antwortete ich. »Die Aussicht scheint nicht so schön zu sein, dass sich das Treppensteigen lohnt.«

Mein Freund öffnete eine Tür und sofort hörte ich starke brodelnde Geräusche. Als ich durch die Tür kam, sah ich mehrere große, offene Tonnen, in denen irgendeine Urgewalt tobte. Eine Flüssigkeit spritzte aus ihnen meterhoch heraus. Fragend blickte ich zu Ferdi.

»Keine Angst, mein Junge. Das ist nur Hefe. Hefe lebt, das lernt man bereits in der Schule. Damit kommt die Gärung des Bieres so richtig in Fahrt.«

Auf der anderen Seite des Raums lagen mehrere flexible Rohrleitungen in einer gefüllten Wanne.

»Vorsicht. Da bitte nicht reinlangen. Es kann zwar sein, dass das nur Wasser ist, genauso gut könnte es aber hochkonzentrierte Lauge sein.«

»Keine Angst, ich berühre nichts. Ich fürchte mich ja bereits vor der Hefe.«

»Vorhin hast du ein Stück davon getrunken.«

Ich schloss meine Jacke. Im Keller war es noch kälter als draußen. »Ich friere, können wir wieder hochgehen? Ich habe ja jetzt die Geheimnisse kennengelernt.«

Mein Freund lachte erneut. »Gar nichts hast du. Bisher hast du nur die aktuelle Brauerei gesehen. Eichbaum gibt es seit über 300 Jahren und in Wohlgelegen haben wir seit 140 Jahren unseren Stammsitz.«

»Ja, und?« Mehr fiel mir im Moment nicht ein.

»Früher gab es noch keine Kühlmaschinen so wie heute. Und eine Kühlung ist unabdingbar für den Brauprozess. Daher hatte man damals die Brauereien unterirdisch angelegt. Man ging in die Tiefe, weil es dort von Natur aus kühler ist.«

»Heißt das, dass hier im Keller die ursprüngliche Brauerei zu finden ist?«

»Eine?«, fragte Ferdi. »Kennst du die Geschichte von Troja? Auf den Trümmern wurde immer wieder eine neue Stadt erbaut. Genauso ist es hier. Komm mit.«

Er ging einen mehrfach gewundenen Gang entlang, bog irgendwann nach links ab und nahm schließlich eine weitere Treppe nach unten. Hier sah es deutlich ungemütlicher aus. Alle zehn Meter hingen an der Decke schwache Funzeln, die die schmutzigen Gänge ausleuchteten. Überall verliefen kreuz und quer verrostete Rohre sowie Stromleitungen, die ich in der Art noch nie gesehen hatte. Ich kam mir vor wie in geheimer Mission.

»Bitte nichts anfassen«, befahl Ferdi. »Niemand weiß, ob irgendwo noch Strom fließt oder nicht. Wir sind hier in der Anlage, die bis Anfang der 60er-Jahre in Betrieb war. Dann hat man einfach die neue Anlage oben drüber gebaut, ohne sich um das hier unten zu kümmern.« Er öffnete an einer Wand eine kleine Klappe. »Da drin stehen die Original-Gärtanks von früher. Natürlich um einige Dimensionen kleiner als heute.«

»Machst du hier unten spezielle Führungen? Ich könnte mir denken, dass es dafür eine Klientel gibt.«

»Geht nicht«, winkte Ferdi ab. »Das ist viel zu gefährlich. Aber wir sind noch nicht am Ziel.«

Wieder ging es endlos erscheinende Gänge in alle möglichen Richtungen entlang. Mein Orientierungssinn hatte sich bereits verabschiedet. Schließlich ging Ferdi eine hölzerne Wendeltreppe zwei Stockwerke nach unten. Aus seiner Jackentasche zog er zwei Taschenlampen.

»Jetzt sind wir im vierten Untergeschoss. Hier wurde Anfang des 20. Jahrhunderts Bier gebraut.«

Die Gänge waren enger und die Wände aus gemauerten

Backsteinen. Es gab weniger Leitungen, die aber um ein Vielfaches vergammelter erschienen. Hier und da huschte ein kleines Lebewesen durch den Lichtkegel.

Ferdi zeigte nach vorne. »Auf den nächsten 20 Metern hat der Gang eine kleine Senkung. Es ist wie eine kleine Mutprobe.«

Ich hatte nicht die geringste Ahnung, was er damit meinte. Der Weg ging vier oder fünf Steinstufen nach unten und weiter hinten wieder nach oben. Mein Freund ließ mir lächelnd den Vortritt. »Geh nur recht zügig hindurch. Keine Angst, ich bleibe hinter dir.«

Schulterzuckend stieg ich die Stufen nach unten. Ich vermutete, dass mir gleich eine kleine Rattenherde entgegenkommen würde. Doch weit gefehlt. Irgendetwas passierte mit mir. In meinem Kopf drehte sich alles, mir wurde schwindlig. Von hinten stieß mich mein Freund voran. Was war das? Und warum konnte ich plötzlich keine klaren Gedanken mehr fassen? Es schien Ewigkeiten zu dauern, bis wir die Treppenstufen auf der anderen Seite erreicht hatten. Nach wenigen Sekunden war der Spuk vorbei.

»Hast du etwas bemerkt?«

»Was war das?«, fragte ich Ferdi.

»So wirkt Kohlenstoffdioxid, wenn man es in einer Überdosis genießt. Da sich das Gas zuerst am Boden absetzt, bekommt man auf diesem Wegstück besonders viel ab. Aber du musst keine Angst haben, an Kohlenstoffdioxid kann man sich nicht vergiften. – Nur ersticken«, fügte er in einem sarkastischen Unterton hinzu.

»Und warum ist das Kohlenstoffdioxid hier unten?«

»Weißt du, aus was Kohlensäure besteht?«

Ich zuckte mit meinen Schultern.

»Kohlensäure entsteht, wenn Kohlenstoffdioxid mit

Wasser reagiert. Beim Bierbrauen ein ganz normaler Vorgang.«

»Das beantwortet aber nicht meine Frage.«

»Das sammelt sich in allen tiefen Kellern ohne Belüftung. Selbst im Bergbau ist das manchmal ein Problem. Das Gefährliche daran ist, dass man es weder schmeckt noch riecht. Du schläfst einfach irgendwann ein. Für immer, meine ich. Hier unten sind früher öfters Leute an Kohlenstoffdioxid erstickt. Damals gab es keine effizienten Unfallverhütungsvorschriften.«

Ferdinand bog nach links in einen Raum, in dem ein paar Holzfässer standen. »In diesen Fässern wurde zwischen dem Ersten und dem Zweiten Weltkrieg Bier gebraut. Hier endet auch unsere Führung, tiefer gehe ich freiwillig nicht.«

»Heißt das, dass unter uns weitere Keller sind?«

»Zwei weitere Untergeschosse sind verbürgt und in Katasterplänen mehr oder weniger vollständig erfasst. Als wir vor ein paar Jahren mal einen Mitarbeiter suchten, hat die Feuerwehr die Keller mit Atemschutz durchkämmt. Dabei hat man bisher unbekannte Gänge entdeckt. Die wurden dann durch eine Spezialfirma zugemauert.«

»Warum denn das?«

»Da muss ich etwas ausholen. In diesem Areal befanden sich vor etwa 100 Jahren mehrere Brauereien. Diese Brauereien waren unterirdisch durch zahlreiche Gänge verbunden. Dort trafen sich unter Ausschluss der Öffentlichkeit die Brauereibosse zum gemütlichen Besäufnis. Es sind mehrere Gänge verbürgt, die bis zum Neckar reichten, also unter den heutigen Kliniken hinweg.«

»Wahnsinn«, kommentierte ich seine Erzählung. »Da schien es damals in den Katakomben ziemlich abzugehen.«

»Nicht nur das, die Anzahl der Todesopfer war entsprechend. Zu der Zeit konnte man sich vieles nicht erklären. Man hat die Todesfälle einfach hingenommen.«

Die Geschichte und das umgebende Ambiente ließen mich erschaudern. »Können wir wieder hochgehen? Irgendwie habe ich ein beklemmendes Gefühl in der Magengegend. Weiß jemand, dass wir hier unten sind?«

Ferdinand winkte belustigt ab. »Ach woher, mir passiert hier unten nie etwas. Gehen wir halt hoch, ich zeig dir noch das Labor.«

Wir mussten wieder durch die Senke hindurch. Schlau wie ich war, holte ich vor meinem Abstieg zwei gepresste Lungenflügel voll sauerstoffhaltiger Luft und rannte so schnell ich konnte, bis ich notgedrungen wieder ausatmen musste. Immerhin wurde es mir durch diesen Trick nur leicht schwindlig. Ferdinand ging ganz normal durch die Senke und lachte sich dabei schlapp. Ich vermutete, dass mein Freund andere Wege einschlug, denn wir kamen in einem Nebengebäude des Sudhauses wieder ans Tageslicht. Ich folgte Ferdinand über den Hof und erschrak höllisch, als hinter mir etwas auf den nassen Boden klatschte. Als ich mich herumwarf, sah ich einen Mann vor mir liegen, der offensichtlich von einem der hohen Gärtanks heruntergesprungen war.

2 KEINER WAR'S GEWESEN

Der Tote sah nicht sehr appetitlich aus. Seltsamerweise schien seine Brille, die auf den deformierten Resten des Kopfes lag, intakt zu sein. Aber die Frage nach dem Optiker hielt ich zum einen nicht für besonders pietätvoll, zum anderen war niemand da, der mir diese Frage hätte beantworten können. Sein Alter war anhand der verbliebenen körperlichen Hülle schwer zu schätzen. Aufgrund der Turnschuhe, Jeans und dem Sweatshirt war ich von einem jüngeren Semester überzeugt.

»Mein Gott, das ist ja der Fritzl!«, rief Ferdinand, als er ihn erkannte. Zwei Gabelstaplerfahrer kamen zeitgleich angefahren, während der eine aufgeregt schrie und nach oben zeigte. »Ich habe ihn von dort oben runterspringen sehen. Das gibt's doch nicht!«

Der zweite Fahrer kam hinzu und übergab sich schwungvoll beim Anblick der Leiche.

»Ich habe einen Notarzt gerufen«, meldete er, nachdem er sich den Mund mit seinem Ärmel abgewischt hatte.

Notarzt?, dachte ich. Der wird nicht mehr viel ausrichten können. Ich sah nach oben in schwindelerregende Höhen. Wer da runtersprang, hatte sein letztes Bier bereits getrunken.

Als Polizeibeamter war mir zwar klar, was man in so einem Fall unternehmen musste, doch hier zögerte ich. Durfte ich mich als quasi ausländischer Beamter überhaupt einmischen? Eigentlich war ich in dem Fall nicht mehr als ein Knallzeuge. Ein Knallzeuge war jemand, der beispielsweise einen Unfall gehört, aber nicht direkt miterlebt hat. Erst durch eigene geistige Kombination kam bei solchen Zeugen der Eindruck zustande, dass sie den Unfall direkt gesehen hatten. In Wirklichkeit hatten sie nur einen Knall gehört, und das eigentliche Geschehen, das vorher passiert war, waren zusammengesponnene Mutmaßungen. Solche Knallzeugen konnten einem Polizisten die Arbeit ganz schön schwer machen. Am liebsten hätte ich mich deshalb im Hintergrund gehalten und mich später als ganz normaler Knallzeuge gemeldet. Doch dies war mir nicht vergönnt. Der Braumeister kam aus dem Sudhaus gerannt.

Er erstarrte beim Anblick des Toten. Der Zeuge des Sprungs nahm Panscher am Arm und zeigte ihm die Stelle, wo seiner Meinung nach der Fritzl heruntergesprungen war.

»Warum war er überhaupt da oben?«, fragte der Braumeister nach ein paar gedankenvollen Sekunden mehr sich selbst. »Er hatte dort überhaupt nichts zu tun.«

»Wer ist dieser Fritzl überhaupt?« Diese Frage kam von mir.

Panscher schaute mich überrascht an, doch schließlich erkannte er mich als Freund von Ferdi. »Fritz Klein ist mein Mitarbeiter im Braubereich.« Er schüttelte heftig seinen Kopf, als könne er den Tod seines Kollegen immer noch nicht wahrhaben.

»Fritzl nannten wir ihn wegen seines Nachnamens«, klärte mich Ferdinand auf. Dann wandte er sich an den Braumeister. »Michael, der Fritzl muss da freiwillig runtergesprungen sein. Es muss sich um einen Freitod handeln. Niemand gibt dir irgendeine Schuld.«

Tränen schossen Panscher in die Augen. »Doch, ich bin schuld. Wenn ich die Zeichen richtig gedeutet hätte, wäre das nicht passiert.«

»Welche Zeichen?« Als Kriminalbeamter machte mich diese Aussage berufsbedingt neugierig.

»Ihm ging's in letzter Zeit immer schlechter, wahrscheinlich hatte er Depressionen. Seit seine Ehe geschieden wurde, lief er neben sich selbst her. Er erzählte ständig, wie seine Ex-Frau ihn finanziell ausblutete. Und dann versuchte sie, das Umgangsrecht mit der gemeinsamen Tochter zu verhindern. Oh mein Gott, das Mädel ist drei Jahre alt und schon Halbwaise!«

Der Gabelstaplerfahrer führte Panscher zu einem kleinen Haufen Europaletten, auf dem er weinend Platz nahm.

Im gleichen Moment durchzog ein Höllenlärm das Firmengelände. Der Schall des Sondersignals eines Notarztwagens brach sich an den umliegenden Hallen und echote in mehreren Wellen.

Ich traute meinen Augen nicht, als der Wagen kurz vor dem Toten hart abbremste und Doktor Metzger fröhlich vor sich hin pfeifend ausstieg. Immerhin schaltete er vorher das mörderische Signal ab.

Doktor Metzger, bei dem das Wort Notarzt eine ganz andere Bedeutung bekam, war eine der skurrilsten Figuren in der Region. Sein nervös zuckender Mundwinkel, seine langen feuerroten Haare mit dem Mittelscheitel und nicht zuletzt der ehemals weiße Kittel, der eher nach Ölwechsel als nach ärztlicher Hilfe aussah, legten die Vermutung nahe, dass er entweder ein paar Jahrhunderte zu spät lebte oder Freigänger einer geschlossenen Abteilung war. Bereits vor ein paar Jahren hatte er seine Kassenzulassung zurückgegeben. Ich vermutete, zurückgeben müssen. Seitdem fuhr er je nach Lust und Laune Notarzteinsätze. Ich hatte keine Ahnung, wie er dies genehmigt bekam. So genau wollte ich es auch nicht wissen. Seit ich wusste, dass Metzger bisweilen die Straßen unsicher machte, um Unfallopfer angeblich zu retten, fuhr ich im Straßenverkehr weit vorsichtiger als früher.

Um dem Ganzen die Krone aufzusetzen, hatte sich Metzger vor einer Weile mit einer mobilen Klinik, die sich in einem Reisemobil befand, selbstständig gemacht. Kleinere Operationen wie Gallensteinentfernung, Meniskus oder Blinddarm führte er auf Wunsch der Kunden, wie er seine Patienten nannte, in seinem Reisemobil oder bei den Kunden zuhause aus. Seit der letzten Gesundheitsreform brummte sein Geschäft. Seine Mobilklinik, die gewöhnlich auf einem Campingplatz bei Altrip stand, war für mich ein Kabinett des Grauens. Doch Metzger verstand es immer wieder, die gesetzlichen Vorgaben derart individuell und überkorrekt auszulegen, dass es bisher keiner Behörde gelungen war, sein Vorgehen zu unterbinden. Vielleicht schmierte er sogar die Behörden, indem er den Beamten hohe Rabatte für Altersfleckenentfernungen und Sitzfleischaufpolsterungen versprach.

»Hallo, das ist ja der Herr Palzki!«, begrüßte er mich überschwänglich, als er mich entdeckte. »Sind Sie ins Brauereigeschäft eingestiegen?«

Nun ließ Metzger sein unnatürliches, frankensteinähnliches Lachen ertönen, das mir zwar bekannt war, die anderen Anwesenden allerdings zusammenzucken ließ.

Metzger packte, auch dies war typisch für ihn, eine seit mehreren Wochen überreif aussehende Banane aus seinem Kittel und schälte diese. Schmatzend redete er weiter. »Ich habe über Funk Meldung bekommen, dass bei Ihnen etwas einzusammeln wäre. Ist das der Unglückliche?«

Er besah sich Fritz Klein oberflächlich und schlussfolgerte: »Der ist hin, oder? Soll ich die Reste gleich mitnehmen?«

Langsam hatte ich mich wieder in meiner Gewalt. »Herr Doktor Metzger, wieso treiben Sie jetzt auch rechtsrheinisch Ihr Unwesen? Reicht Ihnen die Vorderpfalz nicht mehr?«

Nachdem er zum zweiten Mal sein schreckliches Lachen vorgeführt hatte, erklärte er mir seine Anwesenheit. »Ich helfe, wo ich gebraucht werde, Herr Palzki. Die Geschäfte in der Pfalz laufen im Moment schlecht. Die Leute bleiben bei dem Sauwetter zuhause und dadurch gibt es weniger Unfälle. Wenn es wenigstens Blitzeis geben würde, dann hätte ich wieder massig zu tun.«

»Das beantwortet nicht meine Frage. Warum sind Sie in Baden-Württemberg?«

»Falsche Planung. Es sind zwischen Weihnachten und Neujahr einfach zu viele badische Kollegen in Urlaub. Manche sind auch krank.« Wieder lachte er und sein Mundwinkel zuckte.

»Mannheim und Umgebung haben im Moment einen ärztlichen Notstand. In manchen Krankenhäusern haben sie begonnen, virtuelle Ärzte einzusetzen.«

»Was sind virtuelle Ärzte?«

»Pfleger, die so tun, als wären sie Arzt. Damit wird den Patienten vorgegaukelt, dass genügend Ärzte im Haus sind. Natürlich dürfen die Pfleger offiziell keine ärztlichen Leistungen erbringen, aber allein deren Anwesenheit beruhigt viele Patienten. Sind wir mal ehrlich, für Mandel- und Polypenentfernungen und so Zeug braucht man heutzutage kein gelerntes Personal mehr, das können Pfleger genauso gut, wenn sie zwei- oder dreimal zugeschaut haben. Heute Morgen habe ich in einer Klinik mal ein bisschen im Akkord ausgeholfen und ein paar Blinddärme erledigt. Ein Bypass war, glaub ich, auch dabei. Das geht heutzutage ja so schnell, das kann sich kein Mensch mehr merken.«

Ferdinand schaute mich die ganze Zeit zweifelnd an. Mit Sicherheit wunderte er sich darüber, dass ich einen Typ wie Metzger kannte. In Anwesenheit des Notarztes konnte ich ihm schlecht sagen, dass man sich als Polizeibeamter seinen Umgang nur selten aussuchen kann.

Mir blieb nichts anderes übrig, als die Situation zu retten. »Herr Doktor Metzger, Sie müssen leider warten. Zuerst müssen sich die Polizei und ein richtiger Arzt vom ordnungsgemäßen Ableben des Mannes überzeugen.«

Metzger grölte. »Ja genau, wir beide haben nun ausführlich genug auf den da gestarrt.« Er zeigte auf den toten Fritz Klein. »Kann ich ihn jetzt endlich einpacken? Es muss auch niemand den Hof sauber machen, wenn es noch eine Weile regnet.«

»So geht das nicht. Die Polizei muss her. Hat die niemand angerufen?«

Ich schaute mich um, inzwischen stand rund ein Dutzend Mitarbeiter herum. Nur der Staplerfahrer rührte sich. »Ich habe nur den Notarzt gerufen.«

Ferdinand hatte begriffen und zückte sein Handy.

Während er telefonierte, trat Metzger an mich heran und flüsterte mir ins Ohr: »Können Sie die Leiche nicht freigeben? Ihre badischen Kollegen sind immer so penibel und überkorrekt. Da muss ich immer ewig warten, das drückt meine Umsatzrendite. Für diese Sache kann ich höchstens 100 Euro in Rechnung stellen. Und wenn ich das noch versteuern würde, äh, versteuert habe …«

Ich ließ mich nicht erweichen und ließ Metzger stehen.

»Wie kommt man da hoch?«, fragte ich meinen Freund und zeigte auf den höchsten Punkt der Gärtanks.

»Bis auf halbe Höhe in 18 Metern geht ein Fahrstuhl. Dann gibt's nur noch eine Treppe. Die ist allerdings bei Regen nicht ganz unproblematisch, da rutschst du ganz schnell aus.«

Meine Kombinationsgabe funktionierte. »Kann Panschers Gehilfe ausgerutscht sein? Wäre ein Unfall möglich?«

Ferdinand schüttelte den Kopf. »Nur wenn er aufs Geländer geklettert wäre. Ansonsten kannst du zwar ein paar Meter die Treppe runtersegeln und dir ein paar Knochen brechen, aber spätestens das Geländer fängt dich dann ab.«

»Machen wir uns auf den Weg, das will ich mir näher anschauen.«

Ferdi deutete in Richtung Sudhaus. »Lass uns den trockenen Weg nehmen, wir sind nass genug.«

In der Tat hatte sich durch den Nieselregen die Feuchtigkeit in der kompletten Kleidung breitgemacht. Hoffentlich war das nicht gleichbedeutend mit einem morgigen grippalen Infekt.

Wir gingen in das Sudhaus und verließen es gleich wieder durch eine kleine Tür am hinteren Ende. Dahinter befand sich auf der rechten Seite ein kleiner Aufzug, in dem maximal vier normalgewichtige Personen Platz fanden.

»Jetzt fahren wir auf 18 Meter Höhe«, erklärte mein Freund, um die Wartezeit im Aufzug zu überbrücken. »Mach besser deine Jacke zu, dort oben bläst fast immer ein kräftiger Wind.«

Der Lift ging auf und wir betraten eine Ebene, die mit metallenen Gitterrosten begehbar gemacht war. In der Tat blies uns sofort kalte Luft ins Gesicht. In Kombination mit meinen feuchten Kleidern stand einer Grippe nun bestimmt nichts mehr im Weg. Auf den Rosten konnte man um alle Tanks herumlaufen. Ich zählte eine Gruppe zu sechs und eine zu vier Tanks. Ferdinand und ich liefen zur Hoffront und schauten nach unten. Die Höhe wirkte Respekt einflößend. Die Menschenmenge, die um den Notarztwagen und die Leiche herumstand, wirkte klein wie Insekten.

»Ihr müsst weiter rauf!«, schrie plötzlich von unten eine undeutliche Stimme. Ich erkannte den Rufer als einen der Gabelstaplerfahrer. »Fritzl ist von ganz oben gesprungen!«

Ich blickte nach oben und mir wurde leicht schwindlig. Die Tanks schienen in den Himmel gewachsen zu sein.

»Auf, packen wir's«, meinte Ferdinand und zeigte auf eine Metalltreppe. »Das Gipfelkreuz steht auf 34 Meter.«

Was blieb mir anderes übrig, als ihm zu folgen? Bei ungefähr 25 Höhenmetern schnaufte ich wie ein Walross, bei 30 Metern wünschte ich mir eine Basisstation wie im Himalaja. Und die Treppe nahm kein Ende …

Auch wenn ich die Hoffnung aufgegeben hatte, sie hörte schließlich doch auf. Aber das Erreichte war keinesfalls das Paradies. Zugig war's und eiskalt. Ich krallte mich am Geländer fest und versuchte, meinen Atem zu beruhigen.

Ferdinand Jäger, der ganz normal atmete, lachte. »Ein bisschen Sport würde dir guttun, Reiner. Wenn ich das vorher gewusst hätte, wären wir mit Sauerstoffgeräten hochgegangen.«

»Hör mir damit auf«, entgegnete ich stoßweise. »Warum geht der Aufzug nicht bis ganz nach oben?«

»Weil nur selten jemand hoch muss. Das wäre zu teuer geworden.« Er zeigte auf die Oberseiten der Tanks zu unseren Füßen, die man durch die Gitterröste deutlich sehen konnte. »Das sind übrigens nicht nur Gär-, sondern auch Lagertanks. Man kann die Kombitanks für beide Zwecke verwenden. Wegen der Form nennen wir sie ZKG, das bedeutet zylindrokonische Gär- und Lagertanks.«

Mir war das im Moment egal, zu sehr war ich mit mir selbst beschäftigt. Ich ging zu einem kleinen Unterstand, der zumindest vor dem Nieselregen schützte. »Gehen wir nach vorne, wo der Fritz gesprungen sein muss.«

»Langsam, Ferdi«, stoppte ich sein Vorhaben. »Lass uns vorsichtig vorgehen.«

»Du musst keine Angst haben, ich bin bei dir. Außerdem haben wir ringsherum ein Geländer.«

»Du verstehst mich falsch. Mit vorsichtig meine ich, dass wir keine Spuren verwischen sollten.«

»Welche Spuren?«, fragte mein Freund.

»Vielleicht finden wir etwas am Geländer, wo er drübergestiegen ist.«

Er drehte sich um und wollte Richtung Vorderfront gehen, was ihm nicht gelang, da ich ihn am Oberarm festhielt.

»He, was soll das? Sag bloß, du bist nicht schwindelfrei?«

Ohne auf die Frage einzugehen, zeigte ich in etwa zwei Metern Entfernung auf den Boden. Dort lagen mehrere hölzerne Bretter. Eines davon war mit einem Ölfleck verschmutzt, der sich durch den Nieselregen auf dem halben Brett verwischt hatte. Das Interessante daran war, dass Schuhspuren von zwei Personen zu der Vorderseite der Anlage zeigten.

»Donnerwetter!«, stieß Ferdinand Jäger hervor, als er die Konsequenz der Spurenlage verinnerlicht hatte. »Da sind zwei Leute durchgelaufen, aber keiner ist zurückgegangen. Seltsam.«

»Finde ich nicht«, antwortete ich. »Fritz Klein und sein mutmaßlicher Mörder sind über dieses Brett gelaufen. Klein hat dann die Abkürzung über das Geländer genommen, ob freiwillig oder nicht, lassen wir mal im Raum stehen. Da nur einer unten angekommen ist, muss der zweite den Weg über die Treppe zurückgegangen sein. Dieses Mal, ohne auf den Ölfleck zu treten.«

»Und was machen wir jetzt?«

»Spurensicherung. Die Schuhspuren auf dem Holzstück sind im Moment noch sehr deutlich. Wenn wir sie liegen lassen, werden sie durch den Regen verwischen. Daher werden wir das Brett zu dem Unterstand tragen. Es ist zwar gegen die Bestimmungen, an einem Tatort etwas zu verändern, bevor es dokumentiert ist, hier ist aber Gefahr in Verzug.«

Nachdem wir das nicht allzu schwere Stück geborgen hatten, gingen wir gemeinsam zu dem Punkt, an dem Fritz Klein mutmaßlich herabgestürzt war. Wir bemühten uns, nichts anzufassen und die Laufwege nur am äußersten Rand zu benutzen. Das Geländer, das nur aus zwei waagerecht verlaufenden Holmen bestand, mochte zwar den Bestimmungen der Berufsgenossenschaft entsprechen, meinem Sicherheitsgefühl aber bei Weitem nicht. Ohne es zu berühren, schaute ich über den Holmen hinweg nach unten. Das hätte ich besser sein lassen. Den Kloß im Hals würde ich so schnell nicht wieder loswerden. Ich fixierte meinen Blick auf das Geländer, bemüht, ja nicht mehr nach unten zu schauen. Ferdinand stand schweigend daneben und schien zu überlegen.

»Hast du zufällig eine Tüte dabei?«, unterbrach ich Ferdi in seinen Gedanken.

»Meinst du nicht, dass wir dafür zu alt sind? Wo soll ich jetzt eine Haschischzigarette hernehmen?«

Ich schüttelte den Kopf. »Kannst du mal eine Minute ernst bleiben? Ich meine eine ganz normale Tüte aus Folie oder Papier.«

»Ach so, dann sag's doch gleich.« Er fummelte in seinem Mantel herum und zog die angebrochene Packung Weihnachtsgebäck hervor. »Das ist das Einzige, was ich dabei habe. Hast du Hunger?«

Mein Halskloß vergrößerte sich auf den doppelten Umfang.

»Na ja, immerhin etwas«, sagte ich und nahm die Tüte. Mit einer Hand öffnete ich die Außentasche meiner Jacke und mit der anderen ließ ich den angeblich so gesunden Inhalt in die Jacke rutschen. Schließlich schüttelte ich die letzten Krümel über das Geländer. Als ich mir zum Schluss die Tüte über die Hand zog, wollte Ferdi eingreifen, da er wohl an meiner geistigen Zurechnungsfähigkeit zu zweifeln begann.

»Geht's dir wirklich gut, Reiner? Kann es sein, dass dir in dieser Höhe der Sauerstoff etwas knapp geworden ist?«

Auch diese ketzerische Anmerkung ließ ich unkommentiert. Stattdessen zeigte ich mit meiner folienbehandschuhten Hand auf das Geländer. An einer Stelle, wo zwei Querholme miteinander verschweißt waren, hingen Faserspuren. Ich griff sie vorsichtig und zog dann mit der anderen Hand die Tüte über die Fasern. Damit hatte ich die Faser ohne Handberührung geborgen.

Ferdi nickte anerkennend. »Da habe ich dich mal wieder ziemlich unterschätzt, Herr Kriminalhauptkommissar.«

»Not macht erfinderisch. Ein Kollege hat mal eine Spur in einem Kondom geborgen, weil er nichts anderes zur Hand hatte. War aber ein unbenutztes.«

Die Kälte nahm überhand. Wir beschlossen, das Feld zu räumen.

3 DIENST IST DIENST

Die Polizei war da.

»Wo kommen Sie her?«

Diese, an uns in herrischem Ton gerichtete Frage war das Erste, was wir hörten, als wir aus dem Sudhaus kamen. Eigentlich antwortete ich nie auf Fragen, die in einer solchen Art und Weise an mich gestellt wurden. Ausnahmsweise wollte ich dennoch antworten. Doch ich kam nicht dazu. Der vermutliche Zivilbeamte, den ich nach einer ersten groben Einschätzung auf gut 100 Jahre taxierte, unterbrach mich bei der ersten Silbe.

»Sind Sie der Beamte von drüben?«

Er meinte wohl Rheinland-Pfalz.

Ich nickte, auch wenn das für diesen Kerl vielleicht schon ein bisschen zu viel Entgegenkommen war.

»Das ist ein Tatort, das wissen Sie doch? Warum mischen Sie sich ein, statt uns zu rufen?«

Neben dem Kommissar, um so etwas musste es sich handeln, auch wenn er in Zivil war, stand sein Assistent. Immer wenn sein Chef redete, wackelte er Kopf nickend wie ein Schleimer.

Ich wusste, dass man solchen Personen am besten die Luft herausließ, indem man die Gesprächsführung etwas dehnte.

»Ja«, sagte ich zu ihm, auch wenn die Antwort nur auf einen Teilbereich seiner Fragen passte.

Dem 100-Jährigen, Ottfried Fischer nicht unähnlich, war dies egal. Vermutlich konnte er sich an seine Fragen schon nicht mehr erinnern.

»Wegen Ihnen muss ich noch mal raus. In ein paar Tagen werde ich pensioniert, und seit zwei Jahren arbeite ich nur noch im Innendienst. Ausgerechnet jetzt müssen alle jüngeren Kollegen krank sein.«

»Bedauerlich«, antwortete ich und gab alles. »Die haben bestimmt zu viel Weihnachtsgebäck vom Weihnachtsmarkt gefuttert. Das kann schwer im Magen liegen.«

Ich schaute ihn leicht schräg an. »Bei Ihnen verdünnt sich das aber.«

Der schleimige Assistent erstarrte. So hatte anscheinend bisher noch niemand mit seinem Vorgesetzten gesprochen.

»Was ist passiert?« Kommissar Specki schien sich nicht mit Freundlichkeiten aufhalten zu wollen.

»Würden Sie mir bitte zunächst sagen, wer Sie sind? Da könnte ja jeder kommen und einen auf Autoritätsperson machen. Mein Name ist übrigens Reiner Palzki, Kommissar von drüben.«

Mein Gegenüber schien dem Platzen nahe. »Jeder hier weiß, wer ich bin. Ich habe keine Lust, mich Ihnen gegenüber –, sagten Sie Palzki? Aus Schifferstadt?«

Oh, ich war berühmt.

»Heißt Ihr Vorgesetzter zufällig Klaus Diefenbach?«

Oh, KPD, wie wir unseren Vorgesetzten Klaus Pierre Diefenbach wegen seiner Initialen nannten, war auch berühmt.

Mein Nicken löste eine Lachsalve aus.

»Das ist der Hammer! Dass ich das noch erleben darf. Klaus hat bei unserem Stammtisch schon viel über Sie erzählt. Sind Sie wirklich so ein Ermittlungschaot? Klaus erzählt ständig die verrücktesten Geschichten. Wieso versetzt man Sie nicht als Parkwächter in den Maudacher Bruch? Da passiert weniger.«

Er lachte und lachte. Jetzt konnte ich mich nicht einmal mehr im ausländischen Baden-Württemberg blicken lassen.

Das würde Folgen haben. Für KPD. Ich nahm mir vor, bis zum bitteren Ende zu kämpfen.

»Kann ich jetzt gehen?«

Nachdem sein Bauchbeben nachgelassen hatte, sagte er: »Von mir aus, hier handelt es sich schließlich nur um einen Suizid.«

»Dann wird's wirklich Zeit, dass Sie pensioniert werden«, entgegnete ich schadenfroh. »Ich möchte lieber nicht wissen, wie viele Kapitalverbrechen Sie in Ihrer Laufbahn übersehen haben. Hier jedenfalls liegt ganz klar ein Fremdverschulden vor.«

Er starrte mich mit seinen Schweinsäuglein an. »Wie bitte? Woher wollen Sie das wissen? Sie haben ihn ja nicht einmal springen sehen.« Er zeigte auf Fritz Klein, der nach wie vor auf dem nassen Boden lag. Metzgers Wagen stand daneben, er selbst war ins Sudhaus gegangen.

Ich überreichte ihm die Tüte mit den Faserspuren. »Falls diese nur vom Toten sein sollten, habe ich einen weiteren Beleg.«

Ich zeigte nach oben. »Ich habe ein Brett gesichert mit zwei verschiedenen Schuhspuren drauf. Klein war nicht alleine da oben.«

»Wie kommt man da hoch?« Der nach wie vor namenlose Kommissar benahm sich wie ein Bluthund. Ich zeigte auf die Treppe, die alternativ zum Aufzug bereits auf dem Boden begann. Ein bisschen Sport würde ihm sicherlich guttun. Er gab seinem Assistenten zu verstehen, dass er ihm folgen solle, und erklomm mit diesem gemeinsam die ersten Stufen. Die Besteigung würde wohl eine Weile dauern.

Ich winkte Ferdinand zu und wir gingen gemeinsam in den Bräukeller. Es wäre schade gewesen, die Reste des Imbisses verkommen zu lassen.

»Ich bin wirklich froh, dass ich auf der anderen Seite des Rheins arbeite«, stellte ich schmatzend fest. »Das Kapitalverbrechen würde mir den ganzen Urlaub versauen.«

»Du hast Urlaub?«, fragte Ferdinand Jäger erstaunt. »Ich dachte, an Weihnachten und Neujahr gibt's bei euch Urlaubssperre. In diesen Tagen muss doch mächtig was los sein.«

»Nein, eigentlich nicht«, wiegelte ich ab. »Ich habe auch keinen richtigen Urlaub, sondern Rufbereitschaft. So richtige Kriminalfälle gibt's über die Feiertage nur selten. Das Meiste, was über Weihnachten reinkommt, sind Suizide. Okay, ab und zu metzelt mal einer seine Familie ab, da braucht es aber keine großen Ermittlungen. Und die alkoholbedingten Straftaten über Silvester regelt die Schutzpolizei.«

»Dann kannst du einiges mit deiner Familie unternehmen, du Glücklicher.«

»Morgen will ich mit Paul und Melanie nach Mannheim ins Technoseum. Da gehen die gerne hin.«

Ferdi lächelte. »Du scheinst im Moment öfters in Baden-Württemberg zu sein.«

Ich wollte darauf mit einem lockeren Spruch antworten, doch so langsam fing ich an, mich unwohl zu fühlen. Meine feuchten Kleider hingen an mir wie ein feuchter Sack. Zwei- oder dreimal hatte ich bereits niesen müssen, meine Stimmung war dahin.

Ich stand auf und zog mir die Jacke an. »Entschuldige bitte, Ferdi, aber ich brauche dringend eine Dusche und frische Klamotten. Sonst liege ich in den nächsten Tagen auf der Schnauze.«

Mehr zufällig griff ich in die Jackentasche und zog angewidert eine nasse und klebrige Pampe heraus.

»Schade um das Gebäck«, meinte Ferdi lapidar.

»Das kann man bestimmt wieder trocken föhnen und in Form pressen«, antwortete ich und pappte den Teigbrocken kunstvoll auf einen Bieruntersetzer.

*

»Papa, willst du wieder gegen mich verlieren?«

Immerhin war ich bereits seit fünf Sekunden zuhause. Ich zog Schuhe und Jacke aus und folgte der Stimme ins Wohnzimmer. Paul hielt mir den Joystick hin. Eine weitere Begrüßung hielt er für überflüssig.

»Später, mein Sohn«, antwortete ich. »Wo ist deine Mutter?«

Paul zuckte mit den Achseln. Ich interpretierte das als ein Anzeichen für wachsende Selbstständigkeit.

»Papa, fährst du mich morgen Abend in die Disco?« Melanie hielt ebenfalls nichts von der Belanglosigkeit einer Begrüßung.

»Wo willst du hin?« Ich musste Zeit zum Überlegen gewinnen, schließlich wollte ich sie nicht mit einer sofortigen Absage bis an ihr Lebensende traumatisieren.

»In die Disco nach Mannheim. Alle meine Klassenkameradinnen dürfen hin. Es sind doch Ferien. Bitte, erlaube es mir.«

Aha, alle Klassenkameradinnen dürfen etwas, was sie auch will. Das gleiche verlogene Argument, das auch ich in meiner Kindheit benutzt hatte. Und meine Eltern wahrscheinlich ebenso. Was es aber insgesamt nicht glaubwürdiger machte.

Vorsichtig fragte ich: »Was sagt deine Mutter dazu?«

Das war ein Wort zu viel. Melanie schoss die Zornesröte ins Gesicht. »Spielverderber«, antwortete sie beleidigt und war im Begriff, das Zimmer zu verlassen.

»Halt, einen Moment bitte.«

Melanie blieb abrupt stehen und drehte sich um. Sie zog spontan ein strahlendes Lächeln auf und hoffte auf ein väterliches Entgegenkommen.

»Wo ist Mama?«

Enttäuscht murmelte sie: »Drüben bei Ackermanns.«

Oje, das war übel. Unsere Nachbarin, Frau Ackermann, war unangefochtene Weltmeisterin im Vielschwätzen. Spätestens nach fünf Minuten Ackermannkontakt lief einem das Blut aus den Ohren. Mit dem Schlimmsten rechnend zog ich wieder meine Schuhe und Jacke an und klingelte am Nachbarhaus. Sekundenbruchteile später öffnete sich die Tür und Häuptling Böse Zunge stand vor mir. Hinter ihr erblickte ich im Flur die blass wirkende Stefanie.

»Hallo, und frohe Weihnachten«, begann sie ihren Monolog. »Das ist ja fast schon ein Familientreffen, Herr Palzki.«

Stefanie rollte im Hintergrund genervt mit ihren Augen.

»Ich habe Ihre Frau gerade ein paar meiner selbst gebackenen Zimtsterne versuchen lassen. Das Rezept wird in unserer Familie seit Generationen wie ein Geheimnis gehütet. Früher waren die Zimtstangen ja so teuer, das können Sie sich gar nicht vorstellen. Zum Glück gibt es die jetzt überall zu kaufen. Die sollen ja blutdrucksenkend sein, was für meinen Mann ganz gut wäre. Immer wenn ich ihn anschaue und mit ihm rede, hat er so einen richtig roten Kopf. Ich sage dann immer zu ihm, dass er zum Arzt gehen soll wegen seines Blutdruckes. Aber was antwortet er? Gegen seinen roten Kopf würde kein Arzt was tun können, da müsste man nämlich erst die Ursachen beseitigen. Und das würde einen 20-jährigen Zwangsaufenthalt zur Folge haben. Wahrscheinlich verwechselt er da nur etwas. Solange war noch nie jemand im Krankenhaus. Wollen Sie auch meine Zimtsterne probieren, Herr Palzki? Ich habe schon überlegt, ob ich sie nächstes Jahr auf dem Weihnachtsmarkt verkaufen soll. Ich nehme ja nur allerbeste Zutaten und selbst die Butter ist so gut wie fettfrei.«

Sie drückte mir einen offenen Plastikbehälter hin, in dem undefinierbare Brocken lagen, die nicht im Entferntesten nach Sternen aussahen.

Ich schob ihr abwehrend meine Hände entgegen. »Nein, danke, tut mir leid, ich habe eine Mehlallergie. Ich darf nur ganz bestimmte Sorten mit linksdrehenden Mehlwürmern aus dem Reformhaus essen. Und fettig darf es schon gar nicht sein. Davon krieg ich immer einen Ausschlag auf den Ohren.«

Frau Ackermann drehte sich zu Stefanie um. »Sie müssen mit Ihrem Mann eine Hyposensibilisierung durchführen, Frau Palzki. Sie werden sehen, irgendwann kann er dann sogar Pommes und Hamburger essen, ohne einen Ausschlag zu bekommen.«

Frau Ackermann redete weiter, doch meine Frau unterbrach sie, was normalerweise nicht ihre Art war. »Danke, Frau Ackermann, für das Salz, das Sie mir ausleihen. Ich muss jetzt aber wirklich rüber, meinem Mann etwas zu essen machen. Wegen seiner Allergie ist das immer sehr zeitaufwändig. Und er freut sich doch schon so auf seinen gedünsteten Gemüseteller, stimmt's, Reiner?«

Was blieb mir anders übrig, als devot zu nicken und innerlich den Entdecker des Gemüses zu verfluchen? Weil meinen Vorfahren die Mammuts ausgegangen waren, musste ich mich mit ballaststoffreichen Ersatzstoffen wie Blumenkohl und Karotten zufriedengeben. Zum Glück gab es heutzutage überall kleine Notfallstationen, wie das Caravella in Schifferstadt oder die Curry-Sau in Speyer.

Kaum waren wir bei uns im Hausflur angelangt, gab mir Stefanie einen Kuss. »Danke schön, mein Retter. Kannst du bei Gelegenheit Herrn Ackermann überzeugen, dass 20 Jahre Knast eine durchaus überlegenswerte Alternative sein können? Wie hält der das bloß mit so einer Frau aus? Ich wollte mir nur ein bisschen Salz von ihr ausleihen, da hat sie mir ihre komplette Krankheitsgeschichte erzählt. Die muss …«

Ich unterbrach sie mit einem weiteren Kuss. »Beruhige dich, Schatz. Ich kaufe dir nächste Woche ein Salzbergwerk, dann brauchst du nie mehr zu ihr rüber.«

Stefanie lächelte, anscheinend hatte ich ausnahmsweise den richtigen Ton und Satz getroffen.

»Ich mache uns jetzt mal was Anständiges zu essen«, sagte sie schließlich. »Soll ich wirklich fettfrei kochen?« Sie schaute schelmisch langsam an mir herab. »Schaden könnte es nicht.«

»Denk an unser Baby«, antwortete ich und streichelte ihr dabei sanft über den leicht gewölbten Bauch. »Wenn unser Junge nur Gemüse und so Zeugs bekommt, kriegt er vielleicht einen Schock und will erst gar nicht geboren werden.«

»Da mache ich mir keine Sorgen. Ich denke, dass unser Junge –«, sie machte eine kleine Gedankenpause, »– oder unser Mädchen früh genug Papas Esskultur mitkriegen wird.«

Mist, fast hätte sie sich verraten. Immer noch verheimlichte sie mir, ob wir einen Jungen oder ein Mädchen bekommen würden. Nach jedem Arztbesuch sagte sie, dass man das Geschlecht auf den Ultraschallbildern noch nicht erkennen konnte. Ich hatte keine Ahnung, warum sie das tat. Mir war es sowieso egal, Hauptsache es würde ein Junge werden.

Der Abend war okay. Während Stefanie in der Küche kochte, verlor ich beim Autorennen nur ganz knapp gegen Paul. Melanie hatte sich trotzig zurückgezogen und murmelte etwas davon, dass sie die strengsten Eltern im ganzen Universum hatte. Na ja, in 20 Jahren, wenn sie eigene Kinder hat, wird sich ihre Meinung wieder ändern. Auch das Essen verlief problemlos. Es war für jeden Geschmack etwas dabei. Bei mir war es die Flasche Bier, die ich dazu trank. Näheres würde ich Stefanie niemals verraten. So aß ich tapfer von dem saisonbedingt sauteuren Blumenkohl und verschmähte auch die Bratkartoffeln nicht. Nach dem Essen wollte meine Frau eine gemeinsame Runde Monopoly spielen, doch unsere Kinder zogen sich unter dem Vorwand totaler Müdigkeit zurück. Als mir dann Stefanie die Flasche Massageöl hinhielt, wusste ich Bescheid. Mit einer sanften Massage beendeten wir den Tag.

*

Der Sonntagmorgen begann mit einem Hechtsprung. Das konnte Paul noch einen Tick besser als Autorennen fahren. Gewöhnlich landete er bis spätestens halb sieben im freien Flug auf meinem gestählten Body. Dass der Body bis dahin tief schlief und über eine gefüllte Blase verfügte, das störte meinen Sohn niemals.

»Papa, der Monitor ist schon eingeschaltet. Komm endlich, du Verlierer.«

Stefanie gab ein leises Grunzen von sich und drehte sich auf die andere Seite. Ich gab Paul zu verstehen, dass wir möglichst leise das Schlafzimmer verlassen sollten. Es benötigte viel Überredungskunst, Paul beizubringen, dass wir um diese Zeit auf die Spielekonsole verzichten mussten, um den Rest der Familie nicht zu wecken. Nach einem kurzen Badbesuch wusste ich nichts mit der unfreiwillig gewonnenen Zeit anzufangen. Die Sonntagszeitung kam immer erst gegen neun, zur Frühstücksvorbereitung hatte ich keine Lust. So kam es, dass ich auf der Couch einschlief.

Pünktlich zum Frühstück wurde ich von Stefanie geweckt. »Guten Morgen, warum liegst du im Wohnzimmer? Habe ich geschnarcht?«

Ich brauchte einen Moment, bis ich wusste, warum ich hier lag und erklärte es meiner Frau.

Der Kaffee duftete, der Sonntag fing gut an. Wenn ich jetzt noch ein Stündchen Zeit für die Zeitungslektüre herausschinden könnte, dann wäre der Tag perfekt.

Die Türklingel läutete.

Stefanie sah erschreckt auf. »Schau du nach«, meinte sie, »wenn es deine Nachbarin wegen des Salzes ist, sei so gut und erschieß sie.«

Ich kannte meine Frau seit vielen Jahren. Beim letzten Satz war ich mir nicht hundertprozentig sicher, ob er ernst oder scherzhaft gemeint war. Ich setzte die Tasse ab und ging zur Haustür.

»Guten Morgen, Reiner!«, begrüßte mich meine Kollegin Jutta. »Frohe Weihnachten, übrigens. Habe ich dich geweckt?«

Ich versuchte zu verdrängen, dass der Besuch meiner Kollegin höchstwahrscheinlich beruflich veranlasst war. »Hat dich die Ackermann geschickt, um das Salz zu holen? Dann muss ich dich nämlich erschießen.«

Jutta stutzte. Sie schaute mir in die Augen und kam etwas näher. »Geht es dir gut, hast du um diese Uhrzeit schon getrunken?«

»Komm rein, Stefanie ist auch da.«

Nach einer kurzen Begrüßung und den üblichen Weihnachtswünschen reichte meine Frau unserem Besuch eine Tasse. »Du magst doch bestimmt einen Kaffee, oder?«

»Der ist für Jutta viel zu dünn«, antwortete ich an ihrer Stelle. Jutta und mein Lieblingskollege Gerhard tranken im Büro eigentlich nur ihren Sekundentod, der neben Kaffeepulver aus einer homöopathischen Dosis Wasser bestand.

»Das nächste Mal gerne, Stefanie«, antwortete sie. »Ich weiß, es ist Sonntag, aber ich muss deinen Mann leider trotzdem für ein paar Stunden entführen. Es ist sonst niemand erreichbar.«

Meine Frau wurde blass, ich ebenfalls. »Was ist passiert?«

»Ein unnatürlicher Todesfall in Ludwigshafen. Das Polizeipräsidium und die Kriminaldirektion in Ludwigshafen bitten um Amtshilfe, die meisten ihrer Beamten sind im Urlaub oder krank.«

»Und wir sollen ihre falsche Urlaubsplanung ausbügeln?«, erwiderte ich harscher, als ich wollte.

»So in etwa«, sagte Jutta. »KPD hat unsere vollste Unterstützung zugesagt. Er sagte mir, dass wir uns damit mal wieder über die Grenzen unseres Einsatzgebietes hinaus profilieren können. KPD selbst hat leider keine Zeit zum Profilieren, er muss mit seiner Frau und der Schwiegermutter zu einer Vernissage ins Schwetzinger Schloss.«

»Wenigstens der bleibt uns erspart. Wo müssen wir hin?«

»In den Ebertpark.«

»Wie bitte? Im Ebertpark wurde jemand ermordet?«

Ich wusste, dass der knapp 30 Hektar große Erholungspark 1925 anlässlich der Süddeutschen Gartenbauausstellung auf einem ehemals versumpften Altrheinarm angelegt wurde. In der benachbarten Friedrich-Ebert-Halle war ich als Jugendlicher öfters auf Rockkonzerten gewesen, das letzte Mal Anfang der 80er-Jahre bei AC/DC. Einen Mordfall im Ebertpark konnte ich mir dennoch nicht vorstellen.

»Dann mach dich mal fertig, Junge. Dann wirst du schon sehen.«

Seit einigen Wochen redete Jutta Gerhard und mich gerne mit ›Junge‹ an. Wir ärgerten uns darüber aber nicht. Schließlich hatte Jutta ihre Qualitäten. Insbesondere was zeitsparende Meetings anging. Zielstrebig unterband sie alle Wiederholungen und führte die Diskussionen fast immer zu einem punktgenauen Finale.

4 NOCH EIN ARZT

Ich verabschiedete mich von Stefanie und versprach, gleich nach meiner Rückkehr mit den Kindern nach Mannheim ins Technoseum zu fahren. Meine Frau nickte mit resigniertem Gesichtsausdruck, der nichts anderes aussagte, als dass sie stärkste Zweifel an meinem Plan hatte.

Als ich in Juttas Wagen Platz genommen hatte, startete sie und fuhr sofort los.

»He, willst du nicht vorher dein Navi programmieren?«

»Siehst du hier irgendwo so ein Ding? Zum einen bin ich in der Hinsicht ähnlich altmodisch wie du, zum anderen werde ich den Ebertpark auch ohne elektronische Hilfsmittel finden.«

Eigentlich wollte ich sie dafür mit der üblichen Frauen-links-rechts-Verwechslungstragödie aufziehen, aber irgendwie war ich dazu nicht in der richtigen Stimmung. Daher beschloss ich, die Fahrt als Beifahrer zu genießen und etwas zu entspannen. Dies gelang mir aber nur in den ersten fünf Minuten, dann wurde ich von der weiblichen Realität eingeholt. Frauen frieren schneller und leichter als Männer. Das war kein Klischee, sondern millionenfach bewiesener Fakt. Frauen entgegnen dem Frieren immer mit radikalen Gegenmaßnahmen. Diese Gegenmaßnahme nannte sich ›Heizen auf Teufel komm raus‹. In einer gemeinsamen Wohnung konnte Mann sich meist in ein klimatisiert angenehmeres Zimmer zurückziehen, in einem Pkw war das unmöglich, wenn man keinen Fußweg riskieren wollte. Während mir die trockenheiße Luft in den Hosenbeinen hochkroch und zusätzlich von vorne direkt ins Gesicht schlug, beobachtete ich die rot glühende Abdeckung der Luftzufuhr im

Armaturenbrett. Ohne Aufmerksamkeit zu erregen, öffnete ich die Beifahrerscheibe um ein paar kaum sichtbare Millimeter.

»Mach sofort das Fenster wieder zu.« Sie hatte es bemerkt, ich war gefangen. Jutta drehte den Heizungsschalter auf die nächste, die höchste Stufe. Während mir die Schweißtropfen übers Gesicht liefen, fiel mir die Sage von Ikarus ein. Als Flammenball würden wir im Ebertpark ankommen.

Ganz so schlimm war es dann doch nicht. Eine Viertelstunde später parkte Jutta auf dem großen Parkplatz vor der Friedrich-Ebert-Halle. Der Temperaturunterschied zwischen dem Wageninnern und der Außentemperatur traf mich mit voller Wucht, was mein Körper zunächst mit mehrfachem Niesen quittierte.

»Sind wir hier richtig?« Ich blickte mich um und konnte keinerlei Fahrzeuge entdecken, die irgendetwas mit Kriminalpolizei zu tun hatten.

»Glaub mir«, entgegnete meine Kollegin, während sie zielstrebig auf den Eingang des Parks zuging. »Die anderen sind in den Park reingefahren. Wir haben heute sowieso nur eine Mindestbesetzung. Ich fahre da nicht rein. Damit würde ich den Wagen doch total verschmutzen.«

Ich nickte ergeben. Das musste man akzeptieren. Im Slalom nahmen wir zu Fuß einen der Hauptwege und konnten den meisten Wasserpfützen ausweichen. Dennoch fanden wir ab und zu ein unverhofftes Schlammloch. Mit ein bisschen Glück würde ich die Schuhe mit Zuhilfenahme eines Dampfstrahlers retten können.

Direkt neben einem See entdeckten wir auf einem Rasenplatz ein halbes Dutzend Menschen. Als wir sie erreicht hatten, sah ich, dass im Zentrum des Geschehens ein gut zwei Meter hoher Quader aus rotem Sandstein stand. Im unteren und oberen Bereich war er mit Tierornamenten gestaltet, in der Mitte waren zwei Skalen angebracht. Ein dicker Metallstab führte aus dem Bereich der Skalen in einem etwa 45-Grad-Winkel nach unten zum Boden. Auch dort auf dem Pflaster war eine Skala angebracht. Zwei Sandsteinbänke luden in wärmeren und leichenärmeren Zeiten zum Verweilen ein. Hier konnte man, zumindest im Sommer, die Schattenwurfreise des Metallstabs beobachten und die Uhrzeit ablesen.

Der auf der Sonnenuhr eingemeißelte Spruch ›Der Natur zur Ehre‹ stand in krassem Widerspruch zu der abgedeckten Leiche, die unmittelbar davor auf dem Pflaster lag.

Wir begrüßten die Kollegen, die wir vom Sehen her kannten und die aus diversen Kripoinspektionen der Umgebung zusammengetrommelt waren. Meine Befürchtung, auch heute wieder auf Dr. Metzger zu treffen, bewahrheitete sich nicht.

»Nichtnatürliche Todesursache«, berichtete der anwesende Arzt. »Das Opfer ist erstickt. Näheres wird die Obduktion zeigen.«

»Ist ein Unfall auszuschließen?« Jutta hatte diese Frage gestellt.

Wortlos hob der Arzt das Leintuch ab. Der männliche Tote, ich schätzte ihn auf Mitte 30, sah auf den ersten Blick gut gepflegt aus. Er trug Jackett, weißes Hemd und eine schwarze Stoffhose. Seine Figur konnte man durchaus als sportlich bezeichnen. Der rechte Schuh fehlte. Allerdings gab es eine Merkwürdigkeit. Auf seiner Stirn waren die Worte ›Meine Zeit ist abgelaufen‹ zu lesen.

»Ist das tätowiert oder nur ein Abziehbild, wie es früher in den Kaugummipäckchen lag?«

Der Arzt schüttelte den Kopf. »Das ist richtig tätowiert und höchstens ein paar Stunden alt. Wohl eher dem professionellen Bereich zuzuordnen.«

Während der Arzt sich mit seiner Tasche beschäftigte, kam ein Spurensicherer und gab mir zu verstehen, dass ich im Weg stand.

»Liegt das Opfer so, wie es aufgefunden wurde?«, fragte ich ihn.

Auch von dem Spurensicherer erhielt ich ein Kopfschütteln. »Ein älteres Ehepaar hat den Toten vor einer Stunde gefunden. Man hat ihn stehend mit dem Rücken an die Sonnenuhr gebunden. Sah schon etwas makaber aus.« Er zeigte auf eine Tüte, die etwas abseits im Gras lag. »Das Seil bekommen Sie in jedem Baumarkt. Details untersuchen wir erst im Labor, dort ist es nicht so kalt.«

»Haben Sie den zweiten Schuh gefunden?«

»Hier in der Umgebung nicht. Vielleicht liegt er im See oder ein Hund hat ihn apportiert, keine Ahnung.«

»Und wie lange hing er insgesamt an der Uhr?«

»Sie stellen aber Fragen. Das kann man ad hoc bei diesen Außentemperaturen schlecht beantworten. Aufgrund der frischen Tätowierung würde ich schätzen, dass er erst kurz vor dem Auffinden angebunden wurde. Vorausgesetzt er wurde nicht hier vor Ort tätowiert.«

»Ist dem Ehepaar etwas aufgefallen? Außer dem Toten meine ich.«

Der von mir Angesprochene, der gerade auf dem Boden herumsuchte, stand auf. »Was sollen wir noch tun? Sind Sie der ermittelnde Beamte oder wir? Es ist schon schwierig genug, meiner Frau zu erklären, warum ich, der normalerweise in Bad Dürkheim arbeitet, an einem Sonntag nach Ludwigshafen muss.«

Was sollte ich diesem frustrierten Beamten nur antworten? Am besten war wohl die Taktik des Ignorierens, mit der ich große Erfahrung hatte.

»Dann werde ich sie selbst befragen. Wo sind sie denn?«

Der Spurensicherer blickte sich verlegen um. »Weiß nicht. Vorhin waren sie noch da.«

»Hat sich niemand um das Paar gekümmert?«

»War ja sonst keiner da. Mein Kollege und ich und dann noch der Arzt. Zwei oder drei Schutzpolizisten sind später dazugekommen und haben den Platz abgesperrt.«

Unglaublich, was sich hier abspielte. Hoffentlich würde von unserer Unterbesetzung nichts in der Bevölkerung durchsickern. Kaum auszudenken, wenn das ältere Paar, das den Toten gefunden hatte, einen Leserbrief in der regionalen Zeitung veröffentlichen würde. Der Arzt kam wieder in mein Blickfeld und überreichte mir zwei Sachen.

»Das sind sein Ausweis und sein Schlüsselbund. Geld hatte er keines dabei.« Er nickte in Richtung Opfer. »Ich gehe jetzt, mehr kann ich nicht für Sie tun. Und für den gilt das Gleiche. Ich habe den Leichenheinis vom Bestattungsunternehmen telefonisch Bescheid gegeben. Die brauchen aber noch mindestens eine Stunde, bis sie kommen können. Die räumen im Moment bei einem Familiendrama in Frankenthal auf.« Der Arzt schnappte sich seine Tasche und ging.

Jutta, die in der Zwischenzeit die nähere Umgebung unter die Lupe genommen hatte, kam nachdenklich auf mich zu.

»Das verstehe ich nicht, Reiner«, begann sie. »Warum hat der Täter nur solch ein hohes Risiko auf sich genommen? Der Park ist sonntags ziemlich gut besucht. Da kann man nicht einfach eine Leiche reinschleppen und an die Sonnenuhr binden. Das muss doch jemandem auffallen.«

»Anscheinend nicht, liebe Kollegin. Vielleicht liegt es an der Kälte.«

»Wie meinst du das?«

»Schau mal, Jutta. Wer geht bei diesem Sauwetter spazieren? Höchstens ein paar Verwegene, die jeden Tag eisern ihre Runde drehen. Ansonsten sind es nur Hundebesitzer, die ihren Pflichtspaziergang machen. Bei den Temperaturen warten die nur darauf, dass ihr Vierbeiner auf den Weg scheißt, damit sie schnell wieder heim ins Warme können. Was um sie herum passiert, bemerken sie nicht, da bin ich mir sicher.«

»Trotzdem ist es ein unnötiges Risiko für den Täter gewesen.«

»Klar, da gebe ich dir recht. Das Ganze muss meiner Meinung nach eine gewisse Symbolik haben. Die Symbolik ist aber weniger für das Opfer gedacht, denn das ist bekanntlich tot. Es muss sich also um eine Warnung für jemand anders handeln.«

Jutta nickte. »Ich glaube, du hast recht.«

»Ach, lass doch diese Selbstverständlichkeiten.«

»Was meinst du mit Selbstverständlichkeiten, Reiner?«

»Dass ich recht habe.«

Jutta zog eine Schnute. »Komm, lass uns zur Wohnung des Opfers fahren. Wie ich vermute, ist die Spurensicherung bestimmt noch nicht dort gewesen.«

Das war einen Tick zu laut gewesen.

»Hexen können wir nicht«, blökte der zweite der Spurensicherer, der gerade unmittelbar hinter Jutta zu tun hatte. »Ich kann mir Schöneres vorstellen, als hier den nassen Boden abzusuchen. Und das nur, weil die lieben Kollegen alle schulpflichtige Kinder haben und dafür mit Urlaub zwischen den Feiertagen belohnt wurden.«

Er redete weiter, aber wir ließen ihn einfach stehen.

»Reiner, ich nehme einen kleinen Umweg«, sagte Jutta mit Blick auf ihre bereits ziemlich verdreckten Stiefel. »Ich nehme den Ausgang auf die Straße und komme dann vor zum Parkplatz gelaufen.«

»Das ist ja mindestens doppelt so weit wie der direkte Weg«, protestierte ich.

Meine Kollegin drückte mir ihren Autoschlüssel in die Hand. »Dann nimm du den kurzen Weg durch den Sumpf und heiz den Wagen vor.«

Ich musste kaum mehr als fünf Minuten auf Jutta warten. Zufrieden saß ich im Wagen und verkniff mir ein Grinsen.

»Boah, ist das kalt«, schimpfte sie, als sie einstieg. »Warum hast du die Heizung nicht eingeschaltet?«

»Ging nicht«, antwortete ich einsilbig.

Jutta drückte, zog und schob die Schalter bis zum Anschlag und vermutlich darüber hinaus. Nichts tat sich, nicht das kleinste warme Lüftchen kam aus den dafür vorgesehenen Öffnungen.

»Mist, warum geht das Zeug immer im Winter kaputt? Der Wagen muss gleich morgen früh in die Werkstatt. Vielleicht ist es ein Totalschaden.«

Widerwillig und frierend startete sie den Wagen. Ich dagegen fand die Innenraumtemperaturen recht angenehm. Auf eines musste ich allerdings achten: dass ich meine rechte Hand nicht öffnete und Jutta nicht die kleine Stromsicherung bemerkte.

Zehn Minuten später hatten wir die Friedensstraße im Ludwigshafener Stadtteil Rheingönheim erreicht. Jutta parkte vor einem älteren Einfamilienhäuschen mit gepflegtem Vorgarten. Ich verglich zur Sicherheit die Adresse mit den Daten des Ausweises.

»Hast du eine Ahnung, ob Detlev Schönhausen Familie hatte?«

Meine Kollegin schaute mich konsterniert an. »Woher soll ich das wissen? Ich habe ihn vorhin das erste Mal gesehen und da war er bereits zu tot, um mir das zu verraten.

Warum rufst du nicht auf der Inspektion an und lässt im Computer nachschauen?«

»Ach lass mal«, antwortete ich. »Das finden wir auch so heraus.«

Wir stiegen aus und entdeckten sofort den kleinen verrosteten Briefkasten mit integrierter Klingel. Handschriftlich hatte jemand ›Dr. D. S.‹ daruntergeschrieben. Mehrere Minuten lang betätigten wir in immer kürzer werdenden Intervallen die Klingel. Ohne die Anwesenheit meiner Kollegin hätte ich bereits viel früher die Geduld verloren, aber als stellvertretender Dienststellenleiter hatte ich immerhin so etwas wie eine Vorbildfunktion inne. Nachdem Jutta mir unmissverständlich zu verstehen gegeben hatte, dass sie wie ein Schneider fror, versuchte ich das Gartentor zu öffnen. Dies gelang mir auf Anhieb, da es unverschlossen war. Zielstrebig ging ich auf die Haustür zu und zog den Schlüssel des Opfers aus meiner Tasche.

»Sollen wir vielleicht besser auf die Spusi warten?«, fragte Jutta unsicher.

»Wenn du noch mindestens zwei Stunden in der Kälte ausharren willst?«

Das Argument überzeugte. »Hast ja recht, Reiner, wir passen halt auf.«

Aufpassen war immer gut. Der Schlüssel passte, die Tür öffnete sich und auf mein mehrfach geschrienes ›Hallo, ist hier jemand?‹ antwortete keine Menschenseele. Jutta war nochmals zu ihrem Wagen zurückgegangen und warf mir nun ein Paar Einmalhandschuhe zu. Wegen meiner Fingerabdrücke auf der Eingangstür machte ich mir keine großen Gedanken.

Mir war gleich klar, dass es sich um eine Junggesellenwohnung handelte. Kein Nippes, keine Pflanzen oder keine sonstigen dekorierenden Elemente verunstalteten das mir so angenehm minimalistische Prinzip des Wohnens: Schlafen, Essen, Körperpflege, Wohnzimmer mit Couch. Mehr brauchte man nicht. Jedenfalls, wenn man alleine wohnte. Die totale Aufgeräumtheit der Wohnung zog unsere Blicke sofort magisch auf die berühmte regelbestätigende Ausnahme: Im Wohnzimmer, im Besonderen auf der Couch und in deren Umgebung, musste ein Kampf stattgefunden haben. Blutflecken hatten das bräunliche Leder noch dunkler gefärbt. Der Geruch geronnenen Blutes lag in der Luft. Dennoch, die Menge hielt sich in Grenzen. Jutta bückte sich, um unter der Couch nachzuschauen. Zufrieden lächelnd zog sie kurz darauf den fehlenden Schuh ans Tageslicht.

»Was meinst du?«, fragte mich Jutta. »Schönhausen wurde auf der Couch festgehalten, vielleicht sogar gefesselt. Den Blutflecken nach, könnte er hier auch tätowiert worden sein.«

Auch wenn mir der Anblick von Blut normalerweise nichts ausmachte, der Geruch schon. Mit einem Kloß im Hals ging ich zum Fenster und öffnete es.

»Ich geh mal nebenan ins Schlafzimmer«, sagte ich, um eine dringend benötigte Luftveränderung zu realisieren. Ich stand keine Sekunde im Schlafzimmer, da vernahm ich, wie Jutta das Wohnzimmerfenster wieder schloss. Vermutlich hatte sie in dem Zusammenhang auch die Heizung mindestens auf Maximum gestellt.

In einem Kleiderschrank fand ich die persönlichen Papiere von Schönhausen. Diesen entnahm ich, dass er 32 Jahre zählte und weder verheiratet war noch Kinder hatte. Beschäftigt war er als Assistenzarzt in einer Mannheimer Klinik. Sein Reisepass offenbarte mir, dass er sehr viel in der Weltgeschichte herumreiste. Die meisten Stempel konnte ich aufgrund der asiatisch anmutenden Schriftzeichen nicht entziffern. Ein Regalfach tiefer lag ein großer Karton, der mit Arzneimitteln bis zum Rand gefüllt war. Meine Stichproben ergaben, dass es sich um Antibiotika und andere verschreibungspflichtige Mittel handelte. Die Vermutung lag nahe, dass Schönhausen einen kleinen privaten Handel mit Medikamenten in eigener Regie laufen hatte. Meine Logik verneinte aber die Frage, ob dies etwas mit seinem Tod zu tun haben könnte. Zu offensichtlich stand der Karton im Schrank. Die Täter hätten ihn mit Sicherheit in kürzester Zeit gefunden, wenn sie danach gesucht hätten. Ich ließ das Zeug stehen und verließ das Schlafzimmer. Jutta arbeitete in der Küche. Als ich bei ihr auftauchte, meinte sie sarkastisch: »Bist du sicher, dass du ihn nicht persönlich kanntest?«

Auf meine fragende Miene antwortete sie: »Da sieht's aus wie bei dir zuhause, als Stefanie noch in Ludwigshafen wohnte.«

Ich sah mich um und verstand. Der Backofen war eindeutig jungfräulich, die dazugehörige Herdplatte wies nur wenige Gebrauchsspuren auf. Die vorhandenen Nahrungsmittel waren in meinen Augen untypisch für einen Arzt und passten nicht zu der doch recht sportlichen Erscheinung des Opfers.

»Ich kann weder Obst noch Gemüse finden«, stellte Jutta fest. »Nur massenhaft Süßkram. Davon kann doch kein Mensch leben!«

Zum Glück hatte sie die letzte Feststellung nicht als Frage formuliert.

Ich versuchte, sie abzulenken. »Hast du bereits in den Hängeschränken nachgeschaut?«

»Mach du mal«, war ihre Antwort.

Kaffee. Ganz viel Kaffee. Dutzende Pakete standen akkurat aufgereiht in den Schränken. »Ob der Kaffee geschmuggelt hat?«, grübelte ich. »Wie viel darf man davon eigentlich legal besitzen?«

Jutta, als Starkkaffeetrinkerin, überraschte die Menge ebenfalls. »Wenn er legal im Inland gekauft wurde, darfst du unbegrenzte Mengen horten. Aber das macht für einen Singlehaushalt überhaupt keinen Sinn. Selbst wenn er das Zeug jeden Tag zum Frühstück löffelte, steht in den Schränken ein Fünfjahresbedarf. Das geht doch mit der Zeit alles kaputt.«

Sie nahm eines der Päckchen aus dem Schrank. »Nanu, das ist ja gar nicht mehr vakuumverpackt.« Sie drückte seitlich auf die Packung, die deutlich nachgab, und entnahm weitere Kaffeepakete aus dem Schrank mit dem gleichen Resultat.

»Seltsam«, dachte sie laut. »Das ergibt wirklich keinen Sinn.«

»Gib mal her«, mischte ich mich ein. Ich nahm ihr ein Päckchen ab und öffnete es, was sehr leicht ging. »Das ist nicht einmal mehr original verschlossen. Und Kaffee ist auch keiner drin.«

Ich zog eine Metalldose aus dem Kaffeekarton. Sie sah seltsam aus und war mit chinesischen oder japanischen oder sonst welchen asiatischen Schriftzeichen übersät. Aus einem deutschen Supermarkt stammte die Dose mit Sicherheit nicht.

»Schau mal«, meinte Jutta. »Da ist eine Frucht abgebildet. Ich habe das zwar schon irgendwo einmal gesehen, doch im Moment komme ich nicht drauf.«

»Hopfen«, antwortete ich. »Das weiß doch nun wirklich jedes Kind.«

Meine Kollegin stutzte, doch dann lachte sie laut heraus. »Ausgerechnet du, der nicht einmal Kopfsalat von Eisbergsalat unterscheiden kann.«

»Willst du mich auf die Probe stellen? Kopfsalat und Eisbergsalat ist doch dasselbe.«

»Wenn du meinst. Wie kommst du gerade auf Hopfen?«

»Ich interessiere mich halt für die Zutaten, die ich tagtäglich zu mir nehme. Was wäre ein gepflegtes Pils ohne den Hopfen?«

Jutta entnahm der Besteckschublade einen Öffner. »Da ist ja nur Pulver drin«, meinte sie kurz darauf.

Sie steckte ihren Zeigefinger hinein und schleckte ihn vorsichtig ab. »Schmeckt streng, aber nicht nach Rauschgift.«

»Hopfenextrakt«, sagte ich, der den Ausdruck selbst erst seit gestern kannte.

»Und was macht man damit?«

»Bierbrauen zum Beispiel?«

Jutta starrte mich an. »Denkst du, dass dieser Assistenzarzt sich mit einer Brauerei selbstständig machen wollte?«

Ich schüttelte den Kopf. »Eher nicht. Oder hast du in seiner Wohnung irgendetwas Alkoholisches gefunden? Es gibt eigentlich nur zwei Möglichkeiten. Entweder brauchte er den Hopfenextrakt für etwas anders als zum Bierbrauen oder das Zeug dient nur zur Tarnung, so wie die Kaffeeumverpackung.«

Jutta verstand. »Du meinst, der Hopfen liegt nur oben drauf und weiter unten sind andere Substanzen.«

Ohne auf mein zustimmendes Nicken zu warten, schüttete sie den Inhalt der ganzen Dose in die Spüle. Mit einem Esslöffel rührte sie in dem Pulver herum. »Alles einheitlich, Reiner. Vielleicht ist nur in ein paar bestimmten Dosen etwas anderes drin.«

»Oder die Substanz wurde mit dem Hopfenextrakt ganz

fein vermischt und lässt sich nur mit einem chemischen Verfahren wieder trennen«, gab ich zu bedenken.

»Da werden die Kollegen im Labor ganz schön fluchen«, meinte Jutta mit einem ironischen Unterton.

Ich schüttelte den Kopf. »Die werden nichts finden, es muss um etwas anderes gehen. Drüben im Schlafzimmer habe ich einen Karton mit verschreibungspflichtigen Medikamenten gefunden. Wenn Schönhausen wegen den Arzneimitteln oder wegen dieser Dosen umgebracht wurde, hätten die Täter dies alles sehr leicht finden können. Mein Verdacht geht eher in die Richtung, dass unser Arzt wohl einige nicht ganz so legale Sachen am Laufen hatte, diese aber nicht direkt mit seinem Tod zu tun haben.«

Es klingelte an der Haustür. Im Fernsehen sah man bisweilen, wie der Beamte aus sicherheitsrelevanten Gründen seine Dienstwaffe ziehen würde. Da wir aber in der Realität lebten, und ich zudem ein Waffenhasser war, ging ich, völlig Fernsehkrimi-unkonform, zur Tür und öffnete diese. Ich wirkte dabei völlig cool, auch wenn mir nicht danach war. Aber Jutta stand hinter mir und beobachtete mich genau.

Glücklicherweise waren es keine Verbrecher, die zurückkamen, um den vergessenen Schuh abzuholen, sondern die beiden Spurensicherer aus dem Ebertpark.

»Na, sind inzwischen alle Spuren beseitigt?«, blökte mich einer der beiden an. »Oder gibt es noch etwas für uns zu tun?«

Ich streckte ihnen meine behandschuhten Hände entgegen und meinte: »Bei der Kälte gehe ich ohne Handschuhe nicht ins Haus. Die Eingangstür könnt ihr aussparen, da gibt's nichts zu finden.«

Um eine Eskalation zu vermeiden, wie sie unter Männern üblicherweise gang und gäbe ist, ging Jutta mit den zwei in die Wohnung, um ihnen unsere Beobachtungen im Wohnzimmer und der Küche zu zeigen. Um Streitereien wegen der verstopften Spüle aus dem Weg zu gehen, wollte ich im Vorgarten auf meine Kollegin warten. An der Gartentür lungerte neugierig eine Schildkröte in einer Kittelschürze. Jedenfalls war es das Erste, was mir dazu einfiel. Sie mochte höchstens knapp über 30 Jahre alt sein, trotz ihres kurz geschnittenen Dauerwellenhaares, der bei Senioren in den 70ern des letzten Jahrhunderts modern war. In alten Schwarz-Weiß-Filmen sah man manchmal noch Frauen mit Kittelschürzen, tatsächlich aber waren die Dinger seit Jahrzehnten ausgestorben. Nun stand solch ein prähistorisches Exemplar live vor mir. Die Dame sah mich wissbegierig an, dabei zuckte ihr Kopf, der auf einem viel zu langen Hals saß, ständig nach vorne, was ihr das schildkrötenmäßige Aussehen verlieh.

»Herr Doktor Schönhausen hatte in den letzten Tagen viel Besuch«, meinte sie und versuchte an mir vorbei in den offenen Hausflur zu spähen. »Gestern war sein Bruder hier, heute Morgen jemand, den ich nicht kenne, und jetzt kommen Sie gleich zu viert. Wie geht es Herrn Schönhausen denn? Er wird doch nicht krank sein? Morgen bringe ich ihm wieder seine geliebte Markklößchensuppe vorbei, wie jeden Montag und Freitag.«

Markklößchensuppe, o weh, da kam mir spontan ein Kindheitstrauma hoch. ›Reiner, willst du noch eine Kelle voll Suppe?‹, fragte mich meine Großmutter regelmäßig, nachdem ich die gehasste markklößchenversetzte Suppe endlich zu Ende gelöffelt hatte. ›Nein, Oma, danke. Ich bin wirklich satt.‹

›Da hast du noch einen Schöpfer voll, damit du groß und stark wirst.‹ Und zack, hatte ich jedes Mal einen ungewollten Nachschlag. Wenn ich nachhakte, warum sie denn überhaupt fragte, antwortete sie nur: ›Ich mein's doch nur gut mit dir.‹

»Wer sind Sie überhaupt?«, fragte ich die Frau, die aus einer Zeitmaschine gestiegen sein musste.

»Aber ich bin doch die Ilka, die Ilka Eleonores.«

»Aha«, entgegnete ich. »Sind Sie mit Herrn Schönhausen verwandt?«

»Verwandt? Mit dem Herrn Doktor? Ach wo, ich bin doch seine Nachbarin.« Sie zeigte auf das Gebäude nebenan, das auffällige Ähnlichkeit mit Schönhausens Haus hatte.

Um Zeit zu sparen und Jutta, die eben aus dem Haus herauskam, einen unnötig langen Aufenthalt in der Kälte zu ersparen, zückte ich meinen Dienstausweis.

Eleonores erschrak. »Um Himmels willen, was ist passiert? War meine Suppe nicht in Ordnung?«

»Ihrer Suppe geht es gut«, antwortete ich in beruhigendem Ton und schätzte, dass diese bereits die Ludwigshafener Kläranlage passiert hatte. »Erzählen Sie uns von dem Besuch, den Ihr Nachbar gestern und heute hatte.«

Jutta zog einen Notizblock aus ihrer Tasche und schrieb mit.

»Sein Bruder Karl-Heinz kam gestern Abend überraschend zu Besuch.«

»Wieso überraschend?«, unterbrach ich neugierig.

»Weil er höchstens drei- oder viermal im Jahr vorbeikam. Und jedes Mal erfuhr ich es bereits einige Zeit vorher von Doktor Schönhausen. Er konnte seinen Bruder nicht ausstehen. ›Der kommt nur wieder vorbei, um Geld zu schnorren, Frau Eleonores‹, sagte er mir. Als er gestern Abend bei ihm klingelte, war ich sehr erstaunt, da ich von seinem Besuch nichts wusste. Ich wollte ihn beim Verlassen der Wohnung darauf ansprechen, aber er muss sehr lange bei seinem Bruder geblieben sein.«

»Kann er in einem von Ihnen unbemerkten Augenblick gegangen sein?«

Die Schildkröte wurde rot, sie hatte den Vorgarten bestimmt keine Sekunde aus den Augen gelassen. »Das glaube ich nicht. Ich bin extra erst gegen 23 Uhr ins Bett gegangen.«

Mehr zufällig als beabsichtigt ließ ich meinen Blick zu dem Nachbarhaus schweifen. Dann stutzte ich, als ich neben dem Erdgeschossfenster eine Spiegelung sah. Ich ging zwei oder drei Meter näher, bis ich am Zaun, der die beiden Grundstücke trennte, stand. Die nette Nachbarin hatte tatsächlich einen Autorückspiegel so neben dem Fenster an ihrer Außenfassade montiert, dass sie den kompletten Vorgarten von Schönhausen von ihrer Wohnung aus beobachten konnte. So etwas sollte ich mir auch zulegen. Dann könnte ich jedes Mal, bevor ich mein Haus verließ, kontrollieren, ob meine bösartige Nachbarin Frau Ackermann herumlungerte.

»Haben Sie die Adresse des Bruders?«

»Tut mir leid, so nahe stand mir der Herr Doktor nun auch wieder nicht.« Sie überlegte einen Moment, dann fiel ihr offensichtlich ein, dass sie einem Polizeibeamten gegenüberstand. »Doch, mir fällt gerade ein, ich hab sie irgendwo notiert. Mein Neffe hat für mich mal im Internet danach recherchiert.«

Jeder Geheimdienst dieser Welt würde blass gegen die investigativen Bemühungen dieser Frau aussehen. Als Staatsanwalt würde ich auf Freispruch plädieren, wenn Schönhausen seine Nachbarin umgebracht hätte. Die war ja noch schlimmer als meine. Waren vielleicht alle Nachbarn so? Obwohl, ich selbst war ja auch für andere ein Nachbar.

»Haben Sie Herrn Schönhausen seit dem Besuch des Bruders gesehen?«

Die Schildkröte zuckte nach vorne und wackelte gleichzeitig zur Seite. »Nein, den Herrn Doktor habe ich das letzte Mal am Freitag gesehen, als ich ihm seine Suppe vorbeibrachte.«

»Ist Ihnen an dem Tag etwas aufgefallen?«

Sie überlegte. »Der Briefträger kam 25 Minuten später als üblich.«

Unglaublich, diese Antwort. »Ich meine, ist Ihnen bei Herrn Schönhausen etwas aufgefallen? War er besonders nervös, hat er Ihnen etwas erzählt?«

»Glänzende Augen hatte er gehabt. Wie immer, wenn ich ihm seine Suppe brachte. Sonst ist mir nichts aufgefallen.«

Glänzende Augen, klar. Das Zeug würde mir auch die Tränen in die Augen jagen.

»Erzählen Sie mir von dem Mann, der heute zu Besuch kam.«

Die Schildkröte zupfte ihre Kittelschürze zurecht und prüfte mit der flachen Hand den Sitz ihrer Dauerwelle. »So genau habe ich das gar nicht gesehen, ich habe ihn zu spät bemerkt.«

»Mehr wissen Sie nicht?«, fragte ich ungläubig.

»Er trug einen silbernen Aktenkoffer in der Hand. Wissen Sie, was in dem Aktenkoffer drin war?«

»Das war ein Handelsvertreter für Kaffee«, log ich, um ihr Informationsbedürfnis zu befriedigen.

»Kaffee? Der Herr Doktor trank doch überhaupt keinen.« Eleonores sah aus, als würde ihr dieses Problem schlaflose Nächte bereiten. Mehr zu sich selbst sagte sie: »Und warum kam dann eine Stunde später der andere Mann und half dem Handelsvertreter, einen großen Koffer aus der Wohnung zu tragen?«

Es machte klack. Juttas Bleistift war zerbrochen. Im Außendienst nahm sie meistens einen Bleistift, der im

Gegensatz zu einem Kugelschreiber auch bei großer Kälte funktionierte.

»Wie bitte?«, mischte sich meine Kollegin aktiv ins Gespräch ein. »Was haben Sie da beobachtet?«

Die Schildkröte zuckte vermehrt vor und zurück, was sie noch debiler aussehen ließ. »Ich fand das ziemlich komisch«, erwiderte sie. »Von dem zweiten Mann konnte ich nichts erkennen, er trug einen langen Mantel, hatte seinen Kragen hochgestellt und einen Hut tief ins Gesicht gedrückt. So, als wolle er sich verbergen.«

Im Hintergrund hörten wir ein näher kommendes Sondersignal.

»Und der Koffer?«, hakte Jutta nach.

»Das war so ein großer schwarzer Schrankkoffer. Der zweite Mann hat ihn alleine in die Wohnung getragen, er muss also leer gewesen sein. Als er zehn Minuten später das Haus verließ, half ihm der Handelsvertreter mit dem Koffer, der nun auch eine Mütze trug, die er tief ins Gesicht gezogen hatte. Die beiden hatten ganz schön zu schleppen. Seltsam war, dass ich den Herrn Doktor nicht gesehen habe. Jedenfalls ist er nicht aus dem Hausflur getreten. Den Wagen, in den die zwei den Koffer gebracht haben, konnte ich auch nicht sehen, da steht dieser blöde Busch im Weg.«

Jutta, die immer einen Ersatzbleistift dabeihatte, notierte eifrig.

»Sind Sie sicher, dass die zweite Person ein Mann war?«

Eleonores grübelte. »Eigentlich habe ich das Gesicht nicht gesehen. Theoretisch könnte es eine Frau gewesen sein. Sie müsste dann aber eine kräftige Statur haben.« Die Schildkröte machte einen Gedankensprung und redete weiter. »Ich habe dann ein paar Minuten später beim Herrn Doktor geklingelt. Er hat mir aber nicht aufgemacht. Als dann Sie und Ihre Kollegin kamen, kam es mir so langsam verdächtig vor. Ich wollte bereits die Polizei anrufen, da kamen nochmals zwei Männer.«

Den letzten Satz musste sie fast schreien, da das Sondersignal nur etwa 100 Meter entfernt war.

»Und was haben Sie dann gemacht?«, rief ich gegen den Lärm an.

Ich verstand sie nicht richtig. Es hörte sich nach ›Polizei gerufen‹ oder so ähnlich an.

In diesem Moment stoppten zwei Streifenwagen abrupt vor uns und mehrere Beamte sprangen mit gezogenen Dienstwaffen aus den Autos.

Einer rief in Richtung Eleonores, die geradewegs auf die Beamten zuging. »Haben Sie uns wegen des Überfalls gerufen?«

Sie zeigte auf uns und sagte: »Ja, das hat sich aber erledigt. Die Gauner sind auch Polizisten.«

Hatte ich wirklich richtig gehört? Wenn Schönhausen wirklich Arzt war, wieso hatte er keinen Weg gefunden, seine Nachbarin auf unbestimmte Zeit in die Psychiatrie zu bekommen?

Ich zückte meinen Dienstausweis und reichte ihn den Schutzpolizisten, die darauf erleichtert ihre Waffen wegsteckten.

»Wir sind wegen der Mordsache im Ebertpark unterwegs«, klärte ich die Beamten auf. »Der Ermordete wohnte hier. Die Nachbarin –«, ich deutete mit rollenden Augen auf Eleonores, »hat überreagiert. Im Haus ist die Spurensicherung.«

Der Beamte, den ich anhand seiner Kleidung als Polizeihauptkommissar identifizierte, reagierte sauer. »Jetzt sind wir zwischen den Feiertagen schon dermaßen unterbesetzt, dann werden wir noch unnötig durch die Gegend gehetzt. Sagen Sie der da –«, damit deutete er auf die Schildkröte in der Kittelschürze, »dass sie diese Scherze in Zukunft bleiben lassen soll.«

Ohne eine Verabschiedung stiegen die Beamten in ihre Wagen und fuhren davon.

Eleonores hatte die Beleidigung anscheinend nicht als solche verstanden. Aufgeregt zuckte sie immer schneller vor sich hin. Das ideale Opfer für Dr. Metzger, dachte ich. Vielleicht sollte ich einen Kontakt herstellen.

»Der Herr Doktor ist wirklich tot?«, sagte sie mit fast überschnappender Stimme. »Ich habe ihn gar nicht weggehen sehen.«

Den Trick mit dem Koffer behielt ich für mich.

»Das ist aber sehr schade. Für jedes Wehwehchen hatte der Herr Doktor ein Mittelchen im Haus. Seit Jahren habe ich keinen Arzt aufsuchen müssen. Ich meine, außer den Herrn Doktor.«

Ohne die Frau näher über die Todesumstände zu informieren, untersagte ich ihr bis auf Weiteres, sich dem Grundstück zu nähern. Aus ermittlungstechnischen Gründen, wie ich ihr sagte. Sonst würde sie bestimmt, sobald die Spusi weg war, bei ihrem Nachbarn herumschnüffeln. Wahrscheinlich würde sie das trotzdem tun. Jutta belehrte sie zum Abschluss förmlich, was die Schildkröte sicherlich wenig beeindruckte. Hoffentlich hatten wir es nicht mit einer Miss-Marple-Kopie zu tun, die uns in dem Mordfall hinterherschnüffelte.

Nachdem ich ihr meine Visitenkarte überreicht hatte mit der Aufforderung, sich zu melden, falls ihr weitere Details einfallen sollten, fuhren Jutta und ich nach Schifferstadt.

Meine Kollegin sah sie sofort auf dem Beifahrersitz liegen. Sie hob die Feinsicherung, die mir wahrscheinlich beim Aussteigen aus der Hand gefallen war, in die Höhe. »Was ist das?«, fragte sie mich.

»Keine Ahnung, sieht aus wie eine Sicherung. Von mir ist die nicht«, antwortete ich wahrheitsgemäß.

Jutta steckte sie in den unbenutzten Aschenbecher. »Soll sich die Werkstatt morgen drum kümmern. So langsam fällt der Wagen auseinander. Ein Auto ohne Heizung ist einfach kein richtiges Auto.«

»Was machen wir jetzt?«, fragte ich meine Kollegin.

»Das wollte ich dich gerade fragen«, antwortete sie. »Sollen wir ins Krankenhaus fahren und den Arbeitsplatz von Detlev Schönhausen inspizieren?«

Ich schaute sie mit übertrieben großen Augen an. »Jetzt, am Sonntag?«

»Wieso nicht am Sonntag? Haben Krankenhäuser am Wochenende geschlossen?«

»Das nicht, aber ich weiß aus zuverlässiger Quelle, dass auch die Kliniken mit einer Notbesetzung arbeiten. Sogar unser Bekannter, Doktor Metzger, hilft dort zurzeit aus.«

Mit offenem Mund starrte sie mich an. »Ist es wirklich so schlimm?«

Ich nickte. »Man setzt sogar sogenannte Laienärzte ein. Die werden im Schnelldurchgang geschult. Die lernen 100 Fremdwörter und ein paar Fachbegriffe, dann passt das meistens. Hauptsache, die Patienten merken davon nichts.«

»Das ist ja furchtbar«, folgerte Jutta. »Da gibt es einen Ärztemangel, und dann werden die wenigen, die im Moment da sind, auch noch ermordet.«

»Ich glaube nicht, dass es da einen ursächlichen Zusammenhang gibt, liebe Jutta. Aber wir sollten trotzdem erst morgen dort auftauchen.« Ich blickte deutlich auf meine Uhr. »Dann haben wir noch etwas vom Sonntag.«

5 LETZTE VORBEREITUNGEN

Jutta war einverstanden. Viel konnten wir im Moment sowieso nicht tun. Ich hatte keine Ahnung, wer die Untersuchung in dem Mordfall Schönhausen überhaupt koordinieren sollte. War es das Präsidium in Ludwigshafen oder unsere Dienststelle in Schifferstadt? Wussten die Spurensicherer und die anderen beteiligten Personen überhaupt, wohin sie ihre Untersuchungsergebnisse schicken sollten? Darum würde ich mich morgen früh notgedrungen kümmern müssen. Auch wenn bei einem Kapitalverbrechen die ersten 72 Stunden bei der Aufklärung meist die wichtigsten waren, die Festnahme des Mörders musste bis morgen warten. Immerhin war heute Sonntag.

Als Jutta mich daheim absetzte, meinte sie zum Abschied: »Bis morgen früh, Reiner. Es kann sein, dass ich ein paar Minuten später komme, weil ich den Wagen in die Werkstatt bringen muss.«

Auf mein Angebot, die Heizung ihres Wagens selbst zu überprüfen, ging sie nicht ein. Dann könne sie gleich zum Schrottverwerter fahren, meinte sie.

Stefanie war überrascht, mich am späten Nachmittag zu sehen. Sie legte ihre Frauenzeitschrift auf den Wohnzimmertisch und gab mir einen Begrüßungskuss.

»Bleibst du hier oder musst du noch mal weg?«, fragte sie vorsichtig.

»Aber Stefanie«, erwiderte ich und beschloss, sie etwas aufzuziehen. »Wir stecken mitten in einem Mordfall. Die Spuren führen nach Florida. In zwei Stunden geht mein Flieger. Würdest du mich bitte nach Frankfurt zum Flughafen fahren?«

Ich erfreute mich nur eine winzige Millisekunde an Stefanies Blässe. Dann fiel mir ihre Schwangerschaft ein. Mist, meine Spontanität hatte mich mal wieder zu unüberlegtem Handeln hinreißen lassen. Sofort nahm ich sie in den Arm und tröstete sie: »War nur Spaß, meine Liebe. Ich muss erst wieder morgen früh das Haus verlassen.«

Stefanie atmete ersichtlich auf, und im gleichen Moment klingelte es an der Haustür.

»Ich mache nicht auf.« Nun waren wir beide erblasst. Es klingelte ein zweites Mal. Wie versteinert standen wir im Wohnzimmer und hörten, wie die Haustür geöffnet wurde. Was hatte dies zu bedeuten? Wir konnten durch die geschlossene Wohnzimmertür einen kurzen, aber undeutlichen Dialog hören. Keine Minute später wurde die Haustür geschlossen und Melanie kam ins Wohnzimmer.

»Wie seht ihr denn aus? Habt ihr Gespenster gesehen?«

Ich überhörte ihre Frage. »Wer war an der Tür?«

Melanie antwortete: »Unsere olle Nachbarin. Sie fragte, ob das Salz ausreiche, oder ob wir noch mehr benötigen.«

»Das war Frau Ackermann?«, hakte Stefanie ungläubig nach. »Wie hast du die so schnell abserviert?«

Melanie zuckte mit ihren Achseln. »Ich bin halt ein Naturtalent.«

Meine Frau schaute mich an. »Apropos Naturtalent. Reiner, hast du deiner Tochter versprochen, sie heute Abend in die Disco zu fahren?«

Ein kleiner Blickwechsel zeigte mir, dass unsere Tochter an der Reihe war, blass zu werden.

»Ich?« Mehr wusste ich im ersten Moment nicht zu sagen. Ich stand zwischen zwei Frauen oder vielmehr zwei weiblichen Wesen, und jede erwartete von mir eine gegensätzliche Antwort. Wie konnte ich die Situation retten, ohne die Unwahrheit zu sagen, ohne Stefanie zu verärgern und ohne

Melanie mit einem weiteren Kindheitstrauma zu brandmarken.

»Ich glaube«, begann ich vorsichtig und meine Gehirnwindungen rotierten, »ich habe Melanie gesagt, dass wir alle drei gemeinsam über die Sache diskutieren sollten.«

Stefanie lächelte erleichtert und Melanie, die ganz klar wusste, wie die Sache ausgehen würde, stampfte mit ihrem Fuß auf und schrie wütend: »Dafür lade ich für morgen unsere Nachbarin zum Kaffee ein!«

Der Rest des Tages verlief in geordneten Bahnen. Paul musste ich höchstens alle fünf Minuten erklären, dass wir heute kein Autorennen mehr fahren konnten, wenn wir nicht riskieren wollten, dass seine Mutter das Videospiel im Restmüll entsorgen würde. Sein Kommentar, dass dies nichts mache, da es längst eine neuere und bessere Version des Spiels geben würde, fruchtete nicht. Trotzdem nahm ich mir vor, meinen Kollegen Jürgen diesbezüglich im Internet recherchieren zu lassen. Vielleicht gab es ein paar geheime Tipps, wie man gegen einen vermeintlich stärkeren Gegner gewinnen konnte?

Melanie war, vom Essen abgesehen, den ganzen Abend nicht zu sehen. Das Abendessen war wie gestern, aber selbstverständlich frisch zubereitet. Die Kinder nörgelten kaum herum, was auch daran lag, dass ich ihnen kurz vor dem Abendessen in Abwesenheit Stefanies versprochen hatte, sie in den nächsten Tagen zu einer Stippvisite ins Caravella zu fahren. Zum Abschluss des Abends berichtete mir Stefanie, dass sie morgen früh einen Termin beim Frauenarzt habe. Wenn ich brav wäre, würde sie mir auch ein aktuelles Ultraschallbild mitbringen. Um meinen Bravheitspegel kräftig nach oben zu schrauben, wurde es an diesem Abend eine sehr lange Massage. Erst als sie leise grunzend eingeschlafen war, ging ich in den Keller und zog mir als Belohnung aus den tiefsten Stellen der Kühltruhe eine Fertigpizza hervor, die ich wie immer in der Mikrowelle erhitzte.

*

Ich hasste Winter. Das ging bereits morgens los, wenn der Zeitbedarf, den die ich für das Freikratzen der Scheiben benötigte, größer war als die kurze Fahrt zur Dienststelle.

Wie meistens betrat ich die Kriminalinspektion durch den Haupteingang, den auch die Besucher nahmen. Ich war es gewohnt, dass der diensthabende Beamte an der Zentrale den Türöffner drückte. Doch heute war es anders. Die Tür blieb zu, und um ein Haar hätte ich mir einen Nasenbeinbruch zugezogen, als ich an die Glastür knallte.

»Ja, bitte?« Die Stimme kam durch die Sprechanlage. Da mir die Stimme unbekannt war, entgegnete ich: »Hätten Sie die Güte, mich bitte reinzulassen?«

Der Türöffner summte und ich konnte in den Empfangsraum. Die Tür, die zu den Büros der Dienststellen führte, war nach wie vor verschlossen. Ich schaute durch das Glasfenster zu dem Beamten, den ich noch nie gesehen hatte. Kurioserweise trug er keine Uniform.

»Würden Sie mich bitte reinlassen?«

»Aber Sie sind doch schon drin«, meinte dieser und ich bemerkte eine kleine Unsicherheit in seiner Stimme.

»Ich möchte aber zu den Büros!«

»Haben Sie einen Termin? Zu wem wollen Sie denn?«

Das wurde ja immer schöner. Hat KPD neuerdings die Visapflicht eingeführt? Die mir unbekannte Person trat näher an das uns trennende Glasfenster. An der Hemdtasche trug er ein kleines Schild. ›P. Dösel, Praktikant‹ konnte ich lesen. Ich musste es ein zweites Mal lesen, da ich spontan an einen verspäteten Aprilscherz dachte.

»Ich will in mein Büro«, antwortete ich. »Ist kein Beamter da?«

Dösel zitterte leicht. »Der Kollege, der mich anlernt, ist heute krank. Würden Sie mir bitte Ihren Ausweis zeigen?«

Was sollte ich machen? Die einzige Alternative wäre, das Gebäude zu verlassen und den Eingang durch den Hof zu nehmen. Dummerweise lag der Schlüssel zum Hofeingang wie immer in meiner Schreibtischschublade. Ich zückte meinen Dienstausweis. Der Praktikant war gewissenhaft. Er las sämtliche Daten auf dem Ausweis. Dann nahm er eine Liste zur Hand und blätterte darin herum. Endlich schien er ein Erfolgserlebnis zu haben. Der Türöffner lärmte und Dösel sagte: »Herr Palzki, Ihr Büro befindet sich im ersten Obergeschoss, Zimmer Nummer 106.«

Ich bedankte mich artig und betrat den praktikantengeschützten Hochsicherheitstrakt unserer Inspektion. Bereits im Treppenhaus passte mich KPD ab.

»Da sind Sie ja endlich, Herr Palzki. Ich warte schon Ewigkeiten auf Sie. Wissen Sie, wo Frau Wagner bleibt?«

Ich erklärte ihm die Sache mit der Autowerkstatt, wünschte ihm beiläufig genuschelte frohe Weihnachten und folgte meinem Chef in sein Büro. Das Wort ›Büro‹ beschrieb den Raum nur unvollkommen. Zumindest teilweise würde eher ›Wohnlandschaft‹ passen. Kein Aktenordner sorgte für Unruhe, stattdessen schmückten hochwertige Kunstdrucke die Wände. Auf einem Regal standen Restaurantführer und Klassiker der Weltgeschichte. Die beiden Schreibtische irritierten nur den ahnungslosen Besucher. Als KPD vor ein paar Wochen zwischen einem Mahagoni- und einem Teakholzschreibtisch wählen musste, hatte er sich zum Schluss ganz einfach für beide entschieden. Repräsentation ist alles, rechtfertigte er seine Entscheidung auf Kosten des Dienststellenetats und des Steuerzahlers.

Diefenbach wies mir mit einer Hand einen Platz in seiner opulenten Besprechungsecke zu. Diese war fast so groß wie mein Büro.

»Ich habe gehört, Sie hatten am Samstag einen kleinen Unfall?«, begann er ohne Vorrede.

»Sie meinen wegen des Weihnachtsgebäcks meines Freundes? Das ist halb so wild, meine Zähne sind alle noch heil.«

»Was reden Sie da so wirres Zeug, Palzki? Benno hat mich angerufen, Sie haben sich in der Eichbaum-Brauerei in eine Unfallaufnahme eingemischt.«

Unfall? Ich konnte nicht glauben, was ich da hörte. Sollte da ein Mord vertuscht werden?

»Wer ist Benno?«, fragte ich nach. »Ich das so ein reiferer Mann im besten Alter mit leicht überdurchschnittlichem Gewicht?«

KPD nickte. »Benno steht als Kripochef kurz vor seiner Pensionierung. Er ist mächtig sauer, dass ein Beamter, der nicht einmal besondere Befugnisse hat, sich in seine Untersuchung eingemischt hat.« Diefenbach schaute mir mit stechendem Blick in die Augen. »Ich habe ihm versprochen, dass ich das unter uns regle. Herr Palzki, ich möchte, dass Sie sich in Zukunft ausschließlich um Fälle kümmern, die sich in unserem Zuständigkeitsgebiet abspielen. Habe ich mich deutlich genug ausgedrückt?«

Ich nickte ergeben. Doch eine kleine Spitze musste ich mir herausnehmen. »Falls Sie mit Ihrem Benno nochmals telefonieren sollten: Es war kein Unfall. Der Braumeistergehilfe wurde ermordet.«

KPD glotzte mich an. Er war sichtlich hin- und hergerissen zwischen seiner Freundschaft mit Benno und dem Hinweis auf ein noch nicht registriertes Verbrechen. Schließlich nickte er. »Gut, ich werde nachher mit Benno konferieren. Hoffentlich sind das keine Hirngespinste, Palzki. Das könnte sonst weitreichende Konsequenzen haben.«

Es klopfte, und Jutta trat ein.

»Guten Morgen, Herr Diefenbach, frohe Weihnachten. Hallo, Reiner. Ich musste nochmals zurück zu meinem Wagen und den Dienstausweis holen. Der neue Praktikant am Empfang ist kompromisslos.«

»Was soll ich machen?«, mischte sich unser Vorgesetzter ein. »Wegen unserer hohen Aufklärungsquote haben wir mit Stellenkürzungen zu kämpfen. Und wenn sich dann zusätzlich so viele Beamte krankmelden oder Urlaub haben, dann muss ich als guter Chef halt erfinderisch sein. Praktikanten gibt es überall recht günstig. Es war meine Idee, sie auch aktiv im Polizeidienst einzusetzen. Am Empfang reicht so einer völlig aus. In Baden-Württemberg gibt es sogar einen freiwilligen Polizeidienst. Die bekommen eine kurze Schulung und werden dann auf die Menschheit losgelassen.«

Da hatte KPD ausnahmsweise recht. In Großstädten wie Mannheim wurden diese angelernten Kräfte in Uniformen gesteckt und bei Großeinsätzen wie Fußballspielen oder Konzerten als Hilfspolizisten eingesetzt.

Jutta hatte trotz Verzögerung noch Zeit gehabt, eine Kanne Kaffee zuzubereiten und mitzubringen. Inzwischen hatte es sich bis zu KPD herumgesprochen, dass ihr Spezialgebräu Sekundentod wörtlich zu nehmen war.

»Ist das Ihr …«, fragte Diefenbach.

Jutta nickte, goss sich eine Tasse randvoll ein und bot ihrem Chef die Kanne an. Dieser wehrte sofort ab.

»Danke, so früh am Morgen ist das keine gute Idee. Was macht Ihr Wagen?«

Was war das für eine Frage aus KPDs Mund? Seit wann interessierte er sich für solche Sachen?

»Es war nur eine Kleinigkeit. Die Sicherung der Heizung war herausgesprungen. Seltsamerweise habe ich sie später auf dem Beifahrersitz gefunden. Der Kfz-Meister meinte, dass dies eigentlich absolut unmöglich ist, da sich die Sicherungen in einem geschlossenen Kasten befinden und nicht alleine herausspringen können.«

»Mach dir da mal keine großen Gedanken drüber, Jutta«, versuchte ich das Thema geradezubiegen. »Du weißt selbst, welche kuriosen Sachen es auf dieser Welt gibt. Denk nur an Doktor Metzger.«

Ausgerechnet von KPD erhielt ich unerwartet Schützenhilfe.

»Mir ist einmal das Thermostat von der Sitzheizung durchgebrannt«, meinte er trocken. »Und das auf der Autobahn, wo ich nicht anhalten konnte. Meine neue Stoffhose hatte sich mit dem Leder des Sitzes regelrecht verbacken. Dummerweise hatte ich auch noch einen wichtigen Termin.«

Jutta und ich hatten die größte Mühe, nicht laut herauszulachen. Bildhaft stellte ich mir vor, wie KPD bei seinem wichtigen Termin stets darauf achtete, eine Wand im Rücken zu haben, um sich nicht im wahrsten Sinne des Wortes die Blöße zu geben.

Das Thema Heizungsausfall in Juttas Dienstwagen war somit erledigt. KPD kam endlich zur Sache.

»Den Mordfall Ebert-Park habe ich selbstverständlich gleich an uns gerissen. Wenn die Kollegen aus Ludwigshafen und Umgebung keine Ressourcen freihaben, wir haben sie, dank meines Praktikanteneinsatzplans. Jetzt können wir endlich zeigen, wie man flexibel auf aktuelle Einsatzlagen reagieren kann. Herr Palzki und Frau Wagner: Ich erwarte volle Einsatzbereitschaft. Diese ist ausdrücklich nicht auf unser Zuständigkeitsgebiet beschränkt. Ich erwarte, dass Sie in Ludwigshafen und wo auch immer genauso akkurat und penibel ermitteln wie immer.«

Toll, vor fünf Minuten hatte er genau das Gegenteil von mir verlangt. Ich hatte aber sowieso keine Lust, seiner Männerfreundschaft Benno ein weiteres Mal gegenüberzutreten.

Jutta goss sich bereits die dritte Tasse ein.

»Wie sieht Ihr Plan für heute aus?« KPD war hartnäckig und neugierig. Vielleicht war ihm langweilig. »Die ersten Berichte der Spurensicherung und des Arztes liegen bereits vor.« Er nahm eine Akte von seinem Schreibtisch und übergab sie wie selbstverständlich an Jutta.

»Wir fahren in die Klinik, um seinen ehemaligen Arbeitsplatz zu sichern und zu untersuchen. Danach versuchen wir, den Bruder des Toten ausfindig zu machen.«

»Das kann Jürgen machen«, unterbrach mich meine Kollegin. »Ich hab ihn aus dem Urlaub zurückgeholt.«

»War das nötig, Frau Wagner? Hätte man das nicht einem Praktikanten übertragen können?«

»Nein, das geht nicht«, antwortete Jutta bestimmt. »Dafür benötigen wir eine ausgebildete Fachkraft. Wir können uns keinen Zeitverlust erlauben.«

»Einverstanden«, sagte Diefenbach nach reiflicher Überlegung. »Fangen Sie den Mörder. Wenn es geht, noch dieses Jahr, sonst sieht es in unserer Statistik blöd aus. Die geht ja immer vom 1.1. bis zum 31.12. Wenn Sie den Mörder erst im Januar schnappen, verfehlen wir dieses Jahr unsere hundertprozentige Aufklärungsquote. Und im nächsten Jahr klären wir wegen des Übertrags dann mehr Verbrechen auf, als es geben wird. Das glaubt uns dann kein Mensch.«

Puh, seine Sorgen hätte ich gerne. Wir versprachen unser Bestes und zogen uns in Juttas Büro zurück.

»Gerhard konnte ich leider bisher nicht erreichen«, sagte Jutta und nahm an ihrem Besprechungstisch Platz, der um Dimensionen kleiner war als der unseres Chefs.

»Der ist auch auf Bereitschaft, oder?«, fragte ich.

»Ne, du. Der hat offiziell Urlaub. Seine neueste Flamme, die Marianne«, sie überlegte einen Moment, »oder heißt sie Susanne? Na, ist ja auch egal. Jedenfalls hat diese ein schulpflichtiges Kind. Deshalb hat unser Kollege ausnahmsweise in den Schulferien Urlaub genommen.«

Das hatte mir mein Lieblingskollege Gerhard Steinbeißer vor Weihnachten, als ich ihn das letzte Mal sah, nicht verraten. Damals, also vor wenigen Tagen, war eine Katherina aktuell. Gerhard lebte trotz zurückweichenden Haarkranzes ein recht abwechslungsreiches Leben. Er genoss die Freiheit der relativen Ungebundenheit. Seine Lebensabschnittspartnerinnen wechselten öfters. Spätestens dann, wenn das Thema Kinder akut wurde. Und jetzt sollte genau dieser Gerhard eine Freundin mit schulpflichtigem Kind haben? Das konnte niemals gut gehen. Er hatte von Kindererziehung ungefähr so viel Ahnung wie eine Schnecke vom Fliegen. Allerdings musste ich fairerweise zugeben, dass auch ich mir erst im Laufe der Zeit das nötige Rüstzeug angeeignet hatte, um meine Kinder zu selbstständigen und selbstsicheren Personen zu erziehen, die in dieser harten und erbarmungslosen Welt überleben können. Nur meine Frau piesackte mich ab und zu damit, dass Erziehung nicht nur ausschließlich aus ungesunder Nahrungsaufnahme bestand.

»Vielleicht ist er in Urlaub gefahren?«

Jutta schüttelte ihre rote Mähne. »Das hätte er mir vorher gesagt. Ich glaube eher, dass er sich in irgendeinem

Indoorspielplatz aufhält.« Sie lächelte bei dieser Vorstellung, und auch mir entschlüpfte ein halbgemeines Schmunzeln.

»Da seid ihr ja.« Jungkollege Jürgen, der seit Längerem seine um Jahre ältere Kollegin Jutta umschwärmte, trat ein. »Frohe Weihnachten allerseits.«

Wir erwiderten den Weihnachtsgruß, der mir inzwischen ziemlich auf den Senkel ging. Ich mochte es nicht, jährlich mehrere Tage lang von jedem Dahergelaufenen und nicht Dahergelaufenen frohe Weihnachten gewünscht zu bekommen. Und nach Silvester ging es mit anderen Wünschen weiter. Teilweise bis Ende Januar wurde man mit einem ›frohes Neues‹ oder aus Zeitmangel abgekürztes ›Frohes‹ begrüßt. Doch das alles war nichts gegen das depressiv und aggressiv machende ›Mahlzeit‹, das um die Mittagszeit als Belästigungsfloskel die Flure entlangschallte. Bei uns in der Kriminalinspektion hielt sich das zum Glück in Grenzen. Vor ein oder zwei Jahren musste ich mal einen Zeugen in der Kantine der Stadtverwaltung Ludwigshafen aufsuchen. Das Mahlzeit-Gesülze war mörderisch. Dass dort noch kein Beamter durchgedreht ist, wunderte mich. Mehr als einen Tag konnte man dies meiner Meinung nach nur unter Drogeneinfluss überstehen.

Jürgen setzte sich zu uns an den Tisch und packte eine Papiertüte aus. »Hab ich von meiner Mama bekommen«, meinte er freudig. Jürgen wohnte noch bei seiner Mutter, was das eine oder andere Mal für spöttische Kommentare sorgte. Wegen Weihnachten verzichtete ich ausnahmsweise großzügigerweise auf eine sarkastische Bemerkung.

Er öffnete die Tüte und eine mittlere Menge staubiges Buttergebäck kam zum Vorschein. »Das ist Diätgebäck. Hat meine Mama extra für mich gebacken, weil sie meinte, dass meine Unterhosen in letzter Zeit am Gummizug so eng wären.«

Jutta schaute schnell zu Boden, damit Jürgen ihr Gesicht nicht sah.

»Und was ist da drin?«, fragte ich neugierig. »Oder besser gefragt: Was ist da nicht drin?«

»Mehl und 0,3-prozentige Milch. Keine Eier, kein Zucker«, erzählte Jürgen stolz. »Langt ruhig zu, es reicht für alle.«

Dabei schaute er frech auf meinen Bauch und lächelte.

Da mir spontan kein Name einer geeigneten Nahrungsmittelallergie einfiel, griff ich vorsichtig mit Daumen- und Zeigefingerspitze nach einem Teilchen in Sternform. Dennoch bröselte ein beträchtlicher Teil ab, so als hätte es ein Kleinkind im Sandkasten mit einer Stechform hergestellt. Jutta hatte ihre fieseste Mimik aufgesetzt, als sie meinen todesmutigen Versuch beobachtete. Ich wagte es, den Rest des Sternes in den Mund zu stecken. Das Resultat war schlimmer als vermutet. Sofort löste sich das Mehl in kleinste Körner auf, die sich schmirgelpapierartig im ganzen Rachen verteilten. Den vorderen Bereich konnte ich noch halbwegs mit meiner Zunge bereinigen, doch das in Mitleidenschaft gezogene Zäpfchen und der Rachenabgang waren damit nicht zu erreichen. Jutta bemerkte meinen Todeskampf und reichte mir spontan ihre Tasse Sekundentod. Pest oder Cholera, ich hatte die freie Auswahl. In meiner Not schnappte ich mir den Zehnerpack mit den Kondensmilchportionen, der neben der Kanne lag und riss sie allesamt auf. Die Hälfte, die ich dabei nicht auf Tisch und Hose verschüttete, trank ich gierig aus. Die Schwere meines minutenlangen Kampfes dürfte in etwa mit einem täglichen Kantinenbesuch über zwei Wochen bei der Stadtverwaltung Ludwigshafen vergleichbar gewesen sein. Endlich hatte ich es geschafft, und ich blickte in das tränenüberströmte Gesicht meiner Kollegin. Ich wusste genau, um welche Tränen es sich handelte. Ich hob die offene Papiertüte unter ihre Nase und sagte mit süßesten Tönen: »Probier doch auch mal, Jutta. Die schmecken vorzüglich. Jürgens Mama versteht ihr Geschäft.«

Jutta hatte Zeit genug gehabt, sich eine Rettungsstrategie auszudenken. »Ein anderes Mal gerne. Ich mache zurzeit eine Kaffeediät. Da darf ich nichts anderes zu mir nehmen.«

Jürgen strahlte. Er würde das Gebäck für seine Jutta aufbewahren, dafür würde ich sorgen.

»Jetzt mal Spaß beiseite«, wechselte ich mit einem Blick zur Uhr das Thema. »Wir sollten uns mit dem Mordfall in Ludwigshafen befassen.«

»Genau«, meinte Jutta und war sichtlich erleichtert, kein Sandgebäck probieren zu müssen. Sie gab die Akte, die sie von KPD bekommen hatte, an Jürgen.

»Schau dir mal intensiv die Berichte von der Spusi und des Arztes an, Kollege. Reiner und ich fahren nach Mannheim in die Klinik.«

Jürgen schaute mich überrascht an. »War was mit dem Gebäck nicht in Ordnung?«

»Nein, nein«, log ich. »Der Tote arbeitete dort als Assistenzarzt. Wir wollen uns seinen Arbeitsplatz anschauen. In den Unterlagen, die dir Jutta gegeben hat, findest du die Privatadresse von Doktor Schönhausen. Der hatte eine Nachbarin, Frau Eleonores oder so ähnlich. Bitte ruf sie an und lass dir die Adresse von Schönhausens Bruder geben. Den müssen wir unbedingt erreichen. Dann kannst du gleich noch recherchieren, ob es weitere Verwandte gibt.«

Jürgen hatte sich seine Aufträge gewissenhaft notiert.

»Wenn du dann noch Zeit hast, schau bitte mal nach, ob die alten Ägypter das Bier erfunden haben.«

Meine Kollegen glotzten mich an, als wäre ich meschugge.

»Brauchst du die Informationen wegen des Mordfalls?«, fragte Jürgen ungläubig.

»Das nicht«, antwortete ich lässig. »Es interessiert mich einfach.«

Ich wandte mich an Jutta. »Wollen wir? Heute fahre ich, okay?«

6 EIN ALTBEKANNTES GESICHT

»Würdest du bitte die Heizung einschalten?« Das war das Erste, was Jutta sagte, als sie eingestiegen war. Wie auf einem Basar schaltete ich das Gebläse zunächst auf Stufe 1. Jutta hob ihre Hand mit sämtlichen ausgestreckten Fingern. Ich pokerte auf Stufe 3. Letztendlich einigten wir uns auf Stufe 5, die Maximaldosis.

Bereits in Ludwigshafen war ich total verschwitzt, während sich meine Kollegin sichtlich wohlzufühlen schien. Den Weg kannte ich auswendig. Das Krankenhaus befand sich südöstlich der Eichbaum-Brauerei. Es war eine seltsam anmutende Region. Die Brauerei und die umliegende Wohngegend hatten den Namen ›Wohlgelegen‹. Direkt südlich davon befanden sich gleich vier verschiedene Krankenhäuser in unmittelbarer Nachbarschaft. Im Sprachgebrauch der Einwohner hieß das Klinikgebiet ›Krankgelegen‹.

Am weitesten südlich gelegen, auf der anderen Seite des Neckars, befanden sich das Theresienkrankenhaus und die St. Hedwig-Klinik, die inzwischen unter gemeinsamer Trägerschaft arbeiteten. Eingekesselt zwischen Neckar und Brauerei lag das Universitätsklinikum Mannheim. Direkt östlich davon hatte man vor gut zehn Jahren ein weiteres Krankenhaus hingestellt. Die Klinik Lebenswert hatte man makabrerweise auf einem ehemaligen Teilstück des städtischen Friedhofs erbaut. Bei dem Bau der Klinik hatte man aus Besuchersicht einen wichtigen Aspekt vergessen, und das waren ausreichende Parkplätze. Vermutlich war das ein Problem der meisten Krankenhäuser in Deutschland. Und selbst wenn der ohnehin schon gestresste Besucher eine der wenigen Parkmöglichkeiten fand, war diese garantiert nur für eine Kurzparkdauer von höchstens einer Stunde zulässig.

Mindestens die Hälfte der Zeit benötigte man beim ersten Besuch für das Auffinden des gewünschten Krankenzimmers. Als privilegierter Besucher störte mich das heute nicht. Ich parkte meinen Dienstwagen direkt vor dem Eingang in der absoluten Halteverbotszone und legte die entsprechende Ausnahmegenehmigung auf das Armaturenbrett.

»Wir hätten ruhig ein paar Meter laufen können«, meinte Jutta.

»Du hast doch gesehen, dass überall Parkscheinautomaten hängen. Da muss ich für zwei Euro eine Reisekostenabrechnung in dreifacher Ausführung abgeben und von drei Oberärzten gegenzeichnen lassen.«

Da ich mir dummerweise nicht die Abteilung gemerkt hatte, in der Schönhausen beschäftigt gewesen war, fragte ich an der Information am Haupteingang nach. »Guten Tag, wir möchten zu Herrn Dr. Detlev Schönhausen. Würden Sie uns bitte den Weg beschreiben?«

Eine junge Dame nickte freundlich und vertiefte sich in eine Liste. Als sie den entsprechenden Eintrag gefunden hatte, gab sie den Namen in ihren Computer ein. »Dr. Schönhausen ist Assistenzarzt in der Abteilung HNO. Er hat aber zurzeit leider Urlaub. Kann Ihnen ein Kollege weiterhelfen?«

Mangels Alternative nickte ich. Dass Schönhausen seinen Urlaub zwangsweise abgebrochen hatte, brauchte die Dame nicht zu wissen.

Sie blickte erneut auf ihren Monitor. »Der direkte Vorgesetzte ist Oberarzt Dr. Heinrich. Leider ist er diese Woche krankgeschrieben. Der Chefarzt der Abteilung HNO, Prof. Dr. Wutzelsbach, wäre im Haus. Ich kann Ihnen aber nicht versprechen, dass er für Sie Zeit hat. Soll ich versuchen, Sie anzumelden?«

Ich verneinte ihre Frage und ließ mir den Weg beschreiben.

Die Klinik Lebenswert war wie alle Krankenhäuser, die ich kannte: Unendlich groß, unendlich verwinkelt, und im Eingangsbereich herrschte Bahnhofshallenatmosphäre. Bereits nach dem dritten Richtungswechsel war ich mir unsicher. Jutta übernahm das Kommando und siehe da: Sämtlichen Klischees zum Trotz, dass Frauen links und rechts nicht auseinanderhalten konnten, erreichten wir nach einer für meine Verhältnisse mittelprächtigen Wanderung die Hals-Nasen-Ohren-Abteilung. Gleich im Eingangsbereich sahen wir eine Theke, über der ein großes Schild hing: ›Anmeldung HNO-Ambulanz‹ entzifferten wir. Wir warteten, bis zwei Patienten vor uns abgefertigt waren. In dem Moment, als ich der Krankenschwester hinter der Theke meine Visitenkarte überreichte, passierte das Unfassbare.

Dietmar Becker, der grobmotorische Student der Archäologie, lief an uns vorbei. Ausgerechnet hier in der HNO-Abteilung, wo ich am wenigsten mit ihm gerechnet hätte. Becker war eine Sache für sich. In meinen letzten Mordfällen lief er mir bei meinen Ermittlungen mehr oder weniger zufällig ständig über die Füße. Im letzten Sommer galt er für mich sogar eine Zeit lang als Tatverdächtiger. Erst mit der Zeit erfuhr ich, dass Becker während seines Studiums als Journalist für die hiesigen Zeitungen schrieb, um seinen Lebensunterhalt zu finanzieren. Sein Traum war allerdings, einen Kriminalroman zu schreiben. Dies hat er mittlerweile viermal mit mehr oder weniger großem Erfolg getan. Und immer, wenn er bei meinen Ermittlungen auftauchte, wusste ich: Er recherchiert mal wieder für einen neuen Krimi. Ich muss zugeben, dass er mir durch seine Unbefangenheit, mit der er an die Sache ranging, das eine oder andere Mal sehr nützlich war. Selbstverständlich nur zufällig und mit einer großen Portion Glück. Wie ich Beckers heutiges Erscheinen zu bewerten hatte, war mir im Moment schleierhaft. Von Schönhausens Tod dürfte er eigentlich wegen der von KPD sofort verhängten Nachrichtensperre nichts mitbekommen haben. Oder hatte bereits die skrupellose Nachbarin des Assistenzarztes geplaudert? Auch Jutta hatte Becker bemerkt, inklusive des Arztkittels, den er trug. Selbst sein Namensschild konnten wir gut lesen: ›D. Becker, A.R.Z.T.‹

Becker, der uns ebenso bemerkte, zuckte zusammen. Er bekam sofort einen sichtbaren Schweißausbruch.

»Ja, bitte?«, fragte die Schwester hinter der Theke bestimmt zum dritten Mal und ihr Ton wurde ärgerlich. Wir drehten uns zu ihr herum und Becker verschwand hinter der nächsten Tür. Na warte, dich schnapp ich mir später, dachte ich.

»Palzki, Kriminalpolizei«, begrüßte ich die Schwester endgültig. »Das haben Sie bestimmt bereits auf der Karte gelesen. Wir möchten gerne Herrn Dr. Wutzelsbach sprechen.«

»Ohne Anmeldung kann ich leider nichts für Sie tun. Prof. Dr. Wutzelsbach ist ein sehr beschäftigter Spezialist. Wollen Sie einen Termin? Das kann aber bis Ende Februar dauern.«

»Frau Bauer«, ich hatte mich besonders angestrengt und ihr Namensschild entziffert. »Wir sind keine Patienten, sondern in dienstlicher Sache im Haus. Entweder wir bekommen jetzt sofort einen Termin beim Professor oder ich lasse ihn von einem Streifenwagen abholen.«

Schwester Bauer reagierte gelassen, aber hilfsbereit. Sie telefonierte. Nach ein paar Sätzen unterbrach sie für eine Rückfrage: »In welcher Angelegenheit möchten Sie Prof. Dr. Wutzelsbach sprechen?«

Ich sagte ihr, dass es um einen Mitarbeiter ging, sie nickte und telefonierte weiter. Nachdem sie aufgelegt hatte, forderte sie uns auf, ihr zu folgen. Sie führte uns in ein nahe gelegenes Besprechungszimmer, das eher zu einer Unternehmensberatung als zu einer Klinik passte. Auf dem Tisch standen Getränke und ein Teller mit Schokoladenplätzchen.

»Der Herr Professor ist gleich für Sie zu sprechen, er muss nur noch einen Privatpatienten zu Ende betreuen.« Frau Bauer wischte ein paar Staubkörnchen vom Tisch und ließ uns allein.

Jutta und ich nahmen in den modernen Schwingstühlen Platz. Nach dreimaligem Wippen war mir bereits hundeschlecht. Ich konzentrierte mich auf die Schokoplätzchen, die auf einer weihnachtlichen Serviette in einer Glasschale direkt in meinem Blickfeld lagen. Pawlow hatte vor 100 Jahren zu Recht seinen Nobelpreis erhalten. Äußere Reize steuerten das Verlangen des Körpers. Bei mir waren es zwar keine akustischen Reize wie bei Pawlows Versuchshunden, aber der optische Reiz war stark genug. Reflexartig prüfte ich, ob ich meine Notfallpackung Sodbrennentabletten dabei hatte, die Produktion des Verdauungssafts lief längst auf Hochtouren. Ein letzter Blick zur geschlossenen Tür und ich schnellte vor, schnappte mir eines der Schokostücke und warf es in den Mund. Das hätte ich besser sein lassen. In meinem ganzen Leben hatte ich noch nie Schlimmeres gegessen. Und dazu zähle ich auch den mir verhassten Rosenkohl und Grießbrei. Es war unmöglich, den Geschmack zu beschreiben. Ich kannte keine Referenzprodukte, die geschmacklich auch nur in die Nähe dieses ekligen Zeugs kamen. In hohem Bogen erbrach ich den schwarzen Brei in den Papierkorb neben der Tür. Jutta glotzte mich ungläubig an, als ich ein halbes Dutzend Mal in den Papierkorb spuckte, um auch die letzten Krümel loszuwerden. Kreidebleich setzte ich mich wieder in die Sitzgruppe, und im gleichen Moment öffnete sich die Tür.

Ein junger Mann, höchstens Anfang 30, trat ein. Er war nicht nur jung, seine winzige Nickelbrille und seine kurzen Finger ließen ihn wie eine Hauptfigur aus ›Herr der Ringe‹ aussehen. Trotz allem wirkte er elegant und smart. Er nickte uns freundlich zu.

»Entschuldigen Sie bitte, wenn ich Sie hab warten lassen«, begann er die Konversation und gab Jutta und mir einen festen Händedruck. »Aber ich hatte gerade eine schwierige Patientin.«

»Kein Problem, Herr Professor Dr. Wutzelsbach.«

Er winkte ab. »Kein Professor bitte, ich bin nur promoviert.«

»Das hat aber die Schwester gesagt«, wunderte ich mich.

»Ich weiß«, antwortete Wutzelsbach. »Das hängt mit meinem Vorgänger zusammen, der, bis er die Klinik vor drei oder vier Monaten verließ, Chefarzt war. Er war tatsächlich Professor und das Personal hat sich halt daran gewöhnt. Mir macht es nichts aus, solange der Titel nicht offiziell benutzt wird. Und bei den Patienten kommt ein Prof immer gut an.«

Jutta sah von ihrem Block auf, wie immer schrieb sie mit. »Ich bin etwas überrascht, einen so jungen Chefarzt vor mir zu haben. Muss man sich für diesen Posten nicht durch jahrelange Arbeit qualifizieren?«

Wutzelsbach lachte hämisch. »Ich bin immerhin schon 30, aber ich weiß, was Sie meinen. Wir haben in der Klinik so manchen Assistenzarzt, der älter ist als ich. Aber noch entscheidet nicht das biologische Alter, sondern das fachliche Können. Als mein Vorgänger ging, gab es tatsächlich ein paar Oberärzte, die sich Hoffnung auf diesen Job gemacht haben. Die Stelle wurde sogar extern ausgeschrieben. Letztendlich konnte ich allein durch meine Qualifikation alle Wettbewerber hinter mir lassen. Es hat nichts mit Prahlerei zu tun, ich bin wirklich verdammt gut.«

Diesen letzten Satz mussten wir erst mal verdauen.

»Ich bin Kriminalhauptkommissar. In meinem Metier bin ich auch verdammt gut.«

Doktor Wutzelsbach hatte diese Spitze entweder nicht bemerkt oder schlichtweg ignoriert.

»Sie sind also der ärztliche Leiter der HNO-Abteilung?«

Er nickte. »Wie kann ich Ihnen nun helfen?« Er schaute flüchtig auf die Uhr. Dann entdeckte er die Schokoplätzchen auf dem Tisch und Ärger stieg in ihm hoch.

»Meine Güte, hat die Sekretärin das Zeug schon wieder auf den Tisch gestellt.« Er schnappte sich die Schale und stellte sie auf ein kleines Schränkchen. »Irgendwann vergiftet sich mal einer mit dem Dreck. Das ist Weihnachtsgebäck vom Vorjahr und längst nicht mehr genießbar. Da ich mich gesund und abwechslungsreich ernähre, fasse ich Sachen wie Weihnachtsgebäck nicht an. Irgendwann muss die Schale im Schrank gelandet sein und jetzt hat sie wieder jemand vorgekramt, um das Büro weihnachtlich zu dekorieren. Ich werde das Zeug nachher gleich wegwerfen, bevor noch ein Malheur passiert. Wir haben zwar die passenden Ärzte im Haus, wir müssen es aber nicht drauf anlegen.«

Jutta schaute mal wieder angestrengt zu Boden. Ich wollte nur vergessen, und begann den Prof zu befragen. »Es geht um einen Ihrer Mitarbeiter, Herrn Dr. Detlev Schönhausen.«

»Das ist einer der Assistenzärzte«, parierte Wutzelsbach. »Ich kann Ihnen nicht sagen, ob er heute Dienst hat. Das hätten Sie aber auch an der Anmeldung erfragen können.«

»Schönhausen ist heute nicht im Haus.«

»Ach? Und wie kann ich Ihnen da weiterhelfen? Ich kenne den Untergebenen eigentlich so gut wie nicht.«

»Er ist tot.«

Wutzelsbach schreckte auf. »Wie bitte? Hatte er einen Unfall? Ist es in der Klinik passiert?« Der Chefarzt war im Begriff, das Telefon zu nehmen, das neben der Schale mit dem Weihnachtsgebäck auf dem Schränkchen stand.

»Keine Panik, es hat nichts mit der Klinik zu tun. Es liegt ein Tötungsdelikt vor. Wir sind noch ganz am Anfang unserer Ermittlungen. Bisher haben wir nur herausgefunden, dass er hier gearbeitet hat. Wir erhoffen uns, über seinen Kollegenkreis Informationen zu Hobbys, Bekanntschaften und so weiter herauszufinden. Das Büro müssen wir auch vorläufig versiegeln.«

»Um Himmels willen!« Der Chefarzt erstarrte. »Wie ist das überhaupt passiert? Wenn das die Patienten mitbekommen! Ich muss sofort den OP-Plan ändern lassen, wir sind sowieso stark unterbesetzt.« Er stand auf.

»Bleiben Sie bitte noch einen Moment sitzen, Herr Doktor Wutzelsbach. Was können Sie uns über Schönhausen sagen?«

»Ich? Nichts, was von Belang wäre. Ich kümmere mich nicht um die Assistenzärzte. Die müssen ihre Arbeitsleistung laut Vertrag erfüllen, der Rest ist uninteressant. Egal, ob sie Spielschulden haben oder nach Feierabend in Rockerklamotten steigen.«

»Hatte Schönhausen Spielschulden?«

»Woher soll ich das denn wissen? Das war nur beispielshaft gemeint.«

»Sie waren selbst bis vor Kurzem ein Assistenzarzt. Hatten Sie in dieser Zeit persönlichen Kontakt zu Schönhausen?«

Wutzelsbach atmete schwer. »Ich will Ihnen mal etwas

sagen: Während meines Medizinstudiums habe ich kein einziges Mal eine Kneipe von innen gesehen. Wenn meine Kommilitonen Partys gefeiert, Bier getrunken oder einfach ihre Freizeit genossen haben, saß ich in der Unibibliothek. Von nichts kommt nichts. Mein Studium habe ich in Rekordzeit abgeschlossen. Ich bin schon immer ein Arbeitstier gewesen. Frauen haben mich nie interessiert.«

Er bemerkte, dass er sich zweideutig ausgedrückt hatte. »Männer natürlich auch nicht. Mein Leben gehört der Medizin und der Forschung. Ich schreibe in meiner Freizeit Fachartikel, während sich andere Chefärzte um ihre Familie kümmern.«

Er sah mir streng in die Augen. »Sie können mich nach der Haar- oder der Augenfarbe von Schönhausen fragen. Ich könnte Ihnen die Frage nicht beantworten.«

Was sollte daran jetzt komisch sein, dachte ich mir. Auch ich hatte bei solchen Nebensächlichkeiten meine Probleme.

»Kommen Sie bitte, ich bringe Sie zum Büro von Schönhausen. Mehr kann ich nicht für Sie tun. Selbstverständlich können Sie in der Personalabteilung auf seine Akte zugreifen.«

Dr. Wutzelsbach hatte es eilig, das merkte man deutlich. Dennoch war er in den letzten Minuten, seit er von dem Tötungsdelikt erfahren hatte, überaus nervös geworden. Leider konnte ich den Doktor wegen der Nachrichtensperre nicht mit den detaillierten Hintergründen der Tat konfrontieren. Seine Reaktion bezüglich der Tätowierung und des Fundortes von Schönhausen hätte mich zu sehr interessiert. Ich spürte, dass es eine irgendwie geartete Verbindung zwischen diesen beiden Personen gegeben haben muss.

Wutzelsbach führte uns in einem nicht öffentlichen

Bereich zu Schönhausens Büro. »Assistenzärzte haben nur kleine Kabuffs«, erklärte der Chefarzt abwertend den recht mickrigen und spartanisch eingerichteten Raum. »Eigentlich brauchen die gar kein Büro. Ihre Dienst- und Einsatzpläne bekommen sie fix und fertig ausgehändigt.«

Wutzelsbach verabschiedete sich. Er war noch nicht richtig um die nächste Ecke gebogen, da hatte er bereits ein Handy am Ohr. Das konnte alles bedeuten.

Jutta und ich durchsuchten grob das Büro. Es waren keinerlei private Dinge zu finden, nicht einmal ein Foto. In einer Schublade fand Jutta eine geöffnete und fast halb aufgebrauchte Klinikpackung Schmerztabletten. »Was meinst du, Reiner? Könnte Schönhausen von dem Zeug abhängig gewesen sein?«

»Vielleicht hat er auch bloß seiner Nachbarin einen Gefallen getan«, überlegte ich laut und hatte sogleich einen gehässigen Gedanken. »Ne, dann hätte er sie genauso gut auch umbringen können.«

Ich nahm die Packung und spielte damit in den Händen. »Ich glaube, dass Schönhausen irgendein krummes Ding im Zusammenhang mit seinem Arbeitsplatz laufen hatte. Was ich weniger glaube, ist, dass es in unmittelbarem Zusammenhang mit seinem Tod steht. Lass uns zurückfahren und schauen, ob Jürgen die Adresse von seinem Bruder in Erfahrung gebracht hat.«

Jutta, die alles Mögliche mit sich herumschleppte, versiegelte das Büro. An der Anmeldung sagten wir Bescheid, dass im Laufe des Tages die Spurensicherung vorbeikommen würde.

Im Eingangsbereich saß Dietmar Becker auf einer Bank. Er schien auf uns gewartet zu haben, denn er winkte uns zu. »Hallo, Frau Wagner, hallo, Herr Palzki«, begrüßte er uns mit seinem naivsten Lächeln.

»Guten Tag, Herr Doktor Becker«, antwortete ich spöttisch. »Haben Sie Ihren Studiengang gewechselt?«

Der Student blickte verwirrt drein. »Ach, Sie meinen wegen des Schildes an meiner Brust? Das ist doch nur Tarnung, außerdem steht da nicht, dass ich ein Doktor bin. Ich muss allerdings zugeben, dass die Abkürzung ›D‹ für Dietmar bei einem flüchtigen Betrachter wie ein ›Dr‹ wirken kann.«

»Und das ›Arzt‹ auf Ihrem Schild?«

»Was für ein Arzt? Da steht nur A.R.Z.T.«

»Hören Sie endlich auf mit den Haarspaltereien, Herr Becker. Was tun Sie in dieser Klinik?«

»Ich arbeite, Herr Palzki. Irgendwie muss ich schließlich mein Studium finanzieren. Das Zeilengeld, das ich für meine journalistischen Beiträge bekomme, reicht nicht zum Leben.«

»Und Ihre komischen Krimis? Kann man davon leben?«

Becker schüttelte den Kopf. »Ich kann zwar vom Leben schreiben, aber leider nicht umgekehrt.«

Ich bemerkte, dass Jutta zurückkam. Ich hatte überhaupt nicht registriert, dass sie mich mit Becker allein gelassen hatte. Sie hatte sich am Kiosk, der sich direkt hinter uns befand, ein Eis gekauft. Wahnsinn, jetzt schleckt sie ein Eis und in fünf Minuten muss ich im Auto wieder die Sauna einschalten.

»Herr Becker«, ich war immer noch so schlau wie zu Beginn unserer Unterhaltung. »Warum sind Sie hier? Welchem Kriminalfall sind Sie auf der Spur? Was läuft in dieser Klinik falsch?«

Becker wirkte eingeschüchtert. Gut so.

»Wie–wieso, ha–haben Sie nur so ei–einen negativen Ei–Eindruck von mir?«, stotterte der Archäologiestudent. »Ich bin eine ganz normale Aushilfskraft in der HNO-Abteilung. Das wird zwar nicht besonders gut bezahlt, aber man lernt jede Menge Menschen kennen.«

»Das soll ich Ihnen glauben? Was soll das lächerliche Arztschild auf Ihrem Kittel? Man wird Sie doch hoffentlich nicht in den OP lassen?«

Becker lachte. »Um Himmels willen, da würde mir schlecht werden. Ich kann doch kein Blut sehen. Sie sehen das falsch, Herr Palzki. Im Moment leidet die Klinik an personeller Unterbesetzung. Viele haben Urlaub und durch die Grippewelle hat sich das Problem massiv verschärft. Die richtigen Ärzte, die noch halbwegs gesund sind, sind fast ständig im OP. Medizinstudenten in den ersten Semestern bekommen einen Kittel und machen die einfacheren Visiten in den Krankenzimmern. Damit die Patienten nicht zu sehr beunruhigt werden, wurden über die Feiertage Aushilfskräfte eingestellt, so wie ich. Damit das offiziell wirkt, steht auf unseren Namensschildchen dieses A.R.Z.T. Das ist nur eine Fantasieabkürzung und hat keine Bedeutung. Die Patienten nehmen die entscheidenden Punkte meist überhaupt nicht wahr. Eine Aushilfe wurde mal von einem Patienten gefragt, was das eigentlich hieße. Seine spontane Antwort war ›Abteilung Raucherentwöhnung, zentrale Therapie‹.« Er lachte.

Wenn ich das nicht bereits wüsste, würde ich glauben, dass Becker mir einen Bären aufband. »Können Sie das mit Ihrem Gewissen vereinbaren?«

»Es muss niemand drunter leiden. Die Patienten sind zufrieden, weil genügend Weißkittel herumlaufen. Wir Aushilfen dürfen selbstverständlich keine Patienten versorgen. Nur hier mal ein bisschen Smalltalk, da mal das Kopfkissen ein wenig aufschütteln und schon heißt es, dass sich die Ärzte in dieser Klinik für die Patienten wirklich viel Zeit nehmen. Übrigens, Herr Palzki: Ihr Freund Doktor Metzger war vorgestern auch hier. Ich hab ihn aus dem OP kommen sehen.«

»Das ist nicht mein Freund«, antwortete ich und erschauderte. Mein siebter, achter und neunter Sinn sagten mir, dass ich Metzger in der Brauerei im aktuellen Fall nicht zum letzten Mal gesehen habe.

»Herr Palzki«, Becker schaute mich an wie ein treues Meerschweinchen. »Mir ist tatsächlich etwas aufgefallen. Es war aber wirklich nur zufällig, das müssen Sie mir jetzt glauben.«

Ich schaute kurz zu Jutta und stellte fest, dass sie ihre Eistüte bereits gegessen hatte. Schneller hätte ich es auch nicht gekonnt.

»Dann schießen Sie mal los, Herr Becker. Wer wird vermisst? Wie viele Tote gibt es?«

»Was für Tote?«, rief der Student verblüfft und in unserer unmittelbaren Umgebung horchten ein paar Menschen auf. »Sind Sie wegen eines Verbrechens hier?«

»Ich doch nicht«, wiegelte ich selbstsicher ab. »Aber Sie. Mit weniger als ein oder zwei Toten wird es Ihnen doch langweilig. Sie schreiben doch bestimmt wieder an einem von diesen seltsamen Regionalkrimis, die zurzeit die ganze Welt liest?«

Becker protestierte. »Aber auf keinen Fall, Herr Palzki! Der letzte Roman mit dem Deichbruch bei Altrip hat zwar für Furore gesorgt und schreit nach einer Fortsetzung. Aber solange nichts richtig Kriminelles in dieser Region passiert, muss ich abwarten. Oder haben Sie möglicherweise einen Tipp für mich?«

Der Student sah mich lauernd und fordernd an. Nicht mit mir, dachte ich. Polizeiliche Ermittlungen an dahergelaufene Journalisten weitererzählen, so weit kam es noch.

Von mir würde Becker dieses Mal nichts erfahren. »Schreiben Sie doch einen Artikel über legale Wege, die Parkzeitbeschränkung im Umfeld von Krankenhäusern zu umgehen. Das ist ein Thema, auf das die Leute warten, viel interessanter als Ihre skurrilen Kommissargeschichten, die sowieso niemand liest, der noch halbwegs bei Trost ist.«

Jutta gab mir mit einem Handzeichen zu verstehen, dass auch unsere Parkzeit ablief. Da ich wusste, dass wir vor dem Eingang standen und die Zeit egal war, sah ich es als Zeichen, das Gespräch mit Becker zu beenden. Wahrscheinlich fror meine Kollegin.

»Sie haben es gehört, wir müssen zurück in die Pfalz, die Verbrecher warten nicht. Was haben Sie also in dieser Klinik bemerkt?«

»Es verschwinden Medikamente.« Becker war plötzlich sachlich geworden. »Das scheint schon länger so zu gehen.«

Ich fluchte innerlich. Becker schien tatsächlich wieder in diesem Fall drinzuhängen. Ob zufällig oder nicht, das war mir im Moment egal. Wo Becker war, da gab es Tote. Auch wenn es von seinem Standpunkt zunächst nur mit Arzneimitteldiebstahl begann.

»Und wie haben Sie das bemerkt?«

Er druckste kurz herum, bevor er mit der Sprache herausrückte. Es gibt in der HNO-eigenen Apotheke, in der sich Ärzte und Arzthelferinnen bedienen können, eine Liste. Alle Entnahmen müssen penibel aufgezeichnet werden. Einmal täglich werden die Bestände aufgefüllt.«

»Und dabei sind Ihnen Inventurdifferenzen aufgefallen, oder?«

Er schüttelte den Kopf. »Nein, das wäre ja ein Skandal. Inventur findet sozusagen täglich statt, wenn die Fächer wieder aufgefüllt werden. Ich habe etwas anderes bemerkt.

Es gibt eine begrenzte Anzahl an Personen, die auf die Medikamente zugreifen dürfen. Und nur diese dürfen die Entnahmen im Protokoll abzeichnen. Um genau zu sein, es sind acht Personen. In den Protokollen konnte ich aber neun verschiedene Unterschriften zählen.«

Jutta schaute mich mit zusammengekniffenen Augen an, so als wollte sie sagen: Komm jetzt endlich und lass den Spinner in Ruhe seine Fantasien ausleben. Da mir aber nach wie vor Schönhausens Arzneimittelsammlung durch den Kopf ging, hakte ich nach: »Wissen Sie, von wem die überzählige Unterschrift ist?«

»Das herauszufinden ist für mich als Aushilfe recht schwierig. Alle Unterschriften sind unleserlich. Ich kann keine direkt zu einem bestimmten Namen zuordnen. Es wird eine Weile dauern, bis ich das Rätsel gelöst habe. Dann kann ich versuchen, die neunte Person zu identifizieren.«

»Vielleicht gibt es auch nur acht Personen und eine oder einer davon treibt ein doppeltes Spiel?«, gab ich zu bedenken.

»Dann wird's schwierig«, antwortete er. »Doch ich krieg's raus. Und wenn ich mich auf die Lauer legen muss.«

»Ach, da fällt mir gerade noch was ein«, meinte ich eher beiläufig, dies aber in voller Absicht. »Gibt's in der Apotheke auch Hopfenextrakt?«

Becker überlegte. »Ist mir noch nie aufgefallen, ich wüsste auch nicht, wofür man das in der Klinik brauchen könnte. Wenn Sie welches brauchen, sollten Sie mal bei Eichbaum nachfragen, ist grad hier um die Ecke.«

Wir verabschiedeten uns von dem Studenten und begaben uns zur mobilen Sauna.

»Was meinst du?«, fragte mich Jutta.

»Ich meine, dass wir die Heizung auf der Heimfahrt auslassen könnten.«

»Doofmann«, antwortete sie. »Ich meine doch Wutzelsbach.«

»Solange Becker im Dienst ist, wird nichts passieren. Zumindest nichts Undokumentiertes.«

Jutta wusste, wie man die Heizung an ihre Grenzen brachte, und stellte den Regler entsprechend. »Machst du es dir nicht etwas zu leicht, Reiner? Auf mich macht dieser Wutzelsbach einen sehr verdächtigen Eindruck. Er hat vielleicht nicht direkt mit dem Tod von Schönhausen zu tun, doch als er von ihm erfuhr, zuckte er zusammen. Da ist irgendetwas im Busch.«

»Da geb ich dir vollkommen recht, Jutta. Aber so weit sind wir noch nicht. Selbst wenn da etwas mit Arzneimitteln lief und irgendwelche Substanzen in dem Hopfenextrakt drin sein sollten, bin ich mir sicher, dass es da noch was anderes gibt. Wir fahren zurück nach Schifferstadt und versuchen dann unser Glück bei Schönhausens Bruder. Ich hoffe nur, dass er uns weiterhelfen kann und vor allem auch will.«

7 DOKTOR METZGER BESCHWERT SICH

Der Praktikant im Empfang unserer Dienststelle schien über ein gutes Erinnerungsvermögen zu verfügen. Ohne Rückfrage und Wegbeschreibung ließ er uns in den Bürotrakt.

Ich war angenehm überrascht, als neben Jürgen auch Gerhard in Juttas Büro auf uns wartete.

»Na, altes Haus«, begrüßte ich meinen jüngeren Kollegen, »alles klar im Urlaub? Wie bist du überhaupt hier reingekommen?«

Gerhard schien missgelaunt zu sein, er starrte in eine Magnumtasse Sekundentod.

»Er hat seinen Urlaub abgebrochen«, berichtete Jürgen und erntete von ihm dafür einen bitterbösen Blick.

Ich setzte mich neben ihn. »Hast du dich von deiner Susanne getrennt?«

»Konstanze hieß sie«, antwortete er. »Ich hab's nicht mehr ausgehalten, Reiner. Zuerst im Kino ›Benjamin Blümchen‹, danach Kinderkarussell auf dem Weihnachtsmarkt. Und zuhause verschmierte mir der Dreikäsehoch mit seinen Fingerfarben die Tapeten. Und als er endlich im Bett lag und ich mich um Konstanze kümmern konnte, nahm es immer noch kein Ende. ›Ob Tristan auch richtig zugedeckt ist?‹, ›Ob die Heizung auch nicht zu niedrig eingestellt ist?‹, so ging es die ganze Zeit, es war furchtbar.«

Mit teilnahmsvoller Miene saßen wir um ihn herum und nickten. Was hätten wir auch anderes machen können?

Gerhard fuhr fort. »Und dann fing Konstanze damit an, dass Einzelkinder ein Geschwisterchen brauchen. Da bin ich das erste Mal in meinem Leben fast ausgerastet.«

»Du hast doch hoffentlich nichts Unüberlegtes getan?«

»Nein, ich habe ihr nur die Wahrheit gesagt.«

»Die da wäre?« Jetzt wurde es interessant.

»Dass sie nur durch künstliche Befruchtung ein zweites Kind bekommen könnte.«

Stille. Jürgen hatte die Gemeinheit nicht kapiert und schaute ihn fragend an.

»Irgendwann hat sie es verstanden. Sie hat ihre Sachen geschnappt und ist mit ihrem Tristan gegangen. Mensch, Reiner, ist Kindererziehung wirklich so schwierig? Muss da immer alles so extrem auf das Kind fixiert sein?«

»Nein, nein«, antwortete ich. »Das ist nur die ersten Jahre so. Spätestens wenn die Kinder auswärts studieren, lässt das in vielen Fällen von alleine nach.«

Gerhard nahm meine ironische Bemerkung ernst und schüttelte den Kopf. »Das nächste Mal werde ich wählerischer sein. Eine Frau mit Kind kommt mir nicht mehr ins Bett, äh, ins Haus.«

Jutta wartete ein paar Sekunden ab. »Gut, dann hätten wir das jetzt auch geregelt. Kommen wir zum Tagesgeschäft. Jürgen, hast du den Bruder von Schönhausen ausfindig machen können?«

»Für wen hältst du mich? Selbstverständlich habe ich das, auch wenn es dieses Mal hart verdientes Brot war. Diese Frau Eleonores ist ein gefährliches Weib. Die hatte nicht nur die Adresse von Schönhausens Bruder, sondern auch einen prall gefüllten Ordner über ihre Nachbarschaft. Im Umkreis von 50 Metern wurde von ihr alles akkurat registriert. Selbst wenn die Männer von der Müllabfuhr neue Overalls trugen, hat sie das sofort bemerkt. Gegenüber von ihr wohnt ein Polizist. Minutiös hat sie dokumentiert, wann seine Geliebte zu Besuch kam. Immer dann, wenn seine Frau bei ihrer Mutter war.«

»Unglaublich«, sagte ich. »Dass ein Polizeibeamter so etwas macht.«

Jutta schaute mich böse an. »Hast du Sorgen, mein Lieber.

Mich beunruhigt die Datensammlung der Dame viel mehr. Was hast du unternommen, Jürgen?«

Er lächelte. »Ganz einfach. Ich habe mich in die Lage eines ihrer Nachbarn versetzt. Daher habe ich den Ordner sofort beschlagnahmt.«

Er deutete auf Juttas Schreibtisch. »Dort liegt er. Als Vorwand habe ich natürlich die Ermittlung Schönhausen vorgetäuscht. Vielleicht findet sich tatsächlich etwas Brauchbares für uns darin.«

»Gut gemacht, Jürgen.« Jutta lächelte ihren Kollegen an, und der schmolz dahin.

»Äh, Reiner«, unterbrach Gerhard. »Bevor ich's vergesse: Dein Freund Ferdinand Jäger hat angerufen. Du sollst bitte um zehn Uhr zu ihm in die Brauerei kommen, er sagte, es wäre sehr dringend.«

Ich schaute auf meine Uhr. »Na, dazu ist es wohl zu spät, wir haben kurz nach 13 Uhr. Hat er gesagt, um was es genau geht?«

»Dein Freund meinte natürlich um zehn Uhr heute Abend. Nein, mehr hat er nicht verraten. Es hat aber geklungen, als ginge es um Leben und Tod. Hast du da einen Nebenkriegsschauplatz, Kollege? Wilderst du mal wieder in fremden Gefilden?«

»Ach woher denn. Ich war am Samstag in der Eichbaum-Brauerei zufällig Zeuge eines Unfalls. Da kümmern sich längst die Mannheimer Kollegen drum. Vielleicht brauchen die noch eine Unterschrift auf dem Zeugenfragebogen und haben Ferdinand beauftragt, das zu erledigen.«

»Und das genau um 22 Uhr?«, fragte Jutta, die hellhörig geworden war.

»Keine Ahnung, ich weiß nicht mehr als ihr.«

Um von Ferdinand abzulenken, sprach ich Jürgen an. »Gibt's sonst noch etwas Neues?«

»Laut Bericht steht fest, dass Detlev Schönhausen in seiner Wohnung ermordet und tätowiert wurde. Das Ehepaar, das den Toten fand, hat sich nochmals gemeldet. Sie konnten aber keine weiteren Angaben machen. Und meine Recherchen ergaben, dass Schönhausens einziger Verwandter sein Bruder ist.« Er gab mir einen Zettel mit Adresse, bevor er weitersprach. »Das Opfer ist übrigens in diesem Jahr zwei Mal nach Peking geflogen. Ansonsten war kein Hobby festzustellen, keine Vereinsmitgliedschaften oder Ähnliches, und nähere Bekannte konnten wir bisher auch keine identifizieren.«

»Das ist ja immerhin schon etwas«, lobte ich Jürgen. »Dann werden wir mal nach –«, ich blickte auf den Zettel, »Dudenhofen fahren. Liegt ja gerade um die Ecke.«

Ich hoffte, dass meine Taktik funktionierte. »Gerhard, willst du mitfahren? Dann kommst du auf andere Gedanken, und Jutta kann in der Zwischenzeit Jürgen unterstützen.«

»Das geht in Ordnung, Reiner. Dann muss ich wenigstens nicht frieren.«

Glück gehabt, Jutta war einverstanden. Nicht, dass ich sie nicht mochte, ich war sogar gerne mit ihr unterwegs, aber unsere unterschiedlichen Ansichten zu den Wohlfühltemperaturen lagen Äonen auseinander.

Gerhard trank seine Tasse aus und stand auf. »Los geht's, damit du rechtzeitig zu deinem Freund nach Mannheim kommst.«

Wir verabschiedeten uns von Jutta und Jürgen und gingen zu meinem Wagen.

»Boah, was hast du da drin veranstaltet?«, rief Gerhard angewidert, als ihm beim Öffnen der Tür ein Hitzeschwall entgegenkam. »Machst du gerade Experimente mit Nuklearenergie?«

»Was hast du? Ist doch schön kuschelig. Jutta hatte es etwas wärmer gewollt.«

»Ach so, du warst ja mit Jutta unterwegs«, grinste er vielwissend.

Nachdem wir zwei Minuten bei offenen Türen gelüftet hatten, konnten wir losfahren. Die Strecke war überschaubar kurz, Dudenhofen lag in südwestlicher Richtung von Schifferstadt. In der Schillerstraße fanden wir auf Anhieb das altersschwache Häuschen, in dem laut Jürgens Notiz Karl-Heinz Schönhausen wohnen sollte.

Karl-Heinz schien keine neugierige Nachbarin zu haben. Anders konnte ich den verwilderten und verschmutzten Vorgarten bis hin zum speckigen Briefkasten nicht erklären. Auf Sauberkeit schien der Bewohner keinen Wert zu legen.

Wir läuteten an der namenslosen Klingel. Kurz darauf öffnete uns ein unrasierter Typ im nicht mehr so ganz frischen Feinrippunterhemd. Eine Haarwäsche schien ebenfalls seit geraumer Zeit überfällig zu sein. Seine graufleckigen Jogginghosen würden wahrscheinlich auch ohne Beine frei in der Luft stehen bleiben.

»Ach, die Polente ist da. Warum haben Sie so lange gebraucht? Ich habe schließlich nicht den ganzen Tag Zeit.« Er unterdrückte einen Rülpser. »Na, dann kommen Sie mal rein in die gute Stube. Schauen Sie sich nicht so genau um, ich bin heute noch nicht zum Aufräumen gekommen.«

Seine Wohnung sah aus, als wäre er in den letzten 30 Jahren nicht zum Aufräumen gekommen. Wenn der Kerl aus diesem Haus ausziehen würde, tot oder lebendig, müsste man das Gebäude entkernen oder besser gleich abreißen, dachte ich. Gerhard und ich bemühten uns, mit nichts in Berührung zu kommen.

Auf einer geöffneten Raviolidose, die als Aschenbecher diente, lag eine vor sich hinschmorende Zigarette. Er nahm sie und gönnte sich einen Lungenzug, der nicht enden wollte.

»Ja, was ist jetzt?«, legte er los. »Wann kann ich endlich diesen verdammten Erbschein beantragen?«

Ich notierte mir im Geiste, gleich nachher die Sperrung der Konten bei der Staatsanwaltschaft zu beantragen. Wahrscheinlich hatte das aber Jutta längst veranlasst.

»Das wird noch ein bisschen dauern«, meinte ich mit leicht gehässigem Unterton. »Wir sind aber nicht wegen Ihrer Erbschaft hier. Wir wollen uns mit Ihnen über Ihren Bruder unterhalten.«

Karl-Heinz zuckte mit den Schultern und nahm einen weiteren Lungenzug. »Was soll ich über Detlev wissen? Ich habe ihn schon ewig nicht mehr besucht.«

»Darf ich Ihrem Gedächtnis ein wenig nachhelfen? Die Nachbarin Ihres Bruders hat Sie am Samstag gesehen. Warten Sie mal, ich habe sogar die genaue Uhrzeit –«

»Diese Hexe«, brüllte Karl-Heinz und ließ dabei seine Kippe auf den Boden fallen, was er nicht mal zu bemerken schien. »Wenn die hier wohnen würde, hätte ich sie längst umgebracht.«

»So wie Ihren Bruder?«

»Blödsinn. Warum sollte ich Detlev umbringen?«

»Weil er Ihnen kein Geld mehr gegeben hat?«

Er lief knallrot an. »Hat das diese Hexe mit dem Giraffenhals behauptet? Nichts davon ist wahr.«

»So wahr wie Ihre Behauptung, schon lange nicht mehr bei ihm gewesen zu sein?«

Ich bemerkte, wie er über diese Zwickmühle nachdachte. Da er geistig recht einfach gestrickt war, dauerte es mit der Antwort ziemlich lange.

»Ab und zu hat er mir mal was zugesteckt, der Detlev,

das stimmt schon. Aber ich habe niemals bei ihm um Geld gebettelt. Er hat es mir immer freiwillig gegeben.«

Gerhard schaute von seinen Notizen auf. »Was machen Sie beruflich? Ist nur für die Akte«, fügte er entschuldigend an.

»Mal dies und mal jenes«, antwortete Karl-Heinz, während er nach seiner Zigarette suchte.

»Und was liegt aktuell an?«, bohrte Gerhard weiter.

»Letzte Woche habe ich bei Bekannten die Waschküche gefliest, natürlich schwarz. Ihnen kann ich's ja sagen, Sie sind schließlich nicht vom Finanzamt. Im Moment erhole ich mich. Über Weihnachten macht ja so gut wie jeder Urlaub.«

Ich lenkte das Gespräch wieder in Richtung Detlev. Wir würden uns beeilen müssen, in der Wohnung stank es wie die Pest. »Was haben Sie von Ihrem Bruder gewollt? Haben Sie etwas Außergewöhnliches bei dem Besuch bemerkt?«

»Ne, Detlev war wie immer. Er hat mich angerufen, weil er meinen Rat brauchte.«

Oha, jetzt trug er aber richtig dick auf.

»Um welchen Rat ging es?«, fragte ich verblüfft und ungläubig.

»Es war wegen dieser Eleonores. Mein Bruder wollte einen Sichtschutz auf die Grundstücksgrenze stellen, damit er nicht immer beobachtet wird. Und dazu habe ich ihm ein paar Vorschläge gemacht. Sie müssen wissen, ich habe mal ein halbes Jahr Landschaftsgärtner gelernt.«

»Doch so lange?« Ich nickte anerkennend. »Diese verantwortungsvolle Arbeit wollte Ihr Bruder Ihnen überlassen?«

»Na klar, natürlich gegen volle Bezahlung. Schenken ließ er sich nie etwas.«

Dafür aber du, dachte ich. Oder lief da sogar eine Erpressung? Ich versuchte es mit einem Bluff. »Welchen Anteil haben Sie bei dem Medikamentenhandel erhalten?«

Er schaute mich verwirrt an, es wirkte glaubwürdig. »Was für Zeug? Ich habe keine Ahnung, was Sie meinen.«

»Und was ist mit dem Hopfen?«

Seine Verwirrung wurde nicht besser. Plötzlich schien er einen Lichtblick zu haben. »Ach, Sie wollen ein Bier haben? Sagen Sie's doch gleich. Dürfen Sie das überhaupt während der Arbeit?«

Gerhards Bauch bebte orkanverdächtig. In der Wohnung dieses Zeitgenossen würde ich nicht mal ein Bier trinken, wenn ich kurz vor dem Verdursten wäre.

»Sie haben uns missverstanden, wir trinken keinen Alkohol«, stellte ich die Lage klar. »Können Sie uns anderweitig in der Sache Ihres Bruders weiterhelfen? Haben Sie eine Ahnung, wer ihn getötet haben könnte? Hatte er Feinde?«

Karl-Heinz Sozialaussteiger, wie ich ihn eben im Geiste getauft hatte, konnte uns nicht weiterhelfen. Er zuckte nur mit den Achseln, während er sich eine weitere Kippe anzündete. Ohne in unseren Ermittlungen weitergekommen zu sein, traten wir den Rückzug an.

»Der lügt«, meinte Gerhard, als wir im Wagen saßen.

»Ich weiß«, bestätigte ich. »Der hat nicht mal gefragt, wie sein Bruder umkam. Den interessiert nur der Erbschein. Aber als Täter ist er untauglich. Die Tat hätte er intellektuell unmöglich zustande gebracht. Denke nur an die Tätowierung. Hast du gesehen, wie seine Hände zitterten?«

»Alkohol«, meinte mein Kollege. »Wenn der so weitermacht, hat der nur kurz Freude an seinem Erbe.«

»Da hast du recht, wie kann man nur so hemmungslos dem Alkohol verfallen.«

»Reiner, wo wir gerade beim Thema sind. Meinst du, wir

können KPD überzeugen, in unserem Getränkeautomaten eine Sorte Bier mit aufzunehmen? Ich meine, anstatt dieses ekligen Diätgesöffs.«

»Aber nur, wenn es ein Pilsener wird, ansonsten bin ich dagegen.«

Gerhard war mit seinem Teilerfolg zufrieden. »Ich werde mal bei den Kollegen fragen, wie die das sehen. So ein Feierabendbierchen wird für die meisten wohl in Ordnung sein.«

Die nächste Überraschung erwartete uns im Hof der Dienststelle. ›Mobile Gesundheitsberatung und Prophylaxe – Doktor Metzger‹ prangte in blutroten Buchstaben auf der Seite des Reisemobils, das auf meinem Parkplatz stand. Der Praktikant am Empfang, der nach wie vor alleine seinen Dienst tat, wirkte ganz aufgelöst.

»Herr Palzki«, berichtete er mir atemlos. »Da oben in den Büros stimmt was nicht. Vor ein paar Minuten kam jemand in einem weißen Kittel hereingestürmt und sagte, er wäre der Notarzt und müsste sofort zum Chef. Ich habe natürlich bei Herrn Diefenbach gleich an einen Herzinfarkt gedacht, weil er ja immer so viel arbeitet, wie er mir beim Einstellungsgespräch gesagt hatte. Jetzt werde ich aber langsam nervös. Der Notarzt kam alleine, so kann er den Herrn Diefenbach ja nicht ins Krankenhaus bringen. Und stattdessen höre ich oben in den Fluren Geschrei. Würden Sie da bitte mal nachschauen, Herr Palzki und Herr Steinbeißer?«

Der Praktikant drückte auf den Türöffner. Gerhard ging wortlos in Richtung Treppenhaus, während ich mich noch mal umdrehte: »In welchem Büro finden wir gleich noch mal Herrn Diefenbach?«

Während der Praktikant ernsthaft in der Liste nachschaute, folgte ich kopfschüttelnd meinem Kollegen.

»Ungeheuerlich!«, schallte es durch den Flur des ersten

Stockes. In dieser Lautstärke hatte ich Metzger noch nie gehört. Die Stimme kam aus KPDs Büro, das offen stand. Unser Chef saß kreidebleich hinter einem seiner edlen Schreibtische, sodass ich gedanklich zunächst der Herzinfarkttheorie des Praktikanten zustimmte.

»Da kommen ja endlich die beiden Hauptschuldigen!«, blökte uns Metzger zur Begrüßung an. »Da renn ich gleich zum obersten Boss der hiesigen Polizei, um meinem Anliegen den nötigen Druck zu verleihen, dann muss ich mir sagen lassen, dass Herr Diefenbach nicht mal weiß, was seine Mitarbeiter den ganzen Tag so alles treiben.«

Endlich musste er Luft holen. KPD starrte fassungslos in die Luft. Ihm war Doktor Metzger zwar nicht unbekannt, doch mit dieser Situation wusste er nicht umzugehen.

»Herr Metzger«, sprach ich ihn in beruhigendem Ton an. »Trinken Sie erst einmal eine Tasse Kaffee, das beruhigt die Nerven. Herr Steinbeißer bringt Ihnen bestimmt welchen.«

»Da müsste ich einen Zehn-Liter-Eimer trinken, damit ich mich beruhige«, konterte der Notarzt bissig. Gerhard verließ wortlos das Büro.

Ich nahm ungefragt an KPDs Sitzgruppe Platz und bediente mich an seinen Lachsbrötchen, die er sich als Dienststellenleiter zweimal täglich frisch zubereiten ließ. »Was ist Ihr Problem, Herr Metzger? Funktioniert das Abhören des Polizeifunks nicht mehr zu Ihrer Zufriedenheit?«

Metzger verlor für einen Moment den Faden. Dann wurde er wieder laut. »Viel schlimmer, Herr Palzki. Was Sie angestellt haben, ist existenzbedrohend. Für mich, für die ganze Branche!« Er riss seine Arme in die Höhe.

KPD wollte etwas sagen, doch Metzger ließ ihn nicht zu Wort kommen.

»Von einer meiner Stammkundinnen habe ich es erfahren.«

O weh, wenn Metzger von Kunden sprach, meinte er Patienten.

»Ich komme gerade von Frau Eleonores, die ich wegen einer kleinen psychischen Sache behandle. Sagt Ihnen der Name etwas?«

Unfassbar, dass die Schildkröte zu Metzgers Patienten gehörte. Obwohl, irgendwie passte sie zu ihm. Vielleicht könnte ich die beiden zu einem späteren Zeitpunkt verkuppeln, dann wäre die Welt wieder einmal gerettet.

Es war eine rhetorische Frage, denn Metzger motzte weiter.

»Durch diese Kundin habe ich Herrn Doktor Schönhausen kennengelernt. Ein feiner Mann übrigens. Anfangs wunderte ich mich, dass Frau Eleonores die benötigten Medikamente immer selbst besorgte, obwohl sie rezeptpflichtig sind. Dann sagte sie mir, dass sie diese kostenlos von ihrem Nachbarn beziehen würde. Na ja, so baute ich mir eine wichtige Handelsbeziehung auf. Damit konnte ich mir die Handelsspanne der Apotheker sparen, die verdienen sowieso viel zu viel an dem Zeug.«

Gerhard und Jutta kamen mit zwei Kannen Sekundentod herein. Unsere Kollegin schenkte die größte Tasse, die sie auffinden konnte, randvoll und gab sie dem Doktor. Dieser trank sie in einem Zug zur Hälfte leer, ohne auch nur mit der Wimper zu zucken.

»Endlich mal jemand, der weiß, wie man Kaffee kocht.« Sein erstes kleines Lächeln galt Jutta.

»Sie wissen, dass Herr Schönhausen ermordet wurde?«

»Darum geht es ja«, fiel mir der Notarzt ins Wort. »Hätten Sie besser aufgepasst, würde er noch leben. Wo soll ich jetzt meine ganzen Medikamente herbekommen?«

»Was?« Ich schoss aus meinem Sitz hoch. »Sie haben von Doktor Schönhausen Arzneimittel gekauft?«

Metzger war über meine Reaktion kaum verwundert. »Ja, er hatte die besten Preise. Alles, was das Herz begehrt. Und für die anderen Organe auch. Sogar sauteure Krebsmittel hat der mir für einen Spottpreis besorgt. Alle zwei Wochen habe ich meine Bestellung abgeholt. Zum Glück habe ich in meiner mobilen Klinik immer einen großen Vorrat, das reicht für ein paar Wochen. Aber was mach ich dann?«

»Herr Metzger, Sie wissen, wo Schönhausen das Zeug herhatte?«

»Sicher weiß ich das. Das sind alles Sachen, die in die Apotheken zurückgebracht wurden, aber meist noch original verschlossen sind. Gut, manchmal muss man mit einem Klebestift und ein paar Tricks ein bisschen nachhelfen. Aber das Mindesthaltbarkeitsdatum überprüfe ich gewissenhaft, das können Sie mir schon glauben.«

Ich wusste, dass Medikamente, die beim Arzt oder in der Apotheke zurückgegeben wurden, nicht mehr in den Verkehr gelangen durften, selbst wenn sie ungeöffnet waren. Das, was wir hier hörten, war schwerer Tobak.

»Das hat Ihnen Doktor Schönhausen so erzählt?«

Metzger nickte und trank bereits die zweite Tasse. Jutta füllte immer gleich wieder auf.

»Leider besteht der Verdacht, dass Schönhausen die Medikamente an seinem Arbeitsplatz unterschlagen hat. Im Moment laufen Ermittlungen.« Dass Dietmar Becker der zuständige Ermittler war, musste ich jetzt nicht unbedingt erwähnen.

Metzger schien das nicht weiter zu interessieren. »Das ist sein Bier, nicht meins. Ich mache nur legale Sachen und Dinge, die ich persönlich verantworten kann. Aber versetzen Sie sich alle mal in meine Lage! Soll ich das ganze Zeug, was ich tagtäglich benötige, per Internet auf den Bahamas bestellen? Das ist zwar grundsätzlich möglich, aber wesentlich teurer.« Er blickte zu KPD, der immer noch ganz still und klein hinter seinem Schreibtisch saß. »Herr Diefenbach, das drückt die Rendite, das Arztgeschäft ist echt brutal. Letztendlich geht das immer zulasten der Qualität. Ich kann mich nicht mehr so intensiv um meine Kunden kümmern, und dann ereignen sich die Fehler. Das passiert so automatisch wie das Amen in der Kirche. Wer übernimmt dafür dann die Verantwortung?«

Ich versuchte, ihn zu bremsen. »Haben Sie keine Haftpflichtversicherung?«

Metzger beruhigte meine Frage keineswegs. »Wissen Sie, wie hoch die Prämie für einen mobilen Freiberufler ist? Für Fest angestellte Mediziner oder solche, die eine Praxis mit Personal haben, ja, das kann man noch bezahlen. Aber ich mit meiner Marktlücke falle durch das Raster. Die Versicherungsgesellschaft wollte mich in die gleiche Gefährdungsklasse wie ein Sprengstoffexperte stecken. Nein, danke, da verzichte ich lieber auf eine Versicherung. Es ist ja auch noch nie was Großes passiert. Und selbst die Erben haben sich bisher immer mit dem Klagen zurückgehalten. Das geht aber nur über persönlichen Einsatz und ein starkes Kundenbindungsinstrument. Bei mir können die Erben sogar die gesammelten OP-Punkte des Erblassers übernehmen. Keine Rabattkarte außer meiner bietet im europäischen Markt etwas Vergleichbares.«

Er trank eine weitere Tasse Sekundentod, dieses Mal komplett auf ex. »Wirklich vorzüglich, Frau Wagner. Wenn Ihre Kollegen im Polizeidienst so gut wären wie Sie im Kaffeekochen, dann wäre alles in Butter.«

Jutta lächelte süßsauer über dieses vermeintliche Kompliment, das man auch anders auslegen konnte. Doch Metzger hatte es bestimmt nicht diskriminierend gemeint.

In der letzten Minute war KPD lebendiger geworden. Er kam hinter seinem Schreibtisch hervor und setzte sich zu uns an die Besprechungslandschaft. »Herr Doktor Metzger, Sie haben eine eigene Rabattkarte? Können Sie das empfehlen? Ich bin nämlich auch schon länger am Überlegen, ob ich so etwas im Polizeidienst einsetzen kann.«

Wir stutzten. Wie meinte er das? Fahren Sie neun Mal zu schnell, dann ist das zehnte Bußgeld kostenfrei? Oder, diese Woche im Angebot: 0,3 Promille Extrabonus beim Autofahren unter Alkoholeinfluss. Egal, KPD schien das Problem mit Metzger, wenn auch unabsichtlich, gelöst zu haben. Der Notarzt stolperte über sein eigenes Ego, als er unserem Chef stolz seine Kundenkarte präsentierte und dazu ein paar Werbeflyer aus seiner Jacke zog. Im Nu waren die beiden in ein tiefes Gespräch über die Risiken und Chancen von Rabattkarten versunken. Sie bemerkten nicht, dass Gerhard, Jutta und ich das Büro verließen.

8 BENNO MUSS WIEDER RAUS

»Morgen liegen die Ergebnisse der Obduktion vor«, meinte Jutta, als wir in ihrem Büro angekommen waren. Es hatte sich inzwischen als Treffpunkt für uns etabliert. In meinem Büro, das ich in den letzten Wochen nur noch sporadisch aufsuchte, dürfte sich die Post inzwischen bis zur Decke stapeln.

»Übrigens, Reiner«, Jutta schaute mich etwas angesäuert an. »Ich habe mir erlaubt, die Post in deinem Büro zu holen und zu bearbeiten. In der letzten Zeit gab es mehrfach Klagen, dass wichtige Briefe verschwunden sind. Soll ich dir sagen, wo ich diese wichtigen Briefe gefunden habe?«

Ich machte einen übertriebenen Diener. »Danke, Jutta. Was würde ich ohne dich nur tun?«

»Frieren?«, meinte sie sarkastisch.

»Ach, noch was, den Jürgen habe ich heimgeschickt. Ich konnte es nicht verantworten, dass seine Mama zwischen den Feiertagen so viel alleine ist.«

Gerhard schüttelte die Kaffeekanne. »Schon wieder leer. Machen wir Feierabend?«

Jutta nickte zustimmend. »Mehr können wir im Fall Schönhausen sowieso nicht tun. Wie gesagt, die Obduktionsergebnisse liegen morgen vor, genau wie die Detailberichte der Spurensicherung und die Anwohnerbefragung.«

»Viel haben wir nicht«, sagte Gerhard. »Es könnte sein, dass wir dieses Mal KPDs Statistik strapazieren und an der 100-Prozent-Aufklärungsquote vorbeischrammen. Oder hat jemand von euch eine Idee, was wir in diesem Fall noch tun können?«

»Jetzt male nicht gleich den Teufel an die Wand«, schimpfte ihn Jutta. »Vielleicht finden wir morgen in den Akten weitere Anhaltspunkte. Ansonsten schicken wir verstärkt KPDs Geheimwaffe ins Rennen.«

»Wen meinst du damit?«, fragte ich neugierig.

»Dich«, antwortete Jutta.

»Was macht eigentlich dieser Student?«, fragte Gerhard. »Solange der nicht auftaucht, kann es doch faktisch überhaupt kein Verbrechen geben.«

Jutta lachte. »Gerhard, mein Lieber, rate mal, wen wir heute Morgen in der Mannheimer Klinik getroffen haben?«

»Ist nicht wahr, oder?«

Ich stand auf. »Gehen wir. Mir langt's für heute.«

»Denk an den Termin bei deinem Freund«, erinnerte mich Gerhard.

Fünf Minuten später war ich zuhause. Die kalten Temperaturen hatten etwas Positives. Meine Nachbarin Ackermann lauerte nicht vor ihrem Haus herum. Ohne blutiges Ohr konnte ich mein trautes Heim betreten.

Es war schwierig, Stefanie zu beichten, dass ich später noch zu Ferdinand müsste. Erst glaubte sie mir nicht so recht und vermutete, dass ich mit Gerhard einen trinken gehen wollte, doch als ich sie einlud, mitzufahren, war alles wieder im Lot. Diesen Trick musste ich mir unbedingt merken.

Das Abendessen bestand, oh Wunder, aus selbst gebackener Pizza, die herrlich mundete. Fast so gut wie die vom Caravella, was ich selbstverständlich für mich behielt. Ich verzichtete freiwillig auf mein Bier, da ich nachher bestimmt bei Ferdinand eins oder zwei trinken würde. Melanie redete fast kein Wort mit mir, für sie war eine Welt untergegangen. Das würde sich am ersten Schultag nach den Ferien bestimmt wieder ändern, wenn sie erfuhr, dass sie mit Sicherheit nicht die Einzige ihrer Klasse war, die nicht in die Disco durfte.

Mit elf Jahren, wo kämen wir da hin? In dem Alter habe ich noch Kasperletheater geschaut. Na ja, ganz so schlimm war es nicht. Mit zwölf war ich mit meinem Freund das erste Mal heimlich im Kino im damals aktuellen James Bond. Ich war offiziell bei ihm zu Besuch und er bei mir. Unsere Eltern haben es vermutlich erst an unseren Albträumen bemerkt.

Paul war etwas mitteilungsstärker. Doch als seine Mutter das Netzkabel der Spielekonsole konfiszierte, verschwand er maulend im Kinderzimmer. Ich war mit Stefanie alleine.

»Und, was hat der Frauenarzt so alles gesprochen?«, begann ich mit einer wichtigen Sache. Sie hätte mich umgebracht, wenn ich vergessen hätte, danach zu fragen.

»Alles so weit im grünen Bereich. Die anstrengenden Monate beginnen ja erst.« Sie schaute mich hoffend an. »Was meinst du? Soll es dieses Mal ein Mädchen oder ein Junge werden?«

Oh, Vorsicht Falle. Ein falsches Wort und ich war verloren. Ich nahm Stefanie zärtlich in den Arm. »Du, das ist mir wirklich egal. Ein Junge oder ein Mädchen, wo ist da der Unterschied?«

Meine Frau sah mich mit glänzenden Augen an, ich hatte das Richtige gesagt. Ob sie mir nun das Geschlecht verraten würde?

»Das finde ich sehr lieb von dir«, antwortete sie mit lieblicher Stimme. »Bist du dir da ganz sicher?«

»Aber ja doch, Stefanie. Hauptsache, er ist gesund.«

*

Gegen halb zehn machte ich mich auf den Weg. Meine Beteuerungen, bald wieder daheim zu sein, nahm Stefanie seltsamerweise nicht allzu ernst. Dennoch ließ sie mich ohne größere Kommentare ziehen.

»Immerhin willst du deinem Freund einen Gefallen tun. Man muss seinen Freunden beistehen. Bring ihn doch mal zum Kaffee vorbei. Vielleicht ist er ja in der Midlifecrisis?«

Midlifekrise? Dieses furchtbare Wort habe ich in meinem Leben schon so oft gehört, ohne damit irgendetwas anfangen zu können. Ich würde nur die Krise bekommen, wenn alle Imbissbudenbesitzer gleichzeitig streiken würden.

Ich versprach meiner Frau, Ferdinand den Kaffeevorschlag zu unterbreiten.

Ohne Stau kam ich kurz vor 22 Uhr in der Eichbaum-Brauerei an. Ich fuhr dieses Mal mit meinem Wagen direkt in die Lkw-Zufahrt des Betriebsgeländes. Der Nachtwächter, ein Riese mit Schultern wie Arnold Schwarzenegger, gab mir mit einer Piepstimme zu verstehen, dass ich mein Auto hier abstellen und den Rest des Weges zu Fuß gehen müsste.

Ferdinand Jäger wartete im Bräukeller auf mich. Die Begrüßung war herzlich, aber ich bemerkte sofort, dass ihn etwas betrübte.

»Was ist mit eurem Toten passiert?«, wollte ich zunächst wissen.

»Ich krieg da fast nichts mit«, antwortete mein Freund. »Immerhin wird nach deiner Intervention vermutlich wegen Mordverdacht ermittelt. Das stinkt diesem Kommissar natürlich ganz gewaltig. Aber die Spuren waren eindeutig. Heute habe ich erfahren, dass man das zweite Paar Schuhspuren bisher nicht zuordnen kann. Die Faserspuren dagegen stammen eindeutig von Fritzl Klein.« Er sah mich an. »Wenn du nicht das Brett mit den Abdrücken gesichert hättest, würde das längst als Suizid in den Akten stehen. Aber so geht das selbstverständlich nicht. Man kann das ja nicht einfach ignorieren oder vertuschen. Die Polizei hat zwar eine Theorie aufgestellt, die besagt, dass eine zweite Person oben bei Klein auf den Gärtanks war, die aber vor dem Sprung wieder gegangen sein könnte. Dann würde die Selbstmordtheorie wieder passen. Dummerweise hat sich bis jetzt niemand gemeldet, der da oben gewesen sein will.«

Ich ließ mir das Pilsener munden, das Ferdi gerade fertig eingeschenkt hatte.

»Da wird euer Fastrentnerkommissar noch ein bisschen Arbeit haben. Aber uns drüben in der Pfalz geht es auch nicht besser. Am Sonntag wurde ein Assistenzarzt ermordet aufgefunden. Eine äußerst mysteriöse Sache, kann ich dir nur sagen. »Nur, dass ich bis zur Pensionierung noch ein wenig Zeit habe«, ergänzte ich. »Bis dahin werden wir den Täter schon haben.«

»Komisch«, meinte Ferdi, der ein Räuberbier trank, »dass über die Feiertage so viele Menschen ermordet werden. Bei euch in Frankenthal hat es am Wochenende ja auch noch ein Drama gegeben.«

Ich winkte ab. »Das war eine normale Familiengeschichte. Solche Sachen sind über Weihnachten leider fast die Regel.«

Mein Freund ging hinter die Theke und zog ein mit einer riesigen Pizza belegtes Backblech aus dem Ofen.

Ich staunte. »Das hast du ganz alleine gemacht?«

Er streckte sich. »Ja, natürlich. Traust du mir das nicht zu? Ich habe die Pizza ganz alleine beim Pizzaservice bestellt, anliefern lassen und im Ofen für uns warmgehalten.« Er stellte das Blech auf den Tisch. »Voilà, einmal Pizza mit alles.«

Ferdi lachte über sein Undeutsch und holte zwei Teller und Besteck hervor. »Ich denke, es macht dir wenig aus, wenn wir es ganz rustikal machen und die Pizza direkt vom Backblech runterschneiden.«

Das war mir wirklich so was von egal. Meine Magensäure lief bereits auf Maximum. Zweimal Pizza an einem Abend war für mich ein Klacks und allemal besser als Gebäck vom Weihnachtsmarkt.

Wir frotzelten vor uns hin, während wir dem knappen Quadratmeter belegten Teig den Garaus machten.

»So, jetzt noch ein Pils und eine Couch«, resümierte ich, als ich das Besteck nach getaner Tat weglegte.

»Das Bier kannst du gleich haben«, antwortete Ferdi. »Die Couch muss warten.«

»Dann erzähl mal, warum hast du mich so spät kommen lassen? Die Pizza hätten wir auch tagsüber essen können.«

»Ne, das geht nicht. Da sind laufend Besuchergruppen im Bräukeller. Da hätten wir keine Ruhe gehabt. Außerdem sind dann die Mitarbeiter im Labor.«

Ich sah ihn fragend an. Gleich würde ich erfahren, warum mich mein Freund hergebeten hatte.

»Was das Bierbrauen angeht, bin ich ja kein Laie.«

Ich nickte zustimmend.

»Ich weiß auch, was im Labor so alles gemacht wird. Das ist schließlich kein Hexenwerk.« Er machte eine kleine Pause. »Die Brauereibesichtigungen beinhalten zwar nicht den Besuch des Labors, dennoch bin ich hin und wieder dort. Schon immer hatte ich den Eindruck, dass man mir irgendetwas verheimlichen will. Jedes Mal, wenn ich komme, herrscht eine unerklärliche Betriebsamkeit. Einer versucht mich mit Banalitäten abzulenken, während andere Leute offensichtlich im Nebenraum Sachen wegräumen. Das vermutete ich jedenfalls. Gestern hat sich zufälligerweise ergeben, dass nur der Auszubildende im Labor war. Den konnte ich leicht um den kleinen Finger wickeln und mir die Räumlichkeiten in Ruhe ansehen. Das, was ich entdeckt habe, ist unglaublich.«

Mit einem zerdrückten Kronenkorken versuchte ich, einen hartnäckigen Käsefetzen aus meinen Backenzähnen zu fischen. »Dann sag schon, was hast du entdeckt? Trinken die heimlich Bier von der Konkurrenz?«

»Viel schlimmer, die haben Apparaturen, die man in einem Brauereilabor überhaupt nicht benötigt.«

»Aha, und welche sind das?«

Ferdinand Jäger zuckte mit den Achseln. »Das konnte ich auf die Schnelle nicht feststellen. Deswegen wollte ich, dass du mitkommst. Vielleicht kannst du da weiterhelfen?«

Technische Apparaturen und ich? Ich wusste inzwischen, wie man unseren Getränkeautomaten in der Dienststelle überlistete, mehr aber nicht. Vielleicht sollte ich meinen Freund Jacques, den Erfinder, ins Spiel bringen?

»Bist du dir sicher, Ferdi? Mit Verdächtigungen muss man sehr vorsichtig sein. Unter Umständen sind das hochmoderne Geräte, die ganz neu auf dem Markt sind und die du nur noch nicht kennst.«

»Ich bin immer up to date«, erklärte Ferdi. »Da läuft ein krummes Ding. Das hat bestimmt mit den ungenießbaren Chargen zu tun, die weggeschüttet wurden.«

Das, was ich hörte, klang bisher nicht sehr überzeugend. Experimente mit Bier? Nein, das würde keinen Sinn ergeben. Möglicherweise war alles harmloser als vermutet.

»Du, Ferdi«, begann ich beschwichtigend. »Eichbaum kreiert doch jedes Jahr eine neue Sorte. Mal das Räuberbier oder den Hellen Heuchler. Könnte es sein, dass die Mitarbeiter im Labor gerade an einer neuen Sorte experimentieren? Ein Bier streng nach den Regeln des Feng-Shui? Oder ein Weißbier mit dem Namen Bierke?«

»Du glaubst mir also nicht.« Ferdi klang enttäuscht.

»Selbstverständlich glaube ich dir, mein Freund. Ich möchte nur ausschließen, dass du dich in irgendetwas verrennst, was du später bereust. Du weißt selbst: Wenn du diesen Job verlierst, kannst du höchstens noch als Lehrer arbeiten. Für alles andere bist du überqualifiziert.«

Er lachte, ich hatte es geschafft.

»Ich nehme an, du hast einen Schlüssel für die Labors besorgt?«

Ferdi sah mich treuherzig an und nickte fast unmerklich.

»Na dann mal los.« Ich trank mein Bier leer.

Das Freigelände der Brauerei war nur schwach bis gar nicht beleuchtet. Kleine Nebelschwaden zogen durch die breiten Wege zwischen den einzelnen Gebäuden und verbreiteten eine Atmosphäre, die ich nur zu gut aus den alten Edgar-Wallace-Filmen kannte. Wenn jetzt Klaus Kinski über die Straße laufen würde, wäre die Illusion perfekt. Um zu dem Labor zu gelangen, mussten wir am Sudhaus vorbei, dessen brummende Kühlaggregate in der Nacht besonders laut zu hören waren. Im Sudhaus, an dem wir schnell vorbeischlichen, war die Beleuchtung gedämpft. Den Braumeister Panscher, einer der wenigen Mitarbeiter, die auch spätabends Dienst hatten, sahen wir nicht. Und das war gut so. Wir bogen um die Ecke und Ferdi zeigte nach oben in das Obergeschoss eines langgezogenen zweistöckigen Baus.

»Da oben, die ganze Fensterreihe gehört zum Labor«, erklärte mein Freund, der sichtlich nervös geworden war. »Das Labor besteht aus drei größeren Räumen und ein paar Nebenzimmern. Spätestens um 20 Uhr ist dort alles dunkel. Länger gearbeitet haben die noch nie.«

Hoffentlich war das auch heute so, dachte ich, während Ferdi die Metalltür öffnete und wir in ein kleines Treppenhaus kamen. Ferdi schaute sich zur Sicherheit nach allen Seiten um, bevor er die Tür von innen schloss. Er zog eine Taschenlampe aus der Jacke.

»Gehen wir hoch«, meinte er und ging voraus. Ich stolperte im Halbdunkeln gleich über die zweite Stufe und machte dabei einen Heidenlärm. Erschrocken riss Ferdinand seine Lampe herum.

»Pass auf, Reiner. Wir befinden uns in einem Altbau.« Er leuchtete die Treppenstufen ab und ich bemerkte, dass die einzelnen Tritthöhen sehr unterschiedlich waren.

»Gibt es weitere Überraschungen?«

Keine Antwort war auch eine Antwort. Ich beeilte mich, meinem Freund zu folgen. Dieser war bereits damit beschäftigt, die Tür zu den Laborräumen aufzuschließen.

»Das geht mir ein bisschen zu einfach«, meinte ich.

»Ach was«, wiegelte er ab. »Das ist schließlich kein Hochsicherheitslabor. Hier werden Bierproben untersucht, sonst nichts.«

Er begann, die Arbeitstische mit seiner Taschenlampe abzuleuchten. Ich war mir sicher, dass uns, sollte unten auf dem Hof jemand vorbeilaufen, derjenige für einen Einbrecher halten würde. Ich nahm meinem Freund die Lampe aus der Hand und schaltete sie ab.

»Was soll das?«, beschwerte er sich. »Ohne Licht stehen wir im Dunkeln.«

»Besser als das, was du hier veranstaltest. Da kannst du gleich ein Fenster öffnen und laut um Hilfe rufen. Mensch, Ferdi, deine Lichtzeichen sieht man ja noch drüben in den Kliniken.«

Er sah mich erschrocken an. »So weit habe ich gar nicht gedacht. Ich bin halt mit solchen Dingen ziemlich unbeschlagen.«

»Zum Glück«, antwortete ich. »Sonst müsste ich dich in der Vollzugsanstalt besuchen statt in der Brauerei.«

Jäger schien ratlos. »Und nun? Was machen wir jetzt? Die Fenster haben weder Vorhänge noch Jalousien.«

Ich stülpte meine Hand über die Lichtaustrittsöffnung der Lampe, schaltete sie, sie nach unten zum Boden haltend, ein und achtete darauf, dass das Licht nur durch einen schmalen Spalt gelangen konnte. Es dauerte ein oder zwei Minuten, bis sich unsere Augen an die Lichtverhältnisse gewöhnt hatten. Von außen drang weder Mondlicht noch das Licht einer Hoflaterne in die Räume. Ich übergab die Lampe an meinen Freund, der sie in gleicher Weise handhabte. Mir blieb nichts anderes übrig, als ihm hinterherzulaufen und zuzuschauen, wie er sich so ziemlich alle Schreibtische, Labortische und Gestelle intensiv anschaute. Mindestens alle 30 Sekunden starrte ich gelangweilt auf meine Armbanduhr, um dann jedes Mal festzustellen, dass bei den Lichtverhältnissen ein Ablesen der Uhrzeit unmöglich war. Von Ferdinand waren nur einzelne Töne wie ›aha‹, ›sehr interessant‹ und ›unglaublich‹ zu hören. Mein Magen knurrte. Waren wir wirklich schon so lange in diesem Labor oder war bei mir das Knurren inzwischen chronisch und ich hatte es nur noch nie bemerkt?

Mein Freund zupfte an meinem Oberarm und flüsterte mir zu: »Der Versuchsaufbau für ein Filtrierungssystem auf diesem Tisch ist völlig falsch aufgebaut. So was Einfaches lernt man doch bereits in der Berufsschule.«

»Vielleicht war der Mitarbeiter nicht in der Berufsschule«, antwortete ich. »Du hast doch gesagt, dass die meisten Akademiker sind.«

»Ja ja, alles Theoretiker und von der praktischen Umsetzung keine Ahnung. Komm, gehen wir in das Labor nebenan.«

Der nächste Raum, der sich in Größe und Ausstattung nicht vom ersten unterschied, war durch eine offen stehende Tür zugänglich. Die Durchsuchungsprozedur begann von Neuem. Ich hoffte inständig, dass diese Brauerei keine Dutzende Laborräume benötigte. Mein Hoffen wurde erhört.

»Ich hab's«, sagte Ferdinand und vergaß das Flüstern. »Schau dir diese Schweinerei an.« Er zeigte auf eine Ecke, in der auf mehreren Rolltischen alles Mögliche stand.

»Damit habe ich nun wirklich nicht gerechnet«, sagte ich, ohne zu wissen, was eigentlich gemeint war.

»Du siehst es also auch«, vergewisserte sich mein Freund. »Die Sache ist ja auch zu eindeutig. Wenn wir –«

In diesem Moment flackerten zahlreiche Neonlampen auf. Unsere Augen waren geblendet, doch unsere Ohren hörten es sofort.

»Einen wunderschönen guten Abend«, schallte es aus der Richtung zum Durchgang des vorderen Büros.

Die Stimme hätte ich aus Tausenden herausgehört. Ich war verloren.

»Mit den Pfälzern ist es immer das Gleiche«, brüllte der fette Kommissar Benno. »Sobald die bei uns in Baden-Württemberg sind, gibt's Ärger. Seit Jahren schreibe ich eine Petition nach der anderen an unseren Landtag in Stuttgart, um endlich wieder die Visumspflicht für Pfälzer einzuführen. Alles vergebens.«

Benno Ohnenachname hatte wieder seinen Wackeldackelassistenten dabei. Im Hintergrund konnte ich den Braumeister Michael Panscher erkennen, der mit angriffslustigem Blick zu uns herüberschielte.

Ferdinand und ich standen nach wie vor stumm und ertappt auf der Stelle. Was sollten wir in solch einer Situation auch tun? Aus dem Fenster springen? Nach dem Weg zum Bahnhof fragen? Doch ich hatte eine bessere Idee, die Flucht nach vorne. Natürlich nur bildlich gesprochen.

»Ich wünsche Ihnen ebenfalls einen guten Abend, Herr, äh –. Das ist ja ein unglaublicher Zufall, dass wir uns zu so später Stunde in der Brauerei treffen. Was führt Sie denn hierher?«

Benno schäumte, sein Assistent hörte auf zu wackeln und sah fragend seinen Chef an.

»Wollen Sie mich zum Affen machen?«, dröhnte dieser. »Dem Braumeister haben wir es zu verdanken, dass wir Sie beide auf frischer Tat ertappt haben.« Er schaute zu Panscher. Der übernahm das Wort.

»Ich habe es gleich verdächtig gefunden, dass die beiden zu dieser späten Stunde über das Betriebsgelände geschlichen sind. Die haben was zu verheimlichen, dachte ich mir und habe gleich die Polizei angerufen.«

»Das haben Sie prima gemacht«, unterbrach der fast pensionierte Kripochef. Er drehte sich wieder zu uns. »Ich denke nicht, dass Sie etwas zu Ihrer Verteidigung zu sagen haben. Ihren Job sind Sie los, Palzki.«

Ich musste aufs Ganze gehen, sonst könnte ich meinen Job in der Tat vergessen. »Welche Verteidigung meinen Sie? Kann es sein, dass hier ein Missverständnis vorliegt?«

Es war hart an der Grenze, hoffentlich würde er kurz vor Erreichen der Altersgrenze keinen Herzinfarkt bekommen.

»Sie sind mit dem Leiter der Abteilung Betriebsbesichtigung in die Labors der Brauerei eingebrochen. Was soll es da für ein Missverständnis geben? Sie sind ein simpler Einbrecher, Palzki. Polizeibeamte werden besonders hart bestraft, und das nicht nur in Baden-Württemberg.«

»Wir sind nicht eingebrochen«, stellte ich fest. »Wir haben ganz legal die Schlüssel genommen und die Türen aufgeschlossen.«

Es reichte noch nicht. Benno wurde eher noch stinkiger. »Das ist mir scheißegal, wie Sie hier reingekommen sind. Fakt ist, dass Sie in diesen Räumen nichts zu suchen haben. Oder wollen Sie behaupten, dass Sie gerade eine Betriebsbesichtigung machen?« Er trat ein hohles Gelächter los, in das die anderen einfielen.

»Ja, genauso ist es«, sagte ich in möglichst belanglosem Ton. »Jedenfalls beinahe.«

Das Gelächter schien ihm im Hals stecken zu bleiben. Bevor er wieder losbrüllen konnte, ergänzte ich: »Herr Jäger und ich sind dabei, der Bevölkerung und den Eichbaum-Kunden neue Möglichkeiten einer Betriebsbesichtigung zu bieten, außerhalb der eingetretenen Pfade. Am Samstag haben wir uns die unterirdischen Räumlichkeiten angeschaut, da geht's ja viele Meter nach unten, wussten Sie das? Für heute wollten wir uns das Labor und das Sudhaus bei Nacht ansehen.«

Ich blickte zu Panscher. »Zu Ihnen wären wir nachher auch noch gekommen. Vielleicht kann man das Sudhaus im Dunkeln illuminieren. Stellen Sie sich vor: Jeder Kessel wäre in eine andere Farbe getaucht. Und anschließend geht die Führung dann rauf auf die Gärtanks. Nachts kann man von dort oben bis zu den Bergen schauen. Herr Jäger und ich haben uns gedacht, da könnte man sogar eine kleine Sternwarte installieren und Sternenbier ausschenken. Ich habe übrigens Beziehungen zu einer Dame, die könnte passende Bierhoroskope erstellen, zum Beispiel, welches Bier man am besten in Vollmondnächten trinkt oder vermeidet. Das wäre einmalig in der Brauereiwelt. Es gibt Mondkalender, warum also keine Bierkalender? Sie sehen, in diesem Bereich gibt es ungeheuren Nachholbedarf.« Ich hatte es geschafft. Alle waren sprachlos, inklusive Ferdinand.

»Das heißt –«, Kripobeamter Benno kam nach meinen pseudowissenschaftlichen Ausführungen nur langsam wieder auf Touren, »Sie haben nur geeignete Wege für Ihre Führungen gesucht. Ist das der einzige Grund, warum Sie im Labor sind? Wie wollen Sie das alles umsetzen?«

Ich ignorierte den ersten Teil seiner Frage. »Herr Jäger und ich sind schon lange am Planen. Wir wollen aber erstmal in Ruhe ein Konzept erstellen, bevor wir es der Geschäftsführung vorschlagen. Das wird der Knaller, das kann ich Ihnen versprechen. Zur Premierenführung laden wir Sie und Ihren Lackaf –, äh, Assistenten gerne ein. Sie sind ja bald in Ihrem wohlverdienten Ruhestand.«

Seine Zornesröte verschwand, seine Blutdruckwerte dürften sich halbiert haben. »Manchmal sind sie doch zu etwas zu gebrauchen, die Pfälzer. Naja, ein Baden-Württemberger war schließlich auch dabei. Vor Ihren nächsten Rundgängen geben Sie aber Bescheid, damit wir nicht extra ausrücken müssen. Sagen Sie Herrn Diefenbach noch einen schönen Gruß von mir, ich werde ihn demnächst mal anrufen.«

Panscher sah man die Enttäuschung deutlich an. »In meinem Sudhaus können Sie keine bunten Lampen aufhängen. Ich will keine Disko an meinem Arbeitsplatz haben.« Ohne Gruß ging er zurück ins Sudhaus.

Ferdinand und ich verabschiedeten uns höflichst von den beiden Kripobeamten, nachdem mein Freund das Labor gewissenhaft zugeschlossen hatte.

»Mensch, Reiner«, sagte er, als wir im Bräukeller ankamen und ein geöffnetes Bier in der Hand hielten. »Das hätte auch anders ausgehen können.«

Ich nickte. »Zur Strafe hast du nun ein bisschen Arbeit. Ich wünsche dir viel Spaß bei der Entwicklung des Konzeptes, das ich versprochen habe.«

Ferdi schaute mich entgeistert an. »Aber, das hast ja du versprochen.«

»Eben, und du brauchst es. Meinen Arbeitsplatz habe ich vorhin gerettet, jetzt bist du mit deinem dran. Lass dir was Hübsches einfallen. Apropos, was hast du in den Labors entdeckt?«

Ferdinand sah mich fragend an. »Ich dachte, du hast es auch gesehen?«

»Ja, klar«, log ich. »Ich wollte es nur zur Sicherheit von dir hören, du hast schließlich den größeren Sachverstand in diesen Dingen.«

Hoffentlich handelte es sich nicht um ein Drogenlabor, sonst würde er mich jetzt rausschmeißen.

»Wie man's nimmt«, meinte mein Freund. »Ich check das bis morgen durch und sag dir dann Bescheid. Dann können wir die Firmenleitung gezielt informieren.«

Naja, musste ich halt bis morgen warten, bis das Geheimnis gelüftet wurde. Einen Anlauf wagte ich noch. »Hast du eine Ahnung, wie Fritzl Klein in der Sache mit drinhing? Getötet wird schließlich oft genug aus viel niedrigerem Anlass.«

Ferdinand schüttelte den Kopf. »Ob die vom Labor wirklich den Fritzl von den Tanks gestoßen haben? Ich glaub's nicht so recht. Die leben zwar in einer eigenen Welt, aber einen Mord würde ich denen beim besten Willen nicht zutrauen.«

Es war spät geworden. Ich schaute umständlich auf meine Armbanduhr und spielte den Entsetzten. »Stefanie wird mich umbringen. Ich muss heim.«

Ferdinand Jäger brachte mich noch zu meinem Wagen und wiederholte sein Versprechen, mir gleich morgen Bescheid zu geben.

9 REINER PALZKI, DER LEBENSRETTER

Meine Familie schlief natürlich längst. Stefanie hatte auf dem Küchentisch eine Nachricht für mich hinterlassen. Treu sorgend hatte sie die Reste der Pizza in den Kühlschrank gestellt und mir auf einer knappen halben Seite genaustens beschrieben, wie ich mir diese im Backofen aufwärmen konnte, falls ich noch Hunger hätte. Ich hatte und befolgte die detaillierten Erläuterungen. So schwer schien die Bedienung des Backofens gar nicht zu sein, stellte ich mit Freude fest. Ich hatte an diesem späten Abend meine Erwärmungsmöglichkeiten um ein weiteres Elektrogerät erweitert. Bisher hatte ich nur die Mikrowelle bändigen können. Na ja, zumindest einigermaßen.

Die Nacht war nicht so toll. Die vielen Pizzen lagen mir schwer im Magen und die beiden Todesfälle schwirrten in meinen Nervenbahnen umher. Auch wenn mich der Todessturz des Braumeistergehilfen eigentlich nichts anging, so hatte mich die Sache trotzdem mitgenommen. Man wird schließlich nicht allzu häufig direkter Augenzeuge einer solchen Tat. Und dabei war ich bloß ein Knallzeuge.

»Was ist das für eine Schweinerei?«

Ich schrak hoch. Wo war ich? Wer war ich? Es dauerte einen Moment, um meine Orientierung auf den aktuellen Stand zu bringen. Ich lag, vielmehr saß ich in meinem Bett und starrte auf die Leuchtziffern des Uhrenradios. Kurz nach 7 Uhr. Der Wecker war auf 8 Uhr eingestellt. Ich schlurfte in die Küche, in der es bestialisch stank, und fand Stefanie mit einem undefinierbar schwarzen Gegenstand in der Hand. Ich hatte den Eindruck, dass sie wütend war.

»Wieso bist du so früh auf?«, begann ich den folgenden Dialog.

Sie ging auf die Frage nicht ein. Es musste wohl sehr schlimm sein.

»Weißt du, was das ist? Beziehungsweise war?« Ihre Stimme war bissig.

»Jetzt beruhige dich erst einmal, denke an unseren Soh, äh, unser Kind. Um was geht es eigentlich? Warum stinkt es hier so furchtbar?«

Sie hielt mir das Corpus Delicti unter die Nase. Ich begriff nichts. »Na, kommt dir das bekannt vor? Das ist der Rest der Pizza, die du nicht gegessen hast!«

War ich hier in einem Mastbetrieb? Es lag gestern Abend, als ich heimkam, noch so viel Pizza im Kühlschrank, die konnte ich nach dem Mahl bei Ferdinand unmöglich komplett essen. Doch halt, was hatte der Pizzarest mit dem verbrannten Etwas zu tun, das Stefanie auf einem Teller in der Hand hielt?

»Fällt es dir langsam wieder ein, mein lieber Reiner? Du hast dir die Reste aufgewärmt, genau wie ich es dir beschrieben habe. Meinen Glückwunsch.«

Das klang sehr sarkastisch.

»Wie ich sehe, hast du auch ungefähr die Hälfte davon gegessen. Den Rest hast du im Ofen liegen gelassen.«

»Ja, schon. Ich wollte das heiße Zeug nicht einfach in den Kühlschrank zurückstellen.«

»Prima, dass du dir darüber Gedanken gemacht hast. Warum hast du dann den Backofen anschließend nicht ausgeschaltet?«

Jetzt wurde mir klarer. Doch Stefanie war mit mir noch nicht fertig.

»Zum Glück hast du die Ofentür aufstehen lassen, sonst hättest du das Haus abgefackelt. Als Strafe müsstest du dafür eigentlich die verkohlten Reste essen.«

Was sollte ich auf diese Schuldzuweisung nur antworten?

Sie hatte ja recht, das war möglicherweise etwas unüberlegt gewesen, aber schließlich war ich auch extrem müde. Ich sah den Zettel auf der Ablage liegen, den mir Stefanie geschrieben hatte, schnappte ihn mir und machte damit alles nur noch schlimmer.

»Siehst du, Stefanie. Da steht keine Silbe in deiner Anleitung, den Backofen nach dem Gebrauch abzuschalten.«

Die verkohlte Pizza klatschte mir mitten ins Gesicht. Sie war nur noch lauwarm. Meiner Frau ging es nach dieser Tat besser, und ich musste sowieso noch duschen.

Damit war das Thema abgehakt. In anderen Familien würde solch eine Geschichte noch tage- oder wochenlang nachhallen, würden teilweise die Ehepartner mit Schweigen bestraft oder gleich ein Anwalt für Eherecht konsultiert werden. Bei uns wurden Schwierigkeiten immer sofort aus dem Weg geräumt. Naja, jedenfalls meistens.

Trotz dieser morgendlichen Vorgeschichte erklärte sich Stefanie bereit, gemeinsam zu frühstücken. Ich erzählte ihr ein paar wohlausgewählte Ausschnitte meines gestrigen Besuchs bei Ferdi und hatte den Eindruck, dass Stefanie damit zufrieden war.

»Ich glaube, wir werden unseren Arztmörder noch in dieser Woche festnageln können«, meinte ich zum Abschied, bevor ich zur Dienststelle fuhr. Es war ja erst Dienstag. Blöderweise war morgen Silvester.

Mit einer gewissen Erleichterung stellte ich fest, dass Metzgers Mobilklinik nicht im Hof der Kriminalinspektion parkte. Mit der Ungewissheit des aktuellen Falles machte ich mich auf den Weg zu Juttas Büro. Unser Empfangspraktikant winkte mich sofort durch, ich benötigte einen genaueren Blick, um festzustellen, was anders war: Der Praktikant war unmotiviert, unrasiert und ungekämmt, die monotone Tätigkeit schien seinen Verfall zu beschleunigen.

Es hätte mich stark gewundert, wenn in Juttas Büro keine Überraschung auf mich gewartet hätte. Das Erste, was ich wahrnahm, war die Teekanne, die scheinbar gleichberechtigt neben dem Sekundentod stand. Dann sah ich auch den Besucher.

»Guten Morgen, Reiner«, begrüßte mich Jutta, »deinen Freund haben wir gerade noch abfangen können, er wollte zu KPD.«

Seit unserem letzten Fall hatte sich zwischen Dietmar Becker und unserem Vorgesetzten eine Art Buddy-Freundschaft entwickelt. KPD war der irrigen Meinung, der Journalist Dietmar Becker würde mindestens die Weltpresse repräsentieren, und Becker ließ ihn selbstverständlich in dieser Annahme. Da KPD ziemlich, sagen wir mal, pressefixiert war, versuchten die beiden, gegenseitig ihre Vorteile aus der Bekanntschaft zu ziehen. KPD, um der Bevölkerung seine Stärken und Erfolge zu berichten, Becker, um möglichst viele Interna aus aktuellen Fällen zu erhaschen, die seine Journalistenkollegen nicht hatten.

»Herr Becker ist nicht mein Freund«, antwortete ich und nickte ihm und dem daneben sitzenden Gerhard zu.

»Was wollte er von Diefenbach?« Ich fragte bewusst meine Kollegin und nicht den Studenten. Ich verzichtete auch darauf, unseren Chef als KPD zu titulieren, obwohl der Student darüber längst Bescheid wusste.

»Das kann er dir selbst sagen«, antwortete diese und goss sich, heute bestimmt schon mehrmals, die Tasse voll. So schlimm schien es nicht zu sein, immerhin hatte sie Dietmar Becker Tee gekocht.

»Ich wollte doch zu Ihnen, Herr Palzki«, äußerte sich zum ersten Mal der Student. »Da ich aber weiß, dass Sie so früh nicht im Dienst sind, bin ich, oder vielmehr wollte ich zu Diefenbach.«

»Und warum sind Sie nicht einfach später gekommen?«

Becker zappelte auf seinem Stuhl herum. »Weil ich nicht zu spät kommen darf. Um 9 Uhr fing mein Dienst in Mannheim an und jetzt ist es sogar schon nach neun.«

»Das haben wir inzwischen geklärt«, mischte sich Gerhard ein. »Ich habe an seinem Arbeitsplatz angerufen und gesagt, dass er bei uns ist und eine wichtige Aussage machen muss. Danach würde er zur Arbeit kommen.«

Fast wäre ich in Versuchung geraten, mir eine Tasse zu füllen. Doch weder der Spezialkaffee noch der Tee mit unbekanntem Aroma erregte meinen Appetit. »Kommen wir zur Sache. Herr Becker, welche wichtige Aussage haben Sie zu machen?«

Der Student zog einen Zettel aus seiner Hosentasche. »Sie haben mir doch den Auftrag gegeben, nach diesen Medika–« Er merkte, wie Jutta und Gerhard aufhorchten. So ein Mist, jetzt würde das auch noch herauskommen. Heute brach alles über mich herein. Der Student versuchte, mir zu helfen.

»Also, wie soll ich sagen, ich habe da auf eigene Faust an meinem Arbeitsplatz in der Klinik Lebenswert recherchiert. Ich bin mir fast sicher, dass die überzählige Unterschrift von Doktor Schönhausen stammt. Ein Grafologe kann dies sicherlich bestätigen.«

Ich musste das Thema so schnell wie möglich beenden. »Das wissen wir längst, Herr Becker. Wir kennen auch den Abnehmer der Arzneimittel. Leider hat sich die Geschichte als Sackgasse erwiesen, der Medikamentendiebstahl hat offensichtlich nichts mit dem Tod von Schönhausen zu tun.«

Becker war verblüfft. »Nein? Das ist aber schade. Da habe ich mir so viel Arbeit gemacht. Wer war denn der

Abnehmer? Gibt es einen Arzneimittelskandal? Dann könnte ich ein Interview mit Ihnen auf die erste Seite bringen!«

Gute Idee, das wäre eine Möglichkeit, Doktor Metzger zu entlarven. Ich entschied mich dagegen, mit diesem skurrilen Arzt mochte ich nicht in Verbindung gebracht werden.

»Für das Interview sollten Sie sich besser an Herrn Diefenbach wenden«, antwortete ich. »Aber bitte erst, wenn der Mordfall aufgeklärt ist. Haben Sie weitere Informationen für uns oder war das alles?«

Gleich würden wir den Studenten los sein und könnten zur Tagesordnung übergehen.

Becker setzte sich gerade. »Aber sicher, das mit den Medikamenten war nur der unwichtigere Teil. Ich habe ein viel delikateres Geheimnis des Doktor Schönhausen entdeckt.«

Nun war es ihm doch noch gelungen, mich neugierig zu machen. Ich schenkte mir, wohl unbewusst, eine Tasse Tee ein. »Dann schießen Sie mal los, Kollege.« Ich bereute mein letztes Wort sofort. Jutta und Gerhard nickten dennoch vielwissend.

»Ich kann Ihnen das nicht erklären«, meinte der Student. »Das kann man nur zeigen.«

»Jetzt machen Sie es aber spannend, holen Sie Ihr angebliches Beweismittel endlich aus der Tasche. Oder schreiben Sie an einem neuen Krimi und wollen den Spannungsbogen etwas strapazieren?«

Sein Abstreiten wirkte viel zu heftig und unnatürlich. Er tüftelte also bereits wieder an einem neuen Fall. Wahrscheinlich würde der tote Doktor Schönhausen darin vorkommen und seine uns bisher noch unbekannten Geheimnisse, die es angeblich in der Klinik zu finden gab.

»Wie kommen Sie darauf, dass ich Ihnen was mitgebracht haben sollte, Herr Palzki?«

»Herr Becker, Sie haben eben selbst erzählt, dass Sie uns Doktor Schönhausens Geheimnis nur zeigen können.«

»Ach so, ja, klar. Aber doch nicht hier. Das kann ich Ihnen nur in der Klinik Lebenswert zeigen.«

»Heißt das, wir sollen mit Ihnen nach Mannheim fahren?«

Becker nickte. »Einer reicht, aber wenn Sie sowieso nichts zu tun haben, können Sie gerne alle mitkommen. Das Kantinenessen ist fast immer vorzüglich.«

»Haben Sie eine Ahnung, wie es bei uns zwischen den Feiertagen zugeht?«, brauste Gerhard auf, ohne eine Spur rot zu werden. »Wir können uns vor Arbeit kaum mehr retten.« Er zeigte auf die Kaffeemaschine, die bei Jutta auf dem Schreibtisch direkt neben dem Monitor stand. »Seit Wochen müsste die entkalkt werden, haben Sie das nicht am Geschmack bemerkt?«

Becker nickte betroffen. Sprach mein Kollege von Geschmack? Ich hatte bisher zwar nur in Notsituationen den Sekundentod getrunken, dass er so etwas wie einen Geschmack haben sollte, war mir aber bisher immer entgangen. Ich erklärte Becker die Situation.

»Mein Kollege Steinbeißer meinte, dass wir von morgens bis abends auf den Beinen sind, um den Verbrechern in dieser Region Einhalt zu gebieten. Großstädte wie Hamburg und Berlin haben nur deswegen scheinbar eine größere Verbrechensquote als wir, weil sie über keine so effiziente Polizeistruktur und -arbeit wie wir in der Pfalz verfügen.« Ich fand, das klang beeindruckend und hätte durchaus auch von KPD stammen können.

»Darf ich Sie mit diesem Satz in der Zeitung zitieren?«

»Von mir aus«, antwortete ich, »zuerst fahren wir beide

aber in die Klinik. Der Rest der Mannschaft –«, ich zeigte auf meine Kollegen, »kümmert sich um die anderen Untaten, die in dieser Dienststelle täglich auflaufen.«

Ich stand auf. »Wollen Sie mit mir mitfahren?«, fragte ich Becker, obwohl mir die Antwort bekannt war.

»Gerne, Herr Palzki. Ich fahre sonst immer mit der S-Bahn und der Straßenbahn. Mit dem Wagen geht's aber schneller. Sie kennen ja den Weg.«

»Na klar, immer in Richtung Westen.« Ich zeigte nach Norden, die Klinik lag im Osten.

»He, Reiner.«

Ich drehte mich zu Jutta um, die stumm auf den Besprechungstisch zeigte.

»Du hast deinen Tee überhaupt nicht angerührt.«

»Das ist Tee?«, fragte ich gespielt erstaunt. »Deswegen hat das so komisch gerochen. Ich dachte, du willst damit die Pflanzen auf deiner Fensterbank düngen.«

In Geheimagentenmanier öffnete ich Juttas Bürotür und spähte hinaus. Die Luft war rein, kein KPD in Sicht. »Kommen Sie, fahren wir los.«

Zu Jutta und Gerhard gewandt sagte ich: »Sobald ich zurückkomme, kümmern wir uns um die Berichte, die dann hoffentlich da sind.«

Die Fahrt nach Mannheim führte wieder über eine hoffnungslos verstopfte Konrad-Adenauer-Brücke. Seit die einen Kilometer nördlich befindliche Hochstraße Nord wegen Baufälligkeit für Lkws gesperrt war und sich die Sanierungsarbeiten wegen Finanzierungsproblemen vermutlich Jahrzehnte hinziehen würden, brach auf der südlich gelegenen Rheinquerung tagtäglich das Chaos aus. Gehässige Zeitgenossen vermuteten, dass die Hochstraße Nord überhaupt nicht baufällig war und die Gutachter von der S-Bahn Rhein-Neckar bezahlt worden waren. Das war natürlich ein Märchen, genauso wie das Gerücht, dass die seit der Steinzeit geplante zusätzliche Trassenführung der Rheinbrücke bei Altrip nun mitten durch diesen Ort verlaufen sollte.

Da mein Beifahrer männlich und somit nicht allzu kälteempfindlich war, konnte die Heizung im unteren Temperaturbereich laufen. Becker lächelte vielwissend, als ich nach alter Gewohnheit direkt neben dem Klinikeingang im absoluten Halteverbot parkte und die polizeiliche Ausnahmegenehmigung auf das Armaturenbrett legte.

»Hätten Sie so etwas auch für mich?«, erkundigte er sich frech.

»Wieso? Sie fahren doch meistens mit dem öffentlichen Nahverkehr.«

»Schon, aber so eine Ausnahmegenehmigung könnte ich gegen einen kleinen Unkostenbeitrag an meine Freunde ausleihen.«

»Herr Becker: Erstens gibt es keine Unkosten, sondern nur Kosten. Zweitens steht das Kennzeichen dabei, ausleihen funktioniert folglich nicht.«

»Schade. Das wäre einc gute Geschäftsidee gewesen.«

»Mit der Sie sich strafbar machen würden«, ergänzte ich.

»Bräuchte ja niemand zu wissen.« Er zuckte mit den Achseln.

Der Archäologiestudent führte mich zielsicher zur HNO-Abteilung. Keine Ahnung, wie man sich den Weg merken konnte. Ohne irgendwelche Kontrollen gelangten wir in einen größeren Umkleideraum, in dem etwa 40 Metallspinde aufgereiht an den Wänden standen. Becker öffnete einen, der nicht mit einem Pin-up-Girl, sondern mit einem Zeitungsartikel über den Goldenen Hut von Schifferstadt beklebt war. Er zog sich den Kittel mit dem mir bereits bekannten Namensschild über und reichte mir einen weiteren.

»Ziehen Sie den drüber«, meinte er. »Damit fallen Sie nicht so leicht auf. Wenn Sie jemand nach dem Namensschild fragt, sagen Sie einfach, es wäre verloren gegangen.«

Ich wunderte mich, dass es in der Klinik keinerlei Sicherheitsmaßnahmen bezüglich des Personals zu geben schien. Im Prinzip könnte jeder hier hereinspazieren, sich einen Kittel überziehen und als Arzt herumlaufen. Mich schüttelte es, obwohl ich durch Doktor Metzger einiges im Gesundheitswesen gewohnt war.

Becker studierte einen großen Plan, der an der Wand hing, und glich irgendwelche Uhrzeiten mit seiner Armbanduhr ab. »Prima, ich hab noch eine halbe Stunde Zeit, dann muss ich zur Scheinvisite ins dritte Obergeschoss.«

»Scheinvisite?«

Becker lachte. »Keine Angst, jeden zweiten Tag schaut auch ein richtiger Arzt bei den Patienten vorbei. Im dritten Stock liegen unsere Simulanten und solche mit unklarem Krankheitsbild.«

Es dürfte besser sein, nicht genauer nachzufragen und zu hoffen, niemals ernsthaft krank zu werden.

»Wo müssen wir hin?« Ich wollte endlich zur Sache kommen und in dem weißen Kittel fühlte ich mich überhaupt nicht wohl.

Mein Führer und Aushilfsarzt geleitete mich zum Treppenhaus. Niemand sprach uns, von dem ständigen »Guten Morgen« oder der hingenuschelten Variante »Morsche« abgesehen, an. Zu gern hätte ich gewusst, ob ich in meiner Verkleidung ohne Komplikationen in den OP-Bereich kommen würde. Ich schätzte, ja.

Wir gingen in den Keller, der überhaupt nicht wie ein Keller aussah, sondern aus hellen und breiten Gängen, die kein Ende zu nehmen schienen, bestand.

»Hier unten findet die ganze Versorgung des Krankenhauses statt«, erklärte mir Becker. »Wenn man das ganze Zeug, das jeden Tag benötigt wird, oben durch die Flure bringen würde, wäre dort alles verstopft. Allein die Nahrungsmittel, die täglich angekarrt werden, sind immens. Wenn wir nachher noch Zeit haben, können wir schauen, ob wir eine Wurst abstauben können. Bei den Mengen merkt das keiner.«

Becker blieb vor einer Tür stehen. »Sieht doch sehr unscheinbar aus, oder?«

Ich las das Schild neben der Tür: ›Technisches Laborarchiv HNO‹.

Der Student zog einen Schlüsselbund aus seiner Hose. »Fragen Sie besser nicht, wo ich den herhabe.«

Wir betraten einen ungefähr 20 Quadratmeter großen Raum. Becker schloss hinter uns die Tür und schaltete die Neonlampenbeleuchtung ein. Na ja, in meinen Augen sah das weniger wie ein Archiv als vielmehr eine Gerümpelkammer aus. Auf zahlreichen Tischen und offenen Regalen standen alte Computer, Rechenmaschinen und Zeug, von dem ich nicht die geringste Ahnung hatte, zu was es gut sein könnte. In den Gängen zwischen den Tischen stapelten sich verstaubte Umzugskartons. Manche waren offen, und dicke Aktenordner lugten heraus.

Es kribbelte in meiner Nase, und nach einem befreienden Niesen sah ich recht ratlos den Studenten an. »Ist dies das große Geheimnis, das Sie uns versprochen haben?«

Becker nickte, er war aufgeregt. »Letzte Woche beobachtete ich Schönhausen, wie er in diesen Raum schlich. Damals dachte ich mir, der will bloß heimlich eine rauchen. In der ganzen Klinik ist ja Rauchverbot, da kommen die Mitarbeiter auf die tollsten Ideen. Ein paar Hartgesottene gehen zum Rauchen in den Kühlraum zu den Leichen. Stört ja dort schließlich niemand.«

»Ja und? Hat er geraucht?«

»Weiß nicht. Ich hab mich da nicht weiter drum gekümmert. Erst nachdem ich von dem gewaltsamen Tod des Doktors gehört habe, wollte ich mal nachschauen.«

Ich blickte mich weiter um, konnte aber auf Anhieb nichts Interessantes entdecken.

»Sagen Sie, hat der Doktor in diesem Raum vielleicht Drogen konsumiert?«

Becker stierte mich an. »Drogen? Wie kommen Sie auf dieses Hirngespinst? Ich habe inzwischen erfahren, dass Schönhausen überzeugter Nichtraucher war.«

»Was wollte er dann in diesem Raum? Muss ich Ihnen alles einzeln aus der Nase ziehen?« Meine Frage passte, schließlich arbeitete er in der HNO.

Der Aushilfsarzt zeigte auf eine Raumecke, in der besonders viele Kartons standen. »Es war sehr einfach festzustellen, was Schönhausen hier gemacht hat. Wie Sie sehen, ist alles in diesem Raum mit einer millimeterdicken Staubschicht belegt.« Um seine Aussage zu untermauern, strich er mit dem Zeigefinger über einen Tisch. Die Spur war deutlich zu sehen. »Schönhausen hat in den alten Akten rumgeschnüffelt. Ob er was gefunden hat, kann ich natürlich nicht sagen.«

Ich schnappte mir einen der Kartons, dessen Staubschicht besonders stark verwischt war, wuchtete ihn auf einen Tisch und begann, Ordner herauszuziehen. ›Liquidation Prof. Dr. Kleinmacher IV‹, las ich zu meinem Befremden.

»Wer ist dieser Kleinmacher?«, fragte ich Becker, »und warum wurde er umgebracht?«

Der Student verstand nicht, was ich meinte. Ich zeigte ihm den Ordnerrücken und er lachte viel zu laut heraus. »Liquidation hat nichts mit Umbringen zu tun, Herr Palzki. Jedenfalls nicht in diesem Zusammenhang. Professor

Doktor Kleinmacher war der Vorgänger von diesem unsympathischen Wutzelsbach. Und Liquidation ist ein anderes Wort für Rechnung. In diesem Ordner dürften die Rechnungen abgeheftet sein, die der Professor seinen Privatpatienten stellte.« Er schlug den Ordner auf und seine Erklärung wurde bestätigt.

Wegen mangelnder Erfolgsaussichten unterließ ich das Durchblättern der Rechnungen. Der Datenschutz war mir in diesem Fall zwar vollkommen egal, doch was sollte ich mit der Information anfangen, wer aus welchem Grund sich für wie viel Geld die Nasenscheidewand hatte richten lassen. Ich zog weitere Ordner mit dem gleichen Ergebnis aus dem Karton. Im nächsten Karton fand ich einen Ordner mit Privatkorrespondenz des Professors. Doch ein erstes Überfliegen der Inhalte ergab, dass es um Dinge wie Urlaubsbuchung oder Reparaturen seines Porsches ging. Enttäuscht steckte ich die Ordner zurück in die Kartons.

»Das ist alles recht dünn, Herr Becker. Selbstverständlich lasse ich das Zeug abholen und untersuchen. Aber so einen richtigen Anhaltspunkt haben wir immer noch nicht. Vielleicht hat Schönhausen den entscheidenden Ordner gefunden?«

Becker, der etwas enttäuscht wirkte, antwortete: »Es sind ja alle Kartons voll. Das müssten wir merken, wenn ein Ordner fehlen würde.«

»Vielleicht hat Schönhausen einen oder mehrere Kartons mitgenommen. Ist Ihnen außer dem Staub noch etwas anderes aufgefallen?«

»Ja klar, das hätte ich fast vergessen.« Er zeigte auf eine kleine unscheinbare Metalltür am hinteren Ende des Raums. Ich hatte sie zwar beim Reinkommen bemerkt, aber nicht für wichtig erachtet.

»Wo geht's da hin?«

»Ich weiß es nicht«, gab Becker zu. »Auf jeden Fall wurde sie erst kürzlich geöffnet.«

»Sie haben also keinen Schlüssel für diese Tür?« Woran er festgestellt hatte, dass jemand kürzlich die Tür geöffnet hatte, war mir egal.

»Klar hab ich einen Schlüssel.«

»Mensch, dann schließen Sie doch endlich auf!«

Er zuckte über meine ungewohnt harten Worte zusammen. Schließlich zog er den Schlüsselbund hervor und öffnete die Tür mit einem lauten Knarren.

Eiskalte und verbrauchte Luft kam uns entgegen. Eine steile Kellertreppe aus gehauenen Steinstufen führte nach unten. Ein Lichtschalter war nicht zu entdecken.

»Wo geht's da hin?«

»Hab ich Ihnen doch gesagt, ich weiß es nicht. Ich weiß nur, dass die Klinik auf einen Teil des Stadtfriedhofs gebaut wurde. Vielleicht ist das der Zugang zu einer alten Gruft oder so.«

Das hatte mir gerade noch gefehlt. Ich spürte überhaupt keine Lust, zwischen alten Gebeinen herumzukriechen. »Da unten ist bestimmt nichts von Relevanz«, beschied ich in autoritärem Ton.

»Das können Sie überhaupt nicht wissen, Herr Palzki. Hier sehen Sie mal, ich habe extra eine Taschenlampe mitgebracht. Sie müssen keine Angst haben, ich bin bei Ihnen.«

Diese Unterstellung konnte ich selbstverständlich nicht auf mir sitzen lassen. Ich nahm ihm die Taschenlampe ab und ging nach unten. Bereits nach den ersten Stufen hatte ich Spinnweben im Mund.

»Igitt, das ist ja eklig. Da war seit Jahren niemand mehr unten.«

Mein Argument zog nicht.

»Spinnen brauchen nur ein paar Stunden, um ein Netz zu bauen.«

Klugscheißer, dachte ich und ging weiter.

Die Treppe nahm kein Ende. Jules Vernes Reise zum Mittelpunkt der Erde kam mir in den Sinn. Ganz so schlimm wurde es dann doch nicht. Die Treppe endete in einem Gewölbekeller. Unsere Schritte hallten an den Wänden wider, als wäre eine ganze Kompanie anwesend.

»Das ist aber eine große Gruft«, sagte ich zu Becker, und ein tausendfaches Echo tat es mir nach.

»Das muss etwas anderes sein«, meinte der Archäologiestudent und zeigte auf abgehende Tunnel. »Die Wände würde ich auf gut 100 Jahre schätzen. Vielleicht sind das irgendwelche Fluchtstollen, die für den Belagerungsfall Mannheims angelegt wurden. Obwohl –«, er verbesserte sich selbst, »dann müsste das alles älter sein. Nein, das ergibt keinen Sinn.«

Ich leuchtete der Reihe nach in alle Ecken. Insgesamt drei Stollen gingen von dem Gewölbekeller in verschiedene Richtungen ab.

»Wir sind in der Nähe des Neckars«, überlegte der Student weiter. »Um da unten durchzukommen, sind wir nicht tief genug. Außerdem konnte man das damals technisch noch nicht lösen. Trotzdem geht der eine Stollen in Richtung Süden, geradewegs zum Neckar.«

Mir selbst war inzwischen durchaus klar, wo wir uns befanden. Mein Freund Ferdinand Jäger hatte mir schließlich am letzten Wochenende von den vielen Stollen berichtet, die früher die Brauereien unterirdisch miteinander verbunden hatten. Ich stellte mir vor, wie damals die Direktoren der umgehenden Brauereien diese Gänge entlangschlichen, nur um mit der Konkurrenz mal einen ungestört trinken zu können. Ich entschied, die Sache für mich zu behalten.

Das Licht der Lampe verfing sich in einem weißen Etwas, das auf dem Boden lag. Becker bückte sich und hielt es ins Licht. ›Prof. Dr. Kleinmacher‹, stand auf dem verstaubten Namensschild.

»Aha, Kleinmacher war also auch hier unten.«

»Jetzt müssen wir nur noch in Erfahrung bringen, warum. Gehen wir«, bestimmte ich.

»Wollen Sie wieder hoch, Herr Palzki?«

»Quatsch, wenn wir schon mal hier sind, können wir uns auch ein wenig umschauen. Vielleicht entdecken wir ein geheimes Drogenlabor oder so.« Daran glaubte ich zwar selbst nicht, aber Becker war beeindruckt. Ich nahm den Weg in südlicher Richtung. Becker folgte mir dicht auf. Nach wenigen Metern gab es keine Steinmauer mehr, die Wände bestanden aus gewachsenem Erdreich. Es roch weit muffliger als im Gewölbekeller.

»Wer das wohl gegraben hat? Das muss doch ein mörderischer Job gewesen sein.«

Der Gang war kurz. Nach 50 Metern standen wir vor einer Betonwand.

»Die ist aber noch keine 100 Jahre alt.«

»Das glaube ich auch nicht«, bestätigte Becker. »Das sieht mir wie ein Stück Klinikfundament aus.«

Wir gingen zurück zum Gewölbekeller. »Jetzt will ich es aber genau wissen.« Ich entschied mich für den rechten Weg. Die Auswahl war schließlich begrenzt.

Auch dieser Gang führte durch gewachsenen Boden, allerdings war er stellenweise etwas niedrig. Meistens waren es nur fünf Zentimeter, die an der Raumhöhe fehlten, um aufrecht gehen zu können. Dadurch musste mein und Beckers Bewegungsablauf für einen Außenstehenden ziemlich beeinträchtigt aussehen, wenngleich wir zum Glück hier unten nicht mit allzu vielen Außenstehenden rechnen brauchten.

Und wenn Becker auf die Idee kommen sollte, irgendwann einmal darüber zu schreiben, würde ich ihn mit Hausverbot in der Kriminalinspektion belegen. Trotzdem fühlte ich mich wie ein Bandscheibengeschädigter. Das Ambiente war nicht unbedingt mit einem gepflegten Wohnzimmer zu vergleichen. Überall krabbelten irgendwelche kleinen Viecher herum, die ich in meinem Leben noch nie gesehen hatte. Das nervende Echo und das flackernde Taschenlampenlicht taten das Übrige. Ich hatte keine Idee, was ich in diesem Tunnel zu finden glaubte. Würden wir am Ende irgendwo unterhalb der Brauerei herauskommen? Dann hätten wir allerdings noch einige 100 Meter Fußweg vor uns. Ich besann mich. Effektiver und weit weniger gefährlich dürfte es sein, diese Schatzsuche abzubrechen und Professor Kleinmacher aufzusuchen. Die Gänge unter der Klinik könnten dann ein paar Mannheimer Kollegen untersuchen. Die hatten sowieso zu wenig zu tun. Ich blieb stehen und Dietmar Becker, der mir auf den Fersen folgte, rempelte mich an.

»Was ist los?«, fragte er überrascht. »Wollen Sie eine Pause machen?«

»Nicht ganz, wir brechen ab, bevor etwas passiert. Die Gänge können später ein paar Kollegen untersuchen.« Ich drehte mich um und leuchtete Becker unabsichtlich ins Gesicht. Seine Enttäuschung war ihm deutlich anzusehen.

»Lassen Sie uns wenigstens bis zu der Biegung da vorne gehen«, bettelte er.

Ich drehte mich ein weiteres Mal um und leuchtete in den Tunnel. Nach ungefähr 30 Metern schien er abzubiegen, vielleicht endete er dort. So genau war es von unserem Standpunkt aus nicht festzustellen. »Okay, auf die paar Meter soll es nicht mehr ankommen.«

Mit Freuden stellte ich fest, dass die Höhe des Weges nun knapp über der meiner Körpergröße lag.

»Endstation«, meldete ich mit dem üblichen vielstimmigen Echo, als wir die Biegung erreicht hatten. Neugierig leuchtete ich in den neuen Abschnitt. »Da geht's ja noch tiefer runter«, staunte ich aufgrund der Treppenstufen, die direkt vor uns begannen.

»Das sind höchstens zehn Stufen«, zählte der Student. »Lassen Sie mich da noch schnell runtergehen. Vielleicht kann ich dort was entdecken.«

Widerwillig überließ ich ihm die Lampe. Ich hatte keine Lust, die buckligen und rutschigen Lehmstufen zu begehen. Doch Becker war voller Elan, was erhoffte er sich nur, dort zu finden?

Es war ein beengendes Gefühl, im Dunkeln zu stehen, während sich der Lichtkegel immer mehr entfernte.

»Haben Sie etwas gefunden?«

»Ohohoho, halloooho.«

Mist, das Echo wirkte durch die Distanz zwischen dem Studenten und mir noch bedrohlicher.

»Herr Becker? Alles klar?«

Keine Antwort. Der Lichtkegel blitzte wirr durch den Tunnel.

»Hallo, ist mit Ihnen alles in Ordnung?«

Der Lichtkegel zeigte starr nach unten. Becker musste am Ende der Treppe angelangt sein. Irgendetwas stimmte nicht. Dass sich neben uns weitere Personen hier unten aufhielten, schloss ich als vernunftbegabter Mensch aus. Becker musste etwas entdeckt haben. Oder war er vielleicht gestürzt? Nein, das hätte ich am Echo hören müssen. Im selben Moment wusste ich, was los war: Kohlenstoffdioxid! Becker war die Treppe nach unten gegangen, und dort musste es wegen fehlender Frischluft verdammt wenig Sauerstoff geben. Jetzt war eine schnelle Entscheidung gefragt. Der Student schwebte in tödlicher Gefahr, aus der er sich selbst nicht mehr befreien konnte. Ich musste ihn wieder nach oben schaffen und das sehr schnell. Wenn ich dafür zu lange benötigen würde, würde man vielleicht in ein paar Jahren per Zufall zwei Skelette finden. Ich dachte an Ferdinand und sog so viel Luft in meine Lungen, bis es zu schmerzen begann. Gleichzeitig ließ ich mich auf meinem Hosenboden die Treppenstufen hinuntergleiten, den Lichtkegel in zehn Metern Entfernung als einzige Orientierung nutzend. Die Lehmstufen waren beinhart, und mehr als einmal berührte ich mit meinen Schultern oder dem Kopf unverhofft und äußerst schmerzhaft die Wand des Stollens. Nach unten ging es schnell, runter kam man immer, wie schon eine alte Pilotenweisheit besagte. Ich stolperte über Beckers Füße, der auf dem Boden lag und leise vor sich hinröchelte. Die Lampe hielt er nach wie vor starr in seiner Hand. Ich nahm sie und leuchtete ihm ins Gesicht. Er wirkte wie jemand, der im Delirium lag. Ich schlug ihm mit der flachen Hand zwei- oder dreimal auf die Wangen, weil ich das irgendwann mal so im Fernsehen gesehen hatte. Es wirkte nicht. Meine Lungen schrien nach frischer Luft, ich konnte die alte nicht mehr halten. Ich nahm mir vor, nur wenig einzuatmen, was mir wegen meiner Aufgeregtheit und der körperlichen Anstrengung gründlich misslang. Ein leichter Schwindel überkam mich. Noch zwei solcher Atemzüge und der Untergrund des städtischen Friedhofs würde unser Grab werden. Wie ein Rettungsschwimmer schnappte ich mir Becker unter den Achseln und zog ihn rückwärts aus der Falle. Dummerweise leuchtete die Lampe dadurch genau in die entgegengesetzte Richtung. Mir fehlte ein dritter Arm. Die erste Stufe beutelte uns wieder in die Horizontale. Ich schnappte unwillkürlich nach Luft, meine Sinne begannen zu schwinden. Stufe für Stufe zog ich Becker aus der Gefahrenzone nach oben. 500 Stufen? Oder waren es 1.000? Man hätte mir in dieser Situation alles erzählen können, ich hätte es geglaubt.

Ein guter Geist in einem gesunden Körper wie dem meinigen kann Übermenschliches bewerkstelligen. Die oberste Stufe war erreicht, die Überlebenschancen waren in den statistisch relevanten Bereich geklettert. Dennoch, wir lagen immer noch am Boden des Stollens. Meine physikalischen Restschulkenntnisse sagten mir, dass es auch im Gang ein Sauerstoffgefälle von oben nach unten geben musste. Becker, der inzwischen anfing, leicht zu zappeln, schnappte nach Luft. Ich auch. Ein letzter Achselzug und ich hatte den Studenten in der Senkrechten aufgerichtet und an die Stollenwand gelehnt. Endlich konnte ich mit Erfolg durchschnaufen. Sicherheitshalber gab ich Becker noch ein paar Watschen, dieses Mal mit positivem Ergebnis. Mit geröteten Wangen starrte er mich an.

»Was soll das?«, brachte er mit einer dünnen Stimme hervor. »Was ist passiert?«

Nachdem wir ein paar Minuten später wieder bei akzeptablem Bewusstsein waren, klärte ich den Studenten auf. Er wurde wieder blass und knallte sich den Handballen an die Stirn.

»So was Dummes«, sagte er. »Da hätte ich selbst drauf kommen müssen. Ich habe mich völlig naiv in Lebensgefahr gebracht.« Er sah mich an. »Sie haben mir das Leben gerettet, Herr Palzki. Und sich dabei selbst in Gefahr begeben.«

»Na ja«, antwortete ich großzügig. »Das ist doch selbstverständlich. Ich habe es für die Bevölkerung der Kurpfalz getan.«

Becker verstand nicht, ich musste deutlicher werden. »Wenn Sie da unten umgekommen wären, könnte niemand mehr weitere verrückte Kriminalfälle von Ihnen lesen. Stellen Sie sich mal vor, die Bürger würden wieder wie früher amerikanische oder skandinavische Krimis lesen. Das wäre für unsere Region eine Katastrophe.«

Dietmar Becker wusste nicht, ob er meine Aussage ernst nehmen sollte. »Trotzdem vielen Dank, Herr Palzki. Ich weiß es zu schätzen, dass Sie an meine Krimis gedacht haben, als Sie mich retteten.«

Wir machten uns in gemächlichem Tempo auf den Rückweg. Ohne weitere Pannen erreichten wir den Archivraum. Becker war immer noch etwas unsicher auf den Beinen, er torkelte leicht. Er musste dringend in ärztliche Behandlung. Ob diese Klinik dafür die richtige Wahl war? Egal, ich führte ihn aus dem Archivraum hinaus in die Kellergänge. Die nächste Katastrophe bahnte sich sofort an. Wir liefen direkt dem Notarzt Doktor Metzger in die Arme, der uns selten dämlich anstarrte.

»Wie laufen Sie beide denn herum?«, brachte er endlich hervor und lachte dabei wie ein asthmakranker Frankenstein. Unsere ehemals weißen Kittel sahen aber auch wirklich verboten aus. Der Siff aus 100 Jahren hing an uns. Selbst Hände und Gesicht erweckten den Eindruck, als hätten wir in einem Abwasserkanal gebadet.

Ich musste Metzger loswerden. Sollte ich ihn vielleicht nach unten in die Stollen schicken? Nein, meinen gemeinen Gedanken ließ ich keine gemeinen Taten folgen.

»Wir haben uns gerade etwas im Sterilraum der Klinik umgeschaut«, meinte ich trocken und todernst. »Herrn Becker ist es dabei schlecht geworden. Vermutlich akuter Sauerstoffmangel.«

»Das kenne ich«, erwiderte Metzger, »dort wird immer auf übertriebene Sauberkeit geachtet und dabei stets vergessen, dass die Räume auch mal gelüftet werden müssen. Ich persönlich finde abgestandene Luft weit angenehmer als den ständigen Desinfektionsgeruch in den OP-Bereichen.

In meiner Mobilklinik verzichte ich schon länger auf Desinfektion, ein normaler Haushaltsschwamm tut's schließlich auch. Und preiswerter ist es allemal, kommt ja letztendlich auch den Kunden zugute.«

Er besah sich den Studenten näher. »Sie sehen aber wirklich sehr schlecht aus, mein Lieber. In meinem Reisemobil biete ich Sauerstofftherapien an, leider lässt man mich mit meinem Wagen nicht aufs Klinikgelände. Wenn Sie mitkommen möchten, ich parke ganz in der Nähe. Ich habe bis zum nächsten Blinddarm ein paar Minuten Zeit.«

Becker schüttelte mit sichtlicher Kraftanstrengung den Kopf. »Danke, Herr Doktor, es geht schon wieder. Ich muss jetzt nur schnell was essen.«

»Ja, ja«, sagte Metzger mit vieldeutigem Grinsen. »Kaum ist ärztliche Hilfe im Anrollen, schon ist der Patient wieder gesund. Kennt man ja aus jeder Zahnarztpraxis. Meine Schwester in Dannstadt«, er schaute mich an, »die kennen Sie ja, die verkauft in ihrem Esoterikversand bemalte Kieselsteine als Heilsteine. Und was soll ich sagen? Sie wird mit Dankesschreiben aus aller Welt geradezu überschüttet. Krankheiten sind fast immer nur Einbildungen. Aber was soll ich dagegen haben? Schließlich verdiene ich mit den Einbildungen der Leute meinen Lebensunterhalt.«

Er sah mich genauer an. »Warum haben Sie eigentlich einen Kittel an?«

Diese Frage hatte ich längst erwartet. »Ich bin inkognito hier, Herr Metzger. Wir untersuchen, warum die Klinikleitung einen Exklusivvertrag mit dem städtischen Friedhof hat. Verraten Sie es aber bitte nicht weiter, zumindest nicht den Lebenden.«

Metzger pulte eine seiner obligatorisch überreifen Bananen aus dem Kittel, der nicht viel weißer aussah als unsere. »Aha, ich wusste gar nicht, dass Sie auch für Wirtschaftsstraftaten zuständig sind. Da will ich Sie nicht länger stören, machen Sie es gut.« Er drehte sich zu Becker. »Gehen Sie raus an die frische Luft, das ist das Einzige, was wirklich hilft, auch wenn's logischerweise in keinem Fachbuch steht.«

Lachend und dabei schmatzend ging er seinen Weg.

Becker und ich liefen nach oben. Jeder, der uns sah, blickte uns mit gerümpfter Nase leicht angeekelt an. Niemand kam dieses Mal auf die Idee, uns einen guten Tag oder Ähnliches zu wünschen. Ohne einem Rausschmeißerkommando vor die Füße zu laufen, erreichten wir den Raum mit den vielen Metallspinden. Ich gab dem Studenten meinen Kittel, der ihn mit dem seinigen in eine Ecke pfefferte.

»Da hinten ist eine Waschgelegenheit«, meinte er. »Waschlappen und Handtücher liegen im Regal.«

Es war zwar keine Dusche, aber in meiner Situation war ich nicht sehr wählerisch. Zehn Minuten später sahen wir beide wieder einigermaßen manierlich aus. Sogar meine schwarze Stoffhose war in meinen Augen noch durchaus ansehnlich, zumindest wenn man nicht zu sehr drauf achtete. Der Student hatte sich inzwischen wieder vollkommen erholt.

»Herr Palzki«, begann er und ich wusste, dass sich Ungemach anbahnte. »Ich habe mir Gedanken gemacht.«

»Das ist schön, dass Sie damit endlich anfangen.«

»Ich meine es ernst.« Er schaute auch ziemlich ernst drein. »Zum Dank für meine Rettung habe ich beschlossen, meinen Protagonisten in den Krimis nach Ihnen zu benennen. Na, ist das nicht eine schöne Überraschung? Fortan wird Kriminalhauptkommissar Reiner Palzki in der Kurpfalz ermitteln. Und in den bisher erschienenen Krimis tausche ich bei Neuauflagen den Namen ebenfalls aus. Da sind Sie platt, was?«

10 AKADEMISCHE TITEL

Nach dieser Beckerschen Eröffnung nahm ich mir vor, zukünftig genau zu überlegen, ob ich mich im Ernstfall noch mal als Lebensretter betätigen sollte. Wenn Becker wirklich meinen Namen für seinen grotesken Kommissar benutzen würde, käme er vielleicht auch auf die Idee, KPD in seinen Romanen einzuführen. Der Ärger wäre vorprogrammiert. So wie dieser Student die Beamten der Kriminalinspektion beschrieb und damit ins Lächerliche zog, konnte das nicht unwidersprochen bleiben. Solche Chaoten hätten bei einer meist seriösen Behörde wie der Polizei nicht den Hauch einer Chance. Ich musste Becker die Idee unbedingt wieder ausreden. Obwohl, mein Vorgesetzter könnte sich vielleicht gebauchpinselt fühlen.

Insbesondere, wenn er Becker überreden könnte, seine Krimis nicht als Palzki-Fälle zu vermarkten, sondern als die Abenteuer von Klaus P. Diefenbach, den ultimativen und erfolgreichen Verbrecherjäger. Das restliche Personal wäre dann nur noch unbedeutendes Beiwerk, quasi eine Fußnote. Was eigentlich ziemlich exakt der Realität entsprechen würde. Sei's drum, ich nahm mir vor, die Beckerschen Geschichten zukünftig zu ignorieren. Wer so etwas las, dem konnte sowieso nicht mehr geholfen werden. Auch nicht von Doktor Metzger.

Nachdem mir Dietmar Becker mehrfach glaubhaft versichert hatte, dass er wieder okay sei, verabschiedete ich mich. Für eine gemeinsame Wurstorganisationsaktion in der Klinikkantine blieb keine Zeit, Becker musste zum Einsatz, und ich war immer noch mittendrin.

Dennoch hatte sich im Laufe der letzten Stunden ein unbändiger Hunger in meinem Körper breitgemacht. Ein

Lebensretter hat Anspruch auf eine ordentliche Mahlzeit, dachte ich mir und hielt während meiner Rückfahrt nach einer Imbissbude Ausschau. Als Ortsunkundiger hatte ich in Mannheim keine Chance, geeignete Etablissements zu finden. Linksrheinisch sah das günstiger aus, eine meiner Lieblingslektüren war nicht umsonst der FFF-VP, der Fast-Food-Führer Vorderpfalz. Es brauchte ja niemand zu wissen, dass Teile der redaktionellen Inhalte von mir selbst stammten. Die ausführlichen und lobenden Artikel über das Caravella in Schifferstadt oder die Curry-Sau mochten für einen Fremden übertrieben wirken, zahlreiche Dankesbriefe an den Herausgeber gaben mir aber recht. Stefanie sollte trotzdem besser nicht erfahren, dass ich an diesem wichtigen und in der Region vielbeachteten Werk mitgeschrieben habe.

Gestärkt und mit mittelmäßigem Sodbrennen fuhr ich in den Hof der Inspektion. Eine zweite Flasche Cola Light hatte ich mir gekauft, um bei der gleich folgenden Besprechung in Juttas Büro den Sekundentod zu vermeiden.

Unser Polizeipraktikant erkannte mich sofort und kam aus seiner schusssicheren Empfangszentrale heraus. In der Hand hielt er eine überdimensionale Lupe ohne Einsatz. Ich hatte keine Ahnung, warum er heute rasiert und motiviert war. Vielleicht hatte er ein Mitarbeitergespräch mit KPD.

»Sie entschuldigen bitte, Herr Steinbeißer«, sprach er mich an. »Herr Diefenbach hat die Sicherheitsbestimmungen verschärft, seit ein falscher Arzt bis zu ihm vorgedrungen ist.« Mit seiner Lupe scannte er meinen Körper und die Cola ab.

»Ist Herr Palzki schon da?«, fragte ich ihn mehr oder weniger beiläufig.

Er schaute mich kurz an und erschrak. »Um Himmels willen, jetzt habe ich Sie auch noch mit Ihrem Kollegen

Gerhard Steinbeißer verwechselt, Herr Palzki. Das tut mir sehr leid.«

Prüfend fuhr ich mit der Hand über meinen Hinterkopf. Meine Haare waren noch alle da. Sah ich Gerhard so ähnlich? Ohne Ergebnis suchte ich drei Punkte auf dem Ärmel des Praktikanten.

»Sie haben ja nicht mal eine Waffe, Herr Palzki«, stellte der Praktikant nach dem Ende seiner Sicherheitsüberprüfung fest.

»Meine Waffe ist meine Erfahrung«, antwortete ich druckreif. »Nur KPD ist damit noch besser.«

Ich ging in Richtung Treppenhaus, während unser Praktikant mir nachrief: »Wen meinen Sie mit Kapede?«

Ohne zu antworten, suchte ich Juttas Büro auf.

»Da bist du ja endlich«, lautete die freudige Begrüßung meiner Kollegen. Jungkollege Jürgen starrte lechzend auf die Cola.

»Haben wir wieder Cola im Automaten?«

Mit einem »Danke für die tolle Begrüßung« setzte ich mich an den Besprechungstisch. »Das war die letzte Flasche, Jürgen. Jetzt gibt's nur noch lauwarmen Mate-Tee mit Rosenkohlgeschmack. Gesünder, als die Polizei erlaubt.« Ich nahm einen provozierend großen Schluck.

Gerhard zeigte auf einen Aktenstapel, der auf dem Tisch lag. »Wir haben alles durchgeackert. Es gibt nicht den geringsten Anhaltspunkt, was Schönhausen angeht. Das ist verdammt frustrierend.«

»Na ja«, unterbrach Jutta. »Ganz so schlimm ist es nicht. Ein paar Sachen sind uns aufgefallen. Schönhausens Bruder Karl-Heinz hat mal in einem Tätowierungsstudio als Aushilfe gearbeitet.« Sie hob beschwichtigend ihren Arm. »Ich weiß, das ist sehr dünn, aber immerhin besser als nichts.«

»Ich weiß nicht, Jutta. Ich traue dem Alkoholiker so etwas einfach nicht zu. Weder die Tätowierung noch den Mord. Dafür ist der zu schlicht gestrickt. Der hätte seinem Bruder eher einen Knüppel übergezogen, wenn er ihn umbringen wollte. Haben wir sonst noch was? Habt ihr die Nachbarin überprüft?«

»Meinst du deine oder Schönhausens?«

»Von mir aus beide«, antwortete ich. »Dann hätten wir zwei Fliegen mit einer Klatsche geschlagen.«

Meine Kollegen lachten.

»Habt ihr ein Ergebnis aus dem Labor wegen des Hopfens?«

Jutta zog ein paar Blätter aus dem Stapel. »In sämtlichen Kaffeepäckchen befand sich Hopfenextrakt. Keine Drogen, keine sonstigen Inhaltsstoffe.«

»Das verstehe, wer will«, dachte ich laut. »Wollte Schönhausen vielleicht doch eine Hausbrauerei eröffnen? Jürgen, kannst du mal recherchieren, welchen Marktwert das Zeug hat? Vielleicht kommen wir dann hinter dieses Geheimnis.«

Jutta nickte. »Das würde zu Schönhausen passen. Wie bei den Arzneimitteln besorgt er den Hopfen aus einer dubiosen Quelle zu einem günstigen Preis und verkauft ihn dann marktgerecht an eine Brauerei mit gutem Profit.«

Mir fiel sofort die Eichbaum-Brauerei ein. Verkaufte der Assistenzarzt den Hopfen an die Brauerei? Musste deshalb ab und an eine Charge Bier weggeschüttet werden, weil der Rohstoff nicht den Anforderungen entsprach?

Ich schnappte mir Juttas Telefon und rief Ferdinand an.

»Jäger, Abteilung Betriebsbesichtigung.«

»Hallo, Ferdi, hier ist der Reiner.«

»Servus, schon lange nicht mehr gesehen. Was gibt's?«

»Du, ich habe dir doch kurz von unserem Todesfall erzählt. Bei dem Opfer wurden größere Mengen Hopfenextrakt gefunden. Ich habe zwar keinerlei Anhaltspunkte, dass es etwas mit eurer Brauerei zu tun hat, verdächtig ist es aber dennoch. Hopfen wird ja nur zum Bierbrauen benötigt.«

Ich hörte meinen Freund am anderen Ende schlucken.

»Wie heißt denn der Tote?«

»Schönhausen«, antwortete ich. »Doktor Detlev Schönhausen.«

»Doktor? War er ein Arzt? Hopfenextrakt wird nämlich auch im medizinischen Bereich verwendet.«

»20 bis 30 Kilogramm?«

»Das scheint mir ein bisschen viel für medizinische Zwecke. Wie kann ich dir helfen?«

»Kannst du mal klären, wo euer Hopfen herkommt? Vielleicht liegt das Problem der fehlerhaften Chargen bei euch im Einkauf. Könnte es sein, dass dort jemand sitzt, der einen Teil eures Hopfens über Schönhausen bezieht? Ich meine, zu einem günstigeren Preis, und die Differenz dann in die eigene Tasche steckt?«

»Du machst mir Mut«, antwortete Ferdinand. »Die Sache stinkt förmlich. Es würde aber zu der dubiosen Sache im Labor passen. Ja, ich glaube, das könnte das fehlende Puzzlestück sein. Ich gehe jetzt auf Risiko und spreche mit der Geschäftsleitung. Wenn was schiefgeht, kannst du ja versuchen, mich rauszuhauen. Ich melde mich später.«

»Danke, mein Freund.« Ich legte auf und schaute in verwunderte Gesichter. »Ihr habt's mitbekommen? Mein Freund Ferdinand Jäger klärt ab, ob Schönhausen den Hopfen an die Brauerei verkauft hat.«

Jutta nahm uns die Hoffnung. »Wenn es so ist, haben wir zwar ein weiteres Beispiel für die unredlichen Geschäfte des

Detlev Schönhausen, aber immer noch kein Mordmotiv.« Sie machte eine kurze Pause. »Was hast du eigentlich heute Morgen erlebt, Reiner?«

Ich trank meine Cola leer und begann, über den Vormittag zu berichten. Meine Rettungsaktion schmückte ich natürlich etwas aus.

»Herr Doktor Reiner Palzki«, meinte Jutta anschließend. »Das passt nicht zu dir. Überlass das in Zukunft deinem Freund Doktor Metzger.«

»Metzger ist nicht mein Freund«, beeilte ich mich wiederholt klarzustellen. »Ich habe mich in dem weißen Kittel auch nicht sonderlich wohlgefühlt.«

Jutta hatte sich wie immer ein paar Notizen gemacht. »Viel weiter bringt uns das nicht. Es kann viele Gründe haben, warum Schönhausen in den Akten geschnüffelt hat.«

»Mich interessiert im Moment viel mehr, warum der ehemalige medizinische Abteilungsleiter Kleinmacher in den Katakomben war.«

»Auch dafür kann es eine einfache Erklärung geben«, mischte sich Gerhard ein.

»Natürlich«, antwortete ich. »Und diese will ich jetzt hören. Jürgen, könntest du bitte mal die Adresse von diesem Kleinmacher raussuchen? Nachher kannst du über ihn ausführlich recherchieren. Vorstrafen und das ganze Zeug, du weißt das besser als ich. Und wenn du schon dabei bist, durchleuchte auch den jetzigen Leiter Wutzelsbach. Jutta kann bestätigen, dass dies ein seltsamer Knabe ist.«

Meine Kollegin schmunzelte. »Die ganze Klinik ist irgendwie seltsam. Wer stellt schon jemanden wie Doktor Metzger ein. Die haben doch einen Ruf zu verlieren.«

Jürgen ging an Juttas Computer. Unser Jungkollege war eine Koryphäe, was Internet- und sonstige Recherchen angingen. Er sprang virtuell von einer zur anderen Datenbank und trug in einer Wahnsinnsgeschwindigkeit Informationen zusammen. Keine Blabla-Nullwert-Informationen à la Facebook, das mir jüngst meine Tochter gezeigt hatte, sondern knallhartes Wissen. Manchmal hatte ich den Eindruck, dass nicht jeder Datenbankbesitzer wusste, dass sich Jürgen in seine Datenbestände einloggen konnte. Mir war es egal, das Resultat zählte. Datenschutz stand nur im Gesetz, und das war viel zu kompliziert und undurchsichtig.

»Prof. Dr. Ottokar Kleinmacher, da haben wir ihn ja.« Es war keine Minute vergangen. »Er wohnt in Kleinkarlbach.«

»Wo wohnt der? Das habe ich noch nie gehört. Ist das sehr weit weg?«

»A 6 Richtung Kaiserslautern, Abfahrt Grünstadt«, las Jürgen von seinem Computer ab und schrieb mir die genaue Adresse auf.

Ich stand auf. »Meldest du mich bitte an, Jutta?«

Und zu Gerhard gewandt: »Kommst du?«

Mein Kollege schüttelte den Kopf. »Du, ich kann nicht mitfahren. KPD hat mich zu einem neuen Projekt verdonnert, irgendetwas mit Rabattkarten, da muss ich später mit ihm zu einem Workshop.«

»Ich rufe schnell bei Kleinmacher an, dann komme ich mit«, sagte Jutta.

Eine Fahrt bis Grünstadt mit Jutta bei den momentanen Außentemperaturen und einer funktionierenden Heizung? Da war ja die Rettungsaktion von Becker ein Klacks dagegen.

»Lass mal, Jutta«, antwortete ich möglichst lässig, um sie nicht zu verärgern. »Ich fahre alleine. Du hast hier bestimmt sehr viel zu tun.«

Jutta schaute mich scharf an, es war mir klar, dass sie

mich durchschaut hatte. Jürgen gab mir zum Abschied den Ausdruck einer Landkarte mit. Damit sollte ich die Adresse finden.

Unser Praktikant filzte im Empfangsraum gerade ein älteres, harmloses Rentnerehepaar. Deren Tascheninhalte türmten sich schon auf dem Tisch, und trotzdem summte der Metalldetektor.

»Ich habe Ihnen bereits mehrfach gesagt, dass dies nur mein Herzschrittmacher ist«, sagte der männliche Senior. »Wir wollen nur Anzeige erstatten, weil ein paar Jugendliche unseren Briefkasten mit einem Chinaböller gesprengt haben.«

»Die Sicherheit geht vor«, war die autoritäre Praktikantenantwort. Mehr bekam ich nicht mehr mit.

Die Fahrt über die A 61 und die A 6 stellte mich vor keine besonderen Herausforderungen. Ich war sie bereits viele Male gefahren. Auch die Abfahrt Grünstadt und die Weiterfahrt nach Kirchheim verlief glatt. Ohne Navi und ohne Nachfragen erreichte ich Kleinkarlbach. Schöne Gegend, aber ein bisschen einsam, dachte ich mir anhand der vielen Felder. Ich tippte auf Weinreben. Komische Straßennamen hatten die hier, dachte ich weiter, als ich kurz nach dem Ortseingang links in die Straße ›An der Lehmenkaut‹ einbog. Ich fuhr langsam an einem markanten Blockbohlenhaus mit hellblauen Klapprollläden vorbei und erreichte wenige Meter dahinter das Wohnhaus von Professor Doktor Ottokar Kleinmacher.

Das frei stehende Haus mitten in dem Neubaugebiet war pastellfarben gestrichen und wirkte mit seinen Sandsteinverzierungen sehr repräsentativ. Direkt dahinter begann ein Weinberg. Vielleicht waren es auch Bohnen, so genau kannte ich mich da nicht aus. Ein Porsche parkte vor der Dreifachgarage. Ich stellte meinen Dienstwagen frech daneben.

Ein Hund schlug an. Noch bevor ich die Klingel betätigen konnte, öffneten ein Pferd und ein Mann die Eingangstür. Das Pferd war mit an Sicherheit grenzender Wahrscheinlichkeit ein Hund, aber so groß wie ein ausgewachsenes Pony. Das Untier tobte wie ein Berserker.

»Ruhe, Mimose«, befahl der ungefähr 60-jährige Vollbartträger und schlug seinem Haustier mit der flachen Hand leicht in die Lenden. »Mimose ist normalerweise sehr sensibel und überempfindlich«, erklärte er. »Ich weiß nicht, warum er heute so reagiert. Tragen Sie vielleicht ein billiges Rasierwasser? Das mag er nämlich überhaupt nicht.«

Der Professor wirkte auf mich wie Higgins, der Verwalter des Anwesens, in dem Privatdetektiv Thomas Magnum sein Unwesen trieb. Jedenfalls in den 80er-Jahren im Fernsehen. Steif und konservativ drückte mir Kleinmacher mit seinem offenen Hemd nebst Halstuch die Hand.

»Kommen Sie rein, Ihre Kollegin hat Sie fernmündlich avisiert.«

Mimose blieb ständig in Schrittkontakt, während sein Herrchen in Richtung Wohnzimmer ging.

»Nehmen Sie bitte Platz, Herr Palzki, wollen Sie vielleicht einen Cognac?«

»Im Moment nicht, Herr Kleinmacher.«

Der Professor, der sich gerade an der Bar zu schaffen machte, drehte sich blitzschnell um und schaute mich an, als wollte er mich mit Blicken töten. »Habe ich da eben rudimentäre Bestandteile meines Namens gehört?«

Hä? Was war das? Ist da eben etwas schiefgelaufen? Was meinte er mit rudimentär? Fragend schaute ich ihn an. Dies schien er zu bemerken.

»Na ja, vielleicht ist es Ihnen nur so rausgerutscht. Sie müssen wissen, ich bestehe auf der Nennung meines vollständigen Namens. Den habe ich mir schließlich hart erarbeiten müssen.«

Ich verstand endlich. »Selbstverständlich, Herr Professor Doktor Kleinmacher. Entschuldigen Sie bitte meine Unachtsamkeit.«

Statt das Thema zu beenden, legte er nach: »Unachtsamkeiten können Menschen das Leben kosten. Aber Sie sind ja auch kein Arzt. Womit kann ich Ihnen helfen, Herr Palzki?«

»Kennen Sie einen Herrn Detlev Schönhausen?«

Kleinmacher musste nicht überlegen. »Wenn Sie Herrn Doktor Schönhausen meinen, kann ich Ihre Frage bejahen.«

»Herr Schön-, äh, Doktor Schönhausen ist tot.«

Sein Cognacschwenker zitterte in der Hand. »Tot? In dem Alter? Hatte er einen Unfall?«

»Kannten Sie ihn näher?« Seine letzte Frage ignorierte ich im Moment.

Der Professor schüttelte den Kopf. »Er war nur ein Assistenzarzt, da ergeben sich im Regelfall keine intensiven Kontakte. Ich weiß so gut wie nichts über ihn. Außerdem bin ich seit über einem Vierteljahr nicht mehr in der Klinik Lebenswert tätig.«

»Ich weiß«, konterte ich. »Mit Ihrem Nachfolger Doktor Wutzelsbach habe ich bereits gesprochen.«

»Wutzelsbach! Diese Niete!«Er schrie fast, Mimose blickte erschrocken zu ihm auf. »Weiß der Teufel, warum er zum Chefarzt befördert wurde. Mit legalen Mitteln wohl kaum. Stellen Sie sich mal vor, der ist nur promoviert! Und das auch noch an einer südamerikanischen Universität. Das sollte mal jemand überprüfen, ob der seinen Titel in Deutschland überhaupt legal verwenden darf.«

Das Gesicht des Professors war rot angelaufen. Bevor er

mit seinen Beschimpfungen weitermachen konnte, unterbrach ich ihn.

»Deswegen bin ich nicht hier. Ich brauche Informationen zu Herrn Schönhausen. – Über Herrn Doktor Schönhausen«, verbesserte ich mich.

Langsam beruhigte er sich. »Was ist denn überhaupt passiert, Herr, äh?«

»Palzki. Herr Kriminalhauptkommissar Reiner Palzki.« Sollte ich jetzt auch auf meiner Berufsbezeichnung bestehen?

»Sie wollen mir meine Frage nicht beantworten?«

Der Prof schien schlauer zu sein, als ich dachte.

»Doch, doch, Herr, äh«, antwortete ich gehässig und redete sofort weiter, bevor er Mimose auf mich hetzen konnte. »Der Assistenzarzt wurde ermordet. Leider liegen die Hintergründe bisher komplett im Dunkeln. Ich erhoffe mir, von Ihnen etwas zu erfahren.«

Kleinmacher hatte sich einen weiteren Cognac eingeschenkt. Mich würde interessieren, was Mimose in seinem Napf zu trinken hatte.

»Ich habe keinen Kontakt mehr zu der Klinik«, sagte der Prof. »Ich habe mich ins Privatleben zurückgezogen, um meine Forschungen unter eigener Regie fortsetzen zu können. Während meiner Zeit als Chefarzt hatte ich den dafür benötigten Freiraum nicht. Wegen jeder Kleinigkeit wird der Chefarzt verlangt. Der einzige Vorteil war, dass ich jede Menge Liquidationen ausstellen konnte. Davon habe ich mir diesen netten Alterssitz bauen lassen.«

Chefarzt muss ein lohnender Job sein, dachte ich mir. Als Polizist hatte man es da schwieriger. In Deutschland war es nämlich oft unüblich, dass ein Beamter die ausgesetzten Verwarnungs- und Bußgelder in die eigene Tasche stecken durfte.

»Worüber forschen Sie denn?«

Der Prof lachte. »Das würden Sie ja doch nicht verstehen, mein Lieber. Ich habe noch Großes vor. Natürlich kann ich nicht mit den geräumigen Forschungslabors konkurrieren, die haben eine viel bessere Ausstattung, nicht nur in finanzieller Hinsicht. Aber ich habe eine Nische gefunden. Vielleicht sogar eine lohnende Nische.«

Um seine Geduld nicht überzustrapazieren wechselte ich das Thema. »Wir haben Ihr Archiv im Keller der Klinik gefunden, Herr Professor Kleinmacher.«

»Professor Doktor Kleinmacher«, kam seine überhebliche Antwort wie aus der Pistole geschossen. »Das ist richtig. Der ganze Geschäftskram muss einige Jahre aufgehoben werden, falls das Finanzamt oder irgendwelche Sozialversicherungsträger prüfen wollen.«

»Es sind auch Reparaturrechnungen Ihres Wagens dabei«, hakte ich nach.

»Das ist auch richtig so«, klärte er mich auf, während er sich einen dritten Cognac einschenkte. »Das war schließlich mein Dienstwagen.«

Das klang für mich einleuchtend.

»Waren Sie auch persönlich in dem Archiv?«

Für einen winzigen Moment zuckte es in seinem Gesicht. »Nein, dafür habe ich das Sekretariat bemüht.« Er sah mir in die Augen und musste wohl meine Ungläubigkeit bemerkt haben. Er war wirklich ein exzellenter Menschenkenner. Schnell verbesserte er sich. »Einmal war ich unten, weil vom Sekretariat niemand erreichbar war und ich dringend die Kopie einer alten Liquidation benötigte. Was hat das mit dem Tod des Assistenzarztes zu tun? Wurde er in der Klinik ermordet?«

»Nein, nein«, antwortete ich. »Die Untersuchung bei

seinem Arbeitgeber ist reine Routine. Haben Sie im Archiv auch diese etwas versteckte Tür gefunden?«

Der Prof atmete auf. »Ach, jetzt weiß ich, auf was Sie hinauswollen. Ich war über die Tür tatsächlich verwundert, und als ich die Treppe dahinter entdeckte, noch viel mehr. Ich habe mich sogar bis in das alte Kellergewölbe getraut. In die Gänge bin ich dann aber nicht hinein. Das kann nämlich schnell zur tödlichen Falle werden, gerade wenn der Sauerstoff knapp ist und das Kohlenstoffdioxid überhandnimmt. Sie werden dann einfach müde und schlafen für immer ein. Da können Sie nichts dagegen machen.«

Er schaute mich an. »Haben Sie Herrn Doktor Schönhausen dort unten gefunden?«

»Auch das nicht. Wir haben aber Ihr Namensschild im Kellergewölbe gefunden. Wissen Sie, wo diese Gänge hinführen?«

»Das kann ich Ihnen wirklich nicht sagen, historische Forschung ist nicht mein Fachgebiet. Ich vermute, dass das Gewölbe zu einer Grabanlage gehören könnte. Die Klinik steht bekanntlich auf einem Teil des ehemaligen Stadtfriedhofs.«

Dem Prof schien warm zu werden. Keine Ahnung, ob das an den vielen Cognacs lag oder an meinen Fragen. Er lockerte sein Halstuch und im gleichen Moment jaulte Mimose, sodass der Professor sich nach ihm umdrehte. Und da konnte ich es sehen. Am rechten Hals hatte er eine Tätowierung, die wie ein chinesisches Schriftzeichen aussah. Das war für sich genommen nicht verdächtig. Viele Menschen ließen sich in den letzten Jahren solche Schriftzeichen tätowieren, ohne zu wissen, was sie eigentlich bedeuteten. Ich habe mal irgendwo gelesen, dass jede Menge Tätowierte herumliefen, die die chinesischen Schriftzeichen für ›Ich bin ein Schwein‹ auf ihrem Körper stehen hatten. Was bei uns eine Beleidigung war, war in dem chinesischen Kulturkreis anders gedacht, hier stand das Tierkreiszeichen Schwein für Ehrlichkeit. Ich wollte nicht wissen, wie viele Tätowierer ihren Kunden aus Rache oder anderen verständlichen Motiven die wildesten chinesischen Beschimpfungen tätowiert hatten.

Dem Prof war sofort aufgefallen, dass ich auf seinen Hals starrte. Schnell band er sich das Halstuch wieder um, die Tätowierung war versteckt.

»Nun, Herr Palzki. Gibt es noch etwas, womit ich Ihnen helfen kann? Wie bereits gesagt, über Doktor Schönhausen weiß ich sonst nichts. Fragen Sie in der Klinik nach.«

»Das haben wir bereits, Herr Doktor, äh, Doktor Professor, äh, Professor Doktor Kleinmacher. Experimentieren Sie eigentlich auch mit Hopfen?«

Kleinmacher starrte mich an. »Hopfen? Wie kommen Sie darauf? Da bin ich wohl der falsche Ansprechpartner. Gehen Sie zu einem Kiosk, da stehen immer welche davor, die mit Hopfen experimentieren.« Er schüttelte verwirrt sein Glas. »Ich trinke nur Wein und ab und zu einen Cognac.«

Ich musste mir selbst eingestehen, dass das Gespräch bei diesem seltsamen Prof nicht sehr ergiebig war. Immerhin war nun aber der Fund des Namensschildes in dem Gewölbekeller erklärt. Trotzdem, irgendein Geheimnis trug er mit sich herum, das sagte mir mein Bauch und meine Menschenkenntnis. Ich wusste zwar, dass so gut wie jeder Mensch das eine oder andere gut behütete Geheimnis mit sich trug, doch in Kombination mit den erwähnten Forschungen schien es sich mutmaßlich um keine Bagatelle zu handeln. Da ich aber zumindest im Moment keine Verbindung zu dem Tod von Schönhausen fand, nahm ich mir vor, bei Gelegenheit Dietmar Becker auf ihn anzusetzen. Natürlich inoffiziell, der hatte ja schließlich Zeit.

»Dann werde ich mal zum Kiosk fahren, haben Sie vielen Dank für Ihre Aussagen.« Ich wollte mich schnellstmöglich verabschieden.

»Keine Ursache«, antwortete er und zeigte mit seiner Hand in Richtung Ausgang. Sofort sprang Mimose auf und stellte sich beschützend und zähnefletschend neben seinen Herrn. Liebend gerne hätte ich ihn für den nächsten Grillabend mitgenommen.

Der Professor öffnete die Eingangstür und ließ seinen Hund rennen, was mich sehr verwunderte.

»Zwei, dreimal am Tag lasse ich ihn alleine raus. Seitdem habe ich Ruhe mit dem ganzen Kindergeschrei in der Nachbarschaft«, meinte der Professor über Mimose, der bellend mit Windhundgeschwindigkeit die Straße entlangschoss. Erst jetzt fiel mir das Schild am Nachbarhaus auf: ›Zu verkaufen‹.

Ich verabschiedete mich vom Professor. Dieser ging zurück ins Haus, ohne sich um seinen Hund zu kümmern, der vermutlich gerade den nächsten Kinderspielplatz enterte.

Ich stieg in meinen Wagen und fuhr los. Allerdings nicht zurück zur Straße in Richtung Autobahn, sondern weiter in das Neubaugebiet. Bereits nach der nächsten Kurve stellte ich meinen Wagen wieder ab und ging zurück zu dem Haus, das zum Verkauf stand.

›Mückenstich‹ stand auf der Klingel, die ich betätigte. Eine Frau, höchstens 30, öffnete.

»Guten Tag«, stellte ich mich anonym vor. »Ich habe das Schild gesehen.«

Ein Lächeln huschte über Frau Mückenstichs Gesicht. »Ach ja, dann kommen Sie am besten gleich mal rein. Sie wohnen nicht im Ort, nicht wahr?«

Was wollte sie mit dieser unsinnigen Frage bezwecken?

Ich schüttelte den Kopf und betrat das Einfamilienhaus. Ein Kinderwagen im Hausflur und das Babygeschrei sagten mir genug. Das Wohnzimmer war überfüllt mit Kleinkinderspielsachen, Bügelbrett und Berge von Bügelwäsche.

»Entschuldigen Sie bitte, ich bin gerade am Bügeln«, sagte die schwarzhaarige Frau, die trotz ihres Alters schon die eine oder andere graue Strähne trug. »Sie interessieren sich wirklich für das Haus?«

Ich antwortete nicht, was sie als Bestätigung auffasste.

»Es ist ein schönes und großes Haus«, begann sie das Verkaufsgespräch. »Das Leben in einem Neubaugebiet bringt ja so viele Vorteile. Keine alten Leute, die sich über Kindergeschrei aufregen. Kinder halten sich leider nicht an die Ruhezeiten. Und bei meinen Zwillingen ist es halt noch ein bisschen lauter.«

Zwillinge? Sofort fiel mir Stefanies Schwangerschaft ein. War es das, was sie mir verheimlichte? Würden wir unsere Kinderschar im kommenden Mai verdoppeln? Ich wusste nicht, ob mir das Angst machen oder ich mich freuen sollte. Frau Mückenstich riss mich aus meinen Gedanken.

»Mein Mann wechselt die Arbeitsstelle, deshalb müssen wir umziehen. Leider. Es ist so schön hier.« Sie seufzte. »Wollen Sie sich das Haus und den Garten anschauen?«

Die Dame schien es verdammt eilig zu haben. Ich zückte meinen Dienstausweis. »Vielleicht können Sie mir helfen. Ich komme gerade von Ihrem Nachbarn, Herrn Professor Doktor Kleinmacher.«

Von einer Sekunde auf die andere war ich für sie zum Feind geworden.

»Dieses verdammte Schwein! Hat er Sie geschickt? Verlassen Sie sofort dieses Haus!« Sie griff nach einem Telefon.

»Langsam«, versuchte ich sie abwehrend zu beruhigen.

»Ihr Nachbar hat mich nicht geschickt. Ich dachte nur, dass Sie mir vielleicht ein paar Informationen über ihn geben können.«

Um sie davon zu überzeugen, musste ich sie ködern. Am besten mit einem uralten Psychologentrick. »Ich ermittle als verdeckter Beamter«, sagte ich zu der nach wie vor aufgebrachten Dame. »Sie müssen mir aber versprechen, dass Sie dieses Geheimnis nicht weiterverraten. Es gibt ein paar Verdachtsmomente gegen Kleinmacher, da darf ich Ihnen aber leider nicht verraten, um was es geht.«

Ich bemerkte, dass sie Hoffnung schöpfte. »Ist das wirklich wahr? Können Sie ihn in den Knast bringen? Dort gehört er nämlich hin.«

Ich nickte zustimmend, ohne jedoch etwas zu sagen.

»Unser Nachbar ist der größte Verbrecher, der herumläuft. Haben Sie schon seinen Hund gesehen? Wir haben wegen des Köters sogar eine Bürgerinitiative gegründet. Doch bisher war alles zwecklos. Er lässt ihn immer noch frei im Ort herumlaufen. Der will nur spielen, behauptet er stets. Bis jetzt ist zum Glück noch nichts passiert. Aber stellen Sie es sich mal vor, wenn dieser Köter, er nennt ihn auch noch Mimose, mit seinen vier Zentnern ein Kind anspringt! Was haben wir in der Bürgerinitiative schon alles besprochen. Vergiften oder erschießen sollte man ihn, aber leider hat sich bisher niemand getraut.«

»Sie wollen den Hund erschießen?«

»Ja, den auch«, antwortete sie, ohne zu bemerken, was sie tatsächlich sagte. »Dieses Vieh fällt trotz seiner Größe leider nicht unter die Kampfhundeverordnung. Daher darf er frei herumlaufen, solange nichts passiert.«

Da mir Frau Mückenstich nach wie vor keinen Platz angeboten hatte, setzte ich mich ungefragt auf einen Stuhl. »Warum macht Ihr Nachbar das?«

»Er ist ein Kinderhasser«, antwortete sie. »Das Geschrei macht ihn wahnsinnig, hat er mal gesagt. Ich bin mir allerdings sicher, dass er bereits wahnsinnig ist. Und uns will er aus dem Haus rausekeln. Was ihm auch gelingt. Je früher wir hier rauskommen, desto besser. Es gibt nichts Schlimmeres, als hier zu wohnen.«

Das stand im krassen Widerspruch zu dem, was sie vor wenigen Minuten gesagt hatte.

»Kennen Sie den Grund, warum Ihr Nachbar Sie rausekeln will? Liegt es nur an Ihren süßen Zwillingen?«

Sie freute sich über das Attribut, das ich ihren Kindern zuschrieb.

»Das glaube ich nicht. Er will unser Haus kaufen. Er hat uns den doppelten Marktwert angeboten. Ich sage Ihnen was: Lieber sprenge ich unser Haus in die Luft, als es dem Kleinmacher zu verkaufen.«

Die Zwillingsmutter schien mir recht militant zu sein. Über ein entsprechendes Waffenlager im Keller würde ich mich nicht wundern.

Sie ging in ein Nebenzimmer und kam kurz darauf mit einem Säugling zurück. »Ist ja alles gut, mein Kevin«, sagte sie in beruhigendem Ton. »Du kannst ruhig weiterschlafen, deine Schwester Mandy schläft auch.«

Das alles würde bald ebenfalls auf mich zukommen. Klar, mit anderen Namen, aber sonst dürfte es ähnlich werden.

»Wissen Sie, warum Kleinmacher Ihr Haus kaufen will?«

Sie zuckte mit den Schultern. »Was weiß ich, was der vorhat? Der tut ja immer so geheimnisvoll.«

Jetzt schien es interessant zu werden.

»Können Sie mir ein Beispiel geben?«

»Mitten in der Nacht fährt er weg, und wenn er zurückkommt, schleicht er sich in sein Haus. Dann schleppt er öfters größere Kartons. Irgendwas ist da faul. Ich habe das schon mehrfach bei der Polizei zu Protokoll gegeben, doch das hat nichts gebracht. Niemand interessiert sich dafür, was der feine Herr da drüben dreht. Vielleicht hochgefährliche Experimente? Wenn er uns mal nicht in die Luft jagt!«

»Woher wissen Sie, dass er experimentiert?«

»Das hat er damals, als er da drüben gebaut hat, meinem Mann gesagt. Da war er Chefarzt in einem Krankenhaus. Inzwischen soll er aber pensioniert sein.«

Ich tat, als wüsste ich das nicht.

»Pensioniert? So alt ist er doch gar nicht.«

»Daran können Sie sehen, dass bei dem nicht alles stimmt.«

Klasse, so einfach war das. Jeder, der nicht bis zur gesetzlichen Altersgrenze arbeitete, war in den Augen dieser Frau per se eines Verbrechens verdächtig.

»Bekommen Sie von seinen Experimenten etwas mit?«

»Ne«, antwortete sie, nachdem Kevin ein nasses Bäuerchen auf ihre Schulter gemacht hatte. »Einmal hat die Müllabfuhr seine Restmülltonne bei uns vorm Haus abgestellt. Die hat gestunken, sage ich Ihnen! Und im Innern klebte lauter grünes Zeug. Das ist doch nicht normal, oder?«

Ich bekräftigte sie in ihrer Meinung. »Sie können mir sehr weiterhelfen, Frau Mückenstich, wenn Sie Ihren Nachbarn weiter genau beobachten. Wenn Ihnen etwas auffällt, scheuen Sie nicht, mich anzurufen.« Ich übergab ihr meine Visitenkarte.

»Ich kann halt nicht immer aufpassen«, meinte sie zögernd. »Meine Kinder sind sehr anhänglich. Aber ich kann mir mein Bügelbrett vors Fenster stellen.«

Im Geiste hatte ich bereits alles durchgeplant. Diese Sache dürfte ein gefundenes Fressen für den Journalisten Dietmar Becker sein. Ich würde ihn mit Frau Mückenstich vernetzen, wie man heutzutage auf Jungdeutsch sagte. Becker könnte in Kleinkarlbach in einem vermuteten Fall recherchieren, zu dem ich weder einen Ermittlungsauftrag hatte noch wusste, was überhaupt dahintersteckte. Ein weiterer Vorteil war, dass ich mir den Studenten damit aus dem Weg schaffte. Ich hatte keine große Lust, ihn ein weiteres Mal retten zu müssen.

Ich verabschiedete mich von der potenziell gewaltbereiten Dame und fuhr, ohne Mimose noch einmal zu sichtigen, zurück nach Schifferstadt.

11 GESCHÄFTSFELDERWEITERUNG

Der Mittag war gerade angebrochen, als ich mich an unserem Praktikanten vorbeischlich, der im Eingangsbereich der Dienststelle vor den verschüchternd dreinblickenden Augen einer jungen Mutter einen Kinderwagen zerlegte und kontrollierte. Gründlich war er, ohne Zweifel. Vielleicht sollte ich ihm nach seinem Praktikum einen Job als Lehrer vermitteln. Seine Schüler würden viel Freude mit ihm haben.

Juttas Büro war leer, was mich wunderte. Ich ahnte aber, wo sie sich befand. Nach einem zaghaften Klopfen an der entsprechenden Tür schallte mir sofort ein schnarrendes ›Herrrein‹ entgegen.

»Ah, da sind Sie ja endlich, Herr Palzki!«, begrüßte mich KPD mit einem provozierenden Blick auf seine Armbanduhr. »Warum dauern Ihre Außerhaustermine eigentlich immer so lang?«, meinte er vorwurfsvoll. »Manchmal habe ich den Eindruck, Sie gehen während der Dienststunden regelmäßig ausgedehnt essen.«

Wie auf Kommando knurrte mein Magen wie eine Herde Rinder.

Mein Vorgesetzter stockte. »Oh, da habe ich zumindest dieses Mal falsch gelegen. Kommen Sie, bedienen Sie sich.« Er zeigte in Richtung Besprechungstisch, auf dem eine Schüssel mit undefinierbaren braunen Klumpen lag. Es könnte sich um für den menschlichen Verzehr geeignetes Material handeln, genauso gut könnten die Brocken aber auch aus dem Abwassersiphon eines Waschbeckens stammen. Gerhard und Jutta saßen stumm und regungslos am Tisch.

Ich setzte mich zu meinen Kollegen und ignorierte den Inhalt der Schüssel. Handelte es sich vielleicht um den Mageninhalt des Ermordeten?

Ich kam zu dem Schluss, dass dem nicht so war, weil KPD sich eines der Stücke schnappte und genussvoll in den Mund schob.

»Exzellent«, bemerkte er, nachdem er den Brocken durchgekaut hatte, »zur Perfektion fehlt nur noch ein geeigneter Wein.«

»Das wäre doch lösbar«, sagte Gerhard. »In unseren Getränkeautomaten im Keller könnte man doch neben einer Sorte Bier auch Wein mit aufnehmen.«

KPD schaute ihn mitleidig an. »Aber Herr Steinbeißer, ich bitte Sie! Ein bisschen mehr Allgemeinbildung hätte ich Ihnen schon zugetraut. Sie können doch einen guten Wein nicht neben Bier und Limonade lagern. Da müssen doch die Temperaturen und die Luftfeuchtigkeit exakt eingehalten werden. Sonst können Sie ja gleich Essig trinken. Aber Sie bringen mich auf eine Idee: Vielleicht können wir die Jugendsachbeauftragten und die Verkehrsschulbeamten in einen gemeinsamen Raum stecken, dann hätten wir ein Büro frei. Wenn ich die Anfrage ans Präsidium geschickt formuliere, könnten wir im leeren Raum einen kleinen Weinkeller installieren. Natürlich nur für repräsentative Zwecke.«

Damit hatte sich Gerhard ein klassisches Eigentor geschossen. Die Kollegen würden ihn steinigen.

KPD hatte nun doch bemerkt, dass ich mich von seiner Schüssel fernhielt. Mein nach wie vor knurrender Magen hatte ihn erinnert.

»Greifen Sie ruhig zu, Herr Palzki. Das ist edles Weihnachtsgebäck. Eine Bekannte meiner Frau kommt aus Indien. Die backen mit den raffiniertesten Zutaten.« Er zog einen Zettel aus der Tasche. »Sie hat uns die Zutaten sogar aufgeschrieben. Es ist aber wahrscheinlich alles indisch oder so, ich kann es jedenfalls nicht entziffern.«

Er legte den Zettel auf den Tisch, den sich die neugierige Jutta sofort schnappte.

Ich hatte keine Wahl, ich stand unter öffentlicher Beobachtung. Todesmutig und auch ein wenig hungrig griff ich zu. Na ja, seltsam schmeckte es schon. Irgendwie nach unbekannt. Ich setzte eine erbauliche Miene auf und mein Vorgesetzter war zufrieden. Er ging zu einem seiner Schreibtische, um etwas zu holen.

Ich bemerkte, wie sich Juttas Stirn kräuselte. Sie starrte immer noch auf den Zutatenzettel. Schließlich sah sie fragend zu mir auf.

»Kuhdung?«

Mein Magen gab schlagartig nach. Die Wahlmöglichkeiten waren begrenzt. Der Brocken und noch etwas mehr flogen in eine Vase mit künstlichen Orchideen. Ich schwor mir selbst, nie mehr Weihnachtsgebäck zu essen. Dabei wusste ich nicht einmal, ob es wirklich Orchideen waren.

KPD hatte von alldem nichts bemerkt. Er wühlte in einer seiner Schubladen herum. Meine Kollegen schauten mich mitleidig an.

KPD war immer noch nicht fündig geworden. Mitten in seiner Sucherei richtete er sich auf. »Übrigens, Herr Palzki. Mein Freund Benno hat angerufen. Aus Mannheim, Sie wissen schon. Er hat mir gesagt, dass der Leiter der Abteilung Betriebsbesichtigung das Geheimnis der Eichbaum-Brauerei gelöst hat. Heute Mittag werden sie die Gauner schnappen. Sie, Herr Palzki, hat er übrigens mit keiner Silbe erwähnt. Das dürfte wohl auch besser sein. Besser nicht auffallen, als negativ auffallen.«

Das waren Neuigkeiten.

»Der Mord ist aufgeklärt?«

KPD schaute erneut auf. »Welcher Mord?«

»Der Tote, der vom Gärtank gestürzt ist.«

»Davon hat Benno nichts gesagt. Sind Sie davon überzeugt, dass der Kerl umgebracht wurde? Benno hat nur von einem Labor gesprochen.«

»Ich muss nach Mannheim«, beschloss ich spontan und stand auf.

KPD wunderte sich. »Und was ist mit unserer Leiche? Es wäre besser, Sie kümmern sich um die Toten in unserem Zuständigkeitsgebiet, Herr Palzki. Wo kommen wir hin, wenn sich jeder um die Leichen anderer kümmert? Was ist eigentlich bei Ihrer Ermittlung rausgekommen?«

»Nichts«, antwortete ich in Richtung KPD und hoffte, möglichst glaubwürdig zu klingen. »Ich schreibe den Bericht, sobald ich zurückkomme.«

»Denken Sie an meine Statistik!«, kommentierte mein Vorgesetzter mit erhobenem Zeigefinger und sah mich scharf an. »Heute ist schon der 30. Dezember. Wenn Sie bis morgen keine Ergebnisse liefern, verbuche ich den Fall Schönhausen unter Selbstmord. Von Ihnen lasse ich mir meine Erfolgsquote nicht kaputtmachen.«

Damit war das Gespräch beendet. Jutta und Gerhard nutzten die Gelegenheit, ebenfalls das Büro zu verlassen.

»Du willst einen Bericht schreiben?«, fragte Jutta, als wir den Flur entlangliefen. »Weißt du überhaupt, wie das geht?«

Gerhard schnappte vor Lachen nach Luft, wedelte mit seinen Armen und riss dabei fast ein Gemälde von der Wand. Unser Chef hatte jüngst die Flure der Inspektion künstlerisch aufgewertet. »Um die Arbeitsfreude zu fördern«, wie er bei der öffentlichen Vernissage sagte.

»Schreiben war vielleicht etwas zu viel gesagt«, gab ich zu. »Ich werde euch alles erzählen, und du schreibst es dann auf, liebe Kollegin. Mit diesem System haben wir bisher jeden Gauner geschnappt.« Ich ging noch auf einen Sprung mit in Juttas Büro. »Könntet ihr Jürgen bitten, den ehemaligen Klinikchef Ottokar Kleinmacher durch den Computer zu jagen? Ich will alles über ihn wissen. Er scheint mir da ein paar schlechte Angewohnheiten zu haben. Außerdem führt er in seinem Keller dubiose Experimente durch.«

»Dubiose Experimente?«, wiederholte Jutta. »Was haben wir darunter zu verstehen?«

»Keine Ahnung, das hat er mir nicht verraten. Außerdem hat er einen Hund, da könnte sich eine chinesische Großfamilie einen Monat lang von ernähren.«

»Aha«, sagte Jutta, während Gerhard erneut lachte, »deswegen sind die Experimente also dubios. Wir werden sehen, was wir machen können, Reiner. War sonst noch etwas?«

»Ich glaube nicht, dass er mit dem Mord an Schönhausen in Verbindung steht. Trotzdem hat er zweifelsfrei Dreck am Stecken. Nur welchen Dreck, das weiß ich noch nicht.«

»Dann gib doch deinem Studentenfreund einen Tipp. Der findet das bestimmt heraus«, meinte Gerhard in nicht ganz ernst gemeintem Ton.

»Hab ich mir längst vorgenommen«, antwortete ich lässig. »Außerdem ist Becker nicht mein Freund. Ich fahre jetzt zu Ferdinand. Kann sein, dass er meine Hilfe braucht. Wir sehen uns morgen früh wieder, okay?«

»Und was machen wir mit Schönhausen?«, fragte Jutta.

»Selbstmord«, antwortete ich. »Hat KPD selbst vorgeschlagen. Jedenfalls, wenn wir bis morgen keine Spur haben.«

In der Tat waren unsere Ermittlungen in einer Sackgasse angelangt. Wir hatten nicht einmal einen richtigen Ansatzpunkt. Je länger wir suchten, desto mehr Nebenkriegsschauplätze taten sich auf, doch keiner schien für ein Motiv zu taugen. Schönhausen hatte mit Medikamenten gehandelt, wahrscheinlich auch mit Hopfenextrakt. Sein alkoholkranker Bruder wäre unter anderen Umständen erster Mordverdächtiger. Und dann gab es noch die Klinik Lebenswert. Auch dort ging einiges nicht mit rechten Dingen zu. Es war überall das Gleiche: Wo man näher hinschaute, entdeckte man die kleinen oder größeren Geheimnisse seiner Zeitgenossen. Wie regte man sich immer auf, wenn in der Zeitung etwas von einem korrupten Politiker stand, der mal wieder irgendwelche Spendengelder zweckentfremdete oder in die eigene Tasche transferierte. Und schon einen Tag später bescheißt man das Finanzamt mit der eigenen Steuererklärung. Solche Scheinheiligkeiten gab es schon immer, überall und in allen Dimensionen. Wehe, wenn der freie Parkplatz vor dem eigenen Haus durch den Nachbarn belegt war. Ein Nachbarschaftsstreit durch sämtliche Gerichtsinstanzen war die Regel. Doch selbst stellte man seinen Wagen, ohne nachzudenken, beim Einkaufen ins absolute Halteverbot. ›Ich wollte doch nur schnell in die Apotheke‹, lautete dann die Rechtfertigung. Tja, Gesetze waren immer nur für die anderen da. Man selbst durfte sie nach Gutdünken auslegen.

»Kann sein, dass ich morgen früh nicht da bin«, unterbrach mich Gerhard in meinen philosophischen Gedankengängen.

»Hast du Urlaub?«, meinte ich spaßeshalber.

»Vergiss es. KPD hat mich in das neue Projekt gesteckt. Rabattkarten, ihr wisst schon.«

»Sag bloß, er will diesen Schwachsinn wirklich einführen? Reicht das nicht, wenn Metzger diesen Mist macht?«

»Die beiden waren lange zusammengesessen«, sagte Gerhard. »Es würde mich nicht wundern, wenn er in der nächsten Zeit mit diesem Notarzt eine Kooperation eingeht.«

»Finde ich gut. Das hätte präventiven Charakter. Keine Sau würde mehr zu schnell oder unter Alkoholeinfluss fahren, wenn er weiß, dass Doktor Metzger einen Exklusivvertrag für die Erstversorgung nach einem Unfall hat.«

»Da wäre ich mir nicht so sicher, Reiner«, antwortete Jutta. »Metzgers Geschäfte gehen gut. Die Leute wollen Geld sparen, koste es, was es wolle.«

»So weit ist es ja noch nicht«, mischte sich Gerhard ein. »Es geht bei dem Rabattkartenprojekt erstmal um eine Testphase. KPD will Bürger mit viel Freizeit, also Rentner und so, als freiwillige und ehrenamtliche Verkehrsüberwacher einstellen. Die sollen sich dann an strategisch günstigen Punkten positionieren und alle Autofahrer fotografieren, die nicht angeschnallt sind, beim Fahren telefonieren oder ohne zu blinken aus dem Kreisel fahren.«

Ich glotzte meinen Kollegen an. »Das ist nicht dein Ernst, oder?«

»Meinst du, KPD macht Späße? Für jeden erwischten Verkehrsteilnehmer bekommt der Freiwillige zehn Prozent der Buß- oder Verwarnungsgelder. Ab einem gewissen Umsatz steigt der prozentuale Anteil. Um Missbrauch zu vermeiden, wird das Geld aber nicht direkt ausgezahlt. Die Teilnehmer bekommen Rabattcoupons, die sie bei eigenen Verkehrsverstößen einlösen können. Wenn der Versuch klappt, will KPD die Sache weiter ausbauen. Die Freiwilligen sollen dann zum Beispiel überprüfen, ob alle Autofahrer an den Zebrastreifen halten. Aus Sicherheitsgründen soll das aber nur von Rentnern gemacht werden.«

Ich schluckte. Unser Chef plante, das Verkehrsrecht zu revolutionieren. Mir konnte da freilich nichts passieren, da ich mich immer, na ja, fast immer, an die geltenden Verkehrsregeln hielt. Meistens jedenfalls.

Ich verabschiedete mich von meinen Kollegen und fuhr nach Mannheim. Vorher musste ich noch eine kleine Zeugenbefragung im Schifferstadter Imbiss Caravella durchführen. Das Ergebnis meiner Befragung lautete, dass der Imbiss genügend Pommes mit Mayo vorrätig hielt. Gewissenhaft wie ich war, bestellte ich aus Beweissicherungsgründen zwei extragroße Portionen und überprüfte diese auf geschmackliche Eigenschaften. Ich war mit dem Resultat meiner Erhebung zufrieden, mein Magen hatte das Knurren vorläufig eingestellt. Die Literflasche Cola-light hatte ich bis zur Ankunft in der Eichbaum-Brauerei getrunken, wodurch ich mit einem fürstlichen Sodbrennen belohnt wurde. Als Experte ersten Ranges bezüglich Sodbrennenarzneimittel konnte mich das keineswegs schocken.

Ich benutzte dieses Mal nicht die Lkw-Einfahrt, sondern nahm den offiziellen Besuchereingang am Verwaltungsgebäude. Die mir bisher fremde Dame am Empfangsschalter wusste nicht so recht, was sie mit mir anfangen sollte.

»Tut mir leid, ich kann Sie nicht zu Herrn Jäger lassen, er ist in einer wichtigen Besprechung.«

Mit Empfangsdamen hatte ich meine Erfahrungen. Man musste eine starke emotionale Bindung eingehen, um das Gewünschte zu bekommen, sonst würde die mit Sicherheit geschulte Dame auf stur schalten. Mit meinem imposanten psychologischen Einfühlungsvermögen hatte ich bisher auch diese schwierigen Hürden stets gemeistert. Ich hielt ihr meinen Dienstausweis unter die Nase und hoffte, dass sie das Bundesland nicht wahrnahm. Oder gleichzeitig eitel und weitsichtig war. Sie trug nämlich keine Brille.

»Polizei?«, fragte sie und die trennende Wand zwischen uns beiden stürzte ein. »Gehören Sie zu den anderen?«

»Ja, selbstverständlich. Ich habe mich etwas verspätet. Wo finde ich die anderen?«

Die Dame war zufrieden, ich war zufrieden. Hoffentlich

waren die anderen die anderen, die ich vermutete. Wenn es andere andere waren, müsste ich eben improvisieren.

Ich hatte Glück. Die Empfangsdame führte mich in ein Besprechungszimmer. Ich erkannte Ferdinand und nickte ihm zu. Wie vermutet, saß auch dieser Benno Sonst-wie in dem Raum. Er stand polternd auf, dabei fiel krachend sein Stuhl um.

»Schon wieder Sie!«, schrie er und seine Gesichtsfarbe steigerte sich ins Schweinchenrosa. »Habe ich niemals vor Ihnen Ruhe? Welches Märchen wollen Sie mir heute erzählen? Wieder irgendwelche Werbeaktionen? Ihr Freund hat uns alles gebeichtet.« Er zeigte auf Ferdinand Jäger, der stumm dasaß.

Ein zweiter Mann stand auf. Er war ein typischer Managertyp mit kurzen, gestylten Haaren, glatt rasiertem Kinn und einem Nadelstreifenanzug, der wahrscheinlich preislich in der Liga von KPDs Anzügen lag. Ich schöpfte Hoffnung, denn er lächelte.

»Sie sind also Herr Palzki«, begrüßte er mich mit festem Handschlag. »Mein Name ist Jürgens, ich bin Geschäftsführer der Eichbaum-Brauerei. Herr Jäger hat mir viel von Ihnen erzählt.«

Hoffentlich nicht zu viel, dachte ich.

Jürgens sprach weiter. »Nur durch Ihren und Herrn Jägers Einsatz ist es gelungen, diesen Hort des Ungeheuerlichen innerhalb des Unternehmens auszuheben. Niemals hätte ich vermutet, dass meine eigenen Mitarbeiter solch eine Verbrechensnatur an den Tag legen. In wenigen Minuten werden wir der Sache ein Ende bereiten und Sie, Herr Palzki, dürfen uns zur Belohnung begleiten.«

Ich sah, wie Bennos Mundwinkel Bodenkontakt suchten und auch sein ewiger Assistent hörte auf, mit dem Kopf zu wackeln.

»Prima«, sagte ich. »Wer ist denn jetzt der Mörder von Fritzl Klein?«

Der Geschäftsführer Jürgens gaffte mich an. »Welcher Mörder?« Er drehte sich zu Benno Ohnenachname. »Haben wir es gar mit Mördern zu tun?«

Fastpensionist Benno beschwichtigte sofort. »Hören Sie nicht weiter hin. Das ist eine Marotte der Pfälzer Polizisten. Bei jeder Kleinigkeit wittern sie immer gleich einen Mord.«

Der Kommissar blickte mich böse an. Am liebsten hätte er mich wohl sofort umgelegt, was durch die vielen anwesenden Zeugen nicht zielführend gewesen wäre, zumindest aber pensionsschädlich. »Klein hat Selbstmord begangen. Das habe ich so in den Akten zementiert. Ich lasse mir doch durch Sie nicht die Statistik verhageln! Und dann noch so kurz vor meiner Pension!«

Na prima. In Ludwigshafen hatten wir keinen Mordfall und in Mannheim gab's auch keinen. Warum war ich überhaupt in den letzten Tagen im Dienst gewesen?

»Gehen wir«, schlug Jürgens vor. »Sonst machen die Feierabend.«

Zusammen mit Ferdi, dem Geschäftsführer, Benno und ein paar weiteren uniformierten Beamten gingen wir in Richtung Labor, was mich nicht überraschte.

Überrascht waren allerdings die Mitarbeiter. Einem Mann mit einem grauen Afrolook und einem Gorbatschow-Leberfleck auf der Stirn sah man den Schrecken am deutlichsten an. Er drehte sich blitzschnell zu zwei weiteren Kollegen um, die versuchten, in den zweiten Laborraum zu flüchten. Die Beamten der baden-württembergischen Polizei konnten den Plan jedoch vereiteln.

»Guten Tag, Herr Bauer«, begrüßte der Geschäftsführer Jürgens den weiß bekittelten Mann. »Warum sind Sie so nervös? Das kenne ich von Ihnen ja gar nicht.«

»Das ist ja eine Überraschung, Herr Jürgens. Normalerweise melden Sie sich immer an.«

»Oh, tatsächlich. Entschuldigen Sie bitte, das habe ich in der Hektik ganz vergessen.« Für uns fügte er erklärend hinzu: »Herr Bauer ist seit über 20 Jahren unser Laborleiter.«

Ich schaute mich um. Bei Tageslicht, auch wenn es inzwischen in Richtung Dämmerung ging, sah das Labor wesentlich nüchterner aus. Mit den zahlreichen Gerätschaften konnte ich aber nach wie vor nichts anfangen.

Man merkte deutlich, dass Bauer unter ungeheurer Anspannung stand. Er versuchte es durch Lächeln zu kompensieren, was ihn noch schräger wirken ließ.

»Womit kann ich Ihnen helfen, Herr Jürgens? Wenn Sie Fragen haben, komme ich gerne zu Ihnen rüber ins Verwaltungsgebäude.«

Es war zu offensichtlich, dass er uns aus dem Labor rauslocken wollte.

»Ach wissen Sie, Herr Bauer«, meinte Jürgens. »Ich mache gerade einen Rundgang durch die Brauerei. Da dachte ich, dass wir uns auch kurz das Labor anschauen könnten. Würden Sie für uns eine kleine Führung improvisieren?«

Bauers Fingerknöchel waren weiß, so fest drückte er seine Fäuste. Bei ihm ging es um's Ganze. »Da muss ich Sie leider enttäuschen, lieber Herr Jürgens. Wir sind gerade in einer wichtigen Umstellung, die sehr zeitkritisch ist. Wenn wir das heute nicht schaffen, kann die Tagesproduktion nicht freigegeben werden. Und das ist sicherlich nicht in Ihrem Interesse.«

»Ach kommen Sie, Herr Bauer. Nur fünf Minuten.« Er zeigte auf einen besonders voll gestellten Tisch. »Fangen wir doch da drüben an. Das sieht mir interessant aus.«

Bauer atmete auf. Während wir zu dem Tisch gingen, versuchten die beiden Mitarbeiter von Bauer ein zweites Mal, in den angrenzenden Laborraum zu gelangen.

Jürgens hatte es ebenfalls bemerkt. Sofort wandte er sich von dem Tisch ab. »Gehen wir doch gleich nach hinten«, meinte er. »Dann können wir sehen, was Ihre Mitarbeiter so Wichtiges zu tun haben.«

Bauer war gebrochen. Er schlurfte zur Tür, ein Entkommen war auszuschließen. Schicksalsergeben betrat er den zweiten Raum. Stumm zeigte er auf ein paar Rollwagen, die in der Ecke standen.

Mein Freund Ferdinand Jäger wurde aktiv. »Da haben wir es ja. Das ist das Corpus Delicti.«

Bauer und seine Mitarbeiter standen in einer Gruppe zusammen. Vielleicht überlegten sie im Moment, unabhängig voneinander, aus dem Fenster zu springen.

Jürgens und Kommissar Benno starrten auf die Apparate. Ferdi erklärte: »Diese Herren haben hier die idealen Voraussetzungen für eine Schwarzbrennerei geschaffen. Damit haben Sie Whisky hergestellt.« Er zeigte auf die Rollwagen.

Benno sah ihn an. »Ich habe das immer noch nicht kapiert. Warum ausgerechnet in einer Brauerei? Das ist doch, vom Alkohol abgesehen, was völlig Unterschiedliches.«

»Nur auf den ersten Blick«, konterte mein Freund. »Whisky wird aus Wasser, gemälzter Gerste und Hefe hergestellt. Kommt Ihnen das bekannt vor? Es sind die gleichen Zutaten wie beim Bier, wenn man den Hopfen mal außen vor lässt.«

In Bennos Kopf klickte es. »Okay. Aber warum gerade an solch einem halböffentlichen Ort? Das macht man doch besser daheim im stillen Kämmerlein.«

Ferdinand war in seinem Element. »Guten Whisky herzustellen ist sehr schwierig. Das Wasser muss eine hervorragende Qualität haben, so wie hier in der Brauerei. Und nur die besten 20 Prozent einer Gerstenernte eignen sich für einen Whiskey. Sie sehen, auch hier ist unsere Brauerei mit den qualitätsgesicherten Einkaufsrichtlinien klar im Vorteil. Von der Hefe ganz zu schweigen. Es gibt etwa tausend Hefearten. Nur die wenigsten eignen sich zur Whiskyherstellung. Am häufigsten wird eine Kreuzung zwischen Brauhefe und Zuchthefe genommen.«

Auch ich zählte zu den Überraschten. Eine Schwarzbrennerei hätte ich nicht erwartet. Meine Vermutung ging bisher eher in die Richtung, dass Laborleiter Bauer und seine Mitarbeiter mit dem Professor aus Kleinkarlbach gemeinsam verrückte Experimente durchführten. Ich wusste, dass es bis auf diesen verdammten Hopfenextrakt in Schönhausens Wohnung keine direkte Verbindung zur Brauerei gab. Und dennoch war ich mir inzwischen sicher, dass es eine Verbindung geben musste.

Ich versuchte einen Bluff und wandte mich an Bauer. »Was haben Sie mit dem vielen Hopfenextrakt gemacht, den Sie abgezweigt haben?«

Alle Anwesenden schauten ungläubig.

Jürgens hakte nach. »Haben Sie auch mit Hopfen gehandelt?«, fragte er seinen Laborleiter.

Bauer schüttelte den Kopf. »Nein, das haben wir nicht. Wir haben nur ab und zu kleinere Mengen davon abgezweigt, um Schnaps zu brennen, für die Geschmacksbereicherung. Aber nur für den Eigenbedarf, das müssen Sie uns glauben. Verkauft haben wir den Schnaps nicht.«

»Ich glaube Ihnen alles«, konterte ich sarkastisch. »Sie sind bestimmt nur zufällig in die Sache hineingestolpert.«

»Herr Bauer hat recht«, unterbrach Ferdi. »Auch mein Verdacht ging anfangs in Richtung Hopfen. Ich habe das inzwischen überprüft, ich kenne da eine nette Kollegin in der Einkaufsabteilung. In den letzten Jahren wurde der komplette Hopfenextrakt registriert und stimmt mit dem Verbrauch und dem Lagerbestand überein. Es gibt keinen Hinweis auf Fehlmengen. Kleinste Mengen natürlich ausgenommen.«

»Und wenn der Braumeister einfach weniger von dem Zeug nimmt und mehr in die Listen einträgt, als er verbraucht hat?«

»Was soll ich gemacht haben?« Von uns unbemerkt war Michael Panscher ins Labor gekommen, er sah irgendwie gehetzt aus.

»Jemand hat mir gesagt, dass Polizei im Hause ist.« Er nickte Herrn Jürgens zur Begrüßung zu. »Habe ich richtig gehört? Ich soll Hopfen beiseite geschafft haben?«

»Nein, nein«, wiegelte Ferdinand ab. »Das war nur ein dummer Gedanke von Herrn Palzki. Deine Listen sind in Ordnung, ich habe sie kontrolliert.«

»Du hast was?« Panscher reagierte wütend. »Wieso hast du mich kontrolliert? Dafür haben wir eigenes Personal! Selbstverständlich habe ich nur den Hopfen aufgeschrieben, den ich zum Brauen benötigt habe.«

Der Braumeister war außer sich. Um sich abzureagieren, schaute er sich im Labor um. »Was ist das?«, rief er plötzlich. »Das gibt's doch gar nicht!«

Herr Jürgens mischte sich ein. »Sie haben etwas entdeckt, Herr Panscher?«

»Aber ja doch. Schauen Sie mal auf diese Tische. Das ist eine Geheimbrennerei. Wer ist dafür verantwortlich?«

Bauer, der zwischen zwei Beamten stand, blickte stumm zu Boden. In den letzten Minuten schien er weiter geschrumpft zu sein.

»Wie nannten Sie das?«, fragte Kommissar Benno. »Geheimbrennerei?«

Panscher war so schnell nicht zu beruhigen. »So nennt

man eine Schwarzbrennerei mit nicht angemeldeten Geräten und Anlagen. Ich gehe davon aus, dass diese Anlage nicht genehmigt ist und ohne steuerliche Erfassung betrieben wird, oder?«

»Sie hatten keine Ahnung, dass die Kollegen im Labor Whisky herstellten?«, fragte Jürgens.

»Aber nein doch! Das ist das Erste, was ich davon mitbekomme.« Er überlegte einen Moment. »Whisky? Der muss doch mindestens 10 bis 15 Jahre lagern, bevor man ihn trinken kann.«

Der Laborleiter unternahm einen letzten Rettungsversuch. »Genau, Herr Panscher hat recht. Das auf den Tischen ist nur ein kleiner Versuchsaufbau für den Lehrling. Die nehmen das gerade in der Berufsschule durch. Wo sollten wir auch über Jahre hinweg den Whisky lagern? Und außerdem ist das ja verboten.«

Der Geschäftsführer und wir glaubten Bauer nicht. Wir brauchten also Beweise.

»Herr Bauer«, fiel ihm Ferdinand ins Wort. »Ich mache seit vielen Jahren Betriebsführungen und kenne jeden Winkel im Unternehmen. Allerdings muss ich zugeben, dass Sie Ihr Versteck sehr gut getarnt haben. Ich habe die Eichenfässer heute Morgen gefunden. Ich schätze den Marktwert des gefundenen Whiskys auf einige 100.000 Euro.«

Bauer schwieg.

Jürgens staunte. »So viel?«

Ferdinand Jäger nickte. »Im Schnitt wurde alle acht bis zwölf Wochen ein neues Fass gefüllt. Und das seit mindestens 20 Jahren. So alt sind die ältesten Fässer im Keller.«

»Das muss ich sehen«, sagte der Kripochef, und sein Assistent begann wieder mit dem Kopf zu wackeln. Er drehte sich zu den anderen Beamten. »Sie bringen Herrn

Bauer und seine Mitarbeiter auf die Dienststelle zum Verhör. Ich komme später nach.«

Zu Herrn Jürgens sagte er: »Ich muss das Labor leider vorläufig beschlagnahmen. Ich denke, dass wir es morgen früh wieder freigeben können.«

Der Geschäftsführer nickte.

Ich hatte noch etwas zum Nachlegen. »Herr Bauer, warum haben Sie Herrn Klein von den Gärtanks gestoßen?«

Bauer schrak auf. »Das war ich nicht. Das war niemand von uns«, schrie er. »Mit Fritzl hatten wir nichts zu tun.«

Der Mannheimer Kommissar unterbrach ihn. »Natürlich haben Sie damit nichts zu tun, es war schließlich ein Freitod. Punkt, aus, fertig.« Er wies die Beamten an, den Laborleiter und seine Mitarbeiter endgültig abzuführen. Dann blickte er mich zornig an, ohne jedoch die Sache zu kommentieren.

Zusammen mit ihm, Jürgens, dem Braumeister Panscher und Ferdinand machte ich mich auf den Weg zum Whiskylager.

Als wir gerade das Gebäude verlassen hatten, kam Dietmar Becker auf uns zu. Ich wischte mir die Augen, weil ich eine Fata Morgana vermutete. Doch an der Reaktion der anderen erkannte ich, dass er wirklich hier war. Neben ihm stand die Dame vom Empfang und himmelte ihn an. Mit solchen schmutzigen Tricks arbeitete also der Student, um sich an den Eingangskontrollen vorbeizuschleichen.

Becker wollte gerade etwas zur Begrüßung sagen, doch die frisch verliebte Dame kam ihm zuvor. »Herr Jürgens, das ist Herr Dietmar Becker. Er muss dringend zu Herrn Kriminalhauptkommissar Reiner Palzki. Herr Becker hat herausgefunden, wer für die Verbrechen verantwortlich ist.« Sie schien zu überlegen, ob sie Beckers Hand greifen sollte.

Kommissar Benno schien zu explodieren. »Wollen Sie das Föderalismusprinzip jetzt vollkommen untergraben, Palzki? Machen Sie Ihre Arbeit in der Pfalz und lassen Sie uns unsere Arbeit machen, verstanden?«

Becker kannte außer mir keinen der Anwesenden. Daher sagte er zu dem nichtuniformierten Benno: »Was wollen Sie überhaupt von mir? Ich will zu Herrn Palzki und nicht zu Ihnen!«

Seine neue Herzensdame schmiegte sich immer näher an ihn ran. Widerlich, fand ich.

Jürgens versuchte zu vermitteln und wandte sich daher an mich: »Kennen Sie diesen Mann, Herr Palzki?«

Ich nickte. »Ja, Herr Becker ist Journalist. Ich habe aber keine Ahnung, warum er hier ist.«

Becker unterbrach mich auf seine altbekannte naive Art und Weise. »Das kann ich Ihnen sagen, Herr Palzki. Auf der Dienststelle habe ich Sie nicht erreicht. Da war nur so ein komischer Praktikant. Der hat gesagt, dass für heute Feierabend sei und er keinen mehr reinlasse. Ich konnte ihn gerade noch nach Ihnen fragen. Er sagte mir, dass er zufällig mitbekommen habe, dass Sie zur Eichbaum-Brauerei gefahren sind. Und daher bin ich halt hierher gefahren. Fräulein Fischer war so nett, mir den Weg zu zeigen.«

Er lächelte sie an, sie schmolz weiter. Gleich würde sie vor ihm in die Knie gehen.

Ich musste unbedingt klären, wo der Praktikant diese Information herhatte. Ob KPD dafür verantwortlich war? Egal, ich musste mich zuerst um das Problem Becker kümmern. Vielleicht hatte er ja wirklich etwas Entscheidendes entdeckt.

»Was gibt's denn?«, fragte ich und ignorierte das Gemotze von Benno.

Becker schaute sich um. »Ich war in der Klinik. Was ich herausgefunden habe, dürfte ziemlich wichtig sein. Das kann ich Ihnen aber nur unter vier Augen sagen.«

»Dann müssen Sie noch ein bisschen warten. Wir sind gerade dabei, einen wichtigen Ort aufzusuchen.«

»Sie gehen alle zusammen aufs Klo?«

»Herr Becker, bis auf Ihr Fräulein Fischer sind wir alles Männer. Sie verwechseln da was.«

»Okay, dann komme ich mit und erzähle es Ihnen danach.«

Jürgens hatte parallel dazu Frau Fischer ins Gebet genommen und sie zurück an den Empfang geschickt. Becker hauchte ihr zum Abschied ein zartes »Bis nachher« zu.

Ich hoffte, dass Benno jetzt keinen Herzinfarkt bekam. Die Voraussetzungen dafür waren allerdings ideal. Er tobte innerlich und konnte sich nur mühsam beherrschen. Trotzig folgte er uns in die tiefen Katakomben der Brauerei.

Ferdinand lief zielsicher die Gänge entlang, nahm mal hier eine Treppe und mal da. Mein Orientierungssinn war bereits nach einer Minute unbrauchbar geworden. Nur oben und unten konnte ich noch unterscheiden.

Nach einer Weile kamen wir in einen dunklen Raum, der über kein elektrisches Licht verfügte. Ferdinand zog seine große Stabtaschenlampe aus der Jacke und leuchtete in eine Ecke. Dort standen zwei uralte Metalltanks.

»Kein Mensch weiß, wie alt die sind und für was sie mal gebraucht wurden«, sagte unser Führer. »Ich wusste zwar, dass sie da waren, doch näher habe ich mich nie dafür interessiert. Kommen Sie mit.« Er ging seitlich um die Tanks herum. Zwischen Rückwand und Tank war ein knapper Meter Platz. Direkt hinter dem rechten Tank befand sich in der Wand eine Tür. Er öffnete sie und ging hinein. »Dieser Raum ist auf keinem Katasterplan eingezeichnet.

Wahrscheinlich geriet er irgendwann mal in Vergessenheit.«

Der aus Backsteinen gemauerte Raum maß sicherlich 40 Quadratmeter. Überall lagen schmutzige Fässer herum, sicherlich einige Dutzend. Eine Putzkolonne hätte über Wochen hinweg Arbeit. In einer Ecke stand ein Tisch, auf dem mehrere Ordner und lose Papiere herumlagen.

»Wahnsinn«, meinte Braumeister Panscher. »Ein Whiskylager im Keller unserer Brauerei. Dass ich das noch erleben darf.« Er ging zu einem der Fässer, die mit Kreide beschriftet waren. »Das sieht alles äußerst professionell aus. Die Fässer sind gebraucht und aus europäischer Eiche hergestellt, besser kann man es fast nicht machen.«

Ferdi nickte bestätigend. »Ich habe mir das bereits näher angeschaut. Alles ist genau registriert. Nach den Aufzeichnungen da drüben«, er zeigte auf den Tisch, »läuft das Geschäft seit 22 Jahren. Die ersten 15 Jahre waren reine Investitionsjahre, wenn man von dem Schnapsbrennen absieht, seit sieben Jahren wird regelmäßig alle Vierteljahre ein fertig gereifter Whisky abgefüllt. Aus den Unterlagen geht allerdings nicht hervor, wie dieser aus dem Unternehmen geschafft und vertrieben worden ist. Das sind ja ziemliche Mengen.«

»Die Abnehmer werden wir schon ausfindig machen«, sagte Benno in überzeugtem Brustton, während sein Assistent wie immer rhythmisch nickte. »Diese Fässer sind hiermit beschlagnahmt.«

Mir kam eine Idee. »Herr Panscher, kann es sein, dass Ihr Gehilfe Fritz Klein das Lager entdeckt und den Laborleiter damit erpresst hat?«

Kommissar Benno holte gerade Luft, um erneut zu explodieren. Der Braumeister ignorierte ihn.

»Das ist mir auch gerade durch den Kopf gegangen, Herr Palzki. Damit könnte man den Tod von Fritzl klären. Es gibt nur ein Problem, Fritzl hatte in diesen Kellern nichts zu suchen. Und ob Bauer ein Mörder ist, das müssen Sie selbst herausfinden.«

»Aber es war doch ein Selbstmord«, rief Benno verzweifelt.

Auch ich ignorierte den eigentlich zuständigen Kripochef. »Vielleicht hat er die Leute vom Labor überrascht, als diese ein neues Fass in den Keller gebracht haben.«

Panscher überlegte einen Moment. »Ja, so könnte es gewesen sein. Mir läuft ein kalter Schauder den Rücken hinunter, wenn ich dran denke, dass unser Laborleiter ein Mörder ist und den Fritzl von den Gärtanks gestoßen hat.«

»Langsam«, entgegnete ich. »Das ist bis jetzt nur eine Mutmaßung. Jedenfalls sollten wir den Herrn Bauer gründlich unter die Lupe nehmen.«

»Wir?«, schrie der verhinderte Kripochef. »Was bilden Sie sich eigentlich ein, Palzki? Ich werde mich bei Ihrem Vorgesetzten beschweren. Das, was Sie machen, ist ja die reinste Amtsanmaßung.«

»Tun Sie, was Sie nicht lassen können. Die Vertuschung eines Kapitalverbrechens so kurz vor Ihrer Pensionierung kommt bestimmt auch nicht gut in der Presse an. Wie viele Tage haben Sie eigentlich noch zu arbeiten?«

Es war mir augenscheinlich gelungen, ihn etwas zu beruhigen.

»Vertuschung?«, fragte er und es klang sehr leise. »Wer will hier vertuschen? Ich habe den Selbstmord bisher nur als Hypothese angenommen. Selbstverständlich ermitteln wir mit Hochdruck in alle Richtungen, um den Fall zu lösen. Das hat mit meiner Pensionierung nicht das Geringste zu tun.«

»Aber ich bitte Sie, meine Herren!« Jürgens griff beschwichtigend ein. »Wichtig ist doch, dass wir diesen verbrecherischen Sumpf trockengelegt haben. Ob unser Laborleiter Bauer auch als Mörder infrage kommt, werden bestimmt die weiteren Ermittlungen ergeben.«

12 FAST TÖDLICHES BIER

Der Kripochef schien etwas besänftigt, dennoch vermied er direkten Blickkontakt mit mir. Das war mir nur recht. So eine angenehme Erscheinung war er nun auch wieder nicht.

Braumeister Panscher ließ sich von Ferdinand Jäger Einzelheiten erklären. Beide durchstöberten die Listen und verglichen die Inventarnummern mit den Kreidezeichnungen auf den Fässern.

»Das Lager wurde sehr professionell geführt«, attestierte Panscher nach einer Weile. »Ich hätte fast Lust, spontan ein Fass aufzumachen.«

»Das lassen Sie mal lieber meine Mitarbeiter machen«, sagte Benno, um überhaupt mal wieder etwas zu sagen. »Wahrscheinlich muss das alles vernichtet werden.«

»Vielleicht kann man das Zeug nachversteuern und nach Schottland exportieren?«, meinte Ferdi grübelnd. »Obwohl, dann kommt der Whisky ein halbes Jahr später als original schottisches Produkt wieder nach Deutschland zurück.«

»Wir werden sehen«, Geschäftsführer Jürgens sprach ein Macht- und Schlusswort. »Das ist schließlich alles mit brauereieigenen Zutaten hergestellt worden.«

Wir verließen den Raum und Ferdi schloss die Tür. Gemeinsam gingen wir nach oben. Dabei bemerkte ich, wie sich Dietmar Becker ausgiebig mit meinem Freund Ferdi unterhielt und dabei laufend auf die Taschenlampe in Ferdis Hand starrte.

Im Hof angekommen verabschiedeten sich Jürgens, Benno nebst Assistent und Panscher von uns. Ich würde von ihm hören, sagte mir der Kripochef zum Abschluss und es klang ziemlich drohend.

Unschlüssig stand ich mit Becker und Ferdinand im Hof.

»Ach du großer Mist«, entfuhr es Ferdi mit einem Blick auf seine Uhr. »Ich habe ja eine Besuchergruppe drüben im Bräukeller. Reiner, du findest alleine raus, oder? Ich melde mich heute Abend telefonisch bei dir.«

In Sekundenschnelle war er durch eine Tür verschwunden. Dietmar Becker starrte auf die Taschenlampe in seiner Hand.

»Herr Jä–«, er bemerkte, dass ihn Ferdi nicht mehr hören konnte. »Was mache ich jetzt mit der Taschenlampe von Herrn Jäger?«, fragte mich der Student.

»Warum haben Sie diese überhaupt?«, fragte ich. »Ist sie etwas Besonderes? Sieht aus wie eine stinknormale Taschenlampe.«

»Das ist mir klar, dass Sie das nicht wissen«, antwortete Becker. »Das ist das neueste Modell von Giarhani. Mit Halogen Extra 4T-Funktion und Serve-Construction mit feedbackgesteuerter Flight-See-Unit. Eine der teuersten und besten Lampen, die man als Normalsterblicher kaufen kann. Ich hatte mir mal von einem Freund das Vorgängermodell geliehen. Wahnsinn, kann ich Ihnen nur sagen, ein absolutes Must-have.«

Wahnsinn, genau dieses Wort ist mir bei der Beschreibung auch eingefallen. »Kann man damit auch TV schauen?«

In seiner Euphorie wollte Becker gerade ernsthaft antworten, doch er bemerkte rechtzeitig meinen Spott. »Das nicht, aber man kann sie hervorragend zum Schädelspalten verwenden.«

»Na, na, machen Sie mal halblang, Herr Becker. Die Lampe wird wohl auch friedliche Einsatzgebiete haben.«

Becker schaltete das Gerät ein und leuchtete über den Hof auf ein Gebäude. Der Lichtfleck war in seiner Größe zwar beeindruckend, das war es aber auch schon.

»Sehen Sie die gleichmäßige Ausleuchtung?«, fragte der Student stolz.

»Macht hell«, antwortete ich unbeeindruckt.

»Was mach ich überhaupt«, sagte Becker beleidigt und schaltete das teure Stück aus. »Wir geben es am Empfang bei Fräulein Fischer ab. Sie wartet sowieso noch auf meine Telefonnummer.«

Ich nickte und ging voraus. Ich weiß nicht, ob es daran lag, dass sich mein Inneres dagegen wehrte, Becker und der Empfangsdame beim Süßholzraspeln zuhören zu müssen, oder ob es einfach Schicksal war: Wir verliefen uns. Doch so leicht ließ ich mich nicht aus der Routine bringen. Ich begann ein Gespräch.

»Herr Becker, ich wollte Sie eigentlich auch unter vier Augen sprechen. Ich hätte da eine Kleinigkeit für Sie.« Ich suchte nach wohlfeilen Worten, um ihn auf den seltsamen Professor in Kleinkarlbach anzusetzen, doch er kam mir zuvor.

»Hören Sie erstmal zu, was ich Ihnen zu berichten habe.«

So nervös wie er herumzappelte, dürfte es wohl das Beste sein.

»Schießen Sie los!«, forderte ich ihn auf.

Ohne mich misszuverstehen, begann er. »Wie Sie wissen, haben wir im Gewölbekeller die Visitenkarte von Doktor Kleinmacher gefunden.«

»Sie meinen wohl den Professor Doktor Kleinmacher.«

Irritiert schaute mich Becker an. »Ja, genau den. Es gibt eine offizielle Erklärung, die besagt, dass Kleinmacher freiwillig seinen Job an den Nagel gehängt hat. Tatsache ist, dass er vor knapp vier Monaten rausgeschmissen wurde.«

»Wie bitte?« Diese Information war für mich in der Tat neu. Warum hatte mein Kollege Jürgen das bisher nicht recherchiert?

»Sie haben richtig gehört, Herr Palzki. Der ehemalige Chefarzt hat innerhalb der Klinik an nicht genehmigten Forschungen gearbeitet. Ich konnte bisher nicht herausfinden, um welche Forschungen es ging. Es liegt aber nahe, dass diese gegen die Grundprinzipien der Klinik verstießen. Jedenfalls gab es einen riesigen Skandal. Die Klinikleitung hat aber erfolgreich dafür gesorgt, dass keine Informationen an die Öffentlichkeit gelangen konnten. Ich vermute, dass Kleinmacher eine saftige Abfindung bei vereinbartem Stillschweigen bekam.«

Ich nahm einen erneuten Anlauf, von meinem Ausflug nach Kleinkarlbach zu berichten. Wieder war ich erfolglos.

Becker blieb stehen und schaute mich an. »Sind Sie sicher, dass wir auf dem richtigen Weg sind? Hier bin ich noch nie gewesen.«

Ich auch nicht. »Das passt schon, Herr Becker, das ist eine Abkürzung.« Ich hatte keine Ahnung, durch welchen Teil des Betriebsgeländes wir gerade liefen.

Becker war zunächst wieder beruhigt. »Das ist lange nicht alles, Herr Palzki. Es gibt Hinweise, dass sich Professor Kleinmacher und Doktor Schönhausen kannten. Und zwar nicht nur oberflächlich als Ärzte in der Klinik, sondern auch privat.«

Medikamente, das war das Erste, was mir in den Sinn kam. Schönhausen hatte auch Kleinmacher beliefert, das könnte das fehlende Puzzelsteinchen sein. »Was haben Sie alles herausgefunden?«

»So weit bin ich noch nicht«, sagte er. »Ich bleibe aber am Ball. Ich strecke im Moment überall meine Fühler aus.

Übrigens, mit der Nachbarin von Schönhausen ist auch was faul.«

Ich blieb stehen. »Woher wissen Sie von der?«

Becker lächelte vielsagend. »Herr Diefenbach ist der Presse gegenüber in letzter Zeit sehr aufgeschlossen.«

Zu sehr aufgeschlossen, wusste ich. »Was hat Ihnen Herr Diefenbach so alles zugeflüstert? Ich glaube mich zu erinnern, dass wir eine Nachrichtensperre haben.«

»Die gilt nicht für mich. Herrn Diefenbach habe ich dafür versprochen, erst nach der Verhaftung des Täters zu veröffentlichen.«

»Festnahme, Herr Becker. Das müssten Sie doch langsam wissen. Ich gebe mich geschlagen. Was stimmt nicht mit Frau Eleonores?«

»Sie hat keinen Neffen.«

»Hä?«

»Sie haben sich auch schon gewählter ausgedrückt, Herr Palzki. Frau Eleonores hat zu Protokoll gegeben, dass ihr Neffe nach der Adresse von Schönhausens Bruder recherchiert hat.«

»Vielleicht hat sie einen anderen Verwandten gemeint und es wurde im Protokoll falsch festgehalten?«

»Sie hat überhaupt keine anderen Verwandten mehr. Zwei Brüder, die bei ihr wohnten, haben sich bereits vor Jahren das Leben genommen. Meine Recherchen ergaben, dass trotzdem jemand mit ihr in dem Haus wohnt. Es war aber unmöglich festzustellen, wer das ist. Selbst der Vermieter hat keine Ahnung.«

Ich hätte mir bestimmt auch das Leben genommen, wenn ich so eine Schwester hätte und bei ihr wohnen müsste.

»Wenn es für Sie so wichtig ist, Herr Becker. Mit einem Anruf auf der Dienststelle kann ich feststellen, wer bei der Dame wohnt.«

»Eben nicht«, konterte der Student. »Sie wollen in der Datenbank des Einwohnermeldeamtes nachschauen. Auf die Idee bin ich schon lange gekommen. Ein Freund von mir arbeitet in der Ludwigshafener Stadtverwaltung. Der hat für mich mal in den Computer geschaut. Ist zwar nicht so ganz legal, aber immerhin geht es um einen Mord.«

Es war für mich immer verwunderlich, wo Dietmar Becker überall Freunde hatte. »Geht Ihr Freund in die Kantine der Stadtverwaltung essen?«

Becker glotzte ziemlich doof aus der Wäsche. »Wie meinen Sie?«

»Ach nichts, war nur ein Gedankensprung. Vielleicht versteckt Eleonores ihren Liebhaber vor den Blicken der Nachbarn. Da soll es ja ein paar Leute geben, die alles genau protokollieren.«

»Herr Palzki?« Becker schaute sich um. »Sind Sie sicher, dass wir uns nicht verlaufen haben? Ich könnte schwören, dass wir in dieser Halle vorhin schon einmal waren.«

»Das täuscht«, antwortete ich. »Bei meinem ersten Besuch ging es mir genauso. Hier sieht es fast überall gleich aus. Wir müssen nur noch durch –«, ich öffnete die Tür zur nächsten Halle und warf einen flüchtigen Blick hinein, »das Getränkelager gehen, dann sind wir am Ausgang.«

Es war erstaunlich, wie viele Bierkästen hier lagerten. Auf jeder Europalette befanden sich fünf Reihen Bier. Da jeweils vier Europlatten übereinandergestapelt waren, kam ich mir vor wie ein Zwerg. Links und rechts türmten sich sechs Meter hohe Bierkästenberge, dazwischen war gerade so viel Platz, um mit einem Gabelstapler rangieren zu können. Auch Becker war von diesem Anblick fasziniert.

»Da könnte ich mit ein paar Freunden mal übernachten«, meinte er lächelnd.

Ich wollte gerade einen dummen Spruch loslassen, als ich seitlich von mir einen fortstrebenden Schatten registrierte. Auch Becker hatte die Bewegung wahrgenommen, doch so sehr wir uns auch umschauten, wir waren alleine. Hatte die Brauerei ein paar Katzen, die die Hallen mäusefrei hielten? Ein Wachhund war eher unwahrscheinlich, der hätte uns längst gestellt. Mir kam Mimose in den Sinn und ich beschleunigte meinen Schritt. In diesem Moment passierte es. Direkt vor uns kippte in Zeitlupe und zunächst absolut geräuschlos ein Riesenstapel Bierkästen um. Nur weil Becker zufällig nach oben schaute, hatte er dieses todbringende Malheur so rechtzeitig erkannt, um mich am Arm zur Seite zu reißen. Wir stolperten übereinander und zeitgleich zerschellten Hunderte Bierkästen direkt vor unseren Füßen. Das Hartplastik knallte, Flaschen zersprangen mit lautem Getöse und das Bier spritzte in alle Richtungen. Ängstlich blickte ich mich um und sah, dass die anderen Palettenberge nicht umzustürzen drohten. Becker war wie erstarrt. Blut lief ihm die Schläfe herunter. Das Bier spritzte uns nach wie vor um die Ohren.

»Sie bluten ja«, meinte der geschockte Student zu mir.

»Ich?«, fragte ich. »Wo denn?«

Er zeigte mir stumm auf den Hinterkopf. Mit meiner biernassen Hand tupfte ich auf die besagte Stelle und stellte eine klebrige Masse fest: mein Blut. Nun fing es auch an, wehzutun.

Becker hatte seine Wunde inzwischen alleine bemerkt. Da wir anscheinend nicht allzu schwer verwundet waren, standen wir, uns gegenseitig stützend, auf. Der Weg vor uns war versperrt. Auch hinter uns war alles mit Glasscherben übersät. Ein ziemlich mächtiger Biertümpel, der sich ständig vergrößerte, hatte sich knöcheltief gebildet. Unsere

Kleidung und auch der Rest von uns waren intensiv biergetränkt. Allein meine Hose dürfte es auf über drei Promille bringen.

Langsam legte sich der Schock.

»Unfall?«, fragte Becker ungewohnt eintönig.

»Auf keinen Fall«, antwortete ich. »Schauen Sie da drüben, alle Paletten sind zusätzlich durch Spannbänder gesichert. Jetzt schauen Sie sich diesen Scherbenhaufen an. Sehen Sie irgendwo Spannbänder?«

Der Student schüttelte den Kopf. »Sie meinen, das hat jemand mit Absicht gemacht?«

Ich zog vorsichtig eine große Scherbe aus meiner Jackentasche. »Nicht nur das. Ich glaube, unser Freund steckt noch in der Nähe.«

Becker verstand und zückte sein Handy. Wie zum Beweis meiner Vermutung sprang ein Unbekannter aus einem Nebengang hinter der Bierkastenscherbenmauer hervor und rannte davon.

»Los, hinterher«, kommandierte ich, was in der Umsetzung nicht ganz so trivial war. Es war alles andere als einfach, in dem Trümmerhaufen einen Weg freizuschaufeln, ohne uns weitere Verletzungen zuzufügen. Die paar Liter Bier, die sich zusätzlich über uns ergossen, machten die Suppe nicht fett. Wir rochen wie die Haßlocher Lebertester, deren Lebensinhalt ausschließlich darin bestand, Bier zu konsumieren.

Beckers sportliche Ader war sehr hilfreich. Beidhändig griff er Bierkästen und warf sie in hohem Bogen zur Seite. Langsam bildete sich dadurch eine Schneise durch die Trümmer. Als wir endlich das Gröbste hinter uns hatten, war unser Gegner verschwunden. Zwei Ausgänge gab es aus der Halle, eine Entscheidung musste sofort fallen.

»Rechts«, schrie der Student. »Rechts ist immer gut.«

»Dann gehen wir nach links«, beschied ich und lief zu besagtem Ausgang.

Der Ausgang war nur eine Zwischentür. In der nächsten Halle befand sich die Abfüllanlage, die außer Betrieb war. Erst jetzt bemerkte ich, dass es heute in der Brauerei menschenleer war. Vielleicht hatte man die Produktion am Vortag von Silvester gedrosselt, weil zu viele Arbeiter in Urlaub oder krank waren? Die Halle, die fast fußballfeldgroße Abmessungen hatte, wirkte durch die vielen stillstehenden Förderbänder unheimlich. Es war schwer, die Lage auf einen oder wenige Blicke zu erfassen. Zu viele Geräte, Maschinen und undefinierbares Zeug standen in der Halle. Wenn unsere Zielperson sich hier versteckt haben sollte, konnten wir lange suchen.

»Da!«, schrie Becker und zeigte diagonal auf das andere Ende der Halle. Tatsächlich, irgendjemand hatte dort in dieser Sekunde die Halle verlassen. Wir waren auf dem richtigen Weg. Als zusätzliche Schwierigkeit mussten wir uns durch den Irrgarten der Förderbänder hindurcharbeiten. Einen direkten Weg schien es nicht zu geben. Dietmar Becker, der unwesentlich Sportlichere von uns, sprang über die niedrigeren Förderbänder hinweg, während ich im Entengang mit knackenden Gelenken darunter durchkroch. Dafür schien dem Studenten die Weitsicht zu fehlen. Klar, das lernt man erst durch jahrelange Erfahrung. So landete er mitten in der Halle in einer Art Sackgasse aus übermannshohen Trennwänden aus Stahl. Meine Wenigkeit hatte das kommen sehen. Mittels eines kleinen Umwegs über die Fassbierabfüllung konnte ich zum Studenten aufschließen, der durch den nötigen Umweg unnötige Zeit verloren hatte.

So langsam geriet ich außer Atem. Der Schweiß lief mir aus allen Poren und vermischte sich mit meinem Blut und dem vielen Bier, mit dem ich durchtränkt war. Ich konnte nicht einmal sagen, ob es sich um Pils handelte. Kurz vor dem Erreichen des Hallenendes konnte ich eine unfreiwillige Auszeit nehmen: Ich rutschte aus und unter einen parkenden Gabelstapler. Ohne Frage, das tat höllisch weh. Doch was wollte ich machen? Becker verschwand im gleichen Moment durch die Hallentür. Ich konnte ihn in dem Moment der höchsten Gefahr doch nicht alleine lassen. Ich biss meine Zähne zusammen und dabei versehentlich auch gleich noch auf meine Zunge. Wenigstens ließ dadurch der Knöchelschmerz etwas nach. Ich humpelte zur Tür hinaus und kam in einen langen Flur. An dessen Ende rannte der Student gerade wieder hinaus.

Mit brennender Zunge durchhumpelte ich den Flur und rannte im nächsten Raum beinahe den Studenten um, der sehr erschrak, da ich von hinten kam.

»Sie sind ja schon da!«, keuchte er.

Ich nickte, um meine Atemlosigkeit nicht öffentlich vor ihm demonstrieren zu müssen. Wir standen im Eingangsbereich der Betriebskantine. Sie war deutlich größer als der Bräukeller, dafür weniger atmosphärisch und stilvoll eingerichtet. Eher praktisch und funktional.

Ich schaute Becker an und zuckte meinen Kopf kurz mit fragendem Blick nach oben. Dies war in der Kurpfalz die anerkannte Geste für »Und, wo ist er hin?«

Er verstand sie. »Die Eingangstür ist abgeschlossen. Entweder hat er einen Schlüssel oder er hat sich hier irgendwo versteckt.«

Das war gut kombiniert, fand ich. An die Schlüsseltheorie glaubte ich nicht. Niemand, der sich auf der Flucht befand, würde sich mit so etwas aufhalten. Was wiederum bedeutete, dass sich unser Täter in unmittelbarer Nähe befand. Ich musste überlegen, was wir jetzt am besten tun sollten.

Zurückgehen und aufgeben? Niemals! Hilfe rufen? Wie denn, war ja keiner da. Nein, wir mussten ihn stellen. Mit an Sicherheit grenzender Wahrscheinlichkeit war er nicht bewaffnet, sonst hätte er vorhin einen Warnschuss abgegeben, wenn nicht sogar mehr.

»Küche?« So langsam klappte es wieder mit dem regelmäßigen Atmen, für längere Satzbildungen aber dennoch nicht genug.

Becker verstand und rannte in Richtung Theke. Er sah wirklich verboten aus. Versifft von oben bis unten, seine Hose hing teilweise in Fetzen und die Platzwunde, die mittlerweile nicht mehr blutete, sah ekelhaft aus. Ob ich in seinen Augen genauso aussah? Nähere Gedanken konnte ich mir keine machen. Ich sah, wie der Student wie ein Hürdenläufer auf die Theke sprang, um danach mit einem weiteren Satz in der angrenzenden Küche zu landen.

»Hier ist niemand«, hörte ich Sekunden später seine Stimme. Etwas langsamer kam er wieder zurück.

»Bleiben nur die Toiletten«, sagte ich zielsicher, als er wieder neben mir stand.

»Oder er hat den Ausgang genommen«, entgegnete Becker und musterte mich dabei. »Hat Ihnen eigentlich mal jemand gesagt, dass Sie furchtbar aussehen, Herr Palzki?«

Ich ignorierte seine Bemerkung und wandte mich der Toilettentür zu. Wie selbstverständlich öffnete ich die Tür zur Herrentoilette. Wir kamen in einen Vorraum. Von diesem gingen zwei weitere Türen ab. ›Toiletten‹ lautete die Beschriftung der ersten, ›Betriebsraum‹ der zweiten Tür. Zielsicher drückte ich den Türgriff zum Betriebsraum. Es war offen, was ich als gutes Zeichen wertete. Ich winkte Becker zu mir, da er gerade in den Toiletten verschwinden wollte.

»Kneifen Sie ein wenig Ihre Beine zusammen, hier geht's lang.«

»Aber, ich wollte doch nur –«

Der Betriebsraum war kein Betriebsraum, sondern eine Wendeltreppe nach unten. Jetzt war ich froh, dass der Student sein Phallussymbol dabeihatte.

»Schalten Sie die Lampe ein«, forderte ich ihn auf. »Ich kann keinen Lichtschalter finden.«

So schnell es mein geprellter Knöchel zuließ, gingen wir die scheppernde Metalltreppe nach unten. Kurz darauf standen wir in einem unterirdischen Kellergang, der nach beiden Richtungen verlief. Alle fünf bis zehn Meter brannte an der Decke eine kleine elektrische Funzel.

»Wohin?«, fragte Becker.

»Pscht!«, antwortete ich.

In der Ferne hörten wir deutlich schnelle Schritte. Wir waren richtig.

»Links«, sagte Becker, der neben mir stand und in die entsprechende Richtung deutete.

»Rechts«, sagte ich zeitgleich. »Der rennt in diese Richtung.«

»Sollen wir uns trennen?«, fragte Dietmar Becker.

»Auf keinen Fall«, antwortete ich. »Wir gehen nach rechts. Rechts ist immer gut.«

Widerwillig gehorchte er mir. Erneut hatten wir eine Glückssträhne. Die fremden Schritte verstummten nicht, daher dürfte meine Wahl die richtige gewesen sein. Becker, der in dem engen Flur vorweglief, stoppte abrupt. Bereits zum zweiten Mal rannte ich ihm in den Rücken.

»Aua«, schrie er.

»Was bleiben Sie auch so plötzlich stehen? Können Sie nicht mehr?«

»Wie bitte? Ich bin gerade erst richtig warm geworden.

Schauen Sie mal nach unten.« Er bückte sich und hob einen schwarzen Schuh auf. »Der ist im Innenfutter ganz warm und außen riecht er nach Bier. Unser Freund hat einen Schuh verloren.«

»Na prima«, sagte ich. »Jetzt kriegen wir ihn. Los weiter.«

Jede Glückssträhne ging einmal zu Ende, so auch unsere. Dass der Kellerirrgarten alles andere als klein und leicht durchschaubar war, wusste ich seit Ferdis Führung. Dass es aber so viele Kreuzungen, Treppen und Einmündungen von weiteren Gängen und Räumen gab, wurde mir erst jetzt bewusst. Nachdem wir zwei weitere Ebenen nach unten gegangen waren, gab es auch keine elektrische Beleuchtung mehr. Nur mit Hilfe von Beckers Spezial-Taschenlampe hetzten wir durch die Gänge. Ab und zu blieben wir stumm stehen und horchten nach den Schritten. Mal waren sie stärker, mal schwächer und nun waren sie überhaupt nicht mehr zu hören.

»Das macht keinen Sinn mehr«, sagte ich schließlich zu meiner Begleitung. »Den kriegen wir hier unten nicht. Lassen Sie uns nach oben gehen. Vielleicht läuft jemand mit einem Schuh über das Betriebsgelände.«

Becker sah es genauso. Wir drehten um und verirrten uns noch mehr. Alles sah so furchtbar alt aus und ich konnte nicht sagen, ob wir die Stellen, an denen wir vorbeiliefen, vorhin bereits passiert hatten.

»Wir müssen nur nach oben«, meinte Klugscheißer Becker.

»Dann gehen Sie doch, sehen Sie hier irgendwo eine Treppe?«

Eine Treppe fanden wir nicht, dafür etwas anderes. In einem kleineren Raum, den wir durchquerten, stand eine alte Zinkwanne, ich schätzte sie auf locker 100 Jahre. Fast wären wir daran vorbeigelaufen. Im letzten Moment sah ich die zwei Beine, die aus der Wanne hingen.

»Halt«, rief ich Becker zu. »Leuchten Sie mal da rüber.«

Die Beine waren tot. Genauso tot wie der Rest des Körpers, den jemand in die Wanne gepresst hatte. Das Gesicht des Toten war auf seine Brust gedrückt. Dennoch erkannte ich ihn an seinem fettigen Haar sofort: Karl-Heinz Schönhausen. Wenn ich mit allem gerechnet hatte, mit dem nicht.

Becker wurde blass. »War es dieser Kerl, der uns im Getränkelager umbringen wollte?«

Ich schaute ihn mitleidig an. »Herr Becker, schauen Sie mal genau hin.« Ohne auf den sowieso nicht mehr vorhandenen Hygienestandard zu achten, griff ich Schönhausens Haar und zog seinen Kopf nach hinten. Jetzt konnte Becker die Schusswunde in seiner Stirn sehen. Ein weiterer Blick zeigte ihm, dass der Tote im Schuhbereich vollständig bekleidet war.

»Glauben Sie, dass er Selbstmord begangen hat?«

»So sieht es nicht gerade aus, oder?« Becker zweifelte.

»Natürlich liegt hier Fremdverschulden vor. Das sieht doch ein Blinder. Außerdem ist er mindestens eine Stunde tot, wenn nicht länger.« Ich merkte, wie Becker ein paar Schritte zurückging. Die Szene war ihm anscheinend unheimlich.

»Wer könnte das sein, Herr Palzki? Ein Mitarbeiter der Brauerei?«

»Ach, Sie kennen den Toten ja gar nicht. Darf ich vorstellen: Vor Ihnen liegt Karl-Heinz Schönhausen, der Bruder von Detlev.«

»Nein!«, entfuhr es dem Studenten. »Das ist nicht wahr, oder?«

»Habe ich Sie schon einmal angelogen?«

»Was macht der denn hier?«

»Vielleicht wollte er ein Bad nehmen? Herr Becker, woher soll ich das wissen! Ich bin genauso überrascht wie Sie. Karl-Heinz Schönhausen war Alkoholiker. Aus verschiedenen Gründen kam er bisher nicht als Verdächtiger in Betracht.«

Becker leuchtete mit seiner Lampe direkt in das Gesicht des Toten. »Warum soll er seinen Bruder umgebracht haben?«

Ich nahm ihm die Lampe ab und leuchtete den Raum ab, um eventuell weitere Überraschungen zu finden. »Ich glaube nach wie vor, dass er es nicht war«, antwortete ich Becker nach einer Pause. »Ich denke eher, dass er eine Ahnung hatte, wer es gewesen sein könnte. Wahrscheinlich hat er den in seinen Augen mutmaßlichen Täter erpresst, was gleichbedeutend mit seinem eigenen Todesurteil war.«

»Aber warum im Keller der Brauerei?«, fragte der Student weiter. »Da gibt's doch keinen Zusammenhang, oder?«

»Oh doch, da bin ich mir inzwischen sicher. Wir haben den Zusammenhang bisher nur noch nicht gefunden.«

Meine Raumanalyse endete negativ. Den toten Schönhausen zu durchsuchen, ersparte ich mir. Das sollten später die baden-württembergischen Spurensicherer machen, wenn sie nicht gerade alle krank oder in Urlaub waren.

»Lassen Sie uns nach oben gehen«, forderte ich den Studenten auf.

Becker nickte. »Sie haben recht, ich will hier weg.« Er schaute mich an. »Kennen Sie von hier aus den Weg ins Freie?«

Damit hatte er einen wunden Punkt getroffen. »Ich habe keine Ahnung, wo wir genau sind. Wir müssen versuchen, uns den Weg einzuprägen, damit wir die Polizei nachher zur Leiche lotsen können. Haben Sie zufällig ein Stück Kreide dabei, damit wir den Weg markieren können?«

Dietmar Becker brachte ein kurzes Lachen zustande. »Warum so altmodisch, Herr Becker? Ich habe was viel Moderneres!« Er zog sein Handy aus der Tasche.

»Das funktioniert hier unten niemals!«, ereiferte ich mich.

»Wenn Sie mit Funktionieren das Telefonieren meinen, gebe ich Ihnen recht. Das Handy hat aber noch weitere Funktionen.« Er nahm sein kleines, chromfarbenes Etwas und hielt es einen halben Meter vor sich. Nach ein paar Sekunden nickte er zufrieden. »Das war's, es klappt einwandfrei. Gehen Sie vor, Herr Palzki. Bitte halten Sie an jeder Einmündung oder spätestens alle zehn Meter kurz an.«

Ob dem Studenten mal wieder der Sauerstoff zu knapp geworden war? Fing er an, zu fantasieren? Eben noch hatte er sein Handy gehalten, als würde er sich gleich von Scotty auf die Enterprise beamen lassen wollen.

»Ist Ihnen wirklich gut, Herr Becker?«

Er sah mir die Skepsis im Gesicht an und lächelte ein zweites Mal. »Gell, Sie wissen nicht, was ich eben gemacht habe? Mit meinem Handy kann man auch fotografieren. Ich habe eben ein Bild von diesem Raum gemacht. Wenn wir dies alle paar Meter wiederholen, kann Ihr Freund Ferdinand Jäger nachher anhand der Fotos unseren Weg rekonstruieren. So einfach ist das.«

Ich war beeindruckt. Die Fotofunktion war mir zwar bekannt, da meine Tochter damit ständig hantierte und für meine Verhältnisse grottenschlechte Fotos machte und sie ins Internet oder sonst wohin stellte. Diese Funktion aber zur Wegbeschreibung zu nutzen war ein grandioser Einfall. Ich zollte dem Studenten innerlich Respekt. Öffentlich würde ich das aber niemals zugeben, zu viel Lobhudelei konnte in solchen Fällen nur schaden.

Fast hätte ich auch über so ein modernes Handy verfügen können. Meine Frau überredete mich einen Tag vor Heiligabend zum Kauf eines neuen Gerätes. Mein altes, das ich nur äußerst selten benutzte und das meist mit leerem Akku im Handschuhfach sein Dasein fristete, wäre nicht mehr up to date. So ließ ich mich überzeugen, in einem Elektromarkt, in dem elektronisches Spielzeug wie in Legebatterien angeboten wurde, ein neues zu erstehen. Meine Frau empfahl mir eines und ich verstand nicht, warum es fast keine Tasten hatte. Glücklicherweise musste ich es auch nicht verstehen. Kaum zu Hause angekommen, entdeckte meine Tochter Melanie das seltsame Stück.

»Geil, Papa, ein Touch-Screen-Handy. Alle in meiner Klasse haben ein Touch-Screen-Handy, nur ich nicht.«

Das war das letzte Mal, dass ich es zu Gesicht bekam. Damit hatte sich das Thema neues Handy für mich erledigt. Im Handschuhfach liegt nach wie vor mein altes. Und damit kann ich sogar telefonieren. Wenn ich will.

Während meiner Gedankengänge irrten wir weiter durch die Keller der Brauerei. Zweimal hatten wir eine Treppe nach oben gefunden, das Gemäuer machte inzwischen einen moderneren Eindruck. Becker blieb alle paar Meter stehen und fotografierte eifrig. Plötzlich flackerte das Taschenlampenluxusmodell. Becker drückte auf ein paar Knöpfe, las irgendwelche Daten auf dem mehrzeiligen Display und meinte dann verzweifelt: »So ein Mist, jetzt werden auch noch die Batterien leer.«

»Wie bitte? Das Ding hat Batterien? Ich hätte mindestens einen kleinen Kernreaktor im Innern vermutet.«

»Machen Sie keine Späße über dieses gute Stück, Herr Palzki«, wies Becker mich zurecht. »Zaubern kann es nicht. Wenn der Strom aufgebraucht ist, ist Schicht. Das ist mit jeder Lampe so.«

»Meine Lampe wiegt nur ein Fünftel von diesem Teil«, hetzte ich weiter. »Dafür habe ich immer ein paar Ersatzbatterien dabei.«

Der Student drehte sich zu mir um. »Und wo ist diese Lampe?«

»Daheim«, gab ich kleinlaut zu.

»Sehen Sie«, war die alles sagende Antwort. Er stellte die Lampe auf eine schwächere Stufe.

Es endete in keinem Fiasko. Zeitgleich mit dem endgültigen Erlöschen der Lampe kamen wir in einen Bereich, der spärlich beleuchtet war. Es wurde auch langsam Zeit, meine Kondition war bereits ziemlich überstrapaziert, mein Knöchel und meine Zunge taten nach wie vor bestialisch weh.

Kurz danach stiegen wir wie zwei Kanalarbeiter aus dem Keller. Es war genau die Treppe, auf der ich vergangenen Samstag mit Ferdi in den Untergrund gegangen war. Direkt nebenan befand sich das Sudhaus.

Der Braumeister fiel fast aus seiner Kommandozentrale, als er uns entdeckte. Es war ihm nicht zu verdenken, wir sahen schlicht verboten aus.

»Um Himmels willen«, rief er uns entgegen. »Was ist mit Ihnen passiert?«

»Rufen Sie die Polizei«, stöhnte ich ihm entgegen. »Da unten liegt ein Toter!«

Panscher starrte uns an. »Ein Toter? Wer ist es? Was ist passiert?«

»Später, holen Sie die Polizei!«

»Und einen Arzt«, fügte Becker hinzu.

Der Braumeister führte ein paar kurze Telefonate, dann brachte er uns zwei unbequeme Stühle ins Sudhaus.

»Sind Sie in einen Kessel gefallen?«, fragte er uns. »Sie riechen, als hätten Sie im Bier gebadet.«

»Im Getränkelager sind ein paar Flaschen kaputt gegangen.«

Näheres musste ich nicht erzählen, da in diesem Moment Ferdinand Jäger und Herr Jürgens durch die Eingangstür des Sudhauses gestürmt kamen.

Beide schauten genauso überrascht wie Panscher, als sie uns erkannten. Vor einer Stunde sahen wir ganz manierlich aus, die Zwischenzeit hatte uns, was Aussehen und Hygiene anging, in der Evolution um Jahrtausende zurückgeworfen.

»Es gibt einen Toten?«, fragte Jürgens hektisch. Da ich nach wie vor saß, fiel mein Blick auf seine Füße. Trug er vorhin auch Slipper? Ich war mir unsicher, solche Nebensächlichkeiten registrierte ich nur sehr selten.

Während Becker und ich unsere Geschichte abwechselnd erzählten, verschwand Ferdi wieder aus dem Sudhaus. Erst als wir fertig waren, kam er zurück. In seinen Händen hielt er ein paar Flaschen Bier, die er uns gab.

»Wenn Ihr sowieso schon darin gebadet habt, könnt Ihr bestimmt auch eins trinken. Dann geht's euch gleich wieder besser. Übrigens, mir wurde gerade mitgeteilt, dass es im Getränkelager zu einem Unfall gekommen sein muss. Man hat aber keine Verletzten gefunden, nur ein paar Blutspuren. Hat das mit euch zu tun?«

Ich nickte, denn ich war nicht so sehr davon erbaut, mit meiner angebissenen Zunge die Geschichte ein zweites Mal erzählen zu müssen.

Leider musste ich es dennoch tun. Ich hatte gerade mein

erstes Bier leer, und so langsam kehrten meine Lebensgeister zurück, als das Unvermeidliche kam.

Aufgeplustert trat Benno wie Django in seinen besten Jahren ins Sudhaus. Sein im Hintergrund mitlaufender Assistent wirkte gegen ihn noch schmächtiger als sonst. Im Tross hatte er gleich die Spurensicherung und weitere Beamte mitgebracht.

»Das ist unglaublich, was zurzeit passiert!«, begann er ohne Begrüßung. »Ich war gerade im Präsidium angekommen, um mir den Laborleiter vorzuknöpfen, da werde ich gleich wieder zur Brauerei gerufen! Das ist ja ein Skandal, ist das! So langsam habe ich den Verdacht, dass unser Kommissar Palzki aus Schifferstadt seine Leichen mitbringt und sie bei uns ablegt. Wollen Sie mir meinen Ruhestand vermiesen?« Er schaute mir bedrohlich in die Augen.

»Im Keller liegt eine Leiche.« Knappe und präzise Angaben meinerseits, so wie es sich für einen guten Polizeibeamten gehörte.

Benno schnaubte. »Unfall?«

Ich blickte ihn schadenfroh an. »Mord. Vielleicht Suizid, wenn man es geschickt vertuscht.«

Benno schäumte. Die Mordgedanken, die er mir gegenüber aktuell pflegte, ließen sich deutlich in seinen hart arbeitenden Gesichtszügen ablesen.

»Wer?« Er beschränkte sich ebenfalls auf kurze Sätze, was nicht zwangsläufig ein Hinweis auf einen guten Polizeibeamten war.

»Karl-Heinz Schönhausen«, antwortete ich.

Er schien überrascht. »Sie kennen das Opfer? Arbeitete es in der Brauerei?«

»Ja, nein, in dieser Reihenfolge.«

Er benötigte einen Augenblick, um seine Fragen mit den

Antworten geistig verbinden zu können. »Woher kannten Sie ihn?«

Ich nahm einen provozierend großen Schluck aus der zweiten Flasche, bevor ich antwortete, den Rülpser unterdrückte ich. Über unser Aussehen hatte er bis jetzt kein Wort verloren. Vielleicht hatte er es nicht einmal registriert.

»Ich habe ihn kürzlich als Zeuge vernommen. Er war Alkoholiker.«

»Wie Sie.« Er rümpfte die Nase.

Um ihn loszuwerden und die Sache abzukürzen, gab ich ihm eine weitere Info. »Der Tote ist der Bruder unseres Mordfalles drüben in der Pfalz.«

Benno Kripochef überlegte. »Dann gehört der Tote zu Ihrem Fall, wenn ich das richtig verstehe.«

Ich nickte. »Davon ist auszugehen. Leider hat der Mörder das in Stein gehauene föderalistische Prinzip missachtet und über Bundeslandgrenzen hinweg gemordet. Das sollte man eigentlich gesetzlich verbieten.«

Benno zwang sich ein Lächeln ab. »Bei Ihnen gab's den ersten Mord, damit liegt der Fall in Ihrer Verantwortung.«

»Wenn man Ihren Turmspringer mitrechnet, liegt die Verantwortung wieder bei Ihnen.«

Unglaublich, wie wir uns im Moment die Verantwortung für die Toten hin- und herschoben. Hoffentlich bekam das niemand aus der Bevölkerung mit.

Benno brauste mal wieder auf. »Was soll der damit zu tun haben? Ist das auch ein Bruder?«

»Das nicht«, antwortete ich. »Aber ein bisschen zu auffällig. Wie machen wir es also? Gemeinsam, getrennt oder wie bisher alles per Zufall?« Der letzte Halbsatz war vielleicht etwas zu heftig. Trotzdem, es hatte rausgemusst.

»Ich will Ihnen mal was sagen, Palzki.«

»Herr Palzki.« Ich ging aufs Ganze.

Er reagierte nicht. »Ich kümmere mich um den Toten, der unten im Keller liegt. Bis morgen Punkt Mitternacht arbeiten wir zusammen. Wenn der Täter bis dahin nicht niet- und nagelfest gemacht ist, geht das ganze Aktenzeug zu Ihnen nach Schifferstadt. Dann können Sie schauen, was Sie damit machen. Ab ersten Januar bin ich Pensionär, und ich werde an diesem Tag meinem Nachfolger keinen offenen Fall auf den Schreibtisch legen, ist das klar?«

»Ich hab's verstanden. Wir schließen die Untersuchungen morgen auf jeden Fall ab. Ihre Statistik wird makellos sein. Auf einen Suizid mehr oder weniger kommt's schließlich nicht an.«

Er ballte die Fäuste. Dann fiel ihm offensichtlich ein, dass so kurz vor Schluss eine Körperverletzung zu einem Negativeintrag in seiner Akte führen könnte. »Ich telefoniere morgen früh mit Ihrem Vorgesetzten, Palzki. Dann werden Sie sehen, was Sie davon haben.« Er wandte sich von mir ab und dem Studenten zu. »Sie haben gesagt, dass Sie uns den Weg zur Leiche zeigen können?«

Dietmar Becker, der sich inzwischen, so wie ich, einigermaßen von den Strapazen erholt hatte, wurde unsicher. »So direkt eigentlich nicht. Ich habe auf dem Rückweg Fotos gemacht. Den Weg würde ich aber trotzdem nicht mehr finden.«

Ferdinand hatte mitgehört. »Zeigen Sie mal her«, forderte er den Studenten auf. Dieser gab ihm bereitwillig sein Handy. Ferdi drückte eifrig auf den Tasten herum. »Na ja, die beste Qualität ist das nicht gerade. Aber die Wege kenne ich. Sie sind einen furchtbar weiten Umweg gelaufen, wenn ich das mal so sagen darf.«

Ferdi blickte zu mir. »Reiner, du warst doch mit mir da unten. Warum hast du nicht den kürzesten Weg genommen? Ihr hättet euch ganz schön verlaufen können. Und mit dem Kohlenstoffdioxid ist nicht zu spaßen.«

»Ich wollte nur schauen, wie lange deine Billigtaschenlampe durchhält. Sei so gut und zeige dem Kommissar und seinen Helfern den Weg zu dem Toten. Ich möchte da heute nicht mehr runter.«

Benno zog eine große Rolle Absperrband aus der Tasche. »Damit markieren wir den Weg. Es sollen schließlich alle wieder rausfinden.«

»Tot oder lebendig«, fügte ich an. Auch wenn Benno mit dem Absperrband eine gute Idee hatte, loben würde ich ihn deswegen bestimmt nicht.

Die Beamten waren gerade in Richtung Keller abgezogen, als ein markerschütterndes Sondersignal vor dem Sudhaus anhielt. Die Tonlage kam mir sehr bekannt vor, daher wunderte ich mich nicht über Doktor Metzgers neuerlichen Auftritt.

»Hier soll es Verletzte geben?«, schrie er vom Eingang aus. Dann erkannte er mich. »Oh, der Herr Palzki persönlich. Sie bluten ja. Was ist denn mit Ihnen passiert? Und der Herr Becker sieht ebenso ziemlich derangiert aus. Da muss ich in meiner Mobilklinik das große Besteck holen.«

Er kam näher und roch unser Bierparfüm. »Boah, haben Sie gefeiert? Silvester ist doch erst morgen. Bei Ihnen kann ich den Promillespiegel ja förmlich erriechen. Da kann ich Ihre Platzwunden auch ohne Betäubung nähen, ist billiger. Da merken Sie sowieso nichts mehr.«

Er sah sich um, sein Blick blieb beim Braumeister hängen. »Haben Sie vielleicht für mich auch ein Bierchen?« Endlich kam es, sein gefürchtetes Frankensteinlachen.

Panscher antwortete mit knappen Worten, da ihm der Auftritt von Metzger sehr suspekt war. »Im Sudhaus gilt strenges Alkoholverbot.«

Metzger glotzte ihn an und zog dabei seine Nase hoch, was sich wie eine Klospülung anhörte. »Wollen Sie mich veräppeln? Die beiden da auf Ihren Stühlen haben mehr Alkohol intus, als ich in zwei Tagen trinken kann. Und in Ihren Kesseln wird auch nicht nur Apfelsaft drin sein, oder?«

Bevor Metzger den Braumeister verprügelte, griff ich unter meinen Stuhl und gab eine der Reserveflaschen, die vorhin Ferdi gebracht hatte, an Metzger.

»Danke«, sagte der Notarzt. »Ich werde mich revanchieren. Vielleicht lässt man mich nachher mit meinem Mobil durch das Getränkelager fahren. Dann könnte ich mal kurz anhalten.«

Nachdem er die Flasche auf ex leer getrunken hatte, besann er sich auf den Zweck seines Daseins. »Wer von Ihnen will den Anfang machen?«

Jetzt wurde es gefährlich. Da Becker nach einem Arzt gerufen hatte, sollte er gefälligst als Erstes drankommen.

Doch der Student war schneller. »Fangen Sie ruhig mit dem Kommissar an«, sagte Becker. »Ich habe fast keine Schmerzen mehr.«

»Aber auf keinen Fall«, intervenierte ich. »Ich bin okay. Sie haben doch nach einem Arzt gerufen.«

»Aber doch nur aus Rücksicht auf Sie«, konterte Becker abwehrend.

»Ja, was jetzt«, motzte Metzger. »Ich muss was tun, sonst habe ich Umsatzeinbußen.«

»Wissen Sie was«, sagte ich zum Notarzt. »Schreiben Sie in Ihren Bericht eine ausführliche Erstversorgung von zwei Schwerverletzten, dann stimmt der Umsatz. Ob Sie das wirklich gemacht haben, prüft sowieso kein Mensch. Und da Sie dadurch nun etwas Zeit übrig haben, fahren Sie mit Ihrer Mobilklinik, oder was das immer ist, zum Getränkelager. Dort hat es ein kleines Malheur gegeben. Die Flaschen, die heil geblieben sind, können Sie bestimmt gerne mitnehmen.« Ich blickte zu Panscher, der überrascht nickte.

Der Notarzt freute sich sichtlich. »Dann empfehle ich mich, meine Herren. War schön, für Sie tätig gewesen sein zu dürfen.«

Während er Richtung Ausgang ging, rief ihm Panscher nach: »Vergessen Sie nicht, das Leergut bei Gelegenheit zurückzubringen.«

Wir hatten nur kurz Ruhe. Zwei Minuten später erschienen Ferdi und der Geschäftsführer Jürgens.

»Das sieht ja schlimm aus dort drunten«, berichtete Jürgens. »Da muss dringend saubergemacht werden.«

»Dein Freund, der Kripochef, flucht in einer Tour«, sagte Ferdi zu mir.

»Er ist nicht mein Kripochef«, stellte ich klar. »Und mein Freund erst recht nicht. Er soll sich nicht so anstellen, das ist ein ganz normaler Keller. Ein paar Räume, ein paar Flure, das ist schon alles.«

»Was haben Sie eigentlich die ganze Zeit in der Hand?«, fragte der Braumeister.

Erst jetzt registrierte ich, dass ich den gefundenen Schuh noch immer bei mir trug. »Den haben wir gefunden. Wissen Sie, wem der gehören könnte?«

Panscher besah ihn näher. »Keine Ahnung, ist ein Herrenschuh. Hat den der Täter verloren?«

»Ich glaube nicht. Der gehört demjenigen, der uns drüben im Lager das Bier auf den Kopf schütten wollte.«

»Was habt ihr dort überhaupt gemacht?«, fragte Ferdi. »Ich dachte, ihr wolltet heimfahren.«

Becker hörte mit spitzen Ohren zu.

»Wir haben nur einen kleinen Umweg gemacht, weil ich noch etwas überprüfen wollte. Näheres darf ich dir aus ermittlungstaktischen Gründen nicht sagen.« Damit hatte ich mich gerettet.

»Außer dem Schuh habt ihr keinen Anhaltspunkt, wer euch diese Überraschung bereitet hat? Haarfarbe, Kleidung oder so?«

»Sag mal, Ferdinand, bin ich der Kriminelle, äh, Kriminalist oder du? Ich kann dir versichern, wir haben alles gesagt.«

»Ich kann auch nichts weiter zu dem Kerl sagen«, erklärte Becker. »Auch wenn ich ihm zwischendurch ziemlich nah war. Er könnte einen blauen Overall getragen haben, sicher bin ich mir aber nicht.«

Benno kam zurück. »Meine Männer haben alles im Griff«, meldete er. »Das wird noch zwei oder drei Stunden dauern, bis wir fertig sind. – Soll ich Ihnen ein Taxi rufen lassen?«, fragte er uns. Er wollte uns loswerden, was mir sehr angenehm war.

»Lassen Sie's gut sein, ich bin mit dem Auto da.«

»Sie denken doch nicht, dass wir Sie alkoholisiert Auto fahren lassen? In Baden-Württemberg wird auf die Einhaltung der gängigen Gesetze geachtet. Wir sind kein Wildwest-Bundesland.«

»Machen Sie mal halblang«, unterbrach ich ihn. »Ich habe nur wenig Bier getrunken, etwa so viel wie Herr Becker. Der Rest sind nur Äußerlichkeiten.«

Er winkte ab. »Auf keinen Fall. Ich beschlagnahme Ihre Fahrzeuge. Morgen können Sie sie abholen, wenn Sie zur Zeugenaussage kommen.«

Es hatte keinen Wert, sich mit ihm anzulegen. Ich gab nach. »Okay, wie Sie wollen. Herr Becker muss noch kurz bei Fräulein Fischer vorbei, die kann uns dann ein Taxi rufen.«

Der Kripochef war zufrieden, Panscher und Jürgens verabschiedeten uns und Ferdi erklärte mir den Weg zum Ausgang über das Verwaltungsgebäude.

»Weiß ich doch«, sagte ich, weil Becker zuhörte.

Der Student fiel in eine kurze Depressionsphase, als er erfuhr, dass sein Schwarm bereits Feierabend hatte. Ich ließ zuerst Becker heimbringen, der mit dem öffentlichen Nahverkehr zur Brauerei gefahren war, und dann mich.

13 EIN GUTER GEDANKE

»Papa, fährst du mich morgen Abend zur Silvesterparty?«

Sofort zum Punkt kommen, das hatte meine Tochter Melanie bestimmt von mir geerbt. Ich öffnete die Eingangstür vollends und trat in den Flur.

»Melanie, hast du den Hausmüll im Flur stehen lassen, anstatt ihn in die Tonne zu bringen?«, rief aus den Tiefen der Wohnung meine Frau. »Hier stinkt's ja erbärmlich.«

Stumm stand ich da, als Stefanie in den Flur trat.

»Hast du gesoffen und dich geprügelt?«, waren die ersten Worte Stefanies, die an mich gerichtet waren.

»Traust du mir das zu?« Ich sah ihr fest in die Augen.

Sie schüttelte ihre langen Haare und schickte Melanie weg.

»Um 19 Uhr morgen«, sagte meine Tochter in eindringlichem Ton. »Ich will nicht zu spät kommen.« Dann war sie verschwunden.

»Was ist passiert? Ist alles in Ordnung mit dir?« Meine Frau schien sich wirklich Sorgen zu machen.

»Halb so schlimm«, antwortete ich und dachte an ihre Schwangerschaft. Ich musste den Ball flach halten, wie mein Kollege Gerhard immer sagte. Was sich hinter diesem Spruch verbarg, wusste ich allerdings nicht so richtig.

Ich begann, mich im Flur auszuziehen. »Ich hatte einen kleinen Unfall«, berichtete ich. »Könntest du mir bitte etwas zu essen machen, während ich dusche? Ich erzähle dir nachher alles ausführlich.«

Stefanie war einverstanden und ging in die Küche. Während ich mich in Unterwäsche ins Bad bewegte, rief im Hintergrund meine Tochter: »Keine Minute später!«

Die Dusche war eine Wohltat. Meine Zunge hatte längst

das Brennen eingestellt und auch der Kratzer tat nicht mehr sehr weh.

»Ich denke, dass du keine Lust auf die Pizzareste von letzter Nacht hast.« Stefanie konnte sich diese Spitze nicht verkneifen, als ich frisch gekleidet und rasierwassergetränkt in die Küche kam.

»Schade«, antwortete ich. »Je reifer, desto besser. Das gilt selbstverständlich nur für Pizza«, sagte ich und schaute meine Frau an. Sie verstand und gab mir einen freundschaftlichen Klaps.

»Deine Reife kannst du wohl nicht gemeint haben«, antwortete sie mit Sarkasmus. »Da fehlt's nämlich noch hinten und vorne.«

Das saß. Warum mussten Frauen immer so gemein sein?

Ich ließ mir den Gemüseauflauf schmecken. Es handelte sich zwar weniger um mein Lieblingsessen, manchmal sollte man aber nicht zu wählerisch sein. Das Leben war selten ein Paradies. Auf die Flasche Pils, die mir Stefanie neben den Teller stellte, verzichtete ich heute ausnahmsweise.

Paul hatte ich noch nicht zu Gesicht bekommen. Nur ein monotones Motorengeräusch hallte durch das Haus.

»Spielt er gegen sich selbst?«

Stefanie lachte. »Er hat ein paar Übernachtungsgäste. Anscheinend hat er die Spielekonsole mit in sein Zimmer genommen, ich habe noch nicht nachgeschaut. Wir wollen ihn ja schließlich zur Selbstständigkeit erziehen.«

Ich sah Stefanie an. »Du weißt, dass Paul keinen Fernseher in seinem Zimmer hat?«

Sie begriff, erblasste und erschrak gleichzeitig. »Dann geh ich mal besser nachschauen«, sagte sie und stand auf.

Ich war längst satt, als sie wiederkam.

»Der Halunke. Er hat den Fernseher von Herrn Ackermann abgestaubt. Der hat sich einen neuen gekauft, so ein Riesending mit Flachbildschirm. Paul hat so lange gebettelt, bis er den alten bekommen hat. Ich habe keine Ahnung, wie er das Gerät in sein Zimmer geschleppt hat.«

»Lass ihn«, beruhigte ich Stefanie und dachte dabei an so manche Kinder- und Jugendsünde meinerseits.

Der Abend endete geruhsam. Ich erzählte meiner Frau von dem Gewölbekeller in der Klinik, selbstverständlich die Sache mit dem Kohlenstoffdioxid auslassend, von dem schrägen Professor in Kleinkarlbach mit seinem Ponyhund, der Festnahme des Laborleiters der Eichbaum-Brauerei und zuletzt dem Fund des toten Schönhausens im Keller der Brauerei. Die Sache im Getränkelager erachtete ich bei meiner Erzählung eher als vernachlässigbar. Ich musste meine schwangere Frau schonen.

Während der allabendlichen Massage brachte ich ihr schonend bei, dass morgen wahrscheinlich ein weiterer schwerer Arbeitstag vor mir lag. Trotz Silvester liefen immer noch ein oder sogar mehrere Mörder frei herum. Dass wir nach wie vor nicht die blasseste Ahnung hatten, wer der oder die Täter waren, verschwieg ich ebenfalls.

»Wir stehen kurz davor, den Fall zu lösen«, sagte ich abschließend zu diesem Thema. Stefanie schlief zufrieden ein. Mich dagegen quälten Albträume. Zu viel war am vergangenen Tag passiert.

Am nächsten Morgen verabschiedete ich mich mit dem Versprechen, möglichst früh zuhause zu sein, damit wir in gemütlicher Familienrunde das Jahr ausklingen lassen und um Mitternacht das Feuerwerk über Schifferstadt betrachten konnten. Treusorgend bat ich meine Frau, sich um den Fall Melanie und ihren unbändigen Partywunsch zu kümmern. Dafür würde mich meine Tochter bis ans Lebensende hassen. Aber schließlich musste ich selbst mit elf Jahren an Silvester mit meinen Eltern den Komödienstadel schauen. So extrem würde es bei uns zwar nicht werden, dennoch rechnete ich bezüglich der heutigen Abendgestaltung keinesfalls mit euphorischer Zustimmung unserer Tochter.

*

Unser Dienststellenpraktikant hatte sich eine Luftschlange um den Hals gebunden.

»Morsche«, nuschelte ich. »Haben wir schon Fastnacht?«

»Aber Herr Palzki, es ist doch Silvester! Um 13 Uhr schließen wir unsere Dienststelle und dann steigt im Sozialraum eine Party. Dieses Jahr sollen Bauchtänzerinnen kommen, hat mir vorhin Ihr Kollege Steinbeißer gesagt.«

Respekt, Gerhard. Da hatte er unserem Praktikanten einen tollen Bären aufgebunden. Wenn dieser um 13 Uhr in den Sozialraum kam, würde ihm wahrscheinlich ein Beamter Schrubber und Wischtuch in die Hand drücken. Dann könnte er sich um den Kehraus kümmern. Eine Party an Silvester bei uns? Das hatte es noch nie gegeben und würde es wohl unter KPDs Leitung nie geben. Der Praktikant riss mich aus den Gedanken.

»Fast hätte ich es vergessen, Herr Palzki. Ich soll Sie gleich zu Herrn Diefenbach hochschicken, es wäre dringend.«

Ich war natürlich wieder der Letzte. Jutta, Gerhard und Jürgen saßen bereits bei unserem Vorgesetzten.

»Können Sie morgens mal ein bisschen früher kommen, wenn wir aktuelle Ermittlungen laufen haben?«, motzte mich KPD zur Begrüßung an. »Wir haben heute sowieso wenig Zeit, um 13 Uhr beginnt die große Silvesterparty.«

Er schaute auf seine Uhr. »Knapp vier Stunden kann ich Ihnen noch helfen, den Mörder zu finden. Dann bin ich unabkömmlich.«

»Welche Silvesterparty?«

»Sagen Sie mal, Herr Palzki! Lesen Sie überhaupt die internen Mitteilungsblätter, die ich zweimal in der Woche schreiben und verteilen lasse? 17 Ausgaben gibt's bereits, in den letzten zwei geht's um die Organisation unserer Jahresabschlussfeier. Nachdem die Weihnachtsfeier ins Wasser gefallen ist, habe ich spontan eine Ersatzveranstaltung geschaffen.«

Mitteilungsblätter? Das war das Erste, was ich davon hörte. Vielleicht sollte ich wirklich ab und zu mal mein Büro aufsuchen und den Poststapel bearbeiten. In der letzten Zeit hatte das immer Jutta für mich gemacht. Wahrscheinlich hatte sie die Mitteilungsblätter entsorgt.

»Klar kenne ich Ihre interessanten Mitteilungsdinger«, log ich. »Ich habe nur vergessen, dass die Feier heute ist.«

KPD war beruhigt. »Okay, dann wäre das geklärt. Wie gehen wir weiter vor? Mein Mannheimer Kollege hat mich vorhin angerufen. Ich bin darüber im Bilde, dass der Bruder unseres Toten ebenfalls ermordet wurde.«

»Kein Suizid?«, hakte ich nach.

»Wie kommen Sie auf solchen Blödsinn, Palzki?« Er überlegte einen Moment. »Kann es sein, dass Sie zurzeit psychische Probleme haben, Herr Palzki? Benno sagte mir, dass Sie sich gestern stark danebenbenommen hätten, sich ständig in seine Untersuchung eingemischt haben, stark alkoholisiert waren und mit einem Studenten zusammenarbeiten würden.«

»Ihr Freund bringt da einiges durcheinander«, sagte ich aufgebracht. »Der denkt nur noch an seine Pension.«

»Ja, ja, darüber haben wir ebenfalls gesprochen. Benno sieht einen direkten Zusammenhang zwischen unseren Fällen. Es dürfte eher unwahrscheinlich sein, dass zwei Brüder mit wenigen Tagen Abstand unabhängig voneinander abgemurkst, äh, ermordet werden. Darum habe ich mit ihm vereinbart, dass wir mit sofortiger Wirkung die Zuständigkeit für beide Fälle haben.«

»Alle drei, meinen Sie?«

»Welche drei?«

»Da ist in der Brauerei einer vom Gärtank gefallen.«

KPD stutzte. »War das nicht ein Suizid? Benno hat das nicht weiter erwähnt. Wie auch immer, die Ermittlungshoheit liegt bei uns. Benno kann heute Nacht ohne Altlasten in Pension gehen. Und falls wir in den nächsten vier Stunden den Fall nicht lösen können, buche ich ihn in der Statistik unter sonstige Kapitalverbrechen außerhalb des Zuständigkeitsgebietes. Dann taucht er in unserer Vorderpfalzstatistik nicht auf und wir haben unser 100-Prozent-Soll wieder mal erfüllt. Noch Fragen?«

»Vier Stunden reichen locker«, sagte ich und stand auf. »Gibt's heute Mittag auf der Feier auch Bier?«

Mit wenigen Sekunden Abstand folgten meine Kollegen. Ich war bereits an der Tür, die geflüsterten Worte KPDs nebst der wischenden Handbewegung vor seinem Gesicht bekam ich trotzdem mit.

»Frau Wagner, passen Sie bitte auf Ihren Kollegen auf. Ich glaube, er hat im Moment nicht so den richtigen geistigen Durchblick.«

In Juttas Büro angekommen, griff mir meine Kollegin behutsam an den Oberarm. »Komm, Reiner, setz dich vorsichtig auf den Platz, ich bring dir gleich einen Kamillentee.«

»Hör auf mit dem Mist«, motzte ich sie an, wohl wissend, dass sie nur spaßte. »KPD hat einen an der Klatsche, aber nicht ich.«

»Na ja«, sagte Gerhard dazu. Mehr nicht. Dafür würde ich mich bei Gelegenheit rächen.

Jürgen überreichte mir einen Aktenordner und eine gut gekühlte Flasche Cola.

»Wow, womit habe ich das verdient?« Ich strahlte. Zwar nicht die Welt, aber der Morgen war gerettet.

»Das habe ich im Sozialraum stibitzt, da baut der Partyservice gerade das Buffet auf.«

»Ist das mit der Party wirklich ernst gemeint?«, fragte ich fassungslos.

»Sicher«, antwortete Jutta. »Wenn du die letzten internen Mitteilungsblätter gelesen hättest, wärst du im Bilde. Heute Mittag geht hier die Post ab. Kommen Stefanie und deine Kinder auch?«

Ich war mir nach wie vor unsicher, ob das alles zu einem großen Komplott gehörte. War das ein Test, um meine geistige Zurechnungsfähigkeit zu überprüfen? Ich entschied, die Sache zu ignorieren, und nahm einen tiefen Schluck aus der Flasche.

»Was macht dein Rabattkartenprojekt?«, fragte ich Gerhard, während ich lustlos in den Akten stöberte.

»KPD hat einen Antrag ans Präsidium geschickt«, antwortete dieser. »Aber dort ist in den nächsten Tagen niemand zu erreichen.«

»Lass mich raten: Alle sind krank oder in Urlaub.«

Gerhard nickte. »Heute ist ein Leserbrief in der Zeitung. Sogar der Bevölkerung fällt langsam auf, dass im Moment nur sehr wenige Streifenwagen unterwegs sind.«

»Das könnte man recht einfach lösen«, sagte ich. »Da setzt man ein paar Praktikanten in die Wagen und lässt diese ein bisschen spazieren fahren.«

»Genau das hat KPD auch vorgeschlagen«, antwortete Jutta. »Habt ihr euch abgesprochen?«

Ich blätterte weiter lustlos in den Papieren, ohne mitzubekommen, was da überhaupt stand. »Was ist das für Zeug, Jürgen?«

Jürgen blickte kurz zu Jutta, dann zu Gerhard und zum Schluss zu mir. »Geht's dir wirklich gut? Das sind die Recherchen, die du beauftragt hast.«

»Ach so, ja, tschuldigung.« Ich vertiefte mich in den Unterlagen. Alles Nebenkriegsschauplätze, dachte ich. Als ob es relevant wäre, ob Schönhausens Nachbarin einen Lover in ihrer Wohnung hatte oder nicht. Jürgens Recherchen waren gründlich. Sogar das Alter von Mimose und die Schulzeugnisse von Karl-Heinz Schönhausen, die bis zur siebten Klasse reichten, waren enthalten. Doch was war das? Irgendetwas stand da, was meine Synapsen in Aufruhr brachte. Es klickte und schaltete in meinem Hirn, es war wie das berühmte Gefühl, dass einem etwas auf der Zunge lag. Ich wurde aufgeregt, was meine Kollegen sofort besorgt zur Kenntnis nahmen. Egal, Hauptsache, ich wurde jetzt nicht meiner Gedanken beraubt. Ich nahm einen weiteren Schluck Cola, und im gleichen Moment war der Gedanke klar, der Zusammenhang lag logisch vor mir. So, und nicht anders musste es gewesen sein. Irrtum ausgeschlossen. So hoffte ich zumindest.

»Reiner, du sollst kein Koffein trinken, wenn es dir schlecht geht.«

Juttas Worte hörte ich, als wären sie weit weg. Ich legte die Akte auf den Tisch und stand auf.

»Wo gehst du hin, Reiner?«

Ich nuschelte was von Toilette und verließ Juttas Büro. Sie ließen mich alleine gehen, was mich wunderte und zugleich freute. So krank konnte ich in ihren Augen folglich nicht sein.

Den Praktikanten, der gerade die Mitarbeiter vom Partyservice zum bestimmt wiederholten Male filzte, ließ ich links liegen. Ich stieg in meinen Dienstwagen und fuhr in den Westen von Schifferstadt. Seltsam, dachte ich. Lange Zeit hatte ich meinen Freund nur recht selten besucht, in den letzten Monaten dafür überproportional häufig. Ich ging nicht davon aus, dass er sich ärgern würde, wenn ich ihn schon wieder besuchte. Ich parkte im Kestenbergerweg direkt vor seinem Einfamilienhaus aus den 70er-Jahren. Die Trümmerreste der Garage und des dahinter liegenden Labors waren inzwischen beseitigt. Eine verheerende Explosion hatte die Nebengebäude vor ein paar Wochen vollkommen zerstört. An dem nur wenig in Mitleidenschaft gezogenen Wohnhaus von Jacques Bosco waren inzwischen die zerborstenen Fensterscheiben und Dachziegel ausgetauscht worden. Das Labor würde erst im Frühjahr neu gebaut werden. Bis dahin wohnte und experimentierte er in Küche und Wohnzimmer. Jacques Bosco war einer der letzten Allgemeingelehrten der Menschheit. Er erfand Sachen in den unterschiedlichsten wissenschaftlichen Disziplinen. Für vieles war die Menschheit noch nicht bereit, und Jacques' nicht vorhandenes Vermarktungstalent tat sein Übriges. So kam es, dass fast alle seine Erfindungen, die die Welt erheblich weiterbringen würden, in seinen Schubladen, beziehungsweise im Lager seines Kellers verschwanden. Erst viele Generationen später würden sie durch andere Personen wiederentdeckt werden, da war ich mir sicher.

Jacques, der wie ein väterlicher Freund zu mir war, brauchte kein Großlabor und zig Angestellte. Alles, was er tat, tat er allein, intuitiv und durch logische Kombination.

Seit vor einigen Jahren seine Frau gestorben war, igelte er sich in seinem Labor noch mehr ein. Nur selten mischte er sich unter seine Mitmenschen. Er war ein seltsamer Knabe, aber ich mochte ihn. Schon als Kind hatte ich in seinen Labors gespielt und so manches überraschende Experiment mit ihm begleitet. Meine Eltern waren damals zwar nicht sonderlich begeistert, insbesondere wenn mal wieder eine farbige Wolke aus dem Schornstein seines Labors quoll, doch ich genoss die Zeit mit ihm. Jacques war mir auch ein guter Lehrer. Ich konnte mich gut an den unsichtbaren Lack erinnern, den er mir zusammenmischte. Damit rieb ich in einer Nachsitzstunde die Klassentafel ein. Der Erfolg war grandios: Nicht eine einzige Kreidespur blieb mehr an dieser Tafel haften. Die Lehrer verzweifelten und rätselten, die Lösung wussten sie bis heute nicht.

Nach kurzem Klingeln öffnete sich die Tür. Jacques, wie immer im weißen Kittel und mit wirrem Haar, stand vor mir. Trotz seiner bescheidenen Körpergröße sah er irgendwie wie eine Mischung zwischen Einstein und Doktor Metzger aus. Dies war keineswegs abwertend gemeint, denn es war nur der Gedanke, der mir bei seinem Anblick stets zuerst in den Sinn kam.

»Hallo, Reiner«, begrüßte er mich. »Lange nicht mehr gesehen. Komm rein.«

»Ja sicher«, antwortete ich, »ist immerhin eine Woche her.« Ich trat in den Flur. So revolutionär und visionär seine Entdeckungen waren, so altbacken war sein Haus eingerichtet. Seit dem Tod seiner Frau schien alles unverändert. Die psychedelischen Blumentapeten aus der Woodstockzeit, das graue, wahrscheinlich einzige außerhalb von Museen existierende Wählscheibentelefon bis hin zu den Prilblumen auf dem Flurspiegel.

Ich begann mit einem kleinen Smalltalk. »Was macht das Sodbrennenmittel?«

Die Antwort interessierte mich mehr als brennend, und das war wörtlich zu nehmen. Jacques forschte in der Vorweihnachtszeit intensiv an einem Mittel, das einem sodbrennengeplagten Menschen dauerhaft von dieser Qual befreien sollte. Zum Teil war ihm das auch gelungen, zumindest, wenn man die Nebenwirkungen außer Acht ließe. Sie waren zwar ungefährlich, sorgten allerdings für eine gewisse soziale Ausgrenzung. Die von dem Mittel ausgehenden Abgase, die den Körper unbeeinflussbar mit entsprechender Geräuschkulisse verließen, waren für Humanoiden schlichtweg unerträglich.

»Ich hab's weggeworfen. Geh in die Apotheke und kauf dir eines.« Jacques klang betrübt.

»Was ist los, alter Knabe?«

»Was soll los sein? Ich realisiere Experimente mit atomarer Verschmelzung, ich kann die Photosynthese künstlich nachstellen, aber bei einem simplen Sodbrennenmittel versage ich.«

Mein Freund würde doch im Alter nicht depressiv werden? Ich nahm mir vor, dieses Thema nicht mehr anzusprechen, und ging mit ihm ins Wohnzimmer. Auch hier war die Ambivalenz zwischen altmodischem Wohnen und hochtechnologischen Apparaturen spürbar. Ein Nierentisch, auf dem ein Elektronenmikroskop und Schaltplatinen lagen, konnte man mit dem besten Willen nicht als einfachen Stilbruch abtun.

»Such dir einen Platz«, forderte mich Jacques auf, was allerdings recht schwierig war. Sämtliche Sitzgelegenheiten waren mit allem Möglichen belegt. Ich sah einen Stuhl, auf dem lediglich ein braunes Paket lag. Gerade als ich im Begriff war, es hochzuheben, schrie Jacques auf.

»Halt, lass das liegen, das ist gefährlich.«

Ich zuckte zusammen und trat einen Schritt zurück. »Was soll an einem Paket gefährlich sein?«, fragte ich, obwohl ich mir sicher war, dass es stimmte.

»Der Inhalt, Reiner, der Inhalt. Du weißt ja, dass ich in letzter Zeit nicht mehr so oft aus dem Haus komme. Erst seit Kurzem, seit ich dir das eine oder andere Mal bei deinen Ermittlungen helfen konnte, komme ich mal wieder ans Tageslicht. Und da wir heute Silvester haben, habe ich mir eine besondere Überraschung ausgedacht.«

Ich schielte auf das Paket. »Und die ist da drin?«

Er nickte. »Ein Kompaktfeuerwerk. Einmal zünden und dann geht's minutenlang rund.«

»Oh, Jacques. Du solltest wirklich häufiger rausgehen. So etwas gibt es seit Jahren.«

»Für wen hältst du mich? Mein Feuerwerk zündet mit Raketenantrieb in 2.000 Metern Höhe. Die Show wird fast eine halbe Stunde dauern und selbst in Frankfurt noch zu sehen sein. Gegen meine Feuerwerksbombe kannst du alles andere vergessen. Diese Nacht ist meine Nacht. In ein paar Stunden wirst du es sehen.«

Ich schluckte. »Ist das überhaupt erlaubt? Ich stelle mir das gefährlich vor.«

»Papperlapapp, ich passe schon auf. Ich zünde das Paket im Garten, da kann nichts passieren. Außerdem muss die Polizei ja nicht alles wissen.«

»Dann vergesse ich das am besten mal ganz schnell wieder. Könnten wir uns trotzdem irgendwo hinsetzen, wo es nicht so gefährlich ist?«

Er überlegte. »Dann gehen wir in die Küche. Da fällt mir ein, dort kannst du gleich etwas probieren.«

Probieren? Flucht oder nicht Flucht, das war hier die Frage. Widerwillig ging ich mit meinem Freund in die Küche. Für eine Junggesellenwohnung war sie überraschend gut aufgeräumt. Ich konnte kein schmutziges Geschirr ausmachen.

Jacques hatte meine Gedanken erraten. »Ich habe einen Ultraschallgeschirrspülautomaten erfunden. Der funktioniert ohne Wasser. Einfach das schmutzige Zeug einräumen und den Ultraschall aktivieren. In weniger als einer Minute ist alles keimfrei sauber. Stinkt zwar ein bisschen, spart aber immens Zeit.«

Tatsächlich fand sich auf der Eckbank ein kleines Plätzchen, das sich als Sitzgelegenheit anbot. Auf dem Tisch sah ich die kommende Katastrophe. Jacques zeigte auf die Schüssel.

»Probier mal mein Weihnachtsgebäck, Reiner. Auf dein Urteil bin ich sehr gespannt.«

Ich zögerte. »Hast du das selbst gemacht?«

»Na klar«, war seine Antwort, »mit den allerbesten Zutaten.«

Ich zögerte noch immer. »Keine giftigen Stoffe oder Unbekanntes?«

»Was ist mit dir los, Reiner? Hast du schlechte Erfahrungen gemacht? Du isst doch gerne Fastfood und süße Sachen. Los, leg los.«

Vertrauen hin, Vertrauen her. Was sollte ich nun tun? Meinem Selbsterhaltungstrieb gehorchen oder Laborratte spielen? Da ich Jacques aus gutem Grund bei Laune halten wollte, nahm ich mir mit spitzen Fingern ein Teilchen und steckte es, ohne es näher zu betrachten, in den Mund.

Mein Freund lächelte. »Und, schmeckt es?«

In der Tat, es war sehr bekömmlich. Ich hatte noch nie so gutes Gebäck gegessen. Die Konsistenz, der Geschmack, der Abgang im Rachen, alles war perfekt. Ich schnappte mir ein weiteres Teilchen mit gleichem Resultat.

»Kannst du mir das Rezept verraten?«, fragte ich mit vollem Mund.

»Das kannst du nicht nachmachen. Die Zutaten sind nur sehr schwierig erhältlich.«

Warum fiel mir augenblicklich wieder Kuhdung ein? »Verrat mir trotzdem, was drin ist«, bettelte ich.

»Das bringt dir nichts, Reiner. Glaub es mir.«

»Aber ich bitte dich. Ich kenne fast alle Grundnahrungsmittel beim Namen. Milch, Zucker und Mehl sind für mich keine Fremdwörter.«

Jacques kniff kurz die Lippen zusammen. »Solches Zeug kommt mir nicht in mein Weihnachtsgebäck.«

Ich ahnte Übles. Glücklicherweise waren die beiden Teilchen inzwischen in meinem Magen angekommen. »Sag's mir.«

Er gab sich geschlagen. »Das Gebäck besteht zu 100 Prozent aus synthetischen Stoffen. Naturprodukte mit ihren schwankenden Qualitäten haben bei mir keine Chance, selbst wenn noch so oft Bio oder Öko draufsteht. Alles muss bei mir perfekt und vor allem gleichmäßig schmecken. Ich kann das Gebäck jederzeit reproduzieren. Ich stelle alles frisch in meinem Labor im Wohnzimmer her.«

Eine vorläufig noch leichte Übelkeit überkam mich. »Und das ist wirklich ungefährlich? Keine Nebenwirkungen?«

»Reiner, denkst du, ich würde dich etwas probieren lassen, was ich nicht für sicher erachte? Selbstverständlich habe ich das Gebäck selbst versucht. Lass es dir gesagt sein, es gibt keine kurzfristigen Nebenwirkungen. Ich bin gesund wie immer. Kein Ausschlag, keine Allergie, rein gar nichts.«

»Wie sieht es mit den langfristigen Nebenwirkungen aus? Vielleicht machen die Kekse impotent oder die Geschmackszellen werden abgebaut.«

Jacques zuckte mit den Achseln. »Alles kann man natürlich nicht ausschließen. Ein klitzekleines Restrisiko bleibt immer. Der Mensch ist ab seiner Geburt permanent in Lebensgefahr. Wenn wir beide nächste Weihnachten noch leben, werde ich das Gebäck offiziell auf dem Weihnachtsmarkt in Ludwigshafen vertreiben. Den Erlös werde ich selbstverständlich für einen karitativen Zweck spenden.«

In den nächsten Minuten musste ich mich ausschließlich auf meine Magenschließmuskeln konzentrieren. Nur der Hinweis auf die karitative Stiftung bewahrte mich vor dem Wahnsinn. Aber Jacques hatte ja recht. Wie oft machte man in seinem Leben dumme Sachen und ging dabei ein beträchtliches Lebensrisiko ein. Ich selbst hatte beispielsweise einmal Stefanie bei einem Besuch im Reformhaus begleitet. Anfangs hatte ich noch tapfer die vielen aufgenötigten Kostproben zu mir genommen. Irgendwann wurden meine ehrlich gemeinten Kommentare deutlicher und meine Frau und die Verkäuferin warfen mich gemeinsam aus dem Laden. Nach diesem Debakel kaufte ich meiner Frau einen Blumenstrauß in der Hoffnung, dass sie sich über die Nelken freuen würde.

Jacques aß nun auch ein Gebäck, was ich als Hinweis auf ein nicht akut anstehendes Ableben meinerseits wertete.

»Was willst du überhaupt hier?«, fragte mich der Erfinder mit vollem Mund.

»Dich besuchen, sonst nichts.«

»Sonst nichts«, äffte er mich nach. »Das wäre das erste Mal. Hat es etwas mit Silvester zu tun? Soll ich dir ein paar Kracher für deinen Sohn zusammenmixen? Dann wackeln bei euch die Scheiben im ganzen Wohngebiet.«

Die Sache musste ich mir merken. Vielleicht konnte er mir ein paar extrastarke Böller mit kleinem Schadensradius produzieren. Meine Nachbarin würde sich darüber sicherlich freuen. Ich verdrängte meine bösartigen, aber gerechten Gedanken. Ich war wegen einer wichtigeren Sache hier. Obwohl die Brisanz einer Frau Ackermann durchaus mit einem frei umherlaufenden Mörder vergleichbar war. Strafrechtlich gab es allerdings dummerweise ein paar kleinere Unterschiede.

Jacques bemerkte, dass ich nicht antwortete. »Ist es mal wieder so weit? Du brauchst Hilfe in einer Ermittlungssache?«

Ich nickte fast unmerklich.

»Dann fang an zu erzählen, damit wir dieses Jahr noch fertig werden.«

»Das ist es ja. Ich möchte den Gauner heute noch fassen.«

Der Erfinder schaute auf die Küchenuhr, die so verstaubt war, dass die Zeiger nur mit Mühe zu erkennen waren. »Hexen kann ich nicht, zaubern schon. Iss noch ein Gebäck und erzähl endlich.«

Und so begann ich zu reden. Vor Jacques hatte ich keine Geheimnisse. Während meines Vortrages wurde mir bewusst, wie viele kuriose und gefährliche Dinge ich in den letzten Tagen erlebt hatte. Am Schluss war ich überzeugt, meinem Freund ein umfassendes Bild der aktuellen Lage gegeben zu haben.

»Das ist ja ein Ding«, kommentierte er meinen Bericht. »Im Prinzip ist alles logisch, aber da draufzukommen war bestimmt nicht einfach, oder?«

»Ach weißt du, ich habe den Täter schon lange in Verdacht. Nur mit den Beweisen hapert es noch.«

»Darum willst du wieder einen deiner berühmten Palzki-Bluffs durchführen.«

Ich lächelte. »Ja, genau so könnte man das sagen. Ich weiß nur nicht wie. Man müsste den Täter an einen bestimmten Ort locken, das dürfte noch funktionieren. Aber dann?«

Jacques war in seinem Element. Er schien gar nicht überlegen zu müssen. »Das lass mal meine Sorgen sein. Ich hab da bereits eine Idee. Würdest du mich mit deinem Freund Ferdinand Jäger bekanntmachen?«

Hocherfreut ging ich in den Flur. Glücklicherweise gehörte ich der Generation an, die wusste, wie ein Wählscheibentelefon funktionierte. Meine Kinder könnten solch ein Gerät ohne Anleitung nicht mehr bedienen.

Ferdi war hocherfreut, von mir zu hören. In Sachen Mordfall Karl-Heinz Schönhausen hatte sich in der Brauerei nichts getan. Weder der Kripochef noch andere Beamte waren heute erschienen. Es wurde gemunkelt, sie würden eine interne Party auf der Dienststelle feiern. Ich überließ Jacques das Telefon, der sich daraufhin lange mit Ferdinand unterhielt.

Nach dem Telefonat erklärte mir Jacques seine Idee. Sie war im wahrsten Sinne des Wortes umwerfend. Ich hatte ein paar Verbesserungsvorschläge, die wir in das Gesamtkonzept integrierten. Viel gefährlicher als Jacques' selbstgezüchtetes Weihnachtsgebäck war unser Plan auf keinen Fall. Dennoch sollte ich ihn nicht unbedingt meiner Frau auf die Nase binden.

Jacques benötigte für unser Vorhaben ein paar Stunden Vorbereitungszeit. Mit Ferdinand Jäger hatte er am Nachmittag einen festen Termin vereinbart. Da ich nicht im Weg herumstehen wollte, verabschiedete ich mich.

»Wir machen es genauso wie vereinbart«, gab er mir mit auf den Weg. »Du brauchst keine Angst zu haben, das wird der absolute Knaller.«

14 MEIN MASERATI FÄHRT 210, DIE POLIZEI HAT'S NICHT GESEHN

Ich freute mich, dass das Caravella am Silvestertag geöffnet hatte. Dort erhielt man noch richtige Naturprodukte wie frittierte Kartoffelstäbchen und kein chemisches Zeug oder, noch schlimmer, Biofutter.

In diesem Zusammenhang fiel mir ein, dass es an der Weinstraße einen Winzer gab, der seine Produkte als Wein aus ökumenischem Anbau vermarktete. Und das nur, weil es in seinem Wohnort eine evangelische und eine katholische Kirche gab.

Nach dem Motto, jeder Tag könnte dein letzter sein, bestellte ich mir eine ausgedehnte Henkersmahlzeit. Ich hoffte dadurch, das Erfindergebäck in meinem Körper ausreichend zu verdünnen.

Gestärkt und mit brennender Speiseröhre fuhr ich anschließend zur Dienststelle.

Ich erkannte den dekorierten Eingangsbereich fast nicht wieder. Es fehlte nur noch, dass mir eine Polonaise mit uniformierten Kollegen entgegenkam.

Der Versuch, mich in mein eigenes Büro zu schleichen, misslang. Vermutlich hatten die Kollegen überall Fahndungsplakate ausgehängt. So dauerte es keine Minute, bis Jutta und Gerhard in mein Büro stürmten.

»Da bist du ja«, begann eine erleichtert wirkende Jutta. »Wir haben dich überall gesucht, weil wir uns Sorgen um dich gemacht haben.«

Gerhard schüttelte den Kopf. »Nur in deinem Büro haben wir nicht gesucht. Das war uns zu unwahrscheinlich. Warst du die ganze Zeit hier?«

»Ja klar«, antwortete ich und verbesserte mich sofort.

»Ne, natürlich nicht. Kommt, setzt euch.« Ich zeigte auf meine Besprechungsecke.

Meine Kollegen waren neugierig geworden. Gerade als ich ihnen alles erzählen wollte, kam KPD zur Tür herein.

»Da sind Sie ja, meine Herrschaften. Gut, dass Herr Palzki auch da ist. Kommen Sie, kommen Sie, die Party geht los. Die Presse ist auch längst anwesend.«

Diefenbach, der ein winziges Papierhütchen trug, wartete, bis wir uns erhoben und ihm in den Sozialraum folgten. Die ersten Tusche erklangen. Hatten wir vielleicht doch bereits Fastnacht und mein Gehirn spielte mir einen Streich? Hatte KPD recht mit seiner Behauptung, ich wäre im Moment geistig etwas indisponiert? Ich blickte zu Jutta und Gerhard, die ebenfalls unglückliche Mienen machten. Nur Jürgen, der in einer Ecke stand und drei Colaflaschen in der Hand hielt, lachte. Wahrscheinlich durfte er zuhause bei seiner Mama keine koffeinhaltigen Sachen trinken.

Da KPD auch die Presse eingeladen hatte, war Dietmar Becker anwesend. Er kam zu uns rüber und setzte sich direkt neben mich. Dass er mir seinen Arm nicht um die Schultern legte, wunderte mich.

»Alles klar, Herr Palzki? Es war ein schöner Tag gestern, oder? Als Dreamteam sind wir unschlagbar. Fangen wir beide heute noch den Mörder?«

Ein kleiner Seitenblick zeigte mir, dass meine Kollegen große Augen bekamen. Die Erlebnisse des gestrigen Nachmittags kannten sie nur aus der Sichtweise von KPD, und dieser erhielt seine Informationen von Benno, dem Mannheimer Kripoleiter.

»Das hat sich alles zufällig ergeben«, schrie ich, da jemand die Musik lauter gedreht hatte und es Jutta und Gerhard hören sollten.

»Zufall oder nicht«, schrie Becker gegen Nenas 99 Luftballons an. »Hauptsache, ich war dabei, als wir den toten Schönhausen fanden. Gleich heute Morgen habe ich mit meinem neuen Krimi begonnen. Es gibt in meinem Handlungskonzept noch ein paar Lücken, vielleicht könnten wir uns da mal zusammensetzen.«

›Kriegsminister gibt's nicht mehr‹, tönte es aus den Lautsprechern und mir fiel keine Antwort ein.

Ich winkte Jürgen zu mir und nahm ihm kommentarlos eine Flasche Cola ab, die er bereitwillig hergab. Das Angebot schien groß genug zu sein. Über dem Selbstbedienungsausschank hing ein Schild: Bier und Wein bitte erst ab 18 Uhr.

Die Versuchung war groß, doch ich musste unbedingt nüchtern bleiben. Mein eiserner Wille durfte nicht gebrochen werden. Dummerweise kam in diesem Moment Gerhard mit einem listigen Lächeln von der Ausschanktheke zurück. Hinter seinem Rücken holte er zwei Flaschen Pils hervor.

»Nimm schon«, sagte er zu mir. »Die ersten zwei Kästen sind bereits leer.«

Ich zeigte auf das Schild. »Da vorne steht was von 18 Uhr, Kollege.«

Gerhard schaute mich mitleidig an. »Seit wann stört sich in diesem Laden jemand an Schildern? Die haben überhaupt keine Rechtswirkung.« Er hielt mir die geöffnete Flasche vor die Brust.

»Danke, heute nicht.«

Das hatten auch Jutta und Dietmar Becker mitbekommen. Meine Kollegin fühlte mir den Puls. »Ist wirklich alles mit dir in Ordnung? Sollen wir einen Arzt rufen? Keine Angst, nicht den Doktor Metzger.«

»Mir kann kein Arzt helfen«, sagte ich und wurde sofort missverstanden.

Betroffen schauten mich meine Kollegen an. »Du hast nie darüber gesprochen, dass du so schwer krank bist, Reiner. Können wir irgendwas für dich tun?«

Die Betroffenheit klang echt. In normalen Situationen würde ich dies jetzt ein wenig auskosten und vielleicht auch ausnutzen. Doch dazu war wirklich nicht der richtige Tag.

»Ich bin überhaupt nicht krank, Leute. Ich mag heute nur kein Bier.«

Gerhard überlegte. »Das widerspricht sich aber.«

»Haha«, lachte ich pflichtbewusst. »Ich kann auch ohne Alkohol Silvester feiern. Helau, Ahoi.« Schnell fügte ich an: »Ja, ich weiß, dass wir keine Fastnacht haben.«

»An Fastnacht feiern wir in einem größeren Saal.«

Wir blickten alle erschrocken auf. Unbemerkt war KPD hinzugetreten. Er musste meinen letzten Satz gehört haben. In der Hand hielt er ein gefülltes Weinglas.

»Eine exzellente Spätlese, Herr Palzki. Müssen Sie unbedingt mal probieren. Wenn sie Ihnen schmeckt, lade ich Sie gerne einmal zu einer Weinprobe ein.«

Meinen entgeisterten Blick wertete er als Zustimmung.

»Oder wissen Sie was? Das ziehen wir gleich ein paar Nummern größer auf. Wir organisieren eine Weinprobe für die ganze Kriminalinspektion. Ja, ich habe in der Vergangenheit mitbekommen, dass wir hier ein paar Biertrinker haben. Mal schauen, ob die sich nicht auch für den Rebensaft begeistern können.«

»Das glaube ich kaum«, konterte ich, ohne zu wissen, warum ich das sagte. Damit erzielte ich KPDs volle Aufmerksamkeit, was so nicht von mir gewollt war.

»Und warum nicht?«, fragte er und zog dabei das letzte Wort in die Höhe und die Länge.

Wieder einmal war mein Mundwerk schneller als mein Hirn. »Weil im Wein kein Hopfen drin ist.«

Mein Vorgesetzter versuchte, diese Information zu verarbeiten, was ihm aber misslang. »Wieso sollte das wichtig sein?«, fragte er unsicher.

»Hopfen macht schlau«, antwortete ich und es wurde still. Selbst das Lied war in der gleichen Sekunde zu Ende gegangen.

KPD holte Luft, sehr viel Luft. Das Donnerwetter würde furchtbar werden. Ich rechnete mindestens mit einem Eintrag in die Personalakte und einem Monat Streifendienst auf dem Campingplatz ›Auf der Au‹.

Ausgerechnet der Student schaltete am schnellsten und rettete mich.

»Herr Diefenbach«, sprach Becker unseren Chef an. »Dürfte ich mit Ihnen ein Interview durchführen? Ich will Ihre Aufklärungsquote ins rechte Licht rücken und für die Bürger draußen in der Zeitung die Arbeit der Polizei würdigen. Insbesondere die Ihrige, Herr Diefenbach.«

Dieser Schleimer, dachte ich. Lieber Schichtdienst schieben, als mich so herabzulassen. Das war mit Menschenwürde unvereinbar.

»Das machen wir selbstverständlich sofort«, erklärte dieser, und die Sache mit dem Hopfen war vergessen. »Gehen wir in mein Büro, da sind wir ungestört. Ich sage am Buffet Bescheid, dass man uns ein paar Häppchen vorbeibringt.«

Diefenbach und Becker zogen ab. Der Student drehte sich kurz zu mir um: »Wann können wir reden?«

»Nächstes Jahr«, antwortete ich, obwohl ich eigentlich übernächstes Jahr meinte. Becker war zufrieden und trabte unserem Vorgesetzten nach.

Die Neue Deutsche Welle, inzwischen fast 30 Jahre alt,

setzte wieder ein. Markus dröhnte sein ›Ich will Spaß, ich will Spaß‹.

Jutta stand auf. »Ich komme gleich wieder.«

Gerhard hatte sich damit abgefunden, das Bier alleine zu trinken. Es schien ihm nicht allzu viel auszumachen. Nach höchstens drei Minuten kam Jutta zurück.

»Ich habe kurz telefoniert. Sie kommen gleich vorbei.«

»Hast du einen Arzt angerufen?«, fragte ich erbost.

»Nein, wieso«, antwortete Jutta. »Brauchst du einen?«

Ärgerlich winkte ich ab. »Wen hast du angerufen?« Ich ahnte unbestimmtes Unheil.

»Deine Frau. Sie kommt mit Melanie und Paul vorbei.«

»Was hast du getan?« Ich glaubte mal wieder, im falschen Film zu sein.

Jutta reagierte gelassen. »Schau dich doch um. Viele Kollegen haben ihre Familie dabei. Das war der ausdrückliche Wunsch von KPD. Du willst doch deine Familie nicht zuhause versauern lassen, oder?«

Ich blickte auf die Uhr. »Wie lange soll diese Spaßveranstaltung eigentlich gehen?«

»Hast du KPDs Mitteilungsblatt etwa nicht gelesen?«, meinte sie sarkastisch. »Vor Mitternacht kommt hier niemand raus.«

»Das geht nicht«, antwortete ich. »Ich habe meiner Familie versprochen, mit ihnen zusammen Silvester zu feiern.«

Jutta trank ihre Apfelsaftschorle leer. »Na, dann ist ja alles prima. Ihr feiert einfach hier zusammen. Ist schließlich viel billiger. KPD hat mal wieder irgendeinen Schwarzgeldetat angebohrt. Ich glaube, die Handkasse für Bußgeldbarzahlungen oder so etwas in diese Richtung.«

»Es geht trotzdem nicht«, beharrte ich weiterhin. »Ihr bringt mich in Teufels Küche. Ich muss heute Abend nochmals weg.«

Während im Hintergrund jemand ›Ich bin eine Assi mit Niveau, ich lese Lyrik auf dem Klo‹ sang, rückten Gerhard und Jutta näher.

»Ich hab's gewusst«, sagte Gerhard siegessicher, »dass du ein Ding planst. Lass mich raten, du warst vorhin bei Jacques.«

Egal, wie meine Reaktion ausgefallen wäre, meine Kollegen hätten sie auf jeden Fall als Zustimmung gedeutet.

»Sag schon, wann geht es los?« Selbst Jutta, normalerweise die Ruhe in Person, fing an zu zappeln.

Was blieb mir in dieser Situation übrig? In ein paar Minuten würde Stefanie mit unseren Kindern auftauchen. Ich nutzte die Zeit, meinen Kollegen von meinem Verdacht und den Plänen zu erzählen. Wahrscheinlich war es so sogar besser. Ein Sicherungsnetz war selbst in einem Zirkus nie verkehrt. Gerhard und Jutta versprachen, im Hintergrund etwas aufzupassen und es Stefanie schonend beizubringen, dass wir zu später Stunde zu einem Einsatz mussten. Dafür war ich den beiden sogar dankbar. Stefanie würde ihnen mehr glauben als mir allein. Wenn Jutta und Gerhard dabei waren, konnte es nicht so gefährlich sein, das war die fälschlicherweise angenommene Denkweise meiner Frau.

Fast hätte ich doch noch zu einem Bier gegriffen, konnte aber in letzter Sekunde die mit mir selbst getroffene Abmachung wieder ins Gegenwarts-Gedächtnis rufen.

Kurz darauf kam Stefanie an. Sie lächelte, auch wenn man ihr sofort ansah, dass die Musik für ihren Geschmack etwas zu laut war. Hinter Stefanie kamen Paul und Melanie eingelaufen. Paul erachtete es als überflüssig, seinen geliebten Vater zu begrüßen. Er lief schnurstracks zur Ausschanktheke und hatte Sekunden später eine Flasche Cola in der Hand. Bei Melanie dauerte das Warming-up etwas länger. Sie schaute trübselig zu Boden, ihr Leben war durch fehlende Rücksichtnahme der Eltern an diesem Tag zerstört. Wahrscheinlich hatte ihr Stefanie sehr undiplomatisch erklärt, dass ich sie nicht zu der von ihr gewünschten Party bringen würde. Die Trotzphase war allerdings recht kurz. Sehr schnell bemerkte sie, dass es in diesem Raum auch mehrere Jungs im passenden Alter gab. Ein Dauerlächeln vertrieb ihre Bitterkeit. Ich nahm mir vor, gut auf meine Tochter aufzupassen und in regelmäßigem Abstand, also so ungefähr im 20-Sekunden-Rhythmus, nach ihr zu schauen.

15 GALGENHUMOR

Die Stunden quälten sich dahin. Längst hatte ich, wie mein Sohn, eine Überdosis Koffein in der Blutbahn. Stefanie hatte Paul bestimmt zehn Mal eine halb getrunkene Colaflasche abgenommen. Aber Minuten später hatte er sich wieder eine neue organisiert. Überall standen halb volle Colaflaschen in der Gegend herum. Melanie hatte ich bereits seit einer Weile nicht mehr gesehen. Meiner Frau fiel meine Unruhe auf und sie fragte nach dem Grund.

»Ach Reiner«, antwortete sie. »Hab Vertrauen in Melanie. Wir wollen unsere Kinder doch zur Selbstständigkeit erziehen. Wie sollen die das werden, wenn wir sie laufend kontrollieren und unter Generalverdacht stellen?«

Keine fünf Minuten später war Stefanie genauso zappelig wie ich.

»Ich geh halt mal kurz nachschauen«, meinte sie in ihrer mir nicht ganz verständlichen Frauenlogik zum Thema Erziehung.

Zwei Minuten später kamen beide zurück. Stefanie mit hochrotem Kopf und Melanie peinlich berührt zum Boden blickend.

Ich verkniff mir, nach dem Grund zu fragen.

Gerhard, der nach unserem Gespräch ebenfalls mit dem Biertrinken aufgehört hatte, diskutierte lang und ausführlich mit Jutta.

Jutta hatte Stefanie beigebracht, dass wir heute Nacht eine vorläufige Festnahme durchführen müssten, die leider zeitlich nicht verschiebbar wäre. Meine Frau war schlau genug, die Wahrheit zu erahnen.

»Wird's für Reiner mal wieder gefährlich?«

»Nicht gefährlicher als immer. Polizeibeamte leben halt

mal mit einem gewissen Restrisiko. Du musst aber keine Angst haben, Gerhard und ich sind dabei.«

Das beruhigte Stefanie. Es war ein guter Schachzug von mir gewesen, die beiden einzuweihen.

Meine Kollegen verließen die Party etwa eine Stunde vor mir. Als es Zeit war, mich selbst zu verabschieden, nahm ich meine Frau fest in den Arm. Sie schaute mich traurig an.

»Wie gerne hätte ich mit dir getanzt, Reiner. Warum hast du nur nie Tanzen gelernt?«

Tanzen, das war für mich gleichbedeutend mit dem Konsum von Rosenkohl oder ähnlich schrecklichem Gemüse. »Denk an unser Baby«, antwortete ich diplomatisch, und sie gab sich damit zufrieden.

»Nachdem ihr euch die Raketen und die Ballerei um Mitternacht angeschaut habt, nehmt ihr am besten ein Taxi. Wann ich heimkomme, kann ich nicht genau sagen.«

»Spinnst du?«, reagierte Stefanie. »Wir wohnen zu Fuß zehn Minuten von hier entfernt. Was sollen wir da mit einem Taxi?«

»Baby?«, fragte ich ziemlich kleinlaut.

»Das kommt im Mai, jetzt haben wir Dezember.«

Die Verabschiedungszeremonie dauerte ein paar Minuten. Ich versprach ihr, mich auf nichts Gefährliches einzulassen und danach gleich nach Hause zu kommen. Melanie registrierte meine Verabschiedung erst gar nicht und Paul stand vor einem halben Dutzend Beamten und erzählte ihnen Witze. Garantiert waren sie nicht jugendfrei, so wie sie lachten.

*

So spät abends war ich noch nie in der Brauerei gewesen. Der Eingang durch das Verwaltungsgebäude war um diese Uhrzeit nicht mehr besetzt, genauso wenig wie die Lkw-

Einfahrt. Um dieses Problem zu meistern, setzte ich auf modernste Technik. Ich suchte mein Handy im Handschuhfach und rief Ferdinand an. Wenige Minuten später kam er angelaufen und öffnete mir eine kleine Nebentür.

»Alles klar bei dir?«, flüsterte er, obwohl das Betriebsgelände menschenleer sein sollte.

Ich nickte. »Nur eine kleine Vorstufe eines Tinnitus«, antwortete ich. »Die Musik war recht laut.«

Ferdinand, der von der Party in Schifferstadt keine Ahnung hatte, schaute mich verwundert an. »Hast du auch so einen neumodischen Ohrstöpsel mit Musik?«

Bis wir im Bräukeller angekommen waren, hatte ich ihm meinen Zeitvertreib der letzten Stunden erklärt.

Der Bräukeller sah aus wie immer. Picobello aufgeräumt und interessant beleuchtet. Auf dem Haupttisch, an dem Ferdi und ich schon mehrfach unser Wiedersehen gefeiert hatten, standen leere Biergläser. Es sah gemütlich aus, und am liebsten hätte ich mich in einen der Stühle gefläzt und ein paar Räuberbier genossen. Doch wir hatten einen Auftrag.

Ferdi zeigte zur Decke über dem Haupttisch. »Haben wir das gut hingekriegt?«

»Ein bisschen makaber ist es schon, meinst du nicht?«

»War das mein Plan oder eurer?«

»Wo habt ihr den her?«

»Ich habe einen Bekannten, der im Museum arbeitet. Das, was du siehst, ist ein Original!«

Ich schluckte. »Ist da mal einer mit …?«

»Klar doch«, antwortete Ferdi. »Mehrere sogar. Liegt aber alles schon ziemlich lange zurück.«

Ich betrachtete den Galgenstrick, der direkt über dem Tisch hing, mit einer gehörigen Portion Ehrfurcht.

Mit einem Mal war ich mir sehr unsicher, ob unser Plan

ein guter Plan war. Ich musste aufpassen, damit ich Ferdi mit meiner Unsicherheit nicht ansteckte.

»Na ja, ist schließlich nur für die Symbolik.«

»Hoffen wir es«, entgegnete mein Freund. »Ich hoffe, dass Herr Bosco weiß, was er tut.«

»Bisher ist es immer gut gegangen«, sagte ich überzeugend.

Ferdinand Jäger ging hinter die Theke. »Was willst du trinken?«

»Auf jeden Fall was Alkoholfreies. Hast du Karamalz?«

Er holte zwei Karamalz aus dem Kühlschrank und schenkte ein. »Hab ich schon lange nicht mehr getrunken, schmeckt aber gut.« Er prostete mir zu und dabei fiel mein Blick erneut auf den Galgen.

»Wie lange wird's noch dauern?«, fragte ich. »Hat alles geklappt?«

»Der Fisch wurde auf jeden Fall geködert. Ob er ihn auch schnappt, werden wir demnächst merken. Von jetzt an bis Mitternacht ist alles drin. Wenn wir Pech haben, riecht unser Freund den Braten und lässt uns hier versauern.«

Wir tranken unser Alkoholfreies und schwiegen uns wie richtige Männer an. Plötzlich hörten wir leise Schritte auf der Treppe. Eine Person kam zu uns in den Bräukeller. Mein Herzschlag übertönte die folgenden Schritte. Stimmte meine Vermutung? Hatte ich richtig kombiniert oder falsch gelegen? Die Ungewissheit der nächsten Sekunden fraß mich beinahe auf.

»Guten Abend, die Herren«, begrüßte uns eine bekannte Stimme. »Zu so später Stunde sitzen Sie im Bräukeller zusammen? Draußen feiert der Rest der Welt Silvester.«

»Sie sind doch auch hier«, antwortete ich ihm.

Er lachte. »Einer muss schließlich arbeiten. Ich habe bei

meinem Rundgang Licht durch die Lichtschächte gesehen und wollte mal nachschauen.«

»Wir haben noch freie Stühle«, bot Ferdinand unserem Gast an, doch der blieb in ein paar Metern Entfernung stehen. Er entdeckte den Galgen.

»Nanu? Was wollen Sie mit diesem Strick? Spielen Sie eine moderne Variante des russischen Roulettes?«

Ich trank mein Glas leer. »Das hat etwas mit Symbolik zu tun, Herr Panscher«, antwortete ich ihm. »Wir wollen nämlich einen Mörder fangen.«

»Einen Mörder? Welchen Mörder?«

»Den Mörder von Fritz Klein.«

Der Braumeister stutzte. »Denken Sie, dass der heute bei Ihnen vorbeikommt? Außer uns und dem Wachpersonal ist vermutlich niemand auf dem Betriebsgelände.«

Ich schaute ihm fest in die Augen. »Er ist bereits angekommen, Herr Panscher. Sie selbst haben Ihren Gehilfen vom Gärtank gestoßen.«

Jetzt war es raus. Die nächsten Sekunden würden alles entscheiden. Hoffentlich war Jacques präpariert und Panscher würde genauso reagieren, wie wir es uns erhofften.

Der Braumeister blieb cool. »Finden Sie nicht, dass das ein bisschen zu weit hergeholt ist? Warum sollte ich den Fritzl umgebracht haben?«, fragte er scheinheilig. Nach wie vor stand er am Ende der Treppe, etwa fünf Meter von uns entfernt.

»Weil er die Sache mit dem Hopfen bemerkt hatte. Sie haben doch mit dem Hopfenextrakt gehandelt, oder?«

Er wurde sichtlich blass. »Ich weiß nicht, was Sie von mir wollen. Die im Labor haben mit dem Hopfen Schnaps gebrannt, das hat aber mit mir nicht das Geringste zu tun.«

»Das glaube ich Ihnen sogar«, fiel ich ihm ins Wort. »Ihr Geschäftspartner war Doktor Schönhausen.«

Viel zu langsam kam die Reaktion. »Schönhausen, wer soll das denn sein?«

»Sie werden doch Doktor Schönhausen von der Klinik Lebenswert kennen. Immerhin haben Sie gestern seinen Bruder umgebracht.«

»Ach, Sie meinen diesen Alkoholiker, der im Keller der Brauerei gefunden wurde?«

»Genau den, woher wissen Sie eigentlich, dass er Alkoholiker war?«

Panscher zuckte mit den Schultern. »Was weiß ich, das werden Sie gestern im Sudhaus gesagt haben, als die Polizei da war. Herr Palzki, darf ich Sie darauf hinweisen, dass ich mit Ihnen zusammen im Labor war, als Bauer, der Laborleiter, festgenommen wurde? Wie sollte ich da zum gleichen Zeitpunkt den Kerl im Keller umgebracht haben?«

Es klappte. Panscher redete und redete, statt zu handeln. Wir kamen unserem Ziel ein kleines Stück näher.

»Ich habe ein gutes Gedächtnis, Herr Panscher. Sie sind erst ganz zum Schluss gekommen, und außerdem wirkten Sie ziemlich abgehetzt. Ich vermute, dass Schönhausen wenige Minuten vorher durch Ihre Hände starb.«

»Vermutungen. Ich bitte Sie, Herr Palzki. Ist das nicht alles viel zu weit hergeholt? Zwei Morde wegen ein bisschen Hopfen, das glaubt Ihnen doch niemand.«

»Es waren ja auch drei Morde«, entgegnete ich. »Überdies haben Sie die Paletten im Lager auf uns gestürzt. Schade um das ganze Bier.«

Panscher trat einen winzigen Schritt vor. Er trug einen weiten Mantel, der Spielraum für Spekulationen ließ. »Und das alles haben Sie angeblich herausgefunden? Ich befürchte nur, dass Sie nicht einen einzigen Beweis für Ihre abstrusen Behauptungen haben.«

»Oh doch«, antwortete ich. »Als ich gestern zusammen mit Herrn Becker in Ihrem Sudhaus auftauchte, nachdem wir die Leiche entdeckt hatten, sah ich es sofort. Sie trugen Sandalen, Herr Panscher! Sandalen im Winter. Mir war sofort klar, dass Sie es waren, der die Paletten auf uns stürzen ließ und dann während der Verfolgung einen Schuh verloren hat. Zurück an Ihrem Arbeitsplatz haben Sie nur die Sandalen gefunden. Stimmt's, Herr Panscher?«

»Und wenn schon«, antwortete der Braumeister. »Das war ja nur ein kleiner Spaß. Ich wollte Sie bloß erschrecken. Dass gleich eine halbe Tagesproduktion umkippt, war nicht beabsichtigt. Daraus können Sie aber keinen Zusammenhang mit den Morden ziehen.«

»Doch, doch«, tönte es aus dem Hintergrund. Eine weitere Person war, von uns allen unbemerkt, die Treppe zum Bräukeller heruntergekommen.

»Herr Palzki hat schon richtig kombiniert, Herr Panscher«, sagte die Person, die im Halbschatten stand. »Dieser Palzki ist ein cleverer Bursche, das habe ich sofort nach dem ersten Kontakt bemerkt. Allerdings haben Sie sich recht dämlich angestellt, Herr Panscher. Ihren Gehilfen hätten Sie unauffälliger verschwinden lassen können.«

Panscher wurde nervös. »Aber der Dreckshund hat mich doch erpresst. Er wollte schnurstracks zur Polizei laufen. Ich musste sofort handeln.«

»Das haben Sie auch getan«, antwortete unser Neuankömmling, »und ihn direkt vor die Füße eines Polizeibeamten geworfen.«

»Das konnte ich nicht wissen«, verteidigte sich der Braumeister.

»Nein, das konnten Sie nicht. Statt sich damit zufriedenzugeben, bringen Sie zusätzlich diesen Schönhausen um. Was haben Sie sich dabei gedacht, Panscher?«

Der Braumeister geriet unter Druck. Gleich würde er überreagieren. »Der hat mich auch bedroht und erpresst. Sein Bruder muss vor seinem Tod mit ihm gesprochen haben. Er wusste über die Sache Bescheid und wollte den gesamten Hopfen haben. Da habe ich mich mit ihm im Keller verabredet. Mir blieb keine andere Wahl.«

»Nein, die hatten Sie nicht«, sagte der andere, trat einen Schritt vor ins Licht und zog eine Waffe. »Herr Palzki, verhaften Sie Herrn Panscher! Er hat zwei Menschen ermordet, und bei Ihnen hat er es versucht.«

Jetzt oder nie, dachte ich und konterte. »Festnehmen, Herr Professor Doktor Kleinmacher. Verhaften kann nur der Richter.«

Der Professor hielt nach wie vor die Waffe auf Panscher gerichtet. Wenn er abdrückte, wäre die Beweiskette unvollständig.

»Ich will aber noch mehr, Herr Kleinmacher.«

»Professor Doktor Kleinmacher«, verbesserte dieser sofort in energischem Ton. »Ich hab's Ihnen bereits gesagt, dass ich auf meinen vollständigen Namen bestehe.«

»Von mir aus«, entgegnete ich und wusste, dass ich dennoch weiter provozieren musste, um den Plan zu vollenden.

»Ich weiß auch, wer Doktor Detlev Schönhausen ermordet hat.«

Kleinmacher stand einen Augenblick mit geöffnetem Mund da. »Ist da auch Panscher für verantwortlich?«

Ich schüttelte den Kopf. »Nein, das war jemand mit einem unbeirrbaren Willen für sein Forschungsprojekt, jemand, der über Leichen geht. Sie waren es, Kleinmacher. Sie haben den Doktor kaltblütig ermordet.«

Jetzt war es raus. Da keine Beschwerde wegen der unvollkommenen Namensnennung kam, war ich sicher, richtig kombiniert zu haben.

»Er war selbst schuld«, gestand der Professor, was ihm wegen der Waffe anscheinend nicht schwerfiel. »Hätte er noch ein Jahr lang mitgemacht, dann wären meine Forschungen erfolgreich beendet gewesen. Ausgerechnet in dieser schwierigen Phase auszusteigen war inakzeptabel. Wir hatten einen Deal, er hat seinen Teil gebrochen, das musste mit dem Tod bestraft werden.«

»Und das alles wegen des Hopfens«, schlussfolgerte ich.

Kleinmacher reagierte aufgebracht. Panscher wollte etwas sagen, der Professor schnitt ihm das Wort ab. »Haben Sie eine Ahnung, Palzki. Für meine Forschung bin ich auf erstklassigen Hopfenextrakt angewiesen. Nur Brauereien verfügen über den besten Hopfen, den der Markt hergibt. Alles andere ist für meine Forschungen unbrauchbar, insbesondere die asiatische Importware. Zwei Jahre lang hat mein Mittelsmann Doktor Schönhausen den Hopfenextrakt über Herrn Panscher organisiert.«

Panscher ignorierte die auf ihn gerichtete Waffe und unterbrach Kleinmacher. »Die ganze Zeit haben Sie auch nur sehr wenig von dem Zeug gebraucht. Das konnte ich locker in der Produktion abzweigen, in dem ich ständig zwei bis drei Prozent Mehrverbrauch aufschrieb. Das wäre in 100 Jahren niemandem aufgefallen.«

Ich kombinierte. »Und plötzlich haben Sie, Kleinmacher, mehr Hopfenextrakt gebraucht, ich verstehe.«

»Nichts verstehen Sie«, erwiderte dieser aufgebracht. »Ich bin in der Endphase meiner Forschung. Meine Ergebnisse werden die Welt revolutionieren. Man wird mich mit Preisen überhäufen.«

Ich provozierte ihn weiter. »Ich verstehe trotzdem. Xanthohumol, ein Pflanzenfarbstoff aus Hopfen, kann Entzündungen im Körper behindern. Sie sind dabei, ein Anti-Krebs-Mittel zu entwickeln, Kleinmacher. Wir haben herausgefunden, dass Sie sogar einen Forschungspreis bekommen haben.«

Das war in Jürgens Akte gestanden.

»Oh, Sie sind ja noch schlauer, als ich dachte, Palzki. Sie können sogar Xanthohumol fehlerfrei aussprechen. Andere haben sich bereits diesem Thema gewidmet, bisher immer erfolglos. Auch meine ersten Versuche, für die ich den erwähnten Preis bekam, waren noch nicht sehr zielführend. Nun habe ich für meine Forschungen ganz neue Ansätze. Sehr vielversprechende Ansätze. Meine Forschung wird die Menschheit von einer jahrtausendalten Geisel befreien. Doch jetzt, auf der Zielgeraden, benötige ich größere Mengen Hopfen. Doktor Schönhausen flog in meinem Auftrag nach Asien und hat dort billigen Hopfenextrakt gekauft. Diesen hat er dann durch diese unterirdischen Gänge in die Brauerei geschmuggelt und Panscher übergeben. Der hat dann die Dosen ausgetauscht.«

Nun brachte auch Ferdinand den Mut auf, sich einzumischen. »Was ja ziemlich schiefgegangen ist. Das mit dem asiatischen Hopfen gebraute Bier musste jedes Mal entsorgt werden.«

»Es schmeckte grauenvoll«, fügte Panscher an. »So ging das nicht. Und dann hat auch noch der Fritzl die Sache bemerkt. Für mich war es ein Supergau.«

»Das ist mir egal«, tönte Kleinmacher. »Alles, was ich brauche, ist Hopfen. Und genau den werde ich mir heute mitnehmen. Und zwar alles, was ich im Lager finden kann. Was natürlich zur Folge hat, dass ich dabei keine Zeugen gebrauchen kann. Tut mir leid für Sie, meine Herren. Sie werden mir sicher zustimmen, dass Ihr Leben im Vergleich zu dem von Millionen Krebskranken sehr unbedeutend ist.«

Noch war nicht alles aufgeklärt. »Warum haben Sie Doktor Schönhausen ermordet? Er war doch Ihr Mittelsmann.«

Kleinmacher lachte selbstherrlich. »Eine Marionette war er, mehr nicht. Er hat immer genau das gemacht, was ich von ihm verlangt habe. Geldgeil war er, der Doktor. Alles wollte er in bare Münze umwandeln. Die ganze Zeit habe ich ihn fürstlich belohnt. Als die Sache mit dem asiatischen Hopfen nicht funktionierte, wollte ich ihn auf andere Brauereien ansetzen. Da ist er dann aufmüpfig geworden. Seine Geldforderungen waren ungerechtfertigt. Da ich meine Forschungen gefährdet sah, musste ich ihn zum Schweigen bringen.«

»Und warum dieses Risiko mit dem Ebertpark?«

»Ich hatte schon immer einen Hang zum Theatralischen. Jemanden einfach vom Gärtank zu werfen, käme für mich niemals infrage. Die Ermordung Doktor Schönhausens war für mich vergleichbar mit einem Kunstwerk.«

Wahnsinnig. Mehr fiel mir dazu nicht ein.

Kleinmachers Blick wurde ernster. Er war offensichtlich fertig mit seinen Ausführungen. »Ich muss mich nun leider von Ihnen verabschieden. Auf mich wartet im Lager noch ein Stückchen Arbeit. Alles muss man heutzutage alleine machen.«

Er schaute in Richtung Galgen. »Sie haben Sinn für Humor. Vielleicht sollte ich auch hier ein kleines Kunstwerk initiieren. Das sieht besser aus, als wenn ich Sie drei einfach über den Haufen schieße.«

Er überlegte kurz. »Ja, so machen wir es. Panscher hebe ich mir für den Schluss auf. Herr Palzki und Herr Jäger, würden Sie mir bitte das Vergnügen bereiten und auf den Tisch klettern?«

Zu einfach sollten wir es ihm nicht machen. »Sollen wir Ihnen etwas vortanzen? Ich kann nicht tanzen, und schon gar kein Tabledance, Kleinmacher.«

»Professor Doktor Kleinmacher. Wie oft soll ich Ihnen das denn noch sagen, Palzki! Keine Angst, Sie brauchen nicht zu tanzen. Nehmen Sie auch einen Stuhl mit hoch auf den Tisch.«

Mit einer gewissen Langsamkeit stiegen wir auf den Tisch und schauten auf den Professor hinab.

»Sehr gut«, bemerkte dieser. »Herr Jäger wird Ihnen, Herr Palzki, nun den Galgenstrick umlegen. Dazu klettern Sie zunächst auf den Stuhl, damit Ihr Hals bis an den Strick herankommt. Die Polizei muss zuerst dran glauben, wie im richtigen Leben auch.«

Unschlüssig starrten wir uns an.

»Na, was ist, meine Herren. Ich habe wenig Zeit.«

Hoffentlich ging unser Plan auf. Ferdinand griff nach dem Strick und zog den Knoten größer. Reagierte Jacques rechtzeitig? Was würde in den nächsten Sekunden passieren?

»Wissen Sie, was Sie tun?« Ich versuchte, ein bisschen Zeit herauszuschinden.

»Natürlich, Palzki. Herr Jäger assistiert bei Ihrem Ableben, Herr Panscher bei Herrn Jägers, und Panscher erschieße ich zum Schluss. Ein bisschen Spaß will ich mir ja auch gönnen.«

»Während der ganzen Show wollen Sie dort vorne stehen und uns zuschauen, wie wir uns gegenseitig aufhängen?«

»Ja, ja, genau so. Aber Sie haben recht, ich könnte mich dabei auch setzen. Ihr Todeskampf wird wohl ein bisschen dauern.« Er zog sich von einem Nebentisch einen Stuhl heran und nahm Platz. »Jetzt können Sie loslegen«, sagte Kleinmacher und gähnte dabei.

Ferdinand griff erneut recht umständlich den Strick und stülpte ihn mir über. Kleinmacher nickte. Er richtete nach wie vor seine Waffe in unsere Richtung.

Ferdi und ich konnten es genau sehen. Millimeterweise senkte sich der Lauf der Waffe nach unten. Auch der Kopf Kleinmachers senkte sich im gleichen Verhältnis. Unbeweglich blieben wir auf dem Tisch stehen, Kleinmacher reagierte nicht. Der Braumeister stutzte. Er hatte keine Ahnung, warum Kleinmacher nichts sagte. Endlich nahm er sich ein Herz und rannte die Treppe nach oben. Der Professor zeigte immer noch keine Reaktion. Vier Personen kamen die Treppe heruntergerannt, sie trugen allesamt Sauerstoffmasken, an denen kleine Druckbehälter hingen. Zwei davon nahmen dem Professor die Waffe ab und trugen ihn nach oben. Die anderen beiden übergaben Ferdinand und mir weitere Masken, die wir sofort überzogen. Keine Minute später waren wir im Eingangsbereich des Bräukellers im Erdgeschoss angekommen. Im Hintergrund stand Panscher mit Handschellen neben Gerhard, Jutta und weiteren Beamten. Den Professor hatte man gleich in einen bereitstehenden Notarztwagen verfrachtet. Jacques kam auf mich zu.

»Na, Junge, hattest du heute wieder deinen Spaß?«

Ich schlug ihm auf die Schulter. »Klar doch, das machen wir jetzt jede Woche.«

Jacques lachte. »Bis die Spurensicherung runter kann, dauert es noch ein wenig. Erst muss das meiste Kohlenstoffdioxid wieder aus dem Keller raus.«

»Wird der Professor wegen der fehlenden Sauerstoffversorgung einen Dauerschaden davontragen?«, wollte ich von ihm wissen.

»Von der kurzen Zeit? Niemals«, antwortete Jacques überzeugt.

Ich traute meinen Augen nicht. In der Tür erschienen KPD, Benno und der Geschäftsführer Jürgens. KPD hob kurz die Hand, als er mich bemerkte. Dann wandte er sich seinem Freund Benno zu und ich konnte seine Worte deutlich hören: »Siehst du, Benno, jetzt haben wir beide alles aufgeklärt. Unsere Statistiken sind gerettet und du kannst beruhigt in Pension gehen. Wie viele Minuten sind's eigentlich noch?«

Ich schaute unwillkürlich auf meine Uhr. Es war kurz vor Mitternacht. Punktlandung, dachte ich.

»Wie kommt KPD hierher?«, fragte ich Gerhard, der sich mit Jutta zu mir gesellte.

»Er wird's von dem Geschäftsführer haben. Den haben wir eingeweiht. Vermutlich hat er die Info an die Mannheimer Kripo weitergegeben und von da ging es dann an KPD. Er ist erst vor einer halben Stunde angekommen. Fast hätte er alles vermasselt, weil er direkt in den Bräukeller gehen wollte. Wir haben ihn gerade noch davon abhalten können.«

Jutta sprach weiter. »Uns blieb nichts anderes übrig, als ihm die Geschichte zu erzählen. Irgendwie hat ihn das aber nicht interessiert, Hauptsache, der Fall war von seinem Tisch.«

Die Eingangstür ging auf und ein Beamter rief uns allen zu: »Kommt mal raus, schaut euch das an. So was hat die Welt noch nicht gesehen!«

Und so war es auch. Ich hatte schon viele Silvesternächte erlebt. Das, was gerade ablief, war unglaublich. In südwestlicher Richtung wurde hoch im Himmel ein Feuerwerk abgebrannt, das aussah, als könne es unmöglich irdischen Ursprungs sein. Die Größe, die Farben, die Figuren stellten alles bisher Dagewesene in den Schatten. Mitten in der Gruppe der staunenden Beamten stand Jacques. »Ich wusste, dass der Zeitzünder funktioniert.«

Das Spektakel dauerte fast eine halbe Stunde. Alle starrten in den Himmel, sogar Michael Panscher, den man kurzerhand mit seinen Handschellen an eine Laterne gebunden hatte.

Nachdem wieder einigermaßen Stille in der Luft lag, kamen KPD und Benno auf uns zu.

»Das habt Ihr Pfälzer gut gemacht«, lobte der Mannheimer Kripochef. »Mit so einem Chef wie Herrn Diefenbach können Sie zufrieden sein, Herr Palzki. Er hat den Fall noch rechtzeitig gelöst.«

Ich traute meinen Ohren nicht, doch er sprach schon weiter. »Besonders gefreut hat mich, dass Herr Bosco das Feuerwerk zu Ehren meiner Pensionierung abgebrannt hat.«

Ich schielte an Benno vorbei direkt zu dem listig grinsenden Jacques.

Der Geschäftsführer Jürgens kam und ging an mir vorbei direkt zu KPD. »Als Belohnung lade ich Sie und Ihre Dienststelle zu einer zünftigen Bierprobe ein, Herr Diefenbach.«

KPD bedankte sich und schaute auf die Uhr. »Jetzt muss ich aber zurück zur Party nach Schifferstadt.«

Ich stand da und kam mir sehr verloren vor. Dass andere die Lorbeeren kassierten, war für mich nichts Neues. Deprimierend war es trotzdem.

Irgendjemand schrie lauthals durch die Nacht: »Prost Neijohr!«

EPILOG

Das neue Jahr ist jetzt schon ein paar Tage alt und ich habe endlich die Muße, über den vergangenen Fall nachzudenken.

Professor Doktor Kleinmacher und dem Braumeister Michael Panscher wird im Laufe des Jahres der Prozess gemacht. Interessanterweise war das Labor des Professors in Kleinkarlbach leer geräumt, als es von der Polizei durchsucht wurde. Jemand musste schneller gewesen sein. Dass es einen guten Freund, vielleicht sogar einen Kollegen geben musste, war uns schnell klar. Schönhausen war von zwei Personen ermordet und in den Ebertpark gebracht worden. Auch die Sache mit der Tätowierung ist ungeklärt. Der Professor schweigt hartnäckig. Niemand weiß, wie weit seine Forschungen gediehen sind. Ein bisschen verwunderlich ist, dass seine Nachbarin angeblich nichts mitbekommen haben will. Vielleicht ist es doch eine Überlegung wert, Dietmar Becker auf diese Frau anzusetzen.

Was mit Mimose passiert ist, weiß ich nicht. Dass die Fleischpreise in der Region wegen eines erhöhten Angebotes kurzfristig gesunken wären, konnte ich jedenfalls nicht feststellen.

Dietmar Becker hatte sich sehr darüber geärgert, dass er bei der Festnahme der Gauner nicht dabei sein durfte. Er wurde zum Trost von KPD mit exklusiven Hintergrundberichten versorgt. In der Darstellung unseres Vorgesetzten hatte dieser die Mordfälle fast ausschließlich im Alleingang aufgeklärt. Meine Person erwähnte er nur am Rande. Dadurch fühlte ich mich genötigt, dem Studenten die Geschichte aus meinem Blickwinkel zu erzählen und dabei richtigzustellen. Dietmar Becker hat bereits begonnen, den Ermittlungsfall literarisch zu verwerten. Ich bin gespannt, ob es ihm dieses Mal gelingt, die Polizeiarbeit halbwegs realistisch zu beschreiben. Sein Fräulein Fischer, die Empfangsdame, hat er nur noch ein weiteres Mal gesehen. Nachdem sie erfahren hatte, dass Becker studierte und nicht einmal über einen eigenen Pkw verfügte, ließ das Interesse schnell nach.

KPD wurde vom Polizeipräsidium mit seiner Anfrage bezüglich seines Rabattsystems abschlägig beschieden. Das Präsidium meinte, die Rabattstufen wären zu hoch und daher nicht mit dem Grundgesetz vereinbar.

Nach zahlreichen Beschwerden aus der Bevölkerung wurden die Praktikanten auf der Dienststelle wieder abgeschafft. KPD entschuldigte sich groß in den Medien und schob Sparzwänge vor. Wenn jeder Bürger ein Notopfer für die Polizei aufbringen würde, könnte man das Sicherheitsgefühl in der Bevölkerung wieder stärken. Für diesen Zweck hat er im Empfang eine Spendenkasse aufstellen lassen. Das erinnerte mich an einen Kneipenbesitzer, den ich mal kannte. Auf einer Dreiliter-Asbachflasche hatte er »Für Afrika« geschrieben. Damit hatte er sich dann später seinen Keniaurlaub finanziert.

Gerhard ist wieder solo. Diese Feststellung ist kaum der Rede wert, da sie nur kurzfristig Gültigkeit haben wird.

Der Notarzt Doktor Metzger hat angekündigt, in den nächsten Monaten mit einem neuen medizinischen Geschäftsbereich an die Öffentlichkeit zu treten. Ich hoffe, dass es nichts mit Geburtshilfe zu tun hat.

Ferdinand Jäger bekam vom Geschäftsführer Jürgens die Erlaubnis, sogenannte Erlebnisführungen unter der Brauerei durchzuführen. An Halloween soll Einweihung sein. Ferdi plant, Studenten als Live-Erschrecker in den Katakomben einzusetzen.

Jacques Bosco bekam Ärger. Es konnte nachgewiesen werden, dass die Silvesterrakete, die man tatsächlich noch in Frankfurt sehen konnte, von seinem Grundstück abgeschossen worden war. Doch sein Alibi war unerschütterlich. Wie er mir vertraulich mitteilte, wird er das Raketensystem bis nächste Silvester weiter ausbauen. Wenn es klappt, will er sogar selbsthergestelltes Weihnachtsgebäck regnen lassen, als Gruß aus der Laborküche.

Bei Stefanie ist alles im grünen Bereich. Anfang Mai wird planmäßig unser Junge auf die Welt kommen. Vielleicht würde es ja auch ein Mädchen werden, Stefanie hat es mir immer noch nicht verraten.

Ach ja, Paul. Am Neujahrsmorgen habe ich das erste und bisher einzige Mal gegen ihn im Autorennen gewonnen. Er behauptete, dass mein Sieg unfair sei, da er wegen der vielen Colas die ganze Nacht nicht hatte schlafen können. Melanie hat sich wieder ein wenig beruhigt. Im Moment informiert sie sich über die bald stattfindenden Fastnachtspartys und hat mir bereits eine vorläufige Liste gegeben mit den Terminen, bei denen ihre Anwesenheit unbedingt erforderlich sein würde.

DANKSAGUNG UND WARNUNG AN DEN LESER

Mein Dank geht dieses Mal an Herrn Nikolaus Satter, den Leiter der Brauereibesichtigung der Eichbaum-Brauerei. Ihm habe ich ein paar Stunden zu verdanken, die mich für den Rest meines Lebens geprägt haben. Die im vorliegenden Roman beschriebenen Keller gibt es tatsächlich. Und wenn jetzt irgendjemand meint, ich hätte bei der Beschreibung übertrieben und wohl zu viel Enid Blyton gelesen, dem sei gesagt: Ja, ich habe sehr viel Enid Blyton gelesen. Nein, ich habe nicht übertrieben, sondern mich beim Schreiben zurückgehalten. Die Wirklichkeit ist noch viel gewaltiger, als ich sie beschrieben habe. Das gesamte Gebiet Wohlgelegen ist mit unzähligen unterirdischen Gängen und Räumen unterminiert. Auch die jeweils neuen Brauereigenerationen, die man in der Vergangenheit einfach auf den Ruinen der alten gebaut hat, sind wahr. In den Kellern unterhalb der Brauerei gibt es Stellen, die seit vielen Jahrzehnten niemand mehr betreten hat. Ohne entsprechende Vorrichtung ist es auch nicht zu empfehlen, dort hinzugehen. Man wird sehr schnell müde, ich habe es unter kontrollierten Bedingungen selbst ausprobiert. Es ist sehr überraschend, wie schnell die geistigen Fähigkeiten schwinden, wenn auch nur für kurze Zeit der Sauerstoff knapp wird.

Insgesamt kann ich nachvollziehen, wenn Herr Satter sagt, dass viele Menschen nach Ägypten fliegen, um das zu sehen, was es unter der Brauerei auch gibt. Von den Mumien einmal abgesehen.

Ach ja, Herr Satter ist ein begeisterter Jäger …

Danke auch an die Eichbaum-Marketingdamen Melanie Kirsch und Sabine Roß, sowie den Pressesprecher Volker

Dressler für die vielfältige Unterstützung und die angenehmen Gespräche. Ein toller Laden ist das in Mannheim!

Die Klinik Lebenswert gibt es natürlich nicht, daher kann ich niemandem danken. Ich habe sie erfunden. Sie hat nichts mit den benachbarten Kliniken oder Krankenhäusern zu tun. Auch das skurrile Personal und die Geschäftsprinzipien sind erfunden und entsprechen nicht den normalen Gepflogenheiten im Krankenhauswesen. Sie müssen also keine Angst haben. Falls doch, können Sie sich gerne bei Doktor Metzger beraten und eine Angstimmunisierung durchführen lassen.

Mein spezieller Dank geht wieder an Herrn Kriminalhauptkommissar Kai Giertzsch von der Polizeiinspektion Schifferstadt, der das Manuskript aus Polizeisicht kontrolliert hat, sowie an den Dienststellenleiter, den ersten Polizeihauptkommissar Uwe Stein.

In diesem Zusammenhang danke ich der Kriminalinspektion Schifferstadt für die vielen Polis-Abfragen, die mir bei meinen Recherchen sehr hilfreich waren.

Ach, noch etwas. Ich habe in Erfahrung gebracht, dass es Menschen gibt, wenn auch nur ganz wenige, für die Humor ein Fremdwort ist und die trotzdem die Palzki-Krimis lesen. Ich habe keine Ahnung, warum diese Spaßbremsen das tun. Hier nochmals eine Information für genau diese Minderheit: Dieses Buch ist ein Roman. Personen und Handlung sind frei erfunden, es existieren in jeglicher Hinsicht keinerlei Vorbilder. Ich habe keine mir bekannten realen Kriminalfälle, auch nicht in Ansätzen, in diesem Roman verarbeitet. Sie müssen keine Angst haben, Bier zu trinken oder in eine Klinik zu gehen. Es ist alles sicher. So sicher, wie ich alles erfunden habe. Auch den Satz mit den Polis-Abfragen. Es gibt nämlich in Schifferstadt keine Kriminalinspektion. Alles ist erfunden, genauso wie der Buchdruck.

Hoffentlich hat es jetzt auch der Letzte kapiert. Ich habe Besseres zu tun, als mich über angedrohte Verleumdungs- oder Beleidigungsklagen zu ärgern. Lieber schreibe ich weitere Palzki-Krimis.

Und wenn Sie sich im Roman dennoch erkannt haben wollen: Seien Sie stolz auf sich! So skurril und verrückt, wie die Personen in dem Roman sind, liegen Sie damit locker über dem bundesdeutschen Durchschnitt!

Palzki kommt zurück!

PERSONEN

Reiner Palzki – Kriminalhauptkommissar

Gebürtiger Ludwigshafener, 45 Jahre alt, lebte zwei Jahre von Frau und Kindern getrennt. Palzki wohnt in einer Doppelhaushälfte im Schifferstadter Neubaugebiet. Im Kochen ist er absolut talentfrei, seine Nahrungsaufnahme beschränkt sich auf Fast Food und Kalorienhaltiges aus Discountereinkäufen. Dieses Mal brilliert Palzki als Lebensretter.

Gerhard Steinbeißer – Lieblingskollege von Reiner Palzki

34 Jahre alt, seit Jahren unter den ersten 100 beim Mannheimer Marathon. Trotz seines zurückweichenden Haaransatzes lebt er als bekennender Single mit häufig wechselnden Lebensabschnittsgefährtinnen.

Jutta Wagner – Kollegin von Reiner Palzki

Die 40-Jährige mit den rot gefärbten Haaren organisiert interne Angelegenheiten, führt Protokoll und leitet Sitzungen autoritär, sachlich und wiederholungsfrei. Dafür ist sie bei ihren Kollegen sehr beliebt.

Stefanie Palzki – Ehefrau von Reiner Palzki

39 Jahre, ist kurz davor, wieder zurück nach Schifferstadt zu ihrem Mann zu ziehen. Stefanie und Reiner erwarten ihr drittes Kind.

Melanie (11) und Paul (8) Palzki – Kinder von Reiner und Stefanie Palzki

Melanie geht in die fünfte Klasse der Realschule Plus, ihr Bruder Paul in die dritte Klasse der Grundschule. Beide lieben sie die variantenreiche Gourmetküche ihres Vaters, die sich hauptsächlich aus Imbissbudenbesuchen sowie gelieferter Pizza und Pommes mit viel Mayo zusammensetzt.

Frau Ackermann – Nachbarin von Reiner Palzki
Gäbe es einen Weltrekord im Vielreden, Frau Ackermann wäre nicht zu schlagen. Im Sommer leidet sie an Sonnenbrand auf der Zunge. Palzki opfert ihr unfreiwillig viel Lebenszeit.

Dietmar Becker – Student der Archäologie
Der 25-Jährige wohnt in einer WG in Mutterstadt. Becker wirkt unbeholfen und ungeschickt. Durch seine kleine Stupsnase, das glatt rasierte Gesicht und das gescheitelte Haar erscheint er überaus knabenhaft. Becker ist wieder einmal dabei, einen Regionalkrimi zu schreiben und kommt Palzki dadurch ständig unverhofft in die Quere. Dieses Mal jobbt er nebenbei in der Mannheimer Klinik Lebenswert.

Dr. Matthias Metzger – freier medizinischer Berater
Der stämmige und groß gewachsene Humanmediziner hat bereits vor Jahren seine Kassenzulassung zurückgegeben. Markant sind seine langen feuerroten Haare und sein nervöser Tick. Hin und wieder fährt er aus Langeweile Notarzteinsätze. Metzger bietet seine ärztlichen Dienstleistungen auch privat an. Kleinere Dinge wie Blinddarmentfernung oder Bypasslegung führt er auf Wunsch gerne beim Kunden ambulant durch. Seine ausgeklügelte OP-Rabattkarte sucht ihresgleichen und kann auch auf die Erben übertragen werden. Der Autor garantiert an dieser Stelle, dass er keine Provisionen für etwaige Vermittlungen erhält.

Klaus P. Diefenbach – Dienststellenleiter der Kriminalinspektion

Der von allen nur ›KPD‹ genannte Chef wurde wegen eigener Verfehlungen vom Präsidium in Ludwigshafen nach Schifferstadt ›aufs Land‹ strafversetzt. Im Dienstgrad eines Kriminaloberrats ist er Dienststellenleiter und somit Reiner Palzkis direkter Vorgesetzter. Er trägt die teuersten Anzüge und duldet absolut keinen Widerspruch. Sein Leitspruch ist ›Ein Chef, der bewundert wird, ist ein guter Chef‹.

P. Dösel, Praktikant

Auch die Schifferstadter Dienststelle ist Sparzwängen unterworfen. Praktikanten wie Dösel sorgen dafür, dass das Sicherheitsgefühl der Bevölkerung nur unwesentlich eingeschränkt wird.

Jacques Bosco – Erfinder

Genialer Tüftler, der sich aus dem öffentlichen Leben zurückgezogen hat. Palzki kennt Jacques schon von Kindesbeinen an. Sein gerade erfundener Geschirrspülautomat lässt das Herz eines jeden Hausmanns höher schlagen.

Ferdinand Jäger, Leiter der Betriebsbesichtigung Eichbaum-Brauerei

Ein alter Bekannter von Reiner Palzki, der in seinem Arbeitsplatz seine Berufung gefunden hat. Er berichtet seinem Freund von auffälligen Ereignissen in der Brauerei und bringt damit nicht nur ein Fass zum Überlaufen.

Michael Panscher, Braumeister

Dem Klischee eines Braumeisters zum Trotz, hat Panscher lange, zu einem Pferdezopf gebundene Haare, einen

Dreitagebart und nicht den Hauch eines Bauchansatzes. Er scheint in kriminelle Machenschaften innerhalb der Brauerei verwickelt zu sein, doch Genaues weiß man nicht.

Fritzl Klein, Gehilfe des Braumeisters

Reiner Palzki sieht den Gehilfen nur ein einziges Mal. Ihn zu beschreiben, wäre aber nicht allzu appetitlich. Bei dem einzigen Treffen fällt er Palzki nämlich direkt vor die Füße. Was grundsätzlich nicht so schlimm wäre, wenn er nicht von einem 34 Meter hohen Gärtank gefallen wäre.

Herr Jürgens, Geschäftsführer der Eichbaum-Brauerei

Er hat eigentlich nur eine kleine Nebenrolle, so wie es bei Geschäftsführern in mittelständischen Unternehmen öfters der Fall ist. Das Know-how und die Produktionskraft liegen gewöhnlich bei den Mitarbeitern. Trotzdem wirkt er sehr sympathisch und ist Palzki gegenüber sehr aufgeschlossen.

Herr Bauer, Laborleiter der Eichbaum-Brauerei

Ein ziemlich zwielichtiger Typ, der einiges auf dem Kerbholz hat. Und das liegt garantiert nicht an seinem Gorbatschow-Leberfleck.

Detlev Schönhausen, Assistenzarzt

32 Jahre, arbeitet als Assistenzarzt in der HNO-Abteilung der Mannheimer Klinik Lebenswert. Dummerweise ist er bei seinem ersten Auftritt in einem Werk der Literatur bereits tot. Aber irgendjemand muss halt mal das Opfer sein. Schönhausen hatte bereits zu Lebzeiten ein paar Leichen im Keller, wie Palzki nach und nach in Erfahrung bringt.

Karl-Heinz Schönhausen, Bruder von Detlev

Der alkoholkranke Bruder von Detlev Schönhausen wohnt in Dudenhofen in einem heruntergekommenen Haus. Die regelmäßigen Besuche bei seinem Bruder sollen stets rein privater Natur gewesen sein.

Prof. Dr. Wutzelsbach, Chefarzt

Jüngster Chefarzt aller Zeiten in der Klinik Lebenswert. Die winzige Nickelbrille und seine kurzen Finger lassen ihn wie eine Hauptfigur aus ›Herr der Ringe‹ aussehen. Dennoch stellt sich für einen Außenstehenden die Frage, wie solch ein junger Knabe trotz reiferer Konkurrenz Chefarzt werden konnte. Ist so etwas alleine durch Bildung und Können möglich?

Prof. Dr. Ottokar Kleinmacher, Pensionist

Arbeitete bis vor etwa drei Monaten als Chefarzt in der Klinik Lebenswert. Seitdem hat er sich ins Privatleben zurückgezogen. In seinem Haus in Kleinkarlbach hat er sich ein kleines Labor eingerichtet und kümmert sich um seinen Hund mit dem nicht so ganz passenden Namen Mimose.

Benno N.N., Kriminalhauptkommissar Baden-Württemberg

Dieser Kripoleiter, dessen Nachname Palzki nicht in Erfahrung bringen kann, steht kurz vor der Pensionierung. Wegen einiger Unglücksfälle in seinem Zuständigkeitsgebiet muss er noch mal raus in den Außendienst. Mit Palzki gerät er in Dauerzwist. Auch die Tatsache, dass Benno Ohnenachname ein Freund von KPD ist, macht die Sache für unseren beliebten Schifferstadter Kriminalhauptkommissar nicht wirklich einfacher.

Harald Schneider – Autor

Einer muss diese Geschichte ja schließlich geschrieben haben. Es handelt sich aber weder um eine gespaltene Persönlichkeit von Reiner Palzki noch um das Alter Ego von Dietmar Becker. Wenn Sie sich vergewissern wollen, hier finden Sie alles Weitere über den Autor:

http://www.palzki.de

Claudia Senghaas – Cheflektorin des Gmeiner-Verlags

Ohne Claudia würde dem vorliegenden Roman eindeutig die Würze fehlen. Zahlreiche Gedanken und Empfehlungen habe ich ihr zu verdanken. Auch dieses Mal konnte ich während der Zeit der entstehenden Lektoratsreife des Krimis viel lernen. Vielen Dank, Claudia.

EXTRA-BONUS – RATEKRIMI

REINER PALZKI, DER GROSSE WEINKENNER

Dreimal konnte ich bisher den Termin hinauszögern: Das erste Mal redete ich Stefanie ein, dass ihr Bauch ungewöhnlich heftige Bewegungen machte und wir unserem ungeborenen Nachwuchs besser etwas Ruhe gönnen sollten. Das zweite Mal kam glücklicherweise ein Kapitalverbrechen dazwischen (worüber Dietmar Becker bestimmt bald in Buchform berichten wird), und mein letzter Versuch gelang mir mit einer ausgeprägten Magen- und Darmschwäche (wie gut, dass ich Jacques kenne).

Heute konnte mir als letzte Rettung nur noch ein unmittelbarer Asteroideneinschlag helfen.

Alles kratzte, war eng und schnürte mich in meiner Bewegungsfähigkeit ein. Stefanie saß neben mir im Wagen und freute sich, mal wieder aus dem Haus zu kommen. Sie hatte gut reden, sie musste keinen Anzug mit Krawatte tragen.

»Jetzt stell dich nicht so an, Reiner«, schimpfte sie bestimmt zum hundertsten Mal. Es könnte auch öfters gewesen sein.

»Gönne mir auch mal einen schönen und gemütlichen Abend.«

»Mach ich doch«, knurrte ich ihr entgegen.

Stefanie war von mir sichtlich genervt. »Deinem Gesichtsausdruck nach stehst du kurz vor deiner Exekution.«

»Ich arbeite schließlich bei der Exekutive.«

»Aber heute Abend hast du frei. Vergiss einfach mal für ein paar Stunden die in letzter Zeit massenhaft vorhandenen Schwerverbrecher.«

»Wie soll das gehen? Da draußen läuft irgendwo Doktor Metzger frei herum!«

Meine Frau schüttelte überfordert den Kopf. »Fahr vorsichtig, dann passiert uns nichts und wir brauchen keinen Arzt. Und falls es dich beruhigt, in den Kreißsaal darf er nicht, diesbezüglich habe ich nachgefragt.«

»Dass Metzger sich nicht auf Geburtshilfe spezialisiert, beruhigt mich jetzt wirklich!« Mit diesem Satz war es mir gelungen, meiner Frau ein kleines Schmunzeln abzuringen.

»Siehst du, alles ist im grünen Bereich.«

»Bist du dir da so sicher, Stefanie? Bei Herrn Diefenbach ist nichts, aber auch gar nichts im grünen Bereich.«

»Sei mal nicht so vorurteilsbehaftet. Du warst ja bisher nie bei deinem Vorgesetzten zuhause eingeladen.«

»Da lege ich auch keinen großen Wert darauf. Ich weiß, was passiert: Du sprichst nachher eine Gegeneinladung aus und dann sitzt er ein paar Wochen später bei uns daheim herum und mäkelt über mein Pils.«

»Du wirst doch heute kein Bier trinken wollen!«, ereiferte sich meine Frau. »Herr Diefenbach lädt uns zu einem exklusiven Mehrgängemenü ein, und du würdest Bier trinken. Vielleicht sogar noch aus der Flasche!«

»Ich mag halt keinen Wein, davon krieg ich immer Sodbrennen.«

»Das bekommst du auch von den vielen Süßigkeiten, die du immer in dich reinstopfst, schau dir nur mal deine Taille an. Der Anzug würde noch ganz gut passen, wenn dein Bauchumfang nicht so herausgewachsen wäre.«

»Im Jogginganzug hätte ich mich wohler gefühlt.« Oweh, das war zu viel des Guten. Glücklicherweise kam ich mit einem strafenden Blick davon.

Schicksalsergeben fuhr ich immer näher unserem Ziel entgegen. KPD, unser Polizeikönig, hatte doch tatsächlich für die Ergreifung der Täter Verdienstmedaillen der Bundesländer Rheinland-Pfalz und Baden-Württemberg erhalten. Dem nicht genug: Er hatte, um sein Kunstinteresse öffentlich zu demonstrieren, die Flure der Kriminalinspektion nicht wie bisher mit Kopien, sondern mit Originalgemälden diverser Künstler zugepflastert. Unser Sozialraum hieß neuerdings »August Macke«-Saal und der Empfangsraum vor der Zentrale »Franz Marc«-Raum.

Doch das waren alles Kleinigkeiten gegenüber dem, was er dann getan hatte: Meine Frau und mich zu sich nach Hause zu einem Dinner einzuladen.

Diefenbachs Haus sah von außen nicht einmal so mondän aus, wie ich vermutet hatte. Klar, es gab im Vorgarten trotz Winter einiges an Pflanzen zu sehen, die streng militärisch angepflanzt und ausgerichtet waren. Vermutlich würde er während der Wachstumsperiode täglich mit der Schieblehre kontrollieren und für Ordnung sorgen. Oder er hatte dafür seine Frau eingespannt, was ich nicht einmal für abwegig hielt. KPD war jemand, der niemals Widerspruch duldete, nicht als Vorgesetzter und nicht als Privatperson.

Stefanie drückte auf den makellos sauberen Klingelknopf, der in dem makellos sauberen Briefkasten integriert war. Sekunden später öffnete sich die Haustür und mein makellos gekleideter Chef erschien.

»Einen wunderschönen guten Abend, Frau Palzki«, flötete er meine Frau an und gab ihr als besonders abscheuliche Geste, so empfand ich es jedenfalls, einen Handkuss.

Stefanie schwebte auf Wolke sieben und ich war eifersüchtig. Unglaublich, ich war auf KPD eifersüchtig. Vielleicht hatte ich bei unserem letzten Fall ein Hirntrauma entwickelt.

»Kommen Sie doch auch herein«, forderte mich KPD auf, als er bemerkte, dass ich wie angewurzelt vor dem Eingang stehen blieb.

»Ja, entschuldigen Sie bitte. Ich war beim Betrachten Ihres Vorgartens etwas ins Träumen geraten. Insbesondere die vielen Urinellas gefallen mir.«

KPD schaute erstaunt auf. »Sie kennen sich in der Flora aus, Herr Palzki?«

Jedenfalls mehr als du, dachte ich gehässig. Urinella war in meiner Jugendzeit ein Kunstwort für Gebüsch aller Art, das wir meist auf dem Heimweg nach Kneipenbesuchen für Erleichterungen flüssiger Art benutzten.

Frau Diefenbach kannte ich zwar seit unserer letzten misslungenen Weihnachtsfeier, gesprochen hatte ich mit ihr aber noch nie.

Wie zu erwarten, war sie sehr devot und schaute stets zu ihrem Mann, der das Kommando hatte. Behangen mit Schmuck aller Art, klimperte sie beim Gehen wie eine Spieluhr auf Ecstasy.

Nach der langweiligen Begrüßungszeremonie inklusive lästigem Small Talk führte uns der Hausherr ins Wohnzimmer. Anhand der Stühle vermutete ich, dass für vier Personen gedeckt war. Die auf dem Tisch liegenden Essgerätschaften, insbesondere die Besteckteile, ließen auf eine Kompanie schließen.

»Nehmen Sie doch Platz, Frau Palzki«, flötete mein Chef erneut und schob Stefanie einen Stuhl hinter die Kniebeugen. Kein Ton zu mir oder seiner Frau. Ich setzte mich kommentarlos neben meine Frau. Diefenbach stutzte eine Sekunde, wahrscheinlich hatte ich mich etikettenunkonform verhalten und auf die falsche Seite meiner Frau gesetzt. Wie war das noch mal? Der Mann ging immer rechts neben der Frau, damit er im spontanen Verteidigungsfall das Schwert besser ziehen konnte. An Linkshänder hatte damals wahrscheinlich niemand gedacht.

KPD brachte Stefanie eine Flasche Wasser. »Ich gehe davon aus, dass Sie zurzeit auf Alkohol verzichten, oder?«

Stefanie nickte zustimmend.

»Dann habe ich für Sie das Richtige«, strahlte er und zeigte ihr die Flasche. Der Name ›Bling‹ war schon außergewöhnlich, die Flasche selbst noch viel mehr. KPD erklärte voller Stolz: »Diese satinierte Flasche ist mit Kristallen des österreichischen Unternehmens Swarovski besetzt und mit einem Naturkorken verschlossen. Damit hält sich das Aroma wesentlich länger.«

Aroma? Bei Wasser? KPD war ja noch viel dekadenter, als ich vermutet hatte.

Diefenbach steigerte sich weiter rein: »Das amerikanische Edel-Wässerchen kostet 98 Euro. Pro Flasche, wohlgemerkt. Ich habe immer einen kleinen Vorrat zuhause für besondere Anlässe.«

98 Euro, dafür würde ich acht bis zehn Kasten Pils bekommen. Und schon lief mir langsam ein imaginäres Bier den Rachen hinunter.

KPD nutzte die Zeit meiner gedanklichen Abschweifungen, um sich mit einer Flasche Wein zu bewaffnen. »Lassen Sie uns zu Beginn ein Gläschen Wein auf meinen letzten Erfolg genießen.« Er hielt mir die geöffnete Flasche hin.

Meine Speiseröhre zuckte wie Doktor Metzgers Mundwinkel, während ich mir das Etikett näher betrachtete.

›91er Deidesheimer Hofstück, Riesling Kabinett trocken, 67146 Deidesheim‹, stand in kunstvollen Buchstaben auf der Flasche.

»Na, alles in Ordnung damit?«, fragte mich lächelnd

mein Chef, während er genussvoll die beiden Gläser befüllte.

Zum ersten Mal an diesem Abend konnte ich ebenfalls lächeln. »Es tut mir sehr leid, Herr Diefenbach. Aber mit der Auswahl des Weines haben Sie keine gute Wahl getroffen. Es handelt sich nämlich ganz offensichtlich um eine Fälschung!«

Frage: Woran erkannte Reiner Palzki, dass es sich bei dem Wein um eine Fälschung handeln musste?

Lösung: siehe unter www.palzki.de

HARALD SCHNEIDER

Bierleiche

Kommissar Palzki – Krimihörbuch Brauerei Eichbaum 2010

Inhalt

Personen

a) Polizeibeamte, die namentlich erwähnt werden:

Reiner Palzki, Kriminalhauptkommissar
KPD (Klaus Pierre Diefenbach),
Palzkis Vorgesetzter
Gerhard Steinbeißer, Palzkis Kollege
Jutta Wagner, Palzkis Kollegin

b) *Doktor Matthias Metzger*, skurriler Notarzt

c) Mitarbeiter der Brauerei Eichbaum:

Ferdinand Jäger, Leiter Abteilung
Betriebsbesichtigung
Fürchtegott Glaubier, Braumeister
Karl-Max Monet, sein Gehilfe
Alfred E. Lobhudel, Pressesprecher
Wanda Costa, Leiterin Marketing

Die Entscheidung

Es hätte so ein schöner Tag werden können.

Ich liebte den Oktober und hasste ihn auch. Die Hundstage mit ihren erbarmungslosen Hitzegraden und das urlaubsbedingte provozierende Körperbraun, welches die lieben Kollegen vorführten, gehörten endlich der Vergangenheit an. Doch knapp hinter dem Horizont zeichnete sich bereits allmählich der matsch-feucht-eklige Winter ab, der in der Metropolregion Rhein-Neckar als Wetterstandard galt. Aber weder die Vergangenheit noch die Zukunft irritierten mich an diesem Tag. Ich lebte in der Gegenwart und war glücklich, keine Romanfigur zu sein, die den dubiosen und oftmals gefährlichen Einfällen eines Kriminalschriftstellers hilflos ausgeliefert war.

Es mochte manchmal in der Region Sauwetter herrschen, Bierwetter dagegen, das war immer. Ich hatte nämlich einen Sieg errungen. Einen Sieg für meine Polizeikollegen der Schifferstadter Kriminalinspektion und auch für mich. Und das kam so:

Bis vor Kurzem feierten wir regelmäßig ausgelassene Betriebsfeste in unserem Sozialraum, während wenige ausgeloste Pechvögel Streife fahren mussten, um ein wenig Präsenz zu zeigen. Dass wir in diesen Nächten personell stark unterbesetzt waren, durfte die Bevölkerung niemals erfahren. Die Partys waren legendär. Wir feierten auf Holzbänken tanzend wilde Hard-Rock-Partys. Doch damit war seit einem halben Jahr Schluss. Als kommissarischer Dienststellenleiter hatte ich ungefragt einen neuen Chef vor die Nase gesetzt bekommen: Kriminaloberrat Klaus Pierre Diefenbach, wegen seiner Initialen von allen nur KPD genannt, war wegen einiger Verfehlungen vom Ludwigshafener Polizeipräsidium aufs Land nach Schifferstadt strafversetzt worden.

KPD war ein absoluter Gourmet, Zigarrenliebhaber und, was am schlimmsten für uns war, ein Weinprofi. Statt der wilden Partys verfügte er fortan halbjährlich einen Betriebsausflug, der für die Öffentlichkeit als Fortbildungsveranstaltung getarnt wurde. Er meinte, was Lehrer tun, könnten wir schon lange.

Die kurz nach seinem Amtsantritt durchgeführte Weinprobe endete in einem Fiasko. Und das lag nicht nur an dem eingeschmuggelten Kasten Pils, um den wir uns im Weinkeller stritten, während ein Fachmann über Farbe und Abgang diverser Rebsorten referierte. Auch die herzerfrischenden Dialoge waren ausschlaggebend.

»Herr Palzki«, meinte KPD während des Rundgangs in Angebermanier zu mir. »Die Temperatur und die Luftfeuchtigkeit hier drinnen sind ideal für einen Weinkeller. Im Kleinformat habe ich so etwas auch zu Hause. Das tut insbesondere meinem 1967er-Chambolle gut.«

Ich schaute ihn bestürzt an. »Sie haben noch Chambolle? Mein Vorrat ist seit vier Wochen zu Ende. Seitdem trinke ich die Cola pur.«

Dummerweise verstand KPD diese ausnahmsweise gewollt proletarische Anspielung nicht. Dabei war ich mir nicht einmal sicher, ob Chambolle überhaupt ein Wein war.

Bei der anschließenden Verköstigung hatten wir den Kellereibesitzer fast in den erlösenden Freitod getrieben, als wir sämtliche Weine ausschließlich mit den Attributen sauer oder süß bewerteten. Als wir zum Abschluss der Veranstaltung in den Bus einstiegen, meinte er erschöpft und kopfschüttelnd: »Bei dieser Dienststelle ist Hopfen und Malz verloren.«

Einige Monate später, ich saß gerade mit meinem Lieblingskollegen Gerhard Steinbeißer im Büro von Jutta Wagner, polterte KPD zur Tür herein und setzte sich fluchend zu uns an den Besprechungstisch. Ohne Begrüßung legte er los.

»Stellen Sie sich vor, meine Herren!«, er blickte kurz zu Jutta, »und Frau Wagner«, ergänzte er. »Weil unsere Aufklärungsquote bei den Kapitalverbrechen 100 Prozent ist, will uns das Präsidium Stellen kürzen.« Er atmete schwer, während er zu der auf dem Tisch stehenden Kanne griff und sich Kaffee einschenkte. Das hätte er besser sein lassen.

Sein verschwitztes Gesicht war vor Empörung knallrot angelaufen. Zur Beruhigung nahm er einen kräftigen Schluck des zähflüssig wirkenden Getränkes. Das heißt, beruhigend war der Schluck nicht gerade. Der einsetzende Würgereiz verursachte eine explosive Entladung seines Gaumeninhaltes quer über den Besprechungstisch. KPD schnappte noch mehr nach Luft und schien beinahe zu platzen.

Man hätte ihn vielleicht vor dem Sekundentod warnen sollen. So nannten Gerhard und Jutta ihren selbst gebrauten Kaffee, der aus Kaffeebohnen und einer homöopathischen Dosis Wasser bestand.

»Tschuldigung«, murmelte Jutta verlegen, »er ist vielleicht etwas stark geworden.«

Unser Vorgesetzter starrte in die Tasse, deren Inhalt eine Konsistenz wie Altöl hatte. Gerhard hatte in der Zwischenzeit mit einem Stapel Servietten den Tisch notdürftig abgewischt.

Es dauerte zwei oder drei Minuten, bis sich unser Vorgesetzter wieder verbal äußern konnte. »Den Kaffee muss ich unbedingt meiner Frau mitbringen, die leidet unter niedrigem Blutdruck.«

Die Situation nutzend, schob ich ihm bereitwillig die

Kanne hin. Dummerweise fiel dabei sein Blick auf ein paar Blätter, die auf dem Tisch lagen. Er griff danach und studierte die Zeilen.

»Was soll das?«, fragte er erstaunt und las vor. »Deutschland sucht das Superbier, wer hat den besten Geschmack? – Hat das etwas mit den aktuellen Ermittlungen zu tun?«

»Nein, nicht direkt, Herr Diefenbach«, wiegelte ich ab, während meine beiden Kollegen verschämt zu Boden schauten. »Im Moment liegt ja nichts an, kein Mord und so. Damit uns nicht langweilig wird, wollen wir an diesem Wettbewerb teilnehmen. Selbstverständlich nach Dienstschluss, wenn Sie darauf bestehen.«

KPD schien jetzt komplett verwirrt. »Welcher Wettbewerb? Reden Sie mal Klartext, Palzki!«

»Ja, also, Herr KP, äh, Herr Diefenbach, das ist so: Die Eichbaum-Brauerei in Mannheim sucht Menschen mit dem absoluten Geschmack. So wie es Menschen mit dem absoluten Gehör gibt, nur eben auf den Geschmack bezogen. Wer die meisten Biere blind erkennt, gewinnt.«

»Bier hat nur einen Einheitsgeschmack«, fiel mir KPD brüsk ins Wort. »Das Zeug schmeckt überall gleich.«

Im Hintergrund schlürften Gerhard und Jutta genüsslich ihren Sekundentod und warteten auf den Ausgang dieses Gesprächsduells.

»Da täuschen Sie sich, Herr Diefenbach«, begann ich mit der taktischen Vorarbeit. »Bei unserer Weinprobe haben Sie es selbst gesehen. Der Geschmack des Weines richtet sich allein nach der Traubensorte, den Rest besorgt das Wasser. Regenwasser. Mit all seinen Spurenelementen, die sich in unserem Industriekontinent in der Luft befinden. Das ist beim Bier anders: Das Wasser kommt aus mehreren 100 Metern tiefen Brunnen. Sauberer geht's nimmer. Und statt ausschließlich auf Trauben wird beim Bier auf einen

Rohstoffmix aus Getreide und Hopfen gesetzt. Von der Hefe ganz zu schweigen. Sie sehen, beim Bier gibt es viel mehr Variationsmöglichkeiten und die sorgen für einen vielfältigen Geschmack.«

KPD schwieg. Man sah ihm an, dass er nach Gegenargumenten suchte. Schließlich gab er auf. »Da scheint etwas dran zu sein«, meinte er vorsichtig. »Was kann man bei diesem Wettbewerb gewinnen?«

»Ruhm und Ehre. Nach dem Gewinner wird eine eigene Biersorte benannt.« Damit hatte ich KPD an seiner empfindlichsten Stelle getroffen.

»Wirklich?«, fragte er sofort erwartungsgemäß nach. Er überlegte kurz und meinte dann mit einem Lächeln auf den Lippen: »Dr. Diefenbachs Kripo-Bier, das hätte was.«

Wir starrten ihn mit offenen Mündern an, bis Jutta meinte: »Ich wusste gar nicht, dass Sie promoviert haben.«

»Hab ich auch nicht«, antwortete unser Vorgesetzter. »Das kann man aber schnell irgendwo im Ausland nachholen. Das regle ich dann mit den Eichbaum-Leuten, wenn es so weit ist.« Er strahlte, er sah sich im Geiste wohl schon als Gewinner.

Ich war auf der Zielkurve und beendete die Diskussion mit einer sprachlichen Spitze. »Ist doch egal, ob Herr Dr. Diefenbach provoziert hat oder nicht. Zuerst müssen wir mal ins Trainingslager.«

»Wie soll ich das verstehen, Herr Palzki?«

»Naja, wir können doch da ohne Training nicht mitmachen. Ich schlage vor, dass wir zunächst eine Brauereibesichtigung mit anschließender Bierprobe organisieren.«

KPD nickte. »Das könnten wir eigentlich im Rahmen eines Betriebsausfluges machen. Dann kann ich die Untergebenen gleich von meinem guten Geschmack überzeugen.

Offiziell nennen wir es ›Lehrgang zur Steigerung der Sinneswahrnehmung von Polizeibeamten‹.«

Vorfreude

Es ging einigermaßen fair zu, das muss man schon sagen. Die Unglücksraben, die an dem Lehrgangstag Streife fahren und Präsenz zeigen mussten, wurden in der Mittagspause offiziell ausgelost. Von ein paar Unmutsäußerungen wie ›Ich schule um auf Lehrer‹ oder ›Jedes Mal muss ich den Knecht für die Bevölkerung machen, während ihr euch amüsiert‹ abgesehen, verlief alles friedlich. Jutta, Gerhard und ich waren als Teilnehmer zementiert. KPD hatte uns zu seinen persönlichen Adjutanten ernannt. Längst hatte ich über meinen Freund Ferdinand Jäger, der bei der Eichbaum-Brauerei der Leiter der Abteilung Betriebsbesichtigung war, einen Termin vereinbart. Ich warnte ihn am Telefon vor, dass mit meinem Vorgesetzten nicht zu spaßen wäre. Ferdi meinte, er werde ihm zum Abschluss eine nichtssagende Urkunde in die Hand drücken, das wirke bei solch einem Menschenschlag immer.

Meine Bemühungen, unseren Getränkeautomaten im Keller der Dienststelle durch ein Fach Pilsener aufzuwerten, waren weniger erfolgreich.

»Mensch, Palzki«, antwortete KPD auf meine diesbezügliche offizielle Eingabe. »Wie sollen wir das vor den Bürgern vertuschen, äh, verantworten? Alkoholisierte Beamte auf Streife, nein, das geht doch nicht.« Er schüttelte den Kopf.

So schnell wollte ich nicht aufgeben. »Die Kollegen werden sich bestimmt nicht im Außendienst betrinken. Aber so ein Feierabendbierchen, das wär's doch … Und außerdem: Wer kontrolliert schon einen Polizisten? Ich weiß gar nicht, ob alle Kollegen überhaupt noch einen Führerschein haben.«

Diefenbach blieb stur, stattdessen warf er sich in die Brust. »Ich habe immerhin offiziell das Zigarrenrauchen in den Streifenwagen erlaubt, das ist Goodwill genug. Wir sind schließlich keine gewöhnlichen Beamten.«

Endlich war der langersehnte Tag da. Vorsorglich ging ich heute ausnahmsweise den mindestens 500 Meter langen Weg zur Dienststelle zu Fuß. Man musste auch mal Opfer bringen können. Ohne größere Pausen einlegen zu müssen, kam ich nur leicht verschwitzt an. Meine stählerne Kondition musste wohl in der letzten Zeit etwas gelitten haben. Meine Frau Stefanie meinte dazu süffisant, dass es auch an meiner herausgewachsenen Taille liegen könne, was ich selbstredend stets sofort abstritt. Immerhin konnte ich meine Schuhe noch eigenständig schnüren. Im Sitzen zwar, aber immerhin.

Der Bus, der zwecks Tarnung im Hof hinter dem Gebäude parken musste, war bereits mit vielen zufriedenen Gesichtern gefüllt. KPD stand an der Bustür und verteilte Zigarren an die Einsteigenden.

»Ah, Herr Palzki, guten Morgen«, begrüßte er mich freudestrahlend mit einer Tabakrakete im Mund. »Ich habe mir nochmals Gedanken wegen Ihrer Eingabe neulich gemacht.«

Verdutzt schaute ich ihn an.

»Das mit unserem Getränkeautomaten, meine ich. Sagen

wir es mal so, wenn ich den Wettbewerb gewinne, werde ich mich dafür einsetzen, dass unsere Dienststelle jederzeit Zugriff auf Dr. Diefenbachs Kripo-Bier bekommt. Na, ist das nicht eine erfreuliche Nachricht?«

Ich bedankte mich mit gemischten Gefühlen. Hoffentlich würde es ein Pils werden, das nach KPD benannt wird.

Ich bestieg den Bus und setzte mich neben Jutta in die zweite Reihe. Sie strich sich eine rote Strähne aus dem Gesicht und zeigte auf die Kanne Sekundentod auf ihrem Schoß. »Sag Bescheid, wenn du eine Tasse möchtest.«

Dankend nickte ich der 40-jährigen Kollegin zu. Jutta Wagner war unsere gute Seele. Ihr Organisationstalent war fulminant. Besprechungen organisierte und koordinierte sie wie keine andere. Endlose Meetings mit ständigen Wiederholungen oder Profilierungen einzelner Personen gab es bei uns nicht. Jutta hatte alles jederzeit im Griff.

Auf dem Gang gegenüber saß Gerhard Steinbeißer. Selbstredend hatte er ebenfalls eine Kanne Sekundentod dabei.

»Die Kannen lasst ihr aber nachher bitte im Bus«, sagte ich zu den beiden. »Nicht, dass das Zeug irgendwie ins Bier kommt.«

»Keine Angst, Reiner. Das trinken wir allein«, meinte der Langstreckenläufer Gerhard, der seit Jahren beim Mannheimer Marathon unter den ersten 100 war. Trotz seines zurückweichenden Haarkranzes lebte der wesentlich jüngere Kollege ein recht unstetes Leben. Seine Lebensabschnittsgefährtinnen wechselten regelmäßig, sobald das Thema Kinder aktuell wurde.

Es ging los. KPD saß vorne neben dem Fahrer und erklärte diesem den Weg nach Mannheim. Der Chauffeur, der vermutlich mehrere Millionen Buskilometer auf dem Buckel hatte, nahm es gelassen.

Die Polizeikontrolle, die neidische Kollegen kurz hinter dem Schifferstadter Ortsschild speziell für unseren Bus eingerichtet hatten, wurde von KPD mit sofortiger Wirkung ausgesetzt und deren Teilnehmer mit zusätzlichem Wochenenddienst bestraft.

Die Fahrt durch Ludwigshafen verlief wie immer um diese Uhrzeit. Auf der zweispurigen Saarlandstraße, einen guten Kilometer vor der Auffahrt zur Rheinbrücke, standen wir im Stau. Irgendwo hakte es immer. Ein Blick auf die Uhr verriet mir, dass es knapp werden könnte. Eine Verspätung war für eine Dreiviertel-Polizeidienststelle nicht akzeptabel. Was für einen Eindruck würde das in Baden-Württemberg hinterlassen? Wir Pfälzer gelten zwar als gemütliche Menschen, aber auch als halbwegs pünktliche.

Eine laute Stimme aus dem hinteren Teil des Busses weckte mich aus meinem Tagtraum.

»Habt Ihr alle eure Pässe dabei? Wir verlassen nun Rheinland-Pfalz.«

Gegröle im Bus, und tatsächlich fuhren wir in diesem Moment, wenn auch nach wie vor im Schritttempo, über die Konrad-Adenauer-Brücke. Kurz darauf überholten wir den auf der rechten Spur stehenden Stauverursacher. Es handelte sich um ein Reisemobil. Und dieses Reisemobil kannte ich. In blutroten Buchstaben stand ›Mobile Gesundheitsberatung und Prophylaxe – Dr. Metzger‹ auf der Seite des Wagens.

Auf diesen Typ konnte ich heute gut verzichten. Dr. Metzger, der skurrilste Notarzt der Gegenwart, fuhr trotz längst zurückgegebener Kassenzulassung hin und wieder Notarzteinsätze und kam mir dabei bei meinen Ermittlungen ständig in die Quere. Seine langen feuerroten Haare und sein nervöser Tick verliehen ihm das Aussehen eines Irren. Dennoch machte Metzger seit der letzten

Gesundheitsreform gute Geschäfte. Kleinere Operationen wie Blinddarmentfernung oder Bypasslegung führte er auf Kundenwunsch direkt in seiner Mobilklinik oder beim Kunden zu Hause durch. Seit ich wusste, dass er ständig auf den Straßen der Vorderpfalz unterwegs war, fuhr ich viel vorsichtiger.

Ich hatte kein Glück. 50 Meter hinter seinem Mobil stand Metzger mitten auf der Fahrbahn und winkte hektisch. Der Busfahrer stieg in die Eisen und verfehlte ihn äußerst knapp. Metzger sprang in die offene Bustür und keuchte: »Können Sie mich bitte ein Stück mitnehmen?«

Erst dann sah er auf und blickte in das zornige Gesicht von KPD. Metzgers Kinnlade folgte der Schwerkraft. Er blickte sich weiter um und entdeckte die anderen Kollegen und mich. Dass ein Mensch in so kurzer Zeit so blass werden konnte, hätte ich bisher nicht vermutet. Wie viel Dreck musste Metzger am Stecken haben?

»Guten Tag, Herr Diefenbach. Ich hab Sie gar nicht gleich erkannt. Hallo, Herr Palzki.« In Rekordzeit schien er sich wieder gefangen zu haben. »Können Sie mich bitte bis zur Mannheimer City mitnehmen? Ich hatte eine kleine Panne.«

Dies sagte er, ohne rot zu werden. Als der Busfahrer die Tür schloss und weiterfuhr, atmete er erleichtert auf und zog die obligatorische Banane aus dem Kittel, deren Haltbarkeitsdatum seit Äonen abgelaufen war.

Ich versuchte, ihm eine Falle zu stellen. »Na, Herr Metzger, wieder mal kein Geld übrig für Benzin?«

»Wieso?«, fragte er zurück.

»Wegen Ihrer Panne natürlich.«

»Welche Panne? Ach so, ja ja, Panne, natürlich.« Er nickte wie ein Wackeldackel.

Ich musste ihn weiter provozieren. »Haben Sie Ihren

Wagen richtig abgesichert? Nein? Ich sage dem Fahrer Bescheid, dass er kurz anhält. Dann können Sie das Warndreieck aufstellen.«

Er starrte mich an. »Um Himmels willen, Herr Palzki. Nur das nicht. Ich gehe da nicht zurück, solange die …«

»Solange wer?«

Er war gebrochen. Mit dünner Stimme beichtete er: »Frau Müller-Pappheimer. Ich seh's ja ein. Zwei Sachen sollte man nicht gleichzeitig machen.«

»Welche beiden Sachen?«

»Operieren und Auto fahren.« Er schaute in den Rückspiegel. »Die ist mächtig sauer auf mich. Dabei soll Sie doch froh sein, dass ich Ihre Altersflecken günstig entferne. Kleine Missgeschicke können immer mal passieren.«

Endlich ein Toter

Was blieb uns anderes übrig, als diesen Not-Notarzt mit zur Brauerei zu schleppen? Zeitlich waren wir viel zu knapp, um einen Zwischenstopp oder einen Umweg einplanen zu können.

Mit gemischten Gefühlen versuchte ich, Dr. Metzger unser Ziel zu erörtern. Hoffentlich würde er seine Klappe halten und nichts davon an die Öffentlichkeit dringen.

»Wie bitte?« Metzger bekam glänzende Augen. »Wir fahren zur Eichbaum-Brauerei? Das ist ja sagenhaft. Ich habe immer eine Kiste Räuberbier im Reisemobil. Nein,

Herr Palzki, nicht zur Wunddesinfektion, rein für den Genuss. Ein oder zwei Fläschchen nach jeder Operation, dann fühle ich mich immer gleich viel besser.«

Zum Glück kamen wir in diesem Moment am Ziel an.

Unser Bus hielt in der Lkw-Zufahrt der Brauerei an. Ein Pförtner wies dem Fahrer den Weg und wir fuhren noch ein paar 100 Meter auf dem Betriebsgelände, bevor wir vor einem älteren Gebäude anhielten. Da ich den Weg durch zahlreiche Besuche bei meinem Freund Ferdinand Jäger auswendig kannte, drängte ich mich nach vorne.

»Alles folgt auf mein Kommando!«, brüllte ich nach hinten und nicht einmal KPD widersprach. Die ganze Mannschaft folgte mir in das Gebäude. Eine steile Kellertreppe später standen wir im Bräukeller, dem zentralen Punkt jeder Brauereiführung. Ferdinand Jäger ließ es sich nicht nehmen, jeden Einzelnen mit Handschlag zu begrüßen. Für KPD hatte er eine Überraschung: Er überreichte ihm einen goldfarbenen Flaschenöffner mit Chefgravur.

Voller Stolz, da er als Einziger mit einem Präsent bedacht wurde, bedankte sich unser Vorgesetzter bei Ferdinand und präsentierte uns anschließend eine Stegreifrede, die uns staunen ließ. Schließlich kam er zum Schluss: »Und aus diesen vielen Gründen bin ich eigentlich schon immer dafür gewesen, Näheres über das Grundnahrungsmittel Bier in Erfahrung zu bringen. Vielen Dank, dass Sie mir und meinen Untergebenen die Gelegenheit zu solch einer Fortbildungsmaßnahme geben.«

Ferdinand lächelte mir listig zu und machte Platz für zwei Personen, die erst vor einer knappen Minute in den Bräukeller gekommen waren.

Der schlaksig wirkende Mann trug, warum auch immer, eine Sonnenbrille mit fast bierdeckelgroßen Gläsern und sah dadurch wie eine Heino-Parodie aus. In der Hand hielt er einen prall gefüllten Rucksack, den er offensichtlich wegen des Gewichts auf einem Tisch abstellte. Zusammen mit ihm war eine Frau erschienen, schätzungsweise Mitte 30, deren linkes Bein bis zum Oberschenkel eingegipst war. Mit ihren beiden Gehhilfen war sie in einem atemberaubenden Tempo die Treppe heruntergeeilt.

Der männliche Teil der Neuankömmlinge hob eine Kuhglocke vom Tisch und ließ sie bimmeln. Sofort herrschte Ruhe. Hoffentlich kam unser Chef nicht auf die Idee, so etwas in der Kriminalinspektion einzuführen.

»Erlauben Sie, dass wir uns kurz vorstellen. Mein Name ist Alfred E. Lobhudel, meines Zeichens Pressesprecher der Brauerei. Zusammen mit meiner Kollegin Wanda Costa, sie ist Leiterin der Abteilung Marketing, möchten wir Sie herzlich willkommen heißen. Es kommt nicht allzu häufig vor, dass wir solch eine Polizeianhäufung in unserem Hause haben.« Er lachte und viele von uns stimmten pflichtbewusst mit ein. Hauptsache, es ging bald mit der Führung los.

»Ja, mein Kollege und ich«, ergriff Frau Costa das Wort, »werden Sie zusammen mit Herrn Jäger ein Stück weit auf Ihrer Besichtigungstour begleiten und unterwegs ein paar Fotos machen. Ich denke, Sie werden nichts dagegen haben.«

Ich schielte zu KPD, der seit ein paar Sekunden recht blass wirkte und verlegen mit seinem goldenen Flaschenöffner spielte. Naja, das war sein Problem. Wie ich unseren Chef kannte, würde er die Sache mit den Beweisfotos bestimmt irgendwie meistern.

Zwei Bedienungen hatten seit unserer Ankunft jedem der Beamten ein Bier nach Wunsch gebracht. Metzger hielt gleich zwei Flaschen Räuberbier in der Hand. Ich ließ mir ein Pilsener schmecken und prostete Ferdinand zu. Im Hintergrund erblickte ich Jutta und Gerhard, die sich aus einer eingeschmuggelten Kanne Sekundentod bedienten. Diese Verräter, dachte ich.

Ferdinand Jäger ließ die Kuhglocke stehen und klatschte stattdessen in seine Hände. »Meine Damen und Herren, es geht los. Wir haben jetzt einen Fußweg von wenigen Metern vor uns, bis wir im Sudhaus ankommen. Das ist das Herz jeder Brauerei.«

»Können wir für die Strecke den Bus nehmen?«, rief ein Kollege und erntete damit einen Lacher. Selbst KPD war guter Laune und verzog das Gesicht.

Die teilweise eingegipste Wanda Costa war die Erste, die die Treppe erklommen hatte, und erhielt dafür zahlreiche Bewunderungsbekundungen bis hin zu ein paar schrillen Pfiffen. Die drei Brauereimitarbeiter führten uns durch eine kleine Lagerhalle, die auf beiden Seiten offen stand. Wenige Meter später waren wir im Sudhaus angekommen. Es bestand aus einem riesigen Raum, der aufgrund von zahlreichen Panoramafensterscheiben sehr hell wirkte. Auf dem Boden standen rund ein halbes Dutzend chromfarbener Kessel mit mehreren Metern Durchmesser. Darüber hingen erläuternde Schilder mit Namen wie ›Whirlpool‹ oder ›Läuterbottich‹. Am hinteren Ende gab es ein paar Türen, außerdem war mit einer gigantischen Glaswand ein Raum abgetrennt, in dem sich ein mehrere Meter langes Schaltpult befand. Hier würden sich Käpt'n Kirk und seine Mannschaft heimisch fühlen. Zwei Männer befanden sich in dieser Schaltzentrale, die, als sie uns bemerkten, nach vorne ins Sudhaus kamen.

Im ersten Moment dachte ich, einer der beiden wäre Frank Zander. Die Ähnlichkeit bis hin zum Schnauzer war auffallend. Als dieser uns nun mit einer dermaßen rauen Stimme begrüßte, wartete ich fast darauf, dass er ›Ich trink auf dein Wohl, Marie‹ zu singen begann.

»Hallo, Sie müssen die Blaulichtabordnung aus der Pfalz sein, oder?« Er räusperte sich, was sich wie Asthma anhörte. Gleich würde Metzger seinen Puls fühlen.

»Ich bin sozusagen der Antriebsmotor des Herzens«, begann er unfreiwillig komisch. »Mein Name ist Fürchtegott Glaubier. Als Braumeister liegt die ganze Verantwortung des Unternehmens in meinen Händen.«

Mein Gott, was für ein Angeber, dachte ich.

Glaubier schaute herablassend auf die zweite Person hinunter. »Das ist mein Gehilfe, Karl-Max Monet.«

Monet konnte man als schlichtes Kerlchen beschreiben. Er war viel zu mager und wirkte, von einer gewaltigen Armbanduhr abgesehen, insgesamt völlig unauffällig. Dies konnten auch sein weißer Kittel und seine schwarz-rot-goldene Baseballmütze nicht ändern.

Monet verbeugte sich kurz, aber ohne ein Wort zu sagen. Glaubier ignorierte ihn und sprach weiter zu uns. »Ich werde Ihnen gleich den Vorgang des Bierbrauens erklären. Wenn Sie wollen, können Sie zunächst etwas im Sudhaus herumlaufen und sich alles anschauen.«

Davon machten wir eifrig Gebrauch. Ein paar Minuten später waren wir Beamte im ganzen Saal verteilt und schauten mal in diesen Kessel und mal in jenen.

Plötzlich zuckten wir zusammen. Alle. Ein bestialischer Schrei durchdrang das Sudhaus. Ein nervtötender Alarm ertönte. Im Sekundenrhythmus blökte ein basstiefer Ton im Schmerzbereich durch die Halle. Ich sah, wie Glaubier zur Schaltanlage rannte. Im Reflex folgte ich ihm. Dabei stieß ich beinahe mit KPD und Gerhard zusammen, die es mir gleichtun wollten.

»Verdammter Mist!«, schrie der Braumeister. »Ammoniakalarm!« Er drückte hektisch eine Reihe Schalter. Schließlich bemerkte er, wie wir um ihn herum standen und nicht wussten, ob wir panisch reagieren sollten.

»Keine Angst«, erklärte Glaubier kurzatmig. »Im Sudhaus sind wir sicher. Ich habe die Anlage sofort abgeschaltet. Im benachbarten Technikraum mit den Kältepumpen ist giftiges Ammoniak ausgetreten. Wir verwenden das Zeug ausschließlich zum Kühlen der Tanks, mit dem Bier kann es nicht in Berührung kommen. Der Technikraum wurde zudem sofort automatisch hermetisch abgeriegelt.«

Der Pressesprecher Lobhudel, dem die Situation sichtlich unangenehm war, fragte den Braumeister ängstlich: »Wissen Sie, wo das Leck ist?«

Die Frank-Zander-Kopie zwirbelte nervös den Schnurrbart. Dann kam ihm eine Idee. »Ja klar, dass ich da nicht früher draufgekommen bin. Wir haben im Technikraum eine Kamera. Moment, ich schalte sie mal auf diesen Monitor.«

Er zeigte nach vorne auf einen Bildschirm. Bruchteile später sahen wir die Situation im Technikraum. Zwischen mehreren Metallkisten ragten eine Hand und ein Teil eines ehemals weißen Kittels heraus. Daneben lag die Mütze von Karl-Max Monet. Doch das Schlimmste war die riesige Blutlache, die alles in ein finsteres Rot tauchte.

Die Ermittlung beginnt

Wie gelähmt starrten wir auf den Monitor. Immer mehr Kollegen kamen in die Mess- und Regelwarte und drängten andere Kollegen zur Seite. Jeder wollte einen Blick auf diese bizarre Szenerie werfen. Nur Wanda Costa verblieb im Sudhaus. Durch das große Fenster konnte ich beobachten, wie sie mit ihrem Gipsbein etwas abseits vor dem Läuterbottich stand und vor sich hin zu träumen schien.

»Das Telefon ist tot.«

Wir wendeten unseren Blick vom Monitor in Richtung Glaubier, der einen Hörer in der Hand hielt.

»Was hat das jetzt wieder zu bedeuten?«

Gerhard Steinbeißer, der als einer der wenigen Beamten seinen Erste-Hilfe-Kurs regelmäßig auffrischte, drängte sich in den Vordergrund: »Können wir in den Technikraum und Ihren Gehilfen bergen?«

Der Braumeister schüttelte energisch den Kopf. »Unmöglich. Wenn ich die Tür öffne, strömt das Ammoniak direkt ins Sudhaus. Und von da ins Betriebsgelände. Die Folgen wären katastrophal.« Sofort ergänzte er: »Auswirkungen auf das Bier hätte das Ammoniak aber nicht, nur leider auf die Menschen.« Mit seiner Hand deutete er eine Schnittbewegung am Hals an.

Plötzlich stand der Notarzt Dr. Metzger neben mir. Er hielt schon wieder eine fast volle Flasche Räuberbier in der Hand. In einer ruhigen Minute würde ich ihn fragen, woher er es hatte. Metzger schaute kurz und desinteressiert auf den Monitor und meinte dann eher beiläufig: »Der da drin ist längst über die Wupper gegangen. Das sieht ja selbst ein Blinder. Weiß jemand, ob er Privatpatient ist? Dann könnte ich gleich den Totenschein ausstellen. Bei Kassenpatienten ist mir die Pauschale zu niedrig, da lohnt sich kaum das Papier.«

Und da war es wieder, dieses typische Metzgersche Frankensteinlachen, das nicht von dieser Welt war. Ein Schauder lief mir, und bestimmt auch den anderen, den Rücken hinunter.

Braumeister Glaubier, der ja nichts von der ärztlichen Tätigkeit Metzgers wusste und ihn daher als einen besonders skurrilen Typ Polizeibeamten ansah, meinte entgeistert: »Haben Sie in der Pfalz schon so weit rationalisiert, dass jetzt sogar Polizisten Totenscheine ausstellen dürfen?«

Metzger wusste sofort, worauf er anspielte. »Mein Herr«, meinte er zum Braumeister in strengem Tonfall. »Sehe ich etwa aus wie einer von denen?« Er zeigte direkt auf mich. »Ich bin immerhin promovierter Arzt aus Lust und Leidenschaft. Und das nicht, weil ich Leiden schaffe, sondern weil ich Menschen helfe. Das versuchen die Kollegen von der Polizei zwar auch, aber noch lange nicht mit einem vergleichbaren Erfolg wie ich. Und als Arzt mit jahrzehntelanger Erfahrung in sämtlichen medizinischen Disziplinen kann ich Ihnen ausschließlich anhand der Monitoraufnahme sagen, dass der Kerl hinüber ist. Den kann man nur noch einsammeln.«

Glaubier benötigte ein paar Sekunden, um die Information zu verarbeiten. »Selbst wenn Sie ein Arzt sein sollten –« Er schaute an Metzger abwertend hinab. »Dass Karl-Max Monet tot ist, weiß ich auch ohne Medizinstudium. Die momentane Ammoniak-Konzentration im Technikraum ist nach wenigen Sekunden absolut tödlich. Der Raum ist biologisch tot, nicht mal eine Spinne lebt da mehr.«

Pressesprecher Lobhudel zückte sein Handy. »Ich werde dann mal besser die Feuerwehr und die Polizei anrufen.«

Dieser Satz genügte, um KPDs Lebensgeister wieder zu wecken. Die ganze Zeit hatte er sich eher passiv und abwartend im Hintergrund gehalten. Unser Chef schob zwei Beamte auseinander und stand direkt vor Lobhudel. »Halt! Machen Sie mal langsam. Warum wollen Sie unbedingt die Polizei rufen?«

Man konnte deutlich zahlreiche rote Flecken am Hals unseres Chefs erkennen. Er musste unter größter Anspannung stehen. Ähnliches hatte ich bisher nur einmal bei ihm beobachtet. Das war, als er sich für sein neu eingerichtetes Büro zwischen einem Mahagoni- und einem Teakholzschreibtisch entscheiden musste. Am Ende hatte er beide genommen.

Der Pressesprecher schaute ihn erstaunt an. »Herr Diefenbach, es hat immerhin einen Toten gegeben. Da sollten wir die Mannheimer Polizei schon informieren.«

»Aber wir sind doch auch Polizisten«, entgegnete KPD und seine Stimme klang einen Hauch unsicher.

»Ich meine die Polizei, die für uns zuständig ist. Sie und Ihre Mitarbeiter sind aus Rheinland-Pfalz. Das wäre in etwa so, als wenn ich zufällig eine Militärabordnung aus der Mongolei im Betrieb hätte und diese offiziell um eine Untersuchung bitten würde.«

KPD suchte stotternd nach Worten. Jetzt hatte ich Gelegenheit, mal wieder ein gutes Wort für meinen Chef einlegen zu können. Das würde mir bestimmt den Titel ›Schleimer des Monats‹ einbringen. Es war ein inoffizieller Titel, den wir in unserer Dienststelle ab und zu für besondere ›Leistungen‹ vergaben.

Mit einem »Herr Lobhudel, wir dürfen durchaus bundeslandübergreifend Amtshilfe leisten. Wir in der Pfalz kochen meistens auch nur mit Wasser«, mischte ich mich in die Diskussion ein.

»Außerdem ist es bloß ein Unfall«, fiel mir KPD ins Wort, während er mir freundlich zunickte, »ein lächerlicher Unfall, wie er jeden Tag überall auf der Welt vorkommt.«

Lobhudel gab sich von soviel Überredungskunst zunächst geschlagen. »Okay, meine Herren, wie Sie meinen. Untersuchen Sie den Unfall. Wie wollen Sie vorgehen?«

KPD sah sich als Gewinner und warf sich in die Brust. Seine Flecken bildeten sich zurück. »Mit meiner Kompetenz und meiner Erfahrung haben wir das Problem in Nullkommanix gelöst. Wenn wir uns beeilen, können wir sogar die Betriebsbesichtigung fortsetzen. Den Unfall selbst brauchen wir nicht an die große Glocke zu hängen.« Er wechselte von einer Sekunde auf die andere das Thema. »Wann findet der Wettbewerb eigentlich statt?«

Auweia, jetzt wusste ich, wohin der Hase lief. Unser Chef sah nur das Biercasting am Horizont, das er gewinnen wollte. Alles andere schob er beiseite.

»Das dauert noch eine Weile«, entgegnete ich schnell meinem Chef. »Der Wettbewerb ist nicht zeitkritisch. Wir können uns durchaus zunächst näher mit dem Unfall beschäftigen.«

»Warum denn?«, fuhr er mich an. Er drehte sich zu Glaubier um. »Wie kriegen wir das verdammte Ammoniak aus dem Technikraum?«

Der Braumeister überlegte. »Die Absauganlage habe ich selbstverständlich sofort nach dem Unfall eingeschaltet. Bis die Konzentration im ungefährlichen Bereich ist, wird es etwa drei bis vier Stunden dauern.«

»Was, so lange? Und vorher kommen wir nicht rein? Wie viele Türen führen überhaupt in den Raum?«

»Nur die eine aus dem Sudhaus«, antwortete Glaubier. »Monet muss direkt von hier aus reingegangen sein. Ich habe keine Ahnung, was er darin wollte. Normalerweise hatte er im Technikraum nichts zu suchen.«

KPD schaute sich um. Alle warteten auf ihn.

»Und wenn wir solange mit der Führung weitermachen?

Im Moment können wir sowieso nichts tun. In drei Stunden treffen wir uns dann wieder hier und untersuchen Monet. Einen Arzt haben wir schließlich zufälligerweise ebenfalls hier.«

»Aber nur, wenn er privat versichert ist«, rief Metzger dazwischen.

Unglaublich, was unser Chef da losließ. Ein paar Meter von uns entfernt kam ein Mensch ums Leben und er dachte nur an die Besichtigung mit anschließender Bierprobe. Etwas angesäuert blickte ich nochmals auf den Monitor. Und da sah ich es: Irgendetwas funkelte, wo nichts funkeln sollte.

»Herr Glaubier!« Ich winkte dem Braumeister zu, der ebenfalls fassungslos angesichts der Pläne unseres Chefs war. »Kommen Sie mal bitte her!«

»Kann Ihre Kamera auch Ausschnitte vergrößern?«

»Ja klar, kann die zoomen. Haben Sie etwas entdeckt?«

Ich zeigte auf eine bestimmte Stelle auf dem Monitor. Glaubier begriff und drehte an einem Schalter. Langsam vergrößerte sich die gewünschte Stelle. KPD kam hinzu und gemeinsam starrten wir auf ein Messer, dessen vordere Hälfte in Blut getaucht war.

KPD schaute mich entgeistert an.

»Mord, Herr Diefenbach. Da verwette ich Ihre Pension dagegen.«

KPD sah seine Felle davonschwimmen. Doch dann hatte er die rettende Idee. »Mord ist auch gut. Da wir die Kriminalpolizei sind, passt das sogar noch besser als ein Unfall.« Er schaute sich um. »Da nur diese eine Tür zum Technikraum führt, muss wohl einer hier im Raum der Mörder sein. Da Gefahr in Verzug ist, bitte ich darum, die Eingangstür zu verschließen. Es wäre doch gelacht, wenn ich den Mörder nicht dingfest machen würde!«

Bestandsaufnahme

Fürchtegott Glaubier ging, nachdem der Pressesprecher Alfred E. Lobhudel zustimmend genickt hatte, nach vorne und schloss die Tür des Sudhauses ab.

Die gipsbeinige Wanda Costa, die sich inzwischen aus einem kleinen Nebenraum einen Hocker organisiert hatte, saß mitten im Saal und blickte nach wie vor teilnahmslos in die Gegend.

»Gehen wir auch nach vorne«, meinte KPD. »Hier hinter dem Schaltpult ist es für alle zu eng.«

Wenige Augenblicke später befanden wir uns alle irgendwo zerstreut im Sudhaus zwischen den Kesseln und warteten darauf, dass unser Chef die Ermittlungen aufnehmen würde.

Dieser schaute verlegen in einen der großen Kessel. »Können wir vielleicht etwas zu trinken organisieren? Hier herrscht eine furchtbar trockene Luft.«

»Tut mir leid, Herr Diefenbach«, antwortete mein Freund Ferdinand Jäger. »Die letzte Flasche habe ich vorhin Ihrem Polizeiarzt gegeben. Im Sudhaus gilt absolutes Alkoholverbot.«

»Und was ist das?« KPD zeigte in den offenen Kessel mit der Aufschrift ›Läuterbottich‹.

Der Leiter der Betriebsführung lachte. »Sie können das gern mal probieren, wenn Sie möchten. Im Läuterbottich werden die festen von den flüssigen Bestandteilen des Suds mit einem Hackwerk getrennt. Fallen Sie also besser nicht in den Kessel. Sonst haben wir heute tatsächlich ein Unfallopfer.«

»Ich kann auch gerne etwas nachhelfen«, meinte der

Braumeister bösartig. »Dann hätten wir zum zweiten Mal keinen Unfall.«

Alle hatten die Gemeinheit verstanden, nur KPD nicht. Der schaute weiter in den Kessel. »Kann man das jetzt trinken oder nicht?«

»Trinken können Sie auch Schwefelsäure«, antwortete Jäger trocken. »Die Flüssigkeit im Läuterbottich ist zwar nicht giftig, aber ein fertiges Bier ist es noch lange nicht. Nach dem Läutern kommt in der Würzpfanne der Hopfen hinzu und später die Hefe. Und ohne Gärung ist es immer noch kein Bier.«

KPD wandte sich vom Kessel ab. »Wir haben also nichts zu trinken«, stellte er fest und dachte dabei bestimmt nur an den Wettbewerb.

»Sie können in den Gärtank springen«, meinte der sichtlich verärgerte Braumeister und wandte sich an den Pressesprecher. »Alfred, ich denke, du solltest doch besser die hiesige Polizei verständigen. Die Pfälzer Abordnung scheint mir bei Dingen, die komplexer als ein Halteverbotsknöllchen sind, überfordert zu sein.«

Ferdinand Jäger griff vermittelnd ein, immerhin war er mein Freund. »Ich kann gerne eine Kiste Bier aus dem Bräukeller holen.«

»Nichts da«, blockte KPD ab. »Die Tür bleibt zu. Alle Angestellten der Brauerei sind verdächtig.«

Wanda Costa, die Marketingleiterin, sprang auf und schrie: »Sind Sie verrückt? Warum sollten wir verdächtig sein? Genauso gut können Sie oder der gruselige Arzt oder der da –«, sie zeigte auf mich, »der Mörder sein.«

»Nanana, Frau Costa, solche Arbeitsbeschaffungsmaßnahmen haben wir nicht nötig. Manchmal haben wir in unserem Job mehr Leichen und manchmal weniger. Aber noch nie haben wir aus Langeweile selbst für Nachschub gesorgt.«

Metzger, der gerade eine Banane aus der Tasche zog, die vermutlich noch original mit Dinosaurierkot gedüngt worden war, wehrte sich schmatzend gegen die Beschuldigung. »Ich benutze zwar manchmal solche Messer, um meinen Kunden Warzen und Hämorrhoiden zu entfernen, doch mit dem Mord im Technikraum habe ich nichts zu tun. Nach meinen Operationen putze ich nämlich meistens das Blut weg.« Als ob das vorhandene Blut genug Beweis für seine Unschuld wäre, lachte er wieder sein unnatürliches Frankensteinlachen.

Meine Kollegen Gerhard und Jutta, die mittlerweile von einer Aura aus Kaffeearoma umgeben waren, baten um Gehör.

»Wir müssen systematisch vorgehen«, erklärte Jutta und hielt einen kleinen Schreibblock hoch. »Bevor wir zur Sache ermitteln, sollten wir erstmal die Daten zur Person erheben.«

KPD nickte zufrieden. Ob er auch auf diese Idee gekommen wäre?

»Welche Daten zur Person?«, mischte sich der Braumeister erneut ein.

»Fangen wir doch gleich mit Ihnen an, Herr Glaubier.« Jutta lächelte ihn süß an.

»55 Jahre, ledig, kinderlos, keine Vorstrafen. Sind Sie jetzt zufrieden?«

Jutta Wagner wusste, wie man mit solchen Kalibern umzugehen hatte. »Hervorragend, Herr Glaubier, vielen Dank, dass Sie so kooperativ sind. Verraten Sie mir bitte zur Vervollständigung der Daten Ihre Adresse?«

Fürchtegott Glaubier reichte ihr seinen Ausweis. »Dann notieren Sie auch, dass nicht alle Braumeister Meister sind. Das ist nur die Berufsbezeichnung. Ich dagegen habe in der Fachakademie für Brauwesen und Getränketechnik in München studiert und zusätzlich die Meisterprüfung abgelegt.«

»Respekt«, antwortete Jutta, obwohl ihr das Gesagte wahrscheinlich sonst wo vorbeiging. »Waren Sie früher mal verheiratet?«

»Ich wüsste zwar nicht, was Sie das anginge, aber man kann auch Spaß haben, ohne verheiratet zu sein. Apropos, haben Sie heute Abend schon etwas vor?«

Gerhard stand feixend daneben und auch ich musste mich sehr beherrschen.

Jutta ging auf seine Frage nicht ein. »Kommen wir zu Ihrem Kollegen Monet. Wie war er denn so?«

Der Braumeister zuckte mit der Schulter. »Er war nicht mein Kollege, sondern nur mein Gehilfe. Ein Mann fürs Grobe eben. Karl-Max war nicht so anspruchsvoll, was die Arbeit anging, ich hab ihn auch schon mal in den Kessel zum Reinigen geschickt.«

»Haben Sie einen Verdacht, warum er umgebracht wurde?«

»Das weiß ich doch nicht. Er konnte keiner Fliege etwas zuleide tun. Der typische Befehlsempfänger eben.«

»War Monet verheiratet?«

Glaubier bekam glänzende Augen. »Und mit was für einem Prachtwei–, äh, ja, er war verheiratet.«

Jutta notierte sich gewissenhaft die Aussagen und wandte sich anschließend an ihren Vorgesetzten. »Herr Diefenbach, wollen Sie übernehmen?«

Dieser winkte lässig ab. »Ich setze großes Vertrauen in meine Mitarbeiter. Heute haben wir die seltene Gelegenheit, uns außerhalb unseres Zuständigkeitsgebietes zu profilieren. Im Anschluss an Ihre Befragungen werde ich dann durch einfaches Kombinieren den Täter überführen.«

Gerhard, der nach wie vor neben Jutta stand, sah zu Alfred E. Lobhudel. »Wollen wir mit Ihnen weitermachen?«

Der Pressesprecher, der immer noch seine riesige Sonnenbrille aufhatte und den Rucksack trug, gab mit einer Geste sein Einverständnis zu erkennen. Er legte los. »Mein Name ist Alfred E. Lobhudel und ich wohne mit Frau und zwei Kindern in Heidelberg. Seit zwei Jahren bin ich Pressesprecher bei Eichbaum, vorher war ich Chefredakteur eines großen deutschen Satiremagazins.« Unaufgefordert reichte er Jutta seinen Ausweis.

Jutta bedankte sich mit einem kurzen Nicken. »Können Sie sich vorstellen, wer Herrn Monet nach dem Leben getrachtet hat?«

Lobhudel schüttelte seinen Kopf. »Ich kannte ihn nur vom Sehen, da kann ich Ihnen leider nicht weiterhelfen.«

»Okay, vielen Dank. Würden Sie uns noch sagen, was Sie die ganze Zeit in Ihrem Rucksack mitschleppen?«

»Nein!«, schrie er völlig aufgelöst. »Das werde ich nicht.« Er wandte sich ab und hastete nach hinten.

Jutta ließ dies alles kalt. Sie ging auf die nach wie vor auf einem Stuhl sitzende Marketingleiterin zu. »Frau Costa, nun wären Sie dran.«

»Glauben Sie wirklich, dass ich mit meinem Gipsbein den Monet umgebracht habe?«

»Hier geht es zunächst um eine Bestandsaufnahme«, erwiderte Jutta. »Verdächtig ist im Moment noch niemand.«

»Mir egal«, antwortete Costa. »Ich verweigere ab sofort jede Aussage.« Sie verschränkte ihre Arme und blickte wie ein trotziges kleines Kind nach unten.

Während Jutta überlegte, preschte ich vor.

»Lass mich mal weitermachen, Jutta«, sagte ich und ging auf Ferdinand Jäger zu. Die Fragen zur Person konnte ich mir bei meinem Freund schenken. »Was weißt du über die Sache, Ferdi?«

Jäger kaute nervös auf seinen Lippen herum. »Was in dem Technikraum passiert ist, weiß ich nicht. Aber ich habe ein paar andere interessante Informationen für dich. Ich weiß, dass unser Braumeister Glaubier den Karl-Max Monet seit längerer Zeit mobbt. Und ich denke, dass ich den Grund kenne, warum Karl-Max sich das gefallen ließ. Unser Braumeister hat ziemlich viel auf dem Kerbholz. Ich vermute, dass Karl-Max den Freitod gewählt hat.«

Die Flucht

Nach der allgemeinen Schrecksekunde starrten wir alle auf den Braumeister, der sich eben noch wie Frank Zander lässig cool an einem Kessel gelehnt hatte, nun aber wie ein Puma sprungbereit in die Angriffsstellung gewechselt war.

»Gar nichts weißt du«, brüllte er den Leiter der Betriebsbesichtigung an. »Halt deine Klappe.«

Jäger ging ein paar Schritte auf ihn zu. »Nein, mein Lieber. Ich werde dieser Sache ein Ende bereiten. Für mich kommst nur du als Täter infrage.« Er kam noch einen Schritt näher. Und dann passierte es: Glaubier drehte sich blitzschnell herum und verschwand durch eine Tür am hinteren Ende des Sudraums. Die Metalltür fiel krachend hinter ihm ins Schloss.

KPD, der nur wenige Meter neben der Tür stand, wurde aktiv. »Das haben wir gleich, meine Damen und Herren.«

Er nahm Anlauf und warf sich mit voller Wucht gegen die Tür, die außer einem metallischen Scheppern keinerlei Reaktion zeigte. Unser Chef, der mit schmerzverzerrtem Gesicht sein Schulterblatt rieb, hatte gegen die Metalltür keine Chance.

Ohne ein Wort zu sagen, ging ich ebenfalls zur Tür und öffnete diese mit einem leichten Druck auf die Klinke.

»Die, – die, ist ja gar nicht abgeschlossen«, stöhnte KPD ungläubig.

»Kann passieren«, antwortete ich ohne eine Spur von Mitleid in meiner Stimme. Hinter der Tür begann ein enges Treppenhaus. »Wo geht's da hin?«, fragte ich in die Runde.

»Hoch«, antwortete Pressesprecher Lobhudel achselzuckend.

Ich blickte ihn böse an. »Können Sie das präzisieren? Aber nur, wenn es Ihnen nicht zu viel Mühe macht.«

Ferdinand Jäger antwortete an seiner Stelle. »Da geht's hoch zu den Gär- und Lagertanks, Reiner.«

»Ist das der einzige Weg?«

Jäger nickte. »Wenn du ganz nach oben willst, ist das die einzige Möglichkeit. Bis auf die halbe Höhe gibt's einen Aufzug, der ist aber extrem langsam.« Er deutete auf die Lifttür, die sich in unmittelbarer Nähe befand.

»Okay«, befand ich. »Ich renne mit meinen Kollegen Gerhard und Jutta die Treppe rauf und ihr passt hier unten auf, falls er aus dem Aufzug kommt.«

KPD stellte sich breitbeinig vor die Lifttür. »Mir entkommt niemand.«

Zu dritt hasteten wir nach oben. Zumindest die erste Treppe. Dann sah ich Gerhard und Jutta nicht mehr. Okay, dachte ich mir, die stehen schließlich in ständigem Training. Wenn ich erst ein paar Sekunden nach ihnen oben ankomme, dürfte das nicht tragisch sein. In schätzungsweise schwindelerregender Höhe von fünf Metern musste ich eine kleine Verschnaufpause einlegen. Verdammt, warum mussten diese Gärtanks nur so hoch sein? Ich prüfte mit Daumen und Zeigefinger die Dicke meines Hüftspecks. So schlimm war das doch gar nicht. Ich stieg das Treppenhaus weiter hinauf, es ging immer im Kreis herum. Die Stufen nahmen kein Ende. Spielten mir die Kollegen vielleicht einen Streich und ich lief gerade den Mannheimer Fernsehturm hinauf? Quatsch, mein Gehirn fing an zu spinnen. War hier oben der Sauerstoff bereits knapp? Endlich erreichte ich schweißgebadet ein Plateau aus Metallgitterböden. Durch die Böden konnte ich nach unten schauen. Sofort wurde mir schwindelig. Ich richtete meinen Blick wieder nach vorne. Was ich sah, war auch nicht sehr erfreulich. Etwa zehn Gärtanks schossen auf diesem Platz in die Höhe, auf den Metallgitterböden konnte man bequem um sie herumlaufen. Sorge bereitete mir, dass ich weder Glaubier noch meine Kollegen sah. Dafür sah ich eine metallene Freitreppe, die weiter hinauf führte. Das Zwischenplateau, auf dem ich gelandet war, bedeutete erst die Hälfte der Gesamthöhe. Tapfer nahm ich die nächste Treppe in Angriff. Zum Glück war ich allein und musste später niemanden erzählen, wie ich es letztendlich unter Einsatz meiner gesamten Energiereserven geschafft habe, das obere Ende der Tanks in 34 Metern Höhe zu erreichen. Ich stand auf einem Plateau auf dem Zenit der Gärtanks.

Ein stürmischer Wind empfing mich und trieb mir die Tränen in die Augen. Ich hörte Schreie. Am anderen Ende der Plattform saß Glaubier auf dem Geländer und drohte an, zu springen. Gerhard und Jutta waren nicht nahe genug dran, um ihn davon abhalten zu können. Ich näherte mich den dreien langsam. Laufen war mir im Moment unmöglich.

»Bleiben Sie bei Ihren Kollegen stehen«, brüllte Glaubier gegen den Wind an, als er mich erkannte.

Gerhard drehte sich zu mir um und blickte dabei kurz auf seine Armbanduhr. »Neuer Rekord, Reiner«, meinte er ohne einen weiteren Kommentar.

Im Moment hatte ich weder die Puste noch die Nerven, mich gegen die ›Nettigkeit‹ meines Kollegen zu wehren. »Was ist inzwischen passiert?«

Gerhard schaute erneut zu mir her. »Das Farbfernsehen wurde erfunden, die Dinosaurier sind ausgestorben …«

Glaubier hatte alles mitbekommen und schien völlig verwirrt.

In diesem Moment machte es bei mir klick. Gerhard sagte das nicht, um mich zu verspotten. Er wendete eine Taktik an, die auf modernen Polizeischulen in psychologischen Grundkursen vermittelt wurde. Ich selbst hatte zwar nie an so einem Kurs teilgenommen, aber in der Vergangenheit einiges in der Fachzeitschrift ›Polizei Heute und Morgen‹ gelesen.

»Unglaublich«, antwortete ich meinem Lieblingskollegen. »Früher bin ich solch eine Treppe mit dem Moped hochgefahren. Und wieder runter«, ergänzte ich meine Angeberei. »Da wir gerade beim Thema sind, ich weiß, wie man es ganz schnell nach unten schafft.«

»Glaubier weiß es auch«, meinte Gerhard. »Aber der Weg hat einen Nachteil. Danach muss jemand mit einem Nassreiniger kommen und den Hof saubermachen. Außerdem wird bestimmt Dr. Metzger die erste Totenschau machen. Stell dir das mal bildlich vor, wenn Metzger in deinen Organen rumwühlt.« Gerhard schüttelte sich.

Glaubier starrte uns fassungslos an. Er saß nach wie vor auf dem Geländer und ein kleiner Stoß oder ein klein wenig Mut seinerseits würde genügen, das Schwerkraftgesetz 300 Jahre nach Isaac Newton zu überprüfen.

»Ich springe jetzt«, meinte er.

Wir schauten ihn kurz an, nickten und unterhielten uns weiter. Jutta stand die ganze Zeit abwartend daneben.

»Ich würde Metzger nicht mal an mich ranlassen, wenn ich tot wäre«, führte ich das Gespräch weiter. »Das würde mich sofort umbringen.«

»Weißt du noch, wie Metzger dir seine Rabattkarte andrehen wollte? Drei Altersflecken entfernen zum Preis von zwei.«

Ich lachte. »Als Prämie hätte es einen gebrauchten Nasenhaartrimmer gegeben.«

»He, was ist mit mir?« Glaubier meldete sich wieder.

Gerhard schaute zu ihm und tat verwundert. »Ach, Sie sind ja noch da. Wollten Sie nicht springen?«

Ich haute noch einen drauf. »Sind Sie privat versichert? Dann kann ich die Info gleich an Dr. Metzger weitergeben, das erspart unnötige Formalitäten.«

Glaubier hatte längst seine Frank-Zander-Coolness verloren. Die ersten Tränen kullerten ihm über die Wangen. »Ich hab ihn doch nicht umgebracht.«

Gleich hatten wir ihn.

»Wen haben Sie nicht umgebracht?«

»Na, den Karl-Max!«

»Hat das jemand behauptet?«

»Ferdinand hat dumme Anspielungen gemacht.«

»Wenn ich jedes Mal von einem Haus springen würde, wenn mein Kollege Steinbeißer eine dumme Anspielung macht, müsste man mich sehr oft klonen.«

»Aber, aber –« Glaubier geriet ins Stottern. »Jeder im Sudhaus glaubt doch, dass ich den Kerl ermordet habe.«

»Ist das so schlimm? Solange das der Richter anders sieht, kann Ihnen doch nichts passieren.«

Der Braumeister überlegte. »Ich kann beweisen, dass ich es nicht war.«

»Und warum wollen Sie dann springen? Damit vernichten Sie Beweismittel! Seien Sie mal ein richtiger Mann und kommen Sie mit nach unten. Ich meine natürlich über die Treppe. Sie bekommen ausreichend Gelegenheit, Ihre Version vorzutragen.«

Bevor Glaubier antworten konnte, sagte Gerhard: »Ich geh jetzt auf jeden Fall runter. Hier oben ist es mir zu zugig.«

Unser Pokerspiel funktionierte. Jutta, Gerhard und ich hatten fast die Treppe erreicht, als Fürchtegott Glaubier nachkam.

»Sie haben mich überredet, Herr Palzki. Ich werde auspacken. Sie können sich nicht vorstellen, welche kriminellen Abgründe es in diesem Unternehmen gibt.«

Während die anderen drei das Treppenhaus bis ins Sudhaus nahmen, benutzte ich für den unteren Teil den Aufzug.

Nichtsahnend erhielt ich, als sich die Lifttür öffnete, einen Magenschwinger, der mich an die Metallverkleidung der Aufzugskabine prallen ließ. Ein Schwall Mageninhalt verließ fluchtartig meinen Körper durch den oberen Notausgang.

»Oh, Verzeihung«, hörte ich meinen Vorgesetzten sagen, »Sie sind's, Herr Palzki.«

Zum Glück hatte Dr. Metzger diese unschöne Szene nicht gesehen. Eine Operation am offenen Magen hätte mir gerade noch gefehlt.

Schmerzgekrümmt wankte ich aus dem Aufzug. Zeitgleich kamen die anderen aus dem Treppenhaus und lenkten damit von meinem ramponierten Aussehen ab.

Glaubier hatte die Aufmerksamkeit für sich. Offenbar hatte niemand damit gerechnet, ihn lebendig wiederzusehen. Selbst Wanda Costa blickte erschrocken von ihrem Sitz auf.

KPD eilte auf den Braumeister zu und wollte ihm Handschellen anlegen, bis er bemerkte, dass er keine dabeihatte. »Sie stehen hiermit unter Arrest«, sagte er zu ihm. »Sie dürfen bis auf Weiteres das Sudhaus nicht verlassen.«

»Wie auch«, antwortete dieser, »ist ja alles abgeschlossen.«

Dies war korrekt, denn Ferdinand Jäger, der wohl Generalschlüssel besaß, hatte in der Zwischenzeit die Tür zum Treppenhaus verriegelt.

Ich hatte mich inzwischen an die Schmerzen gewöhnt. Um zu vermeiden, dass KPD weitere Desaster anrichtete, klatschte ich in die Hände, um Aufmerksamkeit zu erheischen. Es gelang mir.

»Wir sollten jetzt langsam zur Sache kommen. Jeder bekommt nun Gelegenheit, sich zur Sache zu äußern. Frau Wagner wird alle Aussagen protokollieren. Wir beginnen mit Herrn Fürchtegott Glaubier, der, wie er sagt, eine wichtige Aussage machen will.«

Ich bemerkte, wie Lobhudel und Costa zunehmend angespannt wirkten. War nicht auch in Ferdinands Augen ein nervöses Blinzeln auszumachen?

Der Braumeister stellte sich in Positur. Jetzt hätte man eine Stecknadel fallen hören können. »Da anscheinend alle auf mir rumhacken und mir den Mord an meinem Gehilfen unterschieben wollen, muss ich etwas klarstellen. Auch wenn ich manchmal etwas grob wirke, bin ich doch ein herzensguter Mensch. Ich tue hier meine Arbeit und die mache ich verdammt gut. Oder hat es jemals auch nur eine Beschwerde über das Bier gegeben?«

Er wartete darauf, ob wir ihm beipflichteten. Als niemand reagierte, sprach er weiter: »Wenn jetzt Ferdinand mit seinen alten Geschichten kommt, muss ich mich wehren.« Er schaute zu meinem Freund. »Ja, Ferdinand, nun geht's dir an den Kragen. Unser Kollege hier, der täglich Besuchergruppen durchs Werk schleust, hat sich nämlich einen Zweitjob zugelegt.«

Ich blickte zu Ferdi, dem der Kinnladen fast auf dem Boden hing.

»Nein, er fährt nach Feierabend kein Taxi, falls das jemand meinen sollte. Er hat einen viel subtileren Nebenjob. Ferdinand hat sich seit mindestens zwei Jahren einen privaten Bierhandel aufgebaut. Jeden Tag schleust er ein paar Fässer und einige Kästen Bier in seinem Wagen aus dem Betriebsgelände. Die verkauft er in seinem Bekanntenkreis zum halben Preis. Und wenn er die leeren Kästen zurückbekommt, holt er sich im Supermarkt das Pfand. Stimmt's, Ferdinand?«

Mein Freund stand mit hochrotem Kopf da. Ich wusste nicht, ob ich diese Geschichte glauben sollte. Konnte man sich so in einem Menschen täuschen?

Jäger begann endlich zu reden. »Aber deswegen habe ich Monet nicht umgebracht.«

»Aha«, mischte sich KPD ein. »Weswegen dann?«

»Ich war's überhaupt nicht«, antwortete Ferdinand, dessen Hände zitterten. »Außerdem hat Fürchtegott stark übertrieben. Ab und zu mal einen Kasten, okay. Mehr soll er mir erstmal nachweisen.«

»Das überlassen wir der Firmenleitung«, sagte ich. »Hast du Karl-Max Monet getötet oder nicht?«

»Nein, natürlich nicht!«, schrie er mich an. »Aber Glaubier könnte es gewesen sein. Der hat ein Verhältnis mit Monets Frau.«

Mit dieser Feststellung hatte sich die Situation erneut gewendet. Würde Glaubier wieder zu türmen versuchen oder sich den Anschuldigungen stellen?

Dem Braumeister tropfte der Schweiß in den Schnauzer. »Na und? Fabienne ist halt eine klasse Frau. Viel zu schade für den Karl-Max.«

»Sag doch auch den Rest«, forderte ihn Ferdinand Jäger auf. »Oder soll ich es tun? Karl-Max wollte sich nicht scheiden lassen. Außerdem gehört ihm die Villa, die er von seinen Eltern geerbt hat. Und nach dem Tod von Karl-Max gehört sie jetzt Fabienne. Ein besseres Motiv gibt es doch fast nicht.«

Mittlerweile schweißgebadet schoss der Braumeister zurück. »Ich bring doch wegen einer Frau niemanden um. Da wäre ich ja längst ein Serienmörder.« Er drehte sich zu mir und sagte: »Schauen Sie sich lieber mal Alfred E. Lobhudel an. Der hat Karl-Max nämlich wegen eines Diebstahls erpresst.«

Pressesprecher Lobhudel, der sich seit dem Beginn der Vernehmungen wohlüberlegt im Hintergrund gehalten hatte, stand auf einmal im Rampenlicht.

»Was für eine verdammte Lüge«, schrie der Sonnenbrillenträger und hielt dabei seinen Rucksack fest umklammert. »Ich habe keine Ahnung, wovon der redet!«

Jutta schüttelte ihr Handgelenk. Selten musste sie in diesem rasanten Tempo solch unterschiedliche Aussagen mitschreiben.

Fürchtegott Glaubier hieb aggressiv mit seiner flachen Hand auf einen der Kessel. »Ich kann dir gerne einen kleinen Tonbandmitschnitt vorspielen, falls du unter Gedächtnisschwund leiden solltest. Eigentlich geht es ja nur um eine kleine Jugendsünde von Monet und hat nichts mit seinem Arbeitsplatz zu tun. Du hast es aber trotzdem verstanden, ihm ständig ein paar Kröten aus der Tasche zu ziehen.«

Lobhudel, der aufgrund des anscheinend vorhandenen Mitschnittes seine Sprache verloren hatte, starrte minutenlang Luftlöcher ins Sudhaus. Dann platzte er heraus: »Wenn wir gerade dabei sind, Fürchtegott: Hast du schon dein kleines Labor gebeichtet?«

Das wirkte. Glaubier wollte etwas sagen, verstummte aber beim ersten Versuch. Man merkte deutlich, dass er über eine Lösung nachsann, ihm aber nichts Rechtes einfiel. Mehr als ein »Pff« kam nicht über seine Lippen.

»Kommen Sie mal mit nach hinten«, grinste Lobhudel siegessicher. Er ging in die Schaltwarte und zu einem unscheinbaren Regal, das augenscheinlich fest an der Wand verankert war. Der Pressesprecher schob es mit einem kräftigen Ruck zur Seite. Wir blickten in einen kleinen verborgenen Raum.

Mein Kollege Gerhard Steinbeißer erfasste sofort die Lage und hielt den Braumeister fest, der drauf und dran war, einen erneuten Fluchtversuch zu starten.

Ich betrat das winzige Labor. Die Gerätschaften sagten mir nichts. Ein paar Dosen mit der Aufschrift ›Hopfenextrakt‹ standen auf dem Tisch.

Lobhudel drängte sich hinter mir in den Raum. »Der Hopfen zählt zu den Hanfgewächsen. Insbesondere der Inhaltsstoff Xanthohumol hat als Droge eine stark beruhigende Wirkung.«

Das war neu für mich. Bisher dachte ich, dass Bier, im Übermaß getrunken, stets eine aggressionssteigernde Wirkung hätte.

»Natürlich muss man den Wirkstoff extrahieren und bearbeiten. Dennoch ein lohnendes Geschäft, wenn man bedenkt, dass ihm der teurere Hopfenextrakt kostenlos zur Verfügung steht.«

Wir verließen das Labor. Ich fragte Glaubier, der sich in Gerhards Griff kaum zu rühren wagte: »Wie viel brachte Ihr kleines Zusatzgeschäft monatlich ein?«

Er schaute mich böse an. »Ich weiß nicht, was Sie das angeht. Kümmern Sie sich lieber um die nette Wanda Costa. Die hat nämlich Werbegelder der Eichbaum-Brauerei veruntreut. Und das im großen Stil!«

Die gipsfußgeplagte Marketingleiterin spritzte von ihrem Stuhl auf. »Glauben Sie diesem Drogenhändler kein Wort, Herr Palzki!«

Wanda Costa fühlte sich in dem Mittelpunkt, in den sie eben gedrängt worden war, sichtlich unwohl.

Der Braumeister gab ein typisches Frank-Zander-Lachen von sich. »Aber Wanda, das kann doch so leicht überprüft werden. Die ganze Plakatwerbung, die über die Agentur deines Mannes läuft. Aus den Unterlagen wird man schnell erkennen, dass nur ein Viertel der in Auftrag gegebenen und bezahlten Plakate auch aufgehängt wurden.«

»Mir reicht's!« Die beiden Worte kamen von KPD. »Machen wir Schluss mit dem Theater. Ich weiß längst, wer der Täter ist.«

Reiner Palzki löst den Fall

Die Mitteilung unseres Chefs hatte Aufsehen erregt.

Sogar Wanda Costa hatte neugierig ihren Sitzplatz verlassen und wartete stehend auf die Auflösung des Falls.

KPD nahm Haltung an. »Meine Damen, meine Herren! Mir fehlt vielleicht noch der letzte Beweis, sozusagen das Bindeglied der Kette, dennoch habe ich mithilfe meiner jahrelangen Erfahrung und untrüglichen Kombinationsgabe den Täter längst ausfindig gemacht. Herr Ferdinand Jäger, würden Sie bitte vortreten?«

»Ich?«, rief dieser erstaunt. »Aber nie im Leben!«

»Das sagen alle Mörder«, konterte KPD. »Monet hat Ihnen geholfen, das Bier aus dem Unternehmen zu schmuggeln, nicht wahr? Nun hat er Sie damit erpresst, deshalb haben Sie ihn umgebracht.«

Ferdinand war zu perplex, um darauf zu antworten. Fast alle Anwesenden schauten dagegen erleichtert, lag der Fall wirklich so einfach?

»Herr Diefenbach«, unterbrach ich die allgemeine Erleichterung. »Die Sache hat einen kleinen Haken.«

»Und wenn schon«, unterbrach mich KPD. »Wir finden im Technikraum bestimmt Fingerabdrücke von Jäger. In jeder Brauerei ist Bier das größte Tatmotiv.«

»Das glaube ich nicht, Herr Diefenbach. Von dem Augenblick, als wir ins Sudhaus kamen, bis hin zum Alarm, hat Ferdinand Jäger stets neben mir gestanden und damit also ein hervorragendes Alibi.«

KPD stotterte unzusammenhängendes Zeug. Erst nach einer Weile konnte er sich wieder einigermaßen deutlich artikulieren. »Ja, also – äh gut, dann eben nicht. Mir ist gerade eingefallen, dass nur der Pressesprecher Alfred E. Lobhudel der Täter sein kann.«

Lobhudel, von der unerwarteten Wende überrascht, schickte sich an, KPD anzugreifen. Mein Kollege Gerhard Steinbeißer war schneller. Mit dem Polizeigriff stellte er ihn ruhig.

»Ja, mein Lieber«, sagte KPD. »Bringe nie jemand um, wenn Klaus Pierre Diefenbach in der Nähe ist!«

Jutta, die nach wie vor protokollierte, steckte ihren Block weg und ging auf Lobhudel zu. »Gerhard, du kannst ihn loslassen. Er ist unschuldig. Der Pressesprecher hat bis zum Alarm die ganze Zeit vor mir gestanden und konnte daher unmöglich Monet ermorden.«

Ein Raunen ging durch das Sudhaus.

Ich mischte mich ein. »Trotzdem würde mich interessieren, was unser Freund Geheimnisvolles in seinem Rucksack hat.

»Nein, bitte nicht«, rief dieser panisch. Doch es war zu spät. Gerhard zog vier Flaschen Wein aus dem Rucksack. Damit hatte niemand gerechnet. Weinkenner Diefenbach schaute sich die Etiketten an und steckte die Flaschen mit verzerrtem Gesicht zurück in den Rucksack. »Spätlese«, meinte er abwertend. »Das Zeug taugt höchstens als Schorle.«

Lobhudel blickte in unsere fragenden Gesichter. Fast weinend gestand er: »Ich mag kein Bier. Ich habe Bier noch nie gemocht. Darum bringe ich mir immer von daheim meinen Wein mit.«

Nun waren zwei Verdächtige aus dem Spiel. Immer noch war der Täter nicht gefunden.

KPD wirkte fast panisch, als er auf die Marketingleiterin Wanda Costa zusprang. »Viel bleiben ja nicht mehr übrig. Sie waren es ganz bestimmt. Ihr Gipsbein ist nur eine Tarnung. Wir alle haben gesehen, wie schnell Sie damit laufen können. Warum haben Sie den Gehilfen des Braumeisters ermordet?«

Costa leistete unserem Chef erbitternden Widerstand. »Ich bin zweite Deutsche Meisterin im Hochsprung. Selbst mit Gips springe ich noch über 1,70 Meter.«

»Dann hatten Sie bestimmt die Kraft, Monet zu ermorden«, schlussfolgerte Diefenbach siegessicher.

»Leider ist sie nicht unsere Täterin«, mischte sich Gerhard Steinbeißer ein. »Frau Costa befand sich die ganze Zeit in meinem Blickfeld.«

KPD ließ sich durch diesen erneuten Rückschlag nicht beirren. »Ha, dann bleibt ja nur noch einer übrig. Ich hab's doch von Anfang an gewusst, dass unser Braumeister Fürchtegott Glaubier der Täter ist.«

Die Anwesenden verstanden, dass er, von der Polizei abgesehen, der einzige mögliche Tatverdächtige war. Doch der Braumeister wirkte gelassen und wurde kein bisschen aggressiv.

»Lieber Herr Diefenbach, mir fällt gerade ein: Auch ich habe ein todsicheres Alibi!«

»Dann lassen Sie mal hören«, spottete unser Chef.

»Sie, Herr Diefenbach, höchstpersönlich. Von dem Moment, als wir reinkamen, bis zum Alarm waren Sie die ganze Zeit neben mir und haben mir das Ohr blutig geredet. Können Sie sich daran erinnern?«

KPD überlegte und nickte. Er war geknickt. Was hatte er übersehen? Fast zufällig blickte er auf den Notarzt Dr. Metzger. Er starrte ihn an. Gleich würde er ihn festnehmen.

Nun war meine Zeit gekommen. Eigentlich müsste es in meinem Interesse sein, wenn Metzger eine Weile in Untersuchungshaft sitzen würde, doch als Polizeibeamter war ich der Wahrheit verpflichtet. Meistens jedenfalls.

»Herr Diefenbach, Dr. Metzger ist unschuldig. Darf ich Ihnen eine kleine Hilfestellung geben?«

Alle blickten mich an. Ich zog meinen Bauch ein und genoss den Moment. Dann winkte ich die Anwesenden nach hinten in den Schaltraum. Ich deutete auf einen Schalter, dessen Funktion mit einer leuchtend roten Lampe angezeigt wurde.

»Ist das die Verriegelung der Tür zum Technikraum?«

Glaubier nickte. Schneller als er reagieren konnte, drückte ich den Schalter und die Lampe erlosch.

»Sind Sie wahnsinnig?«, schrie der Braumeister.

»Kann sein«, erwiderte ich, während ich zum Technikraum ging. Niemand versuchte mich davon abzuhalten, die Tür zu öffnen, es ging alles viel zu schnell.

Es passierte nichts. Absolut nichts. Niemand fiel tot um und auch Ammoniak war nicht zu riechen. Der verdutzte Glaubier traute seinen Augen nicht. Ich ging zufrieden lächelnd in den Raum. Nachdem KPD, Gerhard, Jutta und ein paar weitere nachgekommen waren, zeigte ich auf die Hand, die zwischen den Kisten eingeklemmt war. Aus dieser Perspektive konnte man sehen, dass es wirklich nur eine Hand war, die aus einem Kittel lugte. Ich bückte mich und hob das ketchupverschmierte Plastikstück auf, das tatsächlich sehr echt aussah.

KPD und auch die anderen standen mit offenem Mund da.

»Wie haben Sie das gewusst?«, fragte mein Vorgesetzter endlich.

Ich zeigte ihm die rechte Kunststoffhand. »Es ist kein Ehering dran. Monet trug aber einen, als er uns vorgestellt wurde.« Ich drehte mich zur Seite und rief in Richtung Schrank. »Sie können jetzt rauskommen, Herr Monet.«

Quietschend öffnete sich der Spind und der Braumeistergehilfe lugte ängstlich heraus.

»Das ist ja die Höhe«, schimpfte Glaubier und Lobhudel ergänzte: »Das wird Konsequenzen haben, das sage ich Ihnen!«

»Ja, das glaube ich auch«, sagte ich, »aber andere, als Sie denken.«

Doch zunächst hatte ich eine andere Frage auf dem Herzen. Ich wollte von Monet, der inzwischen neben mir stand, wissen: »Wie haben Sie den Sensor manipuliert?«

Monet zeigte auf eine Ecke des Raumes. »Ich habe ein kleines elektronisches Spielzeug angelötet. Damit konnte ich mit einer Fernbedienung den Ammoniakalarm auslösen, während ich längst im Schrank war.«

»Warum das alles?«, schrie Glaubier. »Warum hast du das gemacht?«

Monet blieb stumm. Ich antwortete für ihn. »Können Sie sich das nicht denken? Ich finde, er hat das Beste aus seiner Lage herausgeholt, was man sich vorstellen kann. Während Sie sich in den Vernehmungen gegenseitig zerfleischt haben, ist Karl-Max Monet sauber geblieben.«

»Wieso? Das verstehe ich nicht.« Der Braumeister klang extrem sauer.

»Ist doch klar, Herr Glaubier. Wegen Ihres Drogenlabors werden wir Sie festnehmen. Monet wird Ihr Erbe antreten. Und das ist noch nicht alles. Lobhudel wird die Erpressergeschichte das Genick brechen und Frau Wanda die Betrügereien. Und für Ferdinand Jägers Bierhandel wird sich die Firmenleitung bestimmt auch interessieren.«

Ich schaute Glaubier, Lobhudel, Wanda und Jäger der Reihe nach an. »Die ganzen dubiosen Machenschaften haben nun ein Ende. Die Eichbaum-Brauerei kann endlich wieder zur Ruhe kommen und weiterhin Bier brauen.«

»Gut gemacht, Palzki«, sagte KPD. »Können wir jetzt endlich mit der Bierprobe beginnen?«

ENDE

HARALD SCHNEIDER
Wassergeld

324 Seiten, Paperback.
ISBN 978-3-8392-1062-8.

LAND UNTER Weihnachtszeit in der Vorderpfalz. Ausgerechnet während der Weihnachtsfeier der Kriminalinspektion Schifferstadt wird Katastrophenalarm ausgelöst: Bei Altrip wurde der schmale Deich durch eine Explosion beschädigt. Teile des riesigen, direkt am Rhein gelegenen Campingplatzes »Auf der Au« sind überflutet. Glücklicherweise gibt es nur wenige Verletzte, da sich kurz vor Weihnachten kaum noch Menschen auf dem Platz befinden.

Doch dann kündigt ein Erpresserbrief mit einer Forderung in Millionenhöhe weitere Attentate an. Und als Kommissar Reiner Palzki auch noch ein toter Schiffsführer auf dem Gelände der Schifffahrtsgesellschaft Rheingüter GmbH im Ludwigshafener Kaiserwörthhafen gemeldet wird, droht die Lage zu eskalieren. Ein Wettlauf gegen die Zeit beginnt …

HARALD SCHNEIDER
Erfindergeist

277 Seiten, Paperback.
ISBN 978-3-8392-1009-3.

UNTER STROM Kommissar Reiner Palzki kommt selbst in seinem wohlverdienten Urlaub nicht zur Ruhe: Erst wird Erfinder Jacques Bosco, den Palzki schon von Kindesbeinen an kennt, bis zur Unkenntlichkeit verbrannt in seiner explodierten Werkstatt in Schifferstadt gefunden. Dann taucht auch noch eine Leiche im Holiday Park Haßloch auf. Der im Park beschäftigte Gärtnermeister wurde offensichtlich ermordet.

Palzki nimmt die Ermittlungen auf. Er trifft nicht nur auf einen verdächtigen Liliputaner, sondern findet auch heraus, dass sein Freund Jacques an einem revolutionären Verfahren zur Gewinnung von Energie gearbeitet hat, an dem auch der dubiose Verein »Solarenergie forever« äußerst interessiert zu sein scheint …

Wir machen's spannend

BERND LEIX
Fächergrün

273 Seiten, Paperback.
ISBN 978-3-8392-1118-2.

GRÜN IST DIE GIER Fronleichnam. An diesem Feiertag im Juni schlägt für zwei alte reiche Brüder die letzte Stunde. Nach einem Ausflug auf die grünen Höhen des Schwarzwaldes sterben die ehemaligen Bauunternehmer so, wie sie gelebt haben: gemeinsam. In ihrem Gründerzeithaus in der Karlsruher Oststadt ereilt sie nach dem Genuss einer Flasche Rotwein ein grausamer Tod.

Das Team um Kommissar Oskar Lindt steht zunächst vor einem Rätsel. Erst, als die früheren Mitarbeiter der beiden – allesamt italienischer Herkunft – in den Fokus der Ermittlungen rücken, kommt Bewegung in den Fall …

SOKO METROPOLREGION
Mörderischer Erfindergeist

369 Seiten, Paperback.
ISBN 978-3-8392-1127-4.

FREI ERFUNDEN Auto oder Fahrrad? Keine Frage, beides! Denn diese Fortbewegungsmittel haben etwas Entscheidendes gemeinsam: Sie wurden beide in der Metropolregion Rhein-Neckar erfunden.

Der Großraum Mannheim – Heidelberg – Ludwigshafen – Neustadt ist eine wahre Erfinderregion. Dass er auch der Schauplatz für raffinierte Kriminalgeschichten sein kann, beweist die vorliegende Anthologie. Kriminelle Machenschaften, erdacht und aufgeschrieben von den besten Krimierfindern der Region …

Wir machen's spannend

Unsere Lesermagazine

2 x jährlich das Neueste aus der Gmeiner-Bibliothek

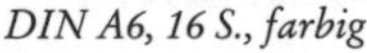

DIN A6, 16 S., farbig

10 x 18 cm, 16 S., farbig

24 x 35 cm, 20 S., farbig

GmeinerNewsletter

Neues aus der Welt der Gmeiner-Romane

Haben Sie schon unseren GmeinerNewsletter abonniert?
Alle zwei Monate erhalten Sie per E-Mail aktuelle Informationen aus der Welt der Krimis, der historischen Romane und der Frauenromane: Buchtipps, Berichte über Autoren und ihre Arbeit, Veranstaltungshinweise, neue Krimiseiten im Internet und interessante Neuigkeiten.

Die Anmeldung zum GmeinerNewsletter ist ganz einfach. Direkt auf der Homepage des Gmeiner-Verlags (www.gmeiner-verlag.de) finden Sie das entsprechende Anmeldeformular.

Ihre Meinung ist gefragt!

Mitmachen und gewinnen

Wir möchten Ihnen mit unseren Romanen immer beste Unterhaltung bieten. Sie können uns dabei unterstützen, indem Sie uns Ihre Meinung zu den Gmeiner-Romanen sagen! Senden Sie eine E-Mail an gewinnspiel@gmeiner-verlag.de und teilen Sie uns mit, welches Buch Sie gelesen haben und wie es Ihnen gefallen hat. Alle Einsendungen nehmen automatisch am großen Jahresgewinnspiel mit ›spannenden‹ Buchpreisen teil.

Wir machen's spannend

Alle Gmeiner-Autoren und ihre Romane auf einen Blick

ANTHOLOGIEN: Zürich: Ausfahrt Mord • Mörderischer Erfindergeist • Secret Service 2011 • Tod am Starnberger See • Mords-Sachsen 4 • Sterbenslust • Tödliche Wasser • Gefährliche Nachbarn • Mords-Sachsen 3 • Tatort Ammersee • Campusmord • Mords-Sachsen 2 • Tod am Bodensee • Mords-Sachsen 1 • Grenzfälle • Spekulatius **ABE, REBECCA**: Im Labyrinth der Fugger **ARTMEIER, HILDEGUNDE**: Feuerross • Drachenfrau **BAUER, HERMANN**: Verschwörungsmelange • Karambolage • Fernwehträume **BAUM, BEATE**: Weltverloren • Ruchlos • Häuserkampf **BAUMANN, MANFRED**: Jedermanntod **BECK, SINJE**: Totenklang • Duftspur • Einzelkämpfer **BECKER, OLIVER**: Das Geheimnis der Krähentochter **BECKMANN, HERBERT**: Mark Twain unter den Linden • Die indiskreten Briefe des Giacomo Casanova **BEINSSEN, JAN**: Goldfrauen • Feuerfrauen **BLATTER, ULRIKE**: Vogelfrau **BODE-HOFFMANN, GRIT / HOFFMANN, MATTHIAS**: Infantizid **BODENMANN, MONA**: Mondmilchgubel **BÖCKER, BÄRBEL**: Mit 50 hat man noch Träume • Henkersmahl **BOENKE, MICHAEL**: Riedripp • Gott'sacker **BOMM, MANFRED**: Blutsauger • Kurzschluss • Glasklar • Notbremse • Schattennetz • Beweislast • Schusslinie • Mordloch • Trugschluss • Irrflug • Himmelsfelsen **BONN, SUSANNE**: Die Schule der Spielleute • Der Jahrmarkt zu Jakobi **BOSETZKY, HORST (-KY)**: Promijagd • Unterm Kirschbaum **BRÖMME, BETTINA**: Weißwurst für Elfen **BUEHRIG, DIETER**: Schattengold **BÜRKL, ANNI**: Ausgetanzt • Schwarztee **BUTTLER, MONIKA**: Dunkelzeit • Abendfrieden • Herzraub **CLAUSEN, ANKE**: Dinnerparty • Ostseegrab **DANZ, ELLA**: Ballaststoff • Schatz, schmeckt's dir nicht? • Rosenwahn • Kochwut • Nebelschleier • Steilufer • Osterfeuer **DETERING, MONIKA**: Puppenmann • Herzfrauen **DIECHLER, GABRIELE**: Glutnester • Glaub mir, es muss Liebe sein • Engpass **DÜNSCHEDE, SANDRA**: Todeswatt • Friesenrache • Solomord • Nordmord • Deichgrab **EMME, PIERRE**: Diamantenschmaus • Pizza Letale • Pasta Mortale • Schneenockerleklat • Florentinerpakt • Ballsaison • Tortenkomplott • Killerspiele • Würstelmassaker • Heurigenpassion • Schnitzelfarce • Pastetenlust **ENDERLE, MANFRED**: Nachtwanderer **ERFMEYER, KLAUS**: Endstadium • Tribunal • Geldmarie • Todeserklärung • Karrieresprung **ERWIN, BIRGIT / BUCHHORN, ULRICH**: Die Reliquie von Buchhorn • Die Gauklerin von Buchhorn • Die Herren von Buchhorn **FOHL, DAGMAR**: Der Duft von Bittermandel • Die Insel der Witwen • Das Mädchen und sein Henker **FRANZINGER, BERND**: Zehnkampf • Leidenstour • Kindspech • Jammerhalde • Bombenstimmung • Wolfsfalle • Dinotod • Ohnmacht • Goldrausch • Pilzsaison **GARDEIN, UWE**: Das Mysterium des Himmels • Die Stunde des Königs **GARDENER, EVA B.**: Lebenshunger **GEISLER, KURT**: Bädersterben **GERWIEN, MICHAEL**: Alpengrollen **GIBERT, MATTHIAS P.**: Rechtsdruck • Schmuddelkinder • Bullenhitze • Eiszeit • Zirkusluft • Kammerflimmern • Nervenflattern **GORA, AXEL**: Das Duell der Astronomen **GRAF, EDI**: Bombenspiel • Leopardenjagd • Elefantengold • Löwenriss • Nashornfieber **GUDE, CHRISTIAN**: Kontrollverlust • Homunculus • Binärcode • Mosquito **HAENNI, STEFAN**: Brahmsrösi • Narrentod **HAUG, GUNTER**: Gössenjagd • Hüttenzauber • Tauberschwarz • Höllenfahrt • Sturmwarnung • Riffhaie • Tiefenrausch **HEIM, UTA-MARIA**: Totenkuss • Wespennest • Das Rattenprinzip • Totschweigen • Dreckskind **HERELD, PETER**: Das Geheimnis des Goldmachers **HOHLFELD, KERSTIN**: Glückskekssommer **HUNOLD-REIME, SIGRID**: Janssenhaus • Schattenmorellen • Frühstückspension **IMBSWEILER, MARCUS**: Butenschön • Altstadtfest • Schlussakt • Bergfriedhof **KARNANI, FRITJOF**: Notlandung • Turnaround • Takeover **KAST-RIEDLINGER, ANNETTE**: Liebling, ich kann auch anders **KEISER, GABRIELE**: Engelskraut • Gartenschläfer • Apollofalter **KEISER, GABRIELE / POLIFKA, WOLFGANG**: Puppenjäger **KELLER, STEFAN**: Kölner Kreuzigung